记着我们的约定

陈兴玲 著

中国出版集团
现代出版社

图书在版编目（CIP）数据

记着我们的约定 / 陈兴玲著. -- 北京 : 现代出版社，2017.4

ISBN 978-7-5143-5620-5

Ⅰ. ①记… Ⅱ. ①陈… Ⅲ. ①中国文学－当代文学－作品综合集 Ⅳ. ①I217.2

中国版本图书馆CIP数据核字(2017)第063388号

记着我们的约定

作　　者　陈兴玲
责任编辑　李　鹏
出版发行　现代出版社
地　　址　北京市安定门外安华里504号
邮政编码　100011
电　　话　010-64267325　010-64245264（兼传真）
网　　址　www.1980xd.com
电子邮箱　xiandai@vip.sina.com
印　　刷　成都新千年印制有限公司
开　　本　710×1000　1/16
印　　张　22
版　　次　2017年4月第1版　2020年6月第2次印刷
书　　号　ISBN 978-7-5143-5620-5
定　　价　59.80元

目录 CONTENTS

蝴蝶飞舞

HUDIEFEIWU

主要内容

一个上海下放知青常青和一个农家女孩谢婉莹相爱，生下双胞胎女儿，常青回上海一去杳无消息，谢婉莹一个人带着两个孩子艰难地生活着，因为孩子生病自己无力救治就把小的女儿讨给姓白的人家了，孩子得救了，取名白蝶，在这对夫妇的呵护下慢慢长大，和村里的一个男孩小明青梅竹马默默相爱着，就在白蝶上高二时养父母相继去世，母亲告诉了她的身世，小明考上了大学，白蝶辍学了，小明爱上了别的女孩，白蝶离开了养她的村子去上海寻找自己的亲人。

在一家报社巧遇她的同胞姐姐洪蝶，她找到了妈妈，她们姐妹同时爱上报社主编常枫——她们爸爸的养子。而常枫爱的是白蝶，白蝶为了姐姐不得不离开，常枫就错把洪蝶当成了白蝶，白蝶到了一个新的城市没想却找到了爸爸，就和爸爸说了事情的经过，爸爸回去找妈妈时常枫知道了事情的真相，离开了洪蝶。

白蝶遇到小明和刘寒，小明的老婆怀着孕和别人跑了，他还想追白蝶，白蝶毫不留情地拒绝，刘寒也很爱白蝶，他们作为好朋友相处了两年。洪蝶得了恶性脑瘤，白蝶没有来得及和刘寒告别匆匆赶回，洪蝶走了。

白蝶和常枫又重新开始，可是白蝶的脑子里一直会出现洪蝶和刘寒的影子，对常枫若即若离的，最终被常枫的爱感动。她默默地在创作一部长篇小说作为他们的结婚纪念，作品刚结束常枫突然出了车祸成为植物人，爸爸带常枫去北京找专家治疗。白蝶的小说被电影制片厂看中，签合同时常枫也醒了。白蝶被邀请为主演，演的过程中，男主演韩冰也爱上了她。白蝶心里只有常枫，电影拍完她就赶回到常枫身边，而常枫误解了她。她一气之下出国深造了三年成为一个真正的作家。

她回到养她的地方把得的稿费捐赠给母校，这时小明和常枫都拿着鲜花赶来了，而白蝶坐车已走，他们的鲜花轻轻地落在地上……

一

飞去的蝴蝶

在一个早春的季节
你化蛹来到这个世界
风雨里慢慢长大
你飞过了骨肉离别
在一片辽阔的田野
你是飞来飞去的蝴蝶
旅途上没有了家
你飞过了花开花谢
蝴蝶，美丽的蝴蝶
前方再也没有停歇
抛下身后一个雨夜
你的未来有谁重写
蝴蝶，忧伤的蝴蝶
飞去的路上你含着泪
想要飞向下一个季节
春寒却把你纯真泯灭

在一个偏远的小村子，这里的人们每天都是面朝黄土背朝天地忙碌着，靠的就是这一片土地，虽然他们的生活很清苦，虽然他们的一日三餐都是红薯、玉米，但是他们还是热火朝天地劳作着。大人们都集中在田里干着农活，欢笑声一阵阵在田野的上空回荡着，偶尔还会有人喊几嗓子豫剧，那嘹亮的声音回荡在田野的上空，也回荡在很多人的心上，因为这个声音在炎热的阳光下就像一阵凉爽的清风，给每个人带来神清气爽，让一些疲倦的神情突然精神起来。这个人是县豫剧团撤下来的，现在空落一副好嗓子，只能唱给庄稼听，唱给这些满身泥土味的人听，还有那些牛羊和驴子骡马。几个上海下放的知青抚摸着被锄把磨得又起了个水泡的手，有点不耐烦，不时抬头望着天，想说什么抿抿嘴一句话也不愿说出来，因为他们知道这就是命运也是一种生活的磨炼，这里的清苦让他们知道了什么是农民的生活，这里的人情朴实真诚，每个人的脸上只有阳光晒着的颜色，一滴汗水掉在土坷垃上瞬间会消失，就像他们辛苦一年仅仅收获那么微薄的一点粮食，一家几口在石磨上辛辛苦苦转了半天，转得头晕目眩，结果还来吃上几顿饱饭就没了。一张张清瘦的脸上还总是扬着憨憨的微笑。在这里恼火时可以任意骂人没有人会说你粗野，在干沟底可以尽情撒尿拉屎，也可以在夏日的傍晚脱光衣服下水塘洗澡，然后上岸拍着白花花的屁股高声号他几嗓子引来在树荫下乘凉的女人们多看几眼，也有一种满足感。望着火辣辣的太阳，他们感觉自己像扔在地上的野草随时都会被烤焦的可能。广播里放着：大海航行靠舵手，万物生长靠太阳……天也大地也大……孩子们不大能听懂，所以也稀里哗啦唱着：天也塌地也塌……这首歌给人带来的希望可是经孩子这么一唱，完了。懂事的孩子帮大人割些青草送给生产队喂牲口可以挣些工分，三十斤可以换一分，在有草的时候，几乎每个孩子每天都可以挣三分两分的（成人男人每天八分，女人每天六分），填补一点，年底可以多分点粮食。

几个不懂事的孩子成群结队地在一起玩耍。八岁的白蝶和叔叔家比她小一岁的婉儿坐在地上玩石子，她的两条小辫子在脑袋上晃来晃去就像两只追逐的小蜻蜓，她瘦小的身子，圆圆的小脸，一双清澈的大眼睛一眨一眨的好像在和你说话。

“小蝶，不和你玩了，我饿了。”婉儿拍着手上的灰尘用脏手抹了一下鼻子。鼻涕和灰土把脸上抹得一道道的像只小花猫。

“再玩一会儿吧，婉儿，叔叔婶婶都不在家，门用绳子系上了，你进不去门的，吃什么啊。”白蝶乞求着婉儿。

“那怎么办啊？我肚子饿得咕咕响，要不去你家看有没有吃的？”婉儿摇着白蝶的胳膊。

“也不行啊，爸爸妈妈也把门系上了，再等会儿吧，也许一会儿他们就收工回来了，我们家早晨还剩两个红芋面馍呢，等爸妈回来我就去拿给你吃，好吗？”白蝶哄着婉儿。

“我不，饿死了，我不，”婉儿东张西望，她笑了，“小蝶，你看那玉米棒子长好大，玉米棒可以吃了，甜丝丝的可好吃了，小蝶，我掰一个去。”说完婉儿就左摇右晃地向不远处的玉米地跑去。

“回来……婉儿，大人知道了我们会挨打的，我爸从不让我碰别人家的东西，说那是偷，回来啊……”无论白蝶怎么喊，婉儿理也不理歪歪扭扭地跑去了。

婉儿因为没力气个子又矮，她使尽全身的力气小脸累得红红的把一棵玉米扳倒，正在用尽吃奶的力气拽上面的一个玉米棒。婉儿的爸爸担着两半袋刚磨好的面粉恰好咯吱咯吱地经过这里。

“婉儿，你在干什么？！死丫头！”爸爸把担子往路旁用力一放脱掉臭烘烘的鞋子气呼呼地一把揪着婉儿就像鹰抓小鸡一样，照着她屁股“啪！啪！”就是两下。婉儿吓得哇一声大哭起来。

"啊……啊……爸爸，我不敢了！我不敢了！"婉儿向爸爸求饶。

"我打死你！打死你这个不争气的丫头。"叔叔气得脸都涨红了。

白蝶在那吓呆了，当叔叔的鞋子一下又一下打在她身上时她才反应过来。

"不！叔叔，你为什么打我？又不是我掰的。"白蝶哭着向叔叔分辩。

"她小不懂事，你大些为什么不阻拦？！就是要打你！就是要打你！"叔叔越打越气，倔强的白蝶一动不动也不哭了。她也不知道叔叔什么时候住手的，什么时候走的。

白蝶好委屈也不敢回家，怕爸爸妈妈也冤枉她、打她，所以她一个人跑到村子后边的芦苇湖边，偷偷地抹着眼泪。绿油油的芦苇一眼望不到边，风一吹苇叶哗哗响，好像在安慰这个可怜的小女孩。

"小蝶，你怎么啦？怎么哭了？"和她同岁的小明向她走来。像个小大人一样皱着眉头不知道发生了什么。"小蝶告诉我，是不是谁欺负你了？告诉我，我揍他！"

她委屈地哭出了声，"我没有掰别人的玉米，婉儿掰的，叔叔为什么打我？"白蝶像见到可以倾诉的人了。

"那我就不敢揍他了，我打不过他。别哭了，小蝶，我知道你不会的，你叔叔真坏，他自己女儿干的为什么打你，真坏！别哭了好吗？"小明看到白蝶哭得那么伤心，鼻子也酸酸的鼻涕滴滴溜溜地下来，他不停地吸着鼻子。

白蝶擦干眼泪坐在地上，摆弄着泥疙瘩。

"小蝶，看，我给你捉了一只蝴蝶。"小明很开心捉住了一只飞来的蝴蝶，递给白蝶。

"谢谢你，还是把它放飞吧，它好可怜的。"白蝶把蝴蝶放到手里让它飞了。可是眼泪还是不停地往下流。

"小蝶，我告诉你一个秘密。"小明很神秘地望着白蝶。

"什么啊，小明？"白蝶也有点好奇，瞪着大眼睛一眨不眨地盯着小明。

有一天我在外屋听我爸妈说你是讨来的，是个皮孩子，当时你好像发着高烧，你现在的爸妈当时连夜就把你送到医院了，还说你差一点死了。所以你叔叔也不会疼你啦。小明说得眉飞色舞，好像那么真诚又那么充满同情心。

不！不是！你才是皮孩子呢！你骗人！你骗人！白蝶狠命地摇着头。绝对不是的！绝对不是的！

我不会骗你的，小蝶，一定是真的。不信你回家问问。我爸妈说的绝对是真的。

白蝶一下傻了，像被抛弃荒野的一只小羊羔，不知道方向。她突然转身向村内跑去。每个孩子都怕说自己是皮孩子，因为那样没人疼没人爱就像一棵小草。白蝶更委屈了，我是皮孩子吗？我是皮孩子吗？她跑过大妈门前大妈好奇伸出头望了望，跑过二奶的猪圈把小猪崽吓得吱吱叫着扑向猪妈妈，一群半大的小鸡崽见她跑来拼命地叫着跑散了。

白蝶一口气跑到了家，妈妈正在做饭，远远地就能闻到一股炒菜的香味，爸爸脱掉一只鞋子垫在屁股下坐在门前的一棵槐树下慢悠悠地抽着旱烟袋。那喷出的一股股烟弥漫在他脸上，又随着风慢慢飘散。爸爸是个将近五十岁的人，看上去已很老了，头发花白，胡子有的也白了，穿着补丁摞补丁松松散散的衣服。眼睛微闭着在一口一口吐着烟雾，这些白色的雾让他的沧桑又多增加了几分。

“小蝶，你去哪儿玩了，都快吃饭了才知道回来。”爸爸喷着烟雾喊住了白蝶。白蝶停住了脚步，低着头慢慢走向爸爸，不敢看他。

“小蝶，今天怎么啦？不高兴的样子，是不是谁欺负你了？”爸爸望着这个可爱的女儿，感觉女儿像是有事。他把烟袋在地上磕了磕，然后别在老蓝色的粗布裤腰带上。

“没什么，”她咬着嘴唇摇了摇头没敢说叔叔打她的事。“爸爸，我是你讨来的吗？”白蝶可怜兮兮地望着爸爸那黑黑的由于过于劳累显得更苍老的脸膛。

“傻孩子你说什么啊，小蝶？你是我们的宝贝疙瘩，怎么说是讨来的？你听谁说的啊？”爸爸一惊，把白蝶拉到怀里让他坐在自己的腿上，白蝶屁股疼不能坐就贴着爸爸跪着，爸爸抚摸着每天给梳理的小辫子，就像自己抚弄的麦苗，嫩嫩的充满绿色的希望，不由得把小蝶紧紧地搂在怀里，好像怕她会跑了再也不回来。

“今天小明告诉我的，他说是他爸妈说他听到的。爸爸，是真的吗？”白蝶望着爸爸的眼睛。

爸爸乐呵呵地说，“瞎说，不是的，你就是我们的亲生闺女。”爸爸眼底的东西小蝶是看不明白的。“下次他还敢瞎说看我不揍他。走，闺女，我们吃饭去，今天妈妈给你吵了螺蛳肉，是你最爱吃的，小馋猫。吃饭喽。”爸爸疼爱地拉着女儿进了用土垒起来的院内，屋子也是用土垒的，上面搭着麦秸，风吹日晒已有些泛灰色，这个农家小院看起来很穷困，上面飘着袅袅炊烟给人一种朴实的温暖。

妈妈看到白蝶哭红的眼睛，问道：“小蝶，你哭了？谁欺负你啦？”妈妈有五十来岁，梳着有些发白的短发，是个很慈祥又不多言的人，她用围裙擦着手上的水。

“没有，妈妈。”白蝶真的想再哭，但屁股上火辣辣的疼。但是她没敢哭，低着头跪在小板凳上只管吃饭，不敢看妈妈。

“小蝶，是不是有什么事不敢和我们说？”妈妈在追问。

“不，没有，妈妈。”白蝶头压得更低了，眼泪一滴滴落在了碗里，稀粥溅起一朵小小的水花。

“哦，小明说她是讨来的孩子。”爸爸接过话，抹着嘴巴上粘的咸菜叶然后又往裤子上蹭了又蹭，想蹭干净。

“小蝶，别听他瞎咧咧。他才是讨来的呢。你是我们唯一的宝贝。”妈妈用异样的目光望了望爸爸。爸爸只顾喝粥，怕别人知道他在想心事。

白蝶用袖子抹一下眼泪，勉强笑了笑。

爸妈看到女儿可怜巴巴的好心疼，相互看了看，露出白蝶不懂的微笑。

爸爸抚摸着白蝶的头，“孩子，今天的螺蛳肉好吃吗？喜欢吃爸爸明天再去湖里捞。”

“喜欢，爸爸。”白蝶感觉到爸爸的手是那么温暖有力。

晚上妈妈给白蝶洗澡，发现她屁股青了好大一片。

“小蝶，告诉妈妈这是谁打的？！”妈妈心疼地质问。

白蝶怕了，“没有，妈，这是我摔的。”

“撒谎，怎么可能摔到这？说实话！小蝶。”妈妈生气了。

“是……是……叔叔打的。”白蝶真怕妈妈再打她。

“他为什么打你？！”妈妈的脸都气红了。

白蝶只好把事情原原本本告诉了妈妈。

“他太过分了吧！自己家的孩子像龙宝蛋似的，凭什么打我们家孩子！我去问问他为啥，有气冲大人来！干吗这样对待一个不懂事的孩子。”妈妈一扭身要去叔叔家。

“得！得！怎么啦？怎么啦？孩子不就受一点委屈吗？算什么啊，别唠叨了好不好？！这样也警告我们家小蝶以后不许碰别人的东西。”爸爸阻止妈妈不要再往下说也不要去多事。

“你看看孩子的屁股都打成啥样了，他也太狠心了吧！欺负人不是！”妈妈越说越生气。

“好了，好了，小蝶，爸爸给你擦点酒消消炎，很快就好了。”

爸爸弄了点棉絮蘸着酒轻轻给白蝶擦着伤处，疼得她直叫。妈妈在一旁心疼得不停地唠叨着。

二

第二天白蝶吃完早饭她就挎着一个小篮子去村后的芦苇湖边割草，这儿是她最喜欢来的地方，她喜欢这个芦苇滩，春天一根根新芦苇嫩嫩的，从紫色的苞伸出来，一场春雨后，便争相着拱出地面，白蝶有时会掰下一根放在嘴里嚼着，青乎乎甜丝丝的，芦苇芽长得很快，一夜就会蹿出一两节出来。她就是和小伙伴在这里玩耍着，不知不觉芦苇已经长得很高，端午节时，这些芦苇叶子会被大人或者孩子们拣大的选下一些包粽子，所以看到苇叶绿绿的风一吹哗哗响，就会让人想到香甜的粽子。白蝶刚到芦苇滩，婉儿也追着来了，白蝶白了她一眼，只顾割着草，偶尔还有几只蝴蝶飞来飞去，不理婉儿。

“小蝶，你生气了？我爸爸不该打你，你还和我玩好不好？”婉儿凑到白蝶身边央求着。

“不和你玩了，再也不和你玩了，我得割草喂我家小羊羔呢，你爸爸不讲理，是你掰人家的玉米他为什么要打我？再也不和你玩了！”白蝶气呼呼地冲婉儿发火。

“那我帮你割草行不行？小蝶，看我给你弄的一把狗尾巴草好嫩。”婉儿向白蝶做着鬼脸。

白蝶笑了。“好吧，你帮我割草吧。”她们就这样没事了。秋初的风吹在身上很清爽，吹过哗哗的芦苇丛，偶尔有几只小鸟尖叫着飞过，吸引着这两个好奇的孩子。她们一会追小鸟一会追蝴蝶。

“小蝶、婉儿，你们也会割草啊！”呵呵，小明和几个小男孩也跑来了。

“就你们会，我们怎么不会的。”白蝶站起来用手抹了一下脸。手上的泥在脸上抹得一缕一道的。小明看到白蝶这个样子扑哧一声笑了，冲出来像条蚯蚓似的鼻涕慢慢地向嘴里移动，他使劲一吸又吸回了，然后用手背一抹，再往屁股上一下又一下地蹭着。

“呵呵，小蝶，你看看你，笑死我了。”他装模作样的，很滑稽。

“怎么啦？”白蝶莫名其妙地望着小明。

“呵呵……没什么，小蝶，没什么。”小明不笑了。

“呵呵，看你脸上，我给你擦擦。”婉儿用自己的袖子给白蝶擦了擦脸。“有什么好笑的，不就一点泥嘛，看看你自己那样。”婉儿白了小明他们一眼。

“小蝶，我昨天说的那事你回去问你爸妈了吗？你是不是他们讨来的？听说你是一个唱戏的孩子，你还有一个双胞胎姐姐。”小明很郑重地说。

“小明，你瞎说，我爸说了，不是的，我就是他们亲生的，你才是皮的呢。”白蝶有点生气了噘着小嘴。

“不会吧，我亲耳听到我爸妈说的，他们说得很认真，小蝶，你爸妈可能是骗你的。”小明不停地挠着他的小平头。他也不知道这是真的还是假的，反正他相信他爸妈的话，

“不是的，你爸妈才骗人呢，我爸妈绝对不会骗我的，他们非常疼我！”白蝶生气地继续割草不再理小明他们。婉儿傻乎乎地望着他们，不知道他们说的什么。目光在小蝶和小明之间来回转，越转越迷糊，越迷糊越转。

“好了，小蝶，你别生气了，我不说就是了。”小明挠着头。

“我们玩过家家好吗，小蝶、婉儿？”小明还想赖着和她两个玩。

“好啊，好啊，我们玩过家家。”婉儿又是蹦又是跳的。

小明飞快地采了刚抽穗一束芦花，“谁做我的新娘这芦花就给谁。”小明嘿嘿笑着。

“我要，我要，小明，我愿意，我愿意。”婉儿抢着说。

“不行，还是小蝶当好，小蝶长得好看。”欢子插嘴。

“嗯……欢子说得对，就小蝶了。”小明非常开心。他拉过白蝶的小手把芦

花放在她手里。

婉儿做伴娘，欢子做伴郎，其余都做打杂的。小明吩咐着，欢子直伸舌头做着鬼脸。

他们先用泥巴做了八个碗，用树枝做了一双双筷子，碗里泥做的鱼、泥做的鸡、泥做的肉块，草，树叶都用上了，做了丰盛的八碗菜。去附近一个五保户的门上撕下两片红纸把白蝶两腮涂得红红的。荷叶已有点枯萎了，好容易在附近的水边找到一片好的做盖头。小明牵着白蝶的手，欢子、婉儿一人一边，嘴里噼里啪啦地在发出放鞭炮的声音，嗬，好不热闹。小明给白蝶搭上荷叶盖头，然后他们一起唱：

新嫁娘

黄沟宽，黄沟长
黄沟湾里有个新嫁娘
戴红花，着红妆
就像一个小太阳

新娘美，新娘靓
新娘穿一身红衣裳
披阳光，着花香
就像一轮弯月亮

新嫁娘，新嫁娘
春风柳絮在身旁
蝴蝶翩翩飞
飞舞在你的路上

他们玩得那么投入、那么开心。闹了好久。已经接近中午了。

“走，欢子，我们下水洗澡去。”小明说完就和欢子他们一溜烟似的跑掉了。

皮孩子，皮孩子，这几个字老是在白蝶脑海里转悠，她割了满满一小筐草。婉儿帮她架着吃力地往家回。

他们走到二爷的屋后，婉儿看到墙根放着一个和茶壶差不多的一个东西。

“小蝶，你看那是什么？”她们把筐放下歇会儿。

哦，白蝶盯了会，“我知道了，那是茶壶，是二爷的茶壶。”

“茶壶怎么放在那儿啊？”婉儿望着小蝶。

“嗯……一定是二爷把茶喝完忘那儿的，婉儿，你等等，我把它送回二爷屋里去。”白蝶跑过去，拿起把里面的水倒掉然后就把它抱在怀里，二爷的门是掩着的，她推开门把它放到二爷的饭桌上，又把门关好。刚好这时二爷回来了。

“二爷，二爷，刚才你的茶壶忘在那。”小蝶给你放到桌子上了，婉儿嘴快。白蝶望着二爷还在等着夸赞呢。

“二爷下次喝完茶别忘啦。”白蝶像个小大人警告二爷。

“你，你这两个淘气的孩子。”二爷被气笑了，“太淘气了，快回家吧，太淘气了。”二爷挥着手。

白蝶和婉儿不知道这是夸奖还是批评她们，咯咯笑着抬起草筐往家回。

“看把两个闺女累坏了吧，快放下，我来。”白蝶的妈妈从地里回来刚刚到门口，把锄头靠着墙放下就赶紧过来接下草筐。“你两个洗洗手，床底下还有一个西瓜呢，去切了吃吧。婉儿，以后再不许破坏人家的庄稼了，小蝶你也给我记住那是坏孩子做的事。”

“嗯……知道了，妈。”白蝶从床底下把西瓜滚出来。妈妈把瓜切了几小块。

“知道了，大妈。”她们两狼吞虎咽地吃着西瓜，满脸的瓜水直往下滴。

婉儿吃完西瓜就回家了，白蝶妈妈忙着做饭。

“小蝶，过来帮妈妈传把火，一会你爸就回来吃饭了。”妈妈喊白蝶烧锅。

“啊，来了。”白蝶看妈妈的汗水沿着脸颊往下流，她忙给妈妈递过一条毛巾。

做好饭爸爸就回来了，妈妈把饭菜端上桌子。

“小蝶，来，这两个鸡蛋是给你的，我闺女今天累坏了，赶紧吃吧。”妈妈乐呵呵地用毛巾擦着脸上的汗水。

妈妈，这鸡蛋不是留着换盐的吗？白蝶看到鸡蛋很眼馋，但是一般是吃不到的。

“孩子，吃吧，还有呢，够换盐的喽。”妈妈示意她快吃。

“妈妈，你们怎么不吃啊？我也不吃。”小蝶把鸡蛋给爸妈各一个。

“孩子，我们不吃，你吃了长身体，更何况我们不喜欢吃，小蝶啊，爸爸没本事，没钱给你买好吃的，过两天爸爸下湖捉鱼给你吃。”爸爸的眼里有点湿润了，脸上的皱纹抖了抖。

白蝶把两个鸡蛋都剥了，一个上面咬了一小口，然后各塞进爸妈的嘴里。“非得吃，不吃你们就不是我的亲爸妈。”爸妈互相望了望，眼泪在眼圈里转了转，忍着没流下来，只好吃下了。

“小蝶，等开学了。你就得上学了，不能再这样瞎玩了。”爸爸把碗里的最后一口汤狠命地喝完，吧嗒着嘴。

“上学？好，我要上学了喽，我要上学喽。”白蝶高兴得手舞足蹈。

“小蝶，告诉爸爸你长大了干什么？”爸爸微笑着望着女儿。

“我要当一个作家。”白蝶毫不犹豫地回答爸爸。

“哦，好女儿，作家是干什么的？”爸爸不知道什么是作家。

“我，我也不知道，爸。”白蝶眨着一双大眼睛看着爸爸。

“嘿嘿，傻闺女，不知道作家是干什么的还要当作家啊。”爸爸抚摸着女儿的头心里暖暖的。

村里有个上海下放的女学生名叫赵怡她爱上了刚从部队转业的海子，海子也很爱她，可是海子的父母坚决不同意，他们警告儿子，下放学生终归要走的，到时她们一走你怎么办，你不是城市户口去不了，到那时你哭都没有眼泪，不如当今早分开，现在也许你还不理解。就算你可以去上海，我们老两口就你这一个孩子，你难道爹妈都不要了吗？

海子关门躺了三天，赵怡来过好几次都被海子的爸妈赶走了。当第四天海子去找赵怡时，她却自杀在屋里。海子撞开门抱起赵怡痛不欲生，一切都晚了，赵怡的爸妈从上海坐飞机赶来，在村外的田野插了好几杆高高的红旗，那是等着赵怡的爸妈。他们从飞机上下来，被人架着，看到自己的女儿躺在地上，身上盖着一床被单子，这儿围着一千多人，临近的村民都来看热闹，他们脸上都浓云密布，没有一个人在说话，大家都默默地站着望着，为死者默哀……在揭开被单的一刹那赵怡父母昏了过去，村里人手忙脚乱，村长拿着喇叭指挥着……赵怡的爸妈知道再说什么追究什么都无济于事，女儿也不会再会活来，把赵怡火化后的女儿痛心疾首带走了。这事在这个村子久久不能平息下来，就像厚厚的阴云笼罩着整个村子。那些下放的学生心里有种无形的恐惧，开始琢磨着如何回家。

有几个知青背着包裹要离开了，他们来这里将近十年，对这里的一草一木都有很深的感情，虽然他们吃了很多苦，但是他们已把这里每一个大人孩子都当他们的亲人了，已经习惯了这儿的生活和人情。在村支书院内来了很多送行的父老乡亲，有的往他们包里塞煮熟的鸡蛋或者咸鸭蛋，这就是他们最好的东西了，有的从田里挑来最好的甜瓜，挎了一筐，给你手里两个给他包里塞三个的。

“不了，大妈、大叔，多了吃不了就会坏的，还是你们留着换钱吧。”

“孩子我们真舍不得你们走，这么久习惯了，每天见你们在我们面前来来去去的，你们这一走，我们的心一下空了。”说着，大妈擦着眼泪。

“大妈别难过，我们会常回来看你们的。”他们也难过地低下了头。

“孩子。你们在这受苦了，我们这地方太穷，还是希望你们离开的，这些年委屈你们了。”

“没有的，我们也习惯了，也是对我们的锻炼啊。我们走了。”

他们走出村支书院子，乡亲们随着一道送出村外，还是舍不得回去，又送了好远才依依惜别。白蝶也跟在大人后面送叔叔们，她有种说不出的总想哭，好像他们就是她的爸爸，就要丢弃她永远不再回来，大人们都走了她还在慢慢往前走，想喊又不敢，小王叔叔回头看到了，赶紧跑回来，抚摸着她的头。

“小蝶，好孩子，回去吧，叔叔永远记着你，也会回来看你的。”小王从包里掏出个鸡蛋塞在小蝶的手里。听话，小蝶，回吧。

“叔叔……叔叔……你们不要走好吗？”小蝶哭了。

“小蝶，我们还得回去上大学，学知识，将来才能做好工作。你也一样将来要好好学习，等叔叔回来时希望你已是个大学生了。”小蝶似懂非懂，只是哭。

小蝶扑进小王的怀里，小王紧紧地搂着就像自己的孩子，然后给小蝶擦干眼泪。

“回吧，小蝶，叔叔要走了，好好学习，记住叔叔的话。”

小蝶挥着小手。“记住了，叔叔，再见！再……见……叔……叔……”

开学的时间很快到了，白蝶穿上了妈妈缝制的新衣裳，背起妈妈用手帕缝制的书包，她牵着婉儿的手一蹦三跳地去上学。她第一次感觉通往学校的路好宽好长，另一端就是学校吗？路边一棵棵杨树又高又大，走在浓浓的树荫下，风轻轻吹来是那么凉爽。见到了陌生的老师和许多同学她特别高兴。放学回来，她掏出新书一页页地翻着看，感觉那上面陌生的字好亲切，那一幅幅图片是那么新鲜，她好像就是书里追着蝴蝶的小女孩。爸爸妈妈看到她那开心的样子也乐得合不拢嘴。她采来紫色的眉豆花和叶子，把书里的插图图涂成自己喜欢的样子，涂好后又轻轻吹干，看到自己涂抹的成绩心里美美的。

深秋了，星期天白蝶又去芦苇滩玩，她知道现在是芦花开的季节，风一吹来，那飘飘的芦花就像雪花一样美极了，还没到芦苇滩，就听见一个声音在喊她：

“小蝶，快来啊，我在这，我在这……”

白蝶寻着声音望去，见小明正在晃芦秆，晃飞的芦花沿着风的方向轻轻飞去。

“我来了，小明哥。”白蝶向小明跑去。

“小蝶，好看吗？喜欢吗？”小明高兴得不停地晃。

“喜欢，太喜欢了！小明哥，你能给我采一束吗？”白蝶望着小明。

“好啊，没问题，你要多少，我就给你采多少。”小明像个小男子汉。苇秆太高他够不着，他就把苇秆扳弯，有的都弄断了。

“好了，小明哥，行了，你看弄坏好多，大人知道了我们会挨训的，妈妈说这样是坏孩子。”白蝶虽然喜欢，看到折断的苇秆想起掰玉米的事，她害怕了。

“你不是说喜欢吗？怎么啦？行，就弄这些。”小明扯几根巴根藤把芦花小心地扎好，双手递给白蝶。“给你，小蝶，明天来我再给你采，好吗？”

“嗯，谢谢你！你追我，小明哥。”白蝶手里拿着芦花在前面跑，小明在后面追，芦花在他们后面飘飘的像风吹雪花，他们跑着笑着闹着玩得好不开心。

“小蝶，小蝶，你等等我，我和你说个事。”小明感觉有点饿了。

“什么事，小明哥？”白蝶咯咯地笑着停了下来，弯着腰，用手捂着肚子，有点上气不接下气。

“我饿了，一点也跑不动了，你在这等一会儿我回家就来。”说完小明飞快地跑回家了。

白蝶不知小明去干吗，一个人来到跨湖的石桥上，这里有一群小伙伴正趴在桥栏上叽叽喳喳地往下面的水里指指点点。白蝶也很好奇，可是就是挤不过去，她眨动着大眼睛想了一个办法。

“喂，你们在看什么啊，昨天我听二奶奶说这有个怪事……”白蝶故作神秘。

“什么怪事？什么怪事？”他们一下把白蝶围住了，白蝶慢悠悠地走到桥边望着桥下面水里的一群小鱼自由地游来游去。

“我跟你们说啊，二奶奶说这桥下有个很老很老的老妖怪，白色的长胡须，他有一根长长的带钩的拐杖，如果发现谁再往桥下伸着脖子，他的拐杖就会伸过来，勾着你的脖子轻轻一拉就把你拉走了……”说到这时，一群小伙伴摸着自己的脖子都吓得你看看我我看看你，然后都像一群小鸟一下都飞走了，只有白蝶一个人静静地还在那看着一群又一群可爱的小鱼。看着看着她感觉脖子有点冷飕飕的，好像有根拐杖在向她的脖子伸来。她也怕了，缩回了脖子正要跑开。

“小蝶，小蝶，我来了。”小明手里举着一个黑黑的红薯面馍馍跑了来。

“小明哥，你可来了。”白蝶像得了救星一样。

“给你一块，你也饿了吧。”小明把馍掰了一半给白蝶。

他大一口小一口地吃着爬到桥头的石墩上，在上面正对白蝶挥手，一不小心从这一丈多高的桥墩上摔了下去。

“啊……”

白蝶吓傻了，好长时间都没反应过来。

“小明哥，小明哥……”白蝶跑下了桥，见小明一动不动，鼻子往外流着血，胳膊也擦伤了一片。

“小明哥，小明哥，你醒醒，别吓我啊！你醒醒啊，你醒醒！……呜……呜……”白蝶吓哭了，她傻了不知道去喊大人，只是不停地推着小明哭着叫着。

也不知过了多久，小明慢慢睁开眼睛，看到白蝶在哭着喊着他的名字。他坐起来用袖子擦了擦鼻子流出的血，咧着嘴……“没什么，小蝶，别哭了，没事的，啊，好疼！”白蝶摸着他擦伤的胳膊，他疼得龇牙咧嘴直叫。

“小明哥，你醒了，你醒了，你的鼻子流血了，我怕……”白蝶又在哭。

小明捡起那块还没吃完的馍把上面的土吹吹咬了一口，“别哭了，小蝶，我没事。”小明给白蝶擦干眼泪。

白蝶抓起一把细细的土给小明胳膊上的伤敷上，因为平时他们哪伤着了都这样敷点土就好了。“还疼吗，小明哥？”

“不疼了，不疼了，看看，没事了。”小明故作不疼的样子，其实是很疼的。

“我们走吧，在这我好怕……小明哥。”白蝶眼泪汪汪的。

“好的，走，我们走。”小明牵着白蝶的手一边吃着馍一边往村里走。

“小蝶，回去不要和任何人说我从桥上掉下来的事。”小明盯着白蝶的眼睛。

“为什么？”白蝶歪着头问。

“不为什么，记住，谁也不许说，说了就不和你玩了。”小明说得很认真。

“嗯，我知道了，谁也不说。”白蝶也很认真。

小明用袖子又擦了擦鼻子和嘴巴，“小蝶，我脸上还有血迹吗？”

“没有了，我们回家吧。”白蝶想想刚才的一幕还很后怕。

已晌午了，村里的缕缕炊烟飘上了空中，油炸的葱香扑面而来，两个孩子像两只小鸟各自飞回了自己的家。

白蝶一直是个听话又爱学习的好孩子，别的孩子还不懂什么是唐诗，她就从老师那借来《唐诗三百首》，一首一首地背，隐隐能懂得每首诗的意思。不仅老师喜欢她，村里邻居也都喜欢她，每天上学前爸爸总把白蝶的辫子梳得光光的，看着女儿高高兴兴地去上学，放学时常常站在村外的路上等女儿像小燕子一样地飞回来。今天爸爸去湖里捉了一条红鲤鱼，让白蝶妈妈给她做了鱼汤，虽然没有油但也够享受的了，这是女儿最爱吃的。

看着孩子们陆陆续续都回来了，爸爸就是没看见白蝶。

“喂，小明，你看见小蝶了吗？”

“没有，大伯。”小明摇了摇头。

“婉儿，你看到小蝶吗？”

“没有。”婉儿也摇了摇头。

唉！这孩子，去哪了？我得去找找，爸爸沿着通往学校的路去找白蝶。

路上已经没有人了，爸爸走了一半，还是没有看到一个学生或者老师。他很担心地把烟袋插在腰带上一路走一路喊着白蝶的名字。

“小——蝶——……小——蝶——你——在哪。”

“唉……我在这——爸爸——”

爸爸寻着声音看到了白蝶在不远处的沟坎上，面前弄了一堆鲜嫩的草。

爸爸快步赶到女儿面前。

“傻孩子，谁让你割草的？把我吓死了！看这路上都没人了，万一掉进沟里怎么办？这草以后爸爸割，放学必须和同学一块回家，记住吗？”爸爸看到女儿脸晒得红红的，又是生气又是心疼。

“记住了，爸。”白蝶望着爸爸那让汗水都沾到了额头上的发白的头发。

爸爸把草窝巴窝巴夹在左腋下，右手紧紧抓住白蝶的手快步往家回。怕女儿跑掉了似的，白蝶一路小跑着不敢看爸爸，知道自己做错了她怕爸爸生气。妈妈正站在大门外张望。

“小蝶，你怎么放学都不知回家啊？”妈妈有点责怪。

“别说了，我已训过她了，她在沟坎割草呢，你说要是掉进沟里不是要我和你妈的命嘛，下次绝不允许！小蝶，你给我记住了！”爸爸把草放在羊圈里，给小蝶下了命令。

妈妈把鱼端上来，“小蝶，快点洗洗手，饿坏了吧，慢慢吃，别卡着了。”妈妈看着她被太阳晒红的小脸心疼地用毛巾擦着她脸上的汗水。

白蝶在小学写的作文常常被老师当范文读给同学们听，她感觉非常开心，慢慢也懂了什么是作家了，就是那些写书的人叫作家。她暗下决心将来一定要成为一个作家，能把自己所见所想所要表达的东西写出来让别人看到。她又从一个老师那借来一本宋词如饥似渴地读着背着。朦朦胧胧中她能感觉到词里的一些画面。五年小学生活很快过去了，白蝶以优异的成绩考进了中学，爸爸高兴得走着坐着都哼着小曲：

“人家的闺女有花戴，你爹钱少不能买……”

有一天，白蝶发现爸爸坐在柴堆旁边抽烟，被那浓浓的烟熏得不停地咳嗽。她就跑过来给爸爸捶着背。

“爸，你怎么咳得这么厉害，是不是生病了？”白蝶一边捶一边问。

“没什么，孩子，呵呵，爸爸高兴啊。咳！咳！咳咳！”然后一口浓浓的痰吐在地上。

“啊？爸，这豆叶也能抽啊？”白蝶发现爸爸抽的不是烟叶是豆叶。

“可以的，不能抽爸就戒掉了，省点钱给俺闺女交学费。咳咳！咳咳……这家伙就是不好抽。得戒，得戒啊。”爸的眼泪都咳出来了。

白蝶的眼睛湿润了，从那后就再也没见到爸爸抽烟了。她心里清楚爸爸都是为了她上学。

由于家境贫寒，白蝶从不敢妄花一分钱，爸爸给的一角两角钱她总是积攒起来买笔和草稿纸用的，她常捡别人丢下的铅笔头用，一张黄纸八分钱，她总是在上面先用铅笔打草稿，然后再用圆珠笔，最后用钢笔，一张纸当几张用。她喜欢看书可是没有钱买书，她的好同学李曼玉哥哥是这个中学的老师，他有很多小说、散文、诗歌包括古诗词这类的书，李曼玉把这些书常借给她看，白蝶看得如痴如醉，除了上课做作业，她把所有的时间都用来读这些书了。因为是借来的书，所以到星期天除了做些家务，吃饭睡觉都会忘掉。一边读一边做笔记，遇到好的句子及好的诗词她总是如获珍宝，一一都记在本子上。没书读时再翻开读读这些。

在学校庆祝元旦时她写了第一首诗歌《空想》。

把月亮一次次想圆
沉在心底的一片蓝
拒绝一阵风，一场雨的来临
在一片云雾里
你是一幅虚拟的画

虚拟的纯真及微笑
殃及我的远去，不再回首
我不会再握你没有温度的手
也不会去理解你堆砌的辞藻
一阵秋风吹来

片片枫叶离了枝头
没一丝留恋

我曾空想着你的真实
和走来的脚步
也曾被你的豪言壮语一时感动
面对你仅仅是一幅画的质感
而这幅画在风雨中毁于一旦

又想到月亮时，只剩下星星
心里的那片蓝渐渐淡漠
成为冬天的雪地，一片苍白
所有的枝节，残片
慢慢化作尘埃，消失在雪中
寒风呼啸着
把一个背影吹成冰凌

空想……
在路上
在黯然的文字里
一行诗就这样结束
空想……

因为这首诗歌，老师和同学记住了白蝶这个名字。不仅是诗歌，她的沉默，她的微笑，她的背影在同学们心中就是一首很美很飘逸很清纯的诗。

有一天吃过早饭，她早早地就背着书包去上学了，她一边走一边看着琼瑶的《青青河边草》，一个骑自行车的青年从他身边飞一般地过去了，她吓了一跳，书也看完了，装好书也快到学校了，就在快下路的拐角处她发现一个鼓鼓的黑色大皮包躺在地上。她知道可能就是刚才那个骑车人掉的，因为她这一路没有别人从她身边经过。她弯腰捡起来也没看里面装的是什么就在原地焦急地等着失主。同学们陆陆续续地从她身边走过，快上课了，她真的急了，就在这时她看到一个骑自行车的人飞也似的向她冲来，到她面前来个急刹车，这个人好像就是刚才从他身边过去的那个人，他下了自行车汗水沿着已吓得有些苍白的脸往下流。

“这位同学，你这包是我的！”那人喘着粗气。

“哦，你里面是什么东西？”白蝶试探地问了一下。

“是钱和两套衣服，这是我今天订婚的所有东西。”

这时白蝶才打开包翻了翻。

“嗯，那你看看少了没有？”白蝶把包递给了那个人。

他抹了一把汗，把钱点了点，发现两千元钱及东西都在。“谢谢你！谢谢你！你是这建华中学的哪班的？”

预备铃响了，白蝶转身向学校跑去。白蝶心想得上课了，没少就好，你不必要知道，我得上课了。

那人又找到了学校向校长打听到了白蝶，向学校说了这事，当时在学校她是个大家学习的重点。整个校园都沸腾了。

“白蝶，你真好，我们应该向你学习。”一群女生走来围着白蝶，白蝶有点不好意思。“没什么，是人家的东西就应该还人家嘛，如果是你们也一样会这么做的。”

“白蝶，你是我们的活雷锋。”你们别说了，再说就不好了，我得回家喽。

下午她放学回家，路过三婶门口。

“小蝶啊，你真是个穷命，拾的钱还给人，真没见过你这样傻的孩子。”三婶老远就对着白蝶高声大语地说，白蝶只笑了笑。

“三婶，不是我的东西我不能要的。”

“傻孩子就是傻孩子。”三婶叹息着。

白蝶回到家，爸爸妈妈也从广播里知道了此事。

“好孩子，你真是我们的好闺女，今天从广播里听到你拾东西的事，不是咱的东西咱就不能要，那是人家订婚的东西，你想丢东西的人该有多急啊，我女儿做得对，做得对。”爸爸妈妈乐得合不拢嘴。

因为离家远，有自行车的同学中午回去，她没有，所以每天中午一般都不吃饭，爸给的钱她舍不得用，所以常常饿着肚子，这时她已饿得头晕晕乎乎的。

“妈妈，有吃的吗？我饿死了。”

“有，刚才妈妈给你做的面条，去吃吧。”

爸妈看到女儿那个狼吞虎咽的样子心里很难受，感觉好对不住这个可怜的孩子。虽然面条一滴油都没有可孩子还吃得那么香。

后来那个人给学校送了一面锦旗，在课间的体育场上，全体同学及老师都聚这里，校长表扬了白蝶拾金不昧的精神，希望大家向她学习。

在白蝶考上高中的时候，爸爸突然病倒了，这一病就再也没有起来，在他临去世前还紧紧拉着女儿的手，把积攒的五十元零钱塞进女儿的手里，这点钱就是他对女儿最后的爱。他紧紧抓着女儿的手，怎么能舍得这个可爱又可怜的孩子。

“小蝶，爸爸对不起你，你要好好上学，听妈妈的话，爸爸没有本事……”说完爸爸眼一闭就撒手走了。白蝶搂着妈妈哭得死去活来，虽然爸爸没多大本事，可是完全能支撑这个家，土地前几年就分到户了，爸爸这一走，妈妈的身体又不太好，还要干地里的活又没有帮手，她上学住校离家又很远，妈妈一个人在家她真的不放心。每次星期六回来，她总是尽量帮妈妈干点活，可是妈妈又怕累着女儿。

小明已考上了大学，这个喜讯他第一个就想告诉白蝶，白蝶为他高兴，但是自己心里有种说不出的滋味，因为她真的看不到未来，就像这阴沉沉的黑夜连一颗星星都没有，漫无目的地一步步往前试着走……以前星期天小明常来帮白蝶干活。小明总是喜欢默默注视着白蝶，喜欢看那缕缕发丝拂过她那俊俏的脸，她嘴角以前那迷人的笑再也找不到了，他知道小蝶的内心的迷茫和无助，都深深埋在她心里，那微蹙的眉头暗藏着多少无奈和悲伤。本来就不爱说话的她更少言寡语了，有时她低着头很久都不会抬头，有时默默注视着远方眼里含着泪。但又怕别人看见，总喜欢背对着任何人，这些都让小明很心痛，想给她一点温暖，她总是远远地逃开，拒人于千里之外。小明知道这是她的自我保护，不想让别人知道她的脆弱和痛苦。

随着年龄的增长，他们的心里隐隐有种感觉，有种淡淡的牵挂。让他们时常都会想到彼此，想到他们的童年以及在一起的每一个时刻。可是想到这些小蝶就会默默流泪。

一天晚上，小明来找白蝶。

“小蝶我们出去走走好吗？”我找你有事。

“好吧，我和妈妈说一声。妈妈，小明哥找我有点事，我出去一下一会就回来。”

他们一起来到村外的小路上，月亮昏昏的，晚风轻轻吹着白蝶的白裙子。小明心里有好多话要和白蝶说，可是面对已是少女的白蝶，他的心在突突地跳着，反而没有儿时的那份坦白。他俩都在想着心事，就这样默默走着，走了好远谁也没说话。

月下的白蝶是那么恬静，她摆弄着长长的辫子，她的辫子是爸爸梳出来的，所以她不想剪去，每次自己梳头或者摸着辫子的时候她都会想起爸爸。风吹着树上的叶子沙沙地响。白蝶不知道脚下的路将通到哪里，月很朦胧。

“小明哥，你不是找我有事吗？说吧，一会我就得回去，我怕妈妈等急了。”白蝶的心跳得好厉害，但是她强压着让自己平静下来。

“小蝶，我们从小一块长大，还有几天就开学了，我们可能半年才能见上一面，你就没有什么话要和我说？”小明终于鼓足了勇气。

“哦，小明哥，真羡慕你考上了大学，将来可以有份好的工作，不会再干农活了。以后有什么事给我写信，好吗？”白蝶知道小明话里的意思，她不敢想，也不去想，因为她没有资格和勇气，所以就装糊涂。

“你也会的，小蝶，我相信你！好的，我会常给你写信。不过，你有什么事一定得告诉我。”小明真想握一握白蝶的手，又怕吓着这个纯洁可爱的女孩，试了几次都没敢接近白蝶，装作若无其事的样子。

“嗯……我会的，小明哥。”白蝶的心里好茫然。她的将来在哪？就像这夜让你一切模糊得看不清楚。

“小蝶，我知道你以后会很艰难，如果我能帮上你的，你尽管说。”小明感觉到了白蝶的茫然。

“好的，小明哥，谢谢你！我们回去吧，天不早了。”白蝶不想再和小明这样走下去，虽说是夏天的晚上，不知道为什么她感觉好冷，她希望有一丝温暖，有一个让她可以依赖的人，没有，没有啊。这月色好苍白，它把自己照得也那么苍白。轻轻的一声叹息弥漫在晚风里。

小明把白蝶送到家门口，“别忘了，有什么事都告诉我。”小明对这个一直让他牵挂的妹妹有种心动，更多的是怜悯。她那么美而又那么单纯总是让人放心不下。

“记住了，小明哥，你回去吧。”

白蝶站在大门口看着小明消失在夜色中。她内心有一种幸福更有一种心酸，不知不觉泪水滑落嘴边是那么苦涩……

小明到了学校心里放不下白蝶，她那双忧伤的眼睛总是在他的脑里晃来晃去让他坐卧不安，她的苦她的无助她的眼泪这一切的一切困扰着他。让他常常坠进寂寞而困惑的深渊。他常常一个人在校园的喷泉边徘徊，好像白蝶就在喷泉喷出的雨帘那边，那边一个个走过的身影好像都是白蝶，但又都不是，他知道白蝶不可能在这，虽然是幻觉也给了他一点点的欣喜，但是那份欣喜又突然消失。不知道小蝶现在怎么样了。这时一只蝴蝶飞过来轻轻地落在附近的一朵红红的月季花上，然后又翩翩地飞远了。望着蝴蝶飞去的方向，他想起了他给白蝶捉的那只蝴蝶，白蝶满脸的泪水把那只蝴蝶又放飞了……想起这些，他感觉那蝴蝶就是白蝶在飞舞，不知将会飞到哪里……

“喂，宋小明，你在那傻傻地想什么心事呢？是不是想那个同桌的她？”这时他的同学王曼走来。一眼就能看出王曼是个泼辣而自我的女孩，火红的短裙，一头波浪卷发在背后晃来晃去。说话声音又响又亮，一张嘴老远都能听到她的声音。小明不喜欢这样张扬而外向的女孩。

“呵呵，别拿我开心了，有点想家了。”小明冲这个漂亮的女同学淡淡一笑。他知道这个女孩是一个市长的千金，娇气而又霸道，从不把别人放在眼里。小明可不敢招惹她，但是她对小明却是很在意的。

“哦，宋小明，能和我说说你家乡吗？”王曼很好奇。不时对小明哈哈大笑，这样让小明浑身很不舒服，感觉她好像在嘲弄自己，在嘲笑他的贫困，嘲笑他是个农民的儿子，嘲笑他的憨厚朴实，心里不由得生起一种厌恶。

“有什么好说的啊，一个穷乡村。”小明不想说那么多，他也不想让这个骄傲的公主知道那么多。

“保守的家伙，喂，你陪我走走好吗？”她大胆而霸道地望着小明。

“呵呵……我还有事，很抱歉，改天吧。”小明不想惹也不敢惹这个小公主，真的惹不起。他知道自己和她之间的距离是遥不可及的。在他将来的人生中也不想与这样的女孩相伴。

“宋小明，你！你有什么啊！把自己当作王子了啊，真是！”还没有人敢对我王曼这么无理呢！

望着小明远去的背影，她咬了咬嘴唇，不知道为什么这个穷小子让她没脾气，让她有种非想了解和征服不可的想法。这也许就是她王曼。

小明就坐在她左边靠墙的地方，上课时她总是不由自主地扭头一次又一次地看小明。小明也感觉到了王曼的目光，有时偶尔扭头就会和她的目光相撞，他会突然躲开，像遇到老虎似的让他有种怕。吃饭时王曼总是会和他在同一张桌子，走在校园里一回头她就会在身后。小明明白王曼已爱上自己了，他有点动心但也不敢，因为他一直很冷淡她，但是她还一如既往。她能不嫌弃自己是个穷乡村的人这已很可贵了，他又想到了白蝶，但是他感觉他们不可能，因为小蝶的将来没有希望，注定了要待在农村而他小明再不愿回到那个生他养他的穷地方！那儿太苦，他这么多年的拼搏就是为了远离农村，虽然白蝶那么可爱，学习也很棒，但家庭决定了她的前途。和她青梅竹马的美好都是小说里的事，小蝶在前途上不能给予他什么帮助，而王曼会让他的将来一片光明。虽然她霸道了点，女孩子这样也很可爱，可以让他仕途顺利，想到这些他感觉自己对王曼应该温存。

“小明，你在想什么？”王曼又突然出现在他面前。

“呵呵，王曼啊，你好，看到你今天这么开心的样子，有什么好事啊？”

“小明，今晚我请你吃饭，不许拒绝！”王曼一向这样，她也感觉到小明渐渐被她俘虏了，这样很刺激。

“呵呵，美女请吃饭，哪有拒绝的道理，好的，遵命！不，我请你。”小明呵呵笑着。

“呵，真的吗？我太开心了！好！”王曼不敢相信小明今天一改往日的冷漠，她反而有点不习惯了。

他们俩在情人缘的一个小包间坐下，桌子上点支一只红蜡烛，一朵红玫瑰花。

他们彼此望着，在柔柔的烛光里心里都很温馨很激动。王曼这时目光有点迷离，弱弱的楚楚可人，这是平时见不到的样子，更像一团火，火辣辣地烧着人的心。小明一直很沉稳就像一本吸引人的书，总是让人看不透，但是一直又诱惑着人去读去品。这也许就是诗人笔下的浪漫。

“小明，没想到你看上去斯斯文文沉默寡言的还很浪漫啊。”王曼微笑着，伸出双手抓住了小明的手。

“呵呵，是吗？是不是很开心？”小明有点殷勤，但不敢反手抓她白嫩的小手。

“非常开心！小明，我要你一直这样陪着我？好吗？我喜欢你的背影、你的眼睛和你那诱惑人的嘴巴。”大城市里的女孩就是大胆。

“王曼，我是个穷乡村来的，以后也可能会回去，我给予不了你什么，也不想伤害你。”小明有点自卑，也是故意这么说的。

“小明，我爱你，也不管你是哪儿的，反正我已喜欢你了！我敢向你保证你不会回到那农村了，一切有我爸爸呢，你放心。”王曼是个毫不掩饰的女孩。

“谢谢你！王曼，”小明这时大胆地反手抓住了王曼的手，像抓住了救星，突然间感觉自己的腰板挺直了，眼前一片阳光。王曼顺势倚在他宽阔的胸前。就这样他们的恋爱如火如荼地开始了，小明的脑海里再也没有了白蝶的影子，再也不会一个人孤独发呆。

白蝶在学校也不能安心学习，总是牵挂着家里的妈妈，她真的好希望能接到小明的信，也许它会给自己一分力量、一点安慰，哪怕就一句简单的话。但是她没有接到小明的一封信，也许他那晚上说的话早已忘了，进入大学生活，漂亮女孩多的是，也许大学的生活已改变了他，他怎么还能想起她呢。白蝶是不会主动给他写信的，因为她知道人要自爱、自尊，要有自知之明。这些白蝶早已想过，情理中的事。所以她不生小明的气，她希望小明开心，将来更幸福。人家是大学生了前途无量，而自己呢不仅家贫，也许高中都难读完了，因为妈妈实在支持不了，她也不忍心看到妈妈为了她那么辛苦，虽然妈妈没有一句怨言，可是她不忍心啊，她和妈妈走在田间的小路上，看着妈妈瘦弱的身体和她那打了几个补丁的上衣在风中摇摆，白蝶心里酸酸的。

妈妈比她还难过，感觉欠女儿太多太多了。她怕累着女儿，干农活不分白天黑夜，终于积劳成疾，妈妈倒下了。还有一年就高考了，白蝶不得不辍学照顾妈妈。她在村后的芦苇滩坐了半天，这是她最想来的地方，在这儿她会有一种很温暖的感觉，也会得到一点自我安慰，在这她可以默默地回忆从前的一切，回忆在这里和小明过家家，在这里有他捉的蝴蝶、他采的芦花。……现在只有芦苇苍苍，一切都像梦一场，只有这一眼望不到边的芦苇。风吹走了一切。她哭干了眼泪。她决定辍学。这个决定也断送了她的前途和梦想，一切的一切都将化作泡影了。没办法只有这样选择。妈妈的病越来越严重，可是她又不愿去医院治疗，家里连五元钱都凑不上，哪有钱治病啊。妈妈知道自己不能好了也不愿意浪费钱，就这样让这个可怜的孩子苦上加苦。

“小蝶，坐在妈妈这边来。”妈妈拍着床沿有气无力。

“妈妈，来了。”白蝶放下手里的扫帚走到妈妈的床边。

“孩子啊，我和你爸对不起你，没有让你过上好日子，看到你忙里忙外，又放弃了上学，妈妈心里好难过。”妈妈艰难地说着。

“妈妈，别这样说，你和爸爸都很疼爱我，我真的好幸福，一点都不苦。”白蝶用手给妈妈理了理额前花白的乱发。

“孩子，我也不行了，只留下你一个人，妈妈真的好难过……”妈妈的泪水像断了线的珠子，一颗一颗滚下来。

“妈妈……你不要这么说，很快你就会好的。”白蝶知道这是自欺欺人，她咬着嘴唇不让泪水流出来。

“蝶儿，我不是你的亲妈！你是我们讨来的孩子。”妈妈终于说出了埋藏在心里的话。

“啊？！妈妈！你说什么啊！是不是我做错了什么？”白蝶不敢相信自己的耳朵。

“孩子，你是我们讨来的孩子，当初小明说的是真话。”妈妈的干涩眼里滚下一颗泪珠。

“不！不是！你是我的亲妈妈，不是真的！不是真的！你是！”白蝶趴在妈妈的胸前哭喊着。突然间她感觉一无所有了，就连这奄奄一息的妈妈也将不属于自己。

“孩子，我说的都是实话，我们对不起你，没有好好照顾你，你爸去世后我想让你上大学，再苦再累妈都不怕，可是——可是，孩子，妈也没几天日子了，你不要难过，你去找你的亲妈妈吧，她叫洪婉莹，也不知道她是哪儿的，只知道她是个唱戏的，我也没有见过你爸爸，你还有一个孪生的姐姐。孩子，你会找到她们的。”妈妈有气无力地说完了这些话。她喘息着紧紧抓住女儿的手，从枕头下摸出一把钥匙，吃力地递给白蝶，“孩子把那个箱子打开，把里面一个小盒子拿来。”

白蝶望着妈妈心里充满了疑惑，不知道这把钥匙打开的将是什么。她打开箱子找到一个红色的小盒子，妈，是这个吗？

妈妈闭了闭眼睛，在积攒着力气，她接过来打开，“是的，孩子，”妈妈把包裹的红手绢打开，一只翠绿色的玉坠。“这是你妈给你留下的唯一信物，上面刻了一个‘蝶’字，这块玉我一直没给你戴过，没给你，就是怕你丢失了，我想，等你长大后会找你的亲人，没了这可怎么找啊，孩子，你一定能找到你的妈妈和姐姐，你们姐妹俩长得非常像，你妈说一般人都分不出你们谁是大的谁是小的。”

白蝶只傻傻地听着，好像听妈妈在讲别人的故事，一个她认为不存在的故事。

“孩子，我不该隐瞒你这么多年，我们不告诉你，就是怕你去找你亲生父母。怕过早的失去你，你爸走了，我也要随他去了。孩子，你就去找你的亲人吧。别怪我们的自私。”妈妈说完这些不停地喘息着。

“这不是真的，妈，不是真的。”白蝶已哭成了泪人，她不相信这是真的，因为爸妈非常疼爱她，他们为了让她上学，省吃俭用，给她买新衣服，她从来就没见到爸妈穿过一件新衣服，她怎么也不会想到自己是讨来的，突然之间她感觉自己就像蒲公英，随着风飘啊飘……再也没了家。

白蝶不相信妈妈说的是真的，她一句话也不说只是瞪着大眼睛一眨不眨地瞪着妈妈。

“孩子，我说的都是真的，是真的。”

“不，不是的，妈妈，你是我的亲妈妈！是我的亲妈妈！”白蝶搂着妈妈不想让妈妈再说下去。

她感觉妈妈抓着她的手慢慢松开了。

“妈妈……妈妈……妈妈……你不要撇下我啊，不要撇下我……妈……妈……”白蝶声嘶力竭地哭喊着，可是她再也没有把妈妈喊回来。妈妈走了，走得那么不舍，走得那么痛苦那么艰辛……

好心的邻居给妈妈用木板钉了口简单的棺材，就这样把她送下地了，看着土一点点把棺材覆盖，跪着的白蝶已没了眼泪，她好像看到爸爸妈妈在笑着向自己挥手……“妈……爸……你们不要走，不要走，你们不要我了吗？……回来啊……妈……妈……妈……”老老少少看到这个可怜的孩子没有一个不流泪的。

“孩子，别哭了，你喊不回来了，她再也听不见了。”婶子给她擦着眼泪陪着她哭。

“小蝶，别哭了，你这样大妈会难过的，她也不想走啊。”

“我再也没爸妈了，再也没有家了，妈……爸……回来吧……你的小蝶不能没有你们！”

“孩子，别喊了，听话，别喊了，好孩子，我们回去吧，你已两天没吃饭了，这样下去怎么受得了。”

“婶子，我回哪儿啊？我再也没有家了！”

“到婶子家，你就是我的孩子，孩子，听话，我们回去吧。”

大家终于把白蝶劝得不哭了，她一步一回头地看着爸妈的坟堆，又再一次扑向它们，就像又扑向爸妈的怀抱……

邻居帮着她办完母亲的后事，好心的大妈、大婶都想让她去她们家，白蝶不肯，她感觉妈妈还躺在床上，还在微笑着望着她。她们经常来看她，还送些吃的，邻家的姐妹们也经常陪着她。可是这些都弥补不了她内心的伤痛，屋里再没有了妈妈，再也听不到她一声声的呼唤，那张床上空空的，她整理了妈妈的几件补丁摞补丁的衣服，头七就给妈妈捎了去，秋天到了，她怕妈妈冷，这几件破旧的衣服也许可以给妈妈御御寒。暑假结束快开学了，一天晚上小明来了一次，他只淡淡地说了几句话：“小蝶，你有什么打算？”白蝶感觉小明的声音好远，好像另一个世界传来的。她抬头在灯光下望着这个一直熟悉的人，不到三年的时间她感觉小明变得让她无法相认，他陌生的声音很淡漠，不敢相信这就是曾经很爱护她的人，不敢相信这是她一直盼望的人，就在听到他声音的刹那往日的一切突然消失了，只有一种心酸在白蝶心里。

小明也像面对一个陌生人，随便说几句不疼不痒的话。

“后天是妈的五七，过了五七我就离开这了，去找我的爸妈。”昏暗的灯光下小明的脸好模糊。

“你去哪儿找啊？”

“不知道，我相信有一天会找到的。小明哥，谢谢你能来看我，也许这是我们最后一面了。”

“但愿你能找到，哦，我女朋友来了，你见见她吗？”

白蝶好像被什么击了一下，很快就镇定了，她知道小明在暗示她什么。

“不了，哥，祝福你们！”白蝶内心深处的那丝朦胧的期盼此时被小明的一句话完完全全抹杀掉了，她明白了小明为什么一封信都没写，原来他已有女朋友了。她含着眼泪不想再说什么，怕眼泪会掉下来让他看到。“小蝶，你多保重，我走了。”小明看到白蝶这时的处境很让人心酸也无能为力。

白蝶把他送到大门外。看着这个和她一直长大一直让她念念不忘的男孩就这样走了，这也许就是永别，以后再也没有见面的机会，泪水止不住流了下来，直到小明的身影消失在夜色中，她才转身回到这空荡荡的小屋。

面对着这静得让她恐慌的屋子，“爸、妈，来陪陪我，我怕……”她抚摸着爸爸妈妈的旧衣服，感觉自己是那么的无助，这黑夜好像要把她吞噬了一样，她想抓住一点什么可是什么也抓不到，只有这黑黑的夜和远处传来的秋虫声。

在昏暗的灯光下，她翻开石评梅的作品，她感觉自己的无助和忧伤比石评梅更沉重，石评梅是那个时代的才女也是她父母的宝贝，而自己就是路边的一棵小草，哪怕一只懦弱的小羊都会把自己消灭掉。不，草有春风吹又生的坚强和韧劲，那才是她白蝶，她相信自己会找到亲人，更相信苦难中长大的她会成为一个非常优秀的女孩。她会让死去的爸妈为她骄傲，更要让她的小明哥重新认识自己，看到她生命的绿色。

啪啪，啪啪……“小蝶，睡了吗？我是婉儿。”

白蝶擦干脸上的泪，打开门，“婉儿，这么晚你还没睡啊？”

“小蝶，妈怕你一个人害怕，也怕你难过让我来陪你睡。给，这是妈妈让我给你带的鸡蛋。”婉儿把一包鸡蛋递给白蝶。

“谢谢你！谢谢婶婶，以后来不许带东西了，婉儿，你来我已很感激了。”白蝶的眼泪又下来了。

“小蝶，别再难过好吗？大妈其实也舍不得你，可是老天爷偏把她带走了。小蝶，你今后怎么打算？”婉儿握着白蝶的手坐在床边，她的手好冷。

“婉儿，爸妈不是我的亲生父母，以前小明说我不信，妈妈去世前告诉我了事实。”白蝶感觉这话好像不是自己说的。

“哦，小蝶，你已知道了，其实我早就知道了但没敢和你说，是听爸妈说的。说你是一个唱戏的丢下的，那时你在发高烧，大伯大妈没有孩子，收下你时，就立刻把你送进了医院，你昏迷了三天三夜，大伯大妈跪着求医生让他们救你，医生还说晚一点你就没命了。”婉儿把知道的都说了。

“是他们给了我第二次生命，这些年爸妈为了我也吃了很多苦，可是连一个报答的机会都不给我，婉儿，我是不是一个很惹人讨厌的女孩？为什么他们都不要我了？！”白蝶越说越伤心。

“不，不，小蝶，不是这样的，他们都非常爱你，可是病魔硬是把他们拉走了，你的亲生妈妈绝对也舍不得，听我妈说，你妈妈就一个人带着一对双胞胎女儿，你高烧得很厉害，她没钱给你治病就把你给我大伯大妈了。她是给你一条生路。”婉儿安慰白蝶。

她们俩躺在床上说话一直到深夜，也不知道什么时间睡着了。

妈妈走了的这一个月，白蝶躲在屋里看书写点诗歌，因为她知道，只有文字才能真正懂她，才能给她一点点温暖，爸爸妈妈连一张照片也没给她留下，特别想他们的时候，他们的面孔却那么模糊，就是在梦里再也找不到。

夜

爸妈淹没在夜的黑里
我再也不能沿着灯光走近
被关在夜门外的我
怎么能找到一个出口
天空有几颗星星
很远，很远
我知道那就是爸妈
在默默望着我

没有一滴泪
可以容下我的脚步
没有一阵风
可以牵着我的手
走走停停，停停走走
留下点点心碎在路边
就像一朵雪花

捡不起的日子
在尘埃里
看不透的时间
给我一份茫然
爸妈走了，在另一个世界
你走了，在夜里

夜很黑
把我的路缩成一个叹号
一步步走下去
雨在叹息
风也在叹息

白蝶写完这首诗眼泪默默流着，她真的不知道她会流落在哪里，也不知道如何才能走下去。

给妈妈烧完五七，白蝶在坟前告诉爸妈：明天我就走了，爸妈，我还会回来的，这儿有我最亲的人和把我养大的这片土地。爸妈，我知道无论我到哪儿你们都会在我身边，默默地看着我、陪着我，希望爸妈能保佑我找到亲人。

明天就走了，她真想去看看小明，虽然他有了心上人，可是不知为什么她总是想最后见见这个小时一块长大的哥哥，也许小明是她唯一想着的人，唯一难以放下的人吧。可是……还是不去了，不去了。她默默地告诉自己，把那些美好的回忆都珍藏起来吧。

第二天一大早，天刚蒙蒙亮，白蝶一个人来到村后的芦苇滩前，这里绿绿苍苍的芦苇安安静静，没一丝风，蒙蒙的雾幔让她看不清那绿色，她想起了就在这里小明说出了她是讨来的，就在这里小明给她捉了一只蝴蝶，那只蝴蝶已不知飞向了哪里，今天她白蝶也将从这儿离开，也许是永远地离开，她真希望能看到小明会突然出现，哪怕能让她远远地看上一眼，她也会把这一切牢牢地记在心里，在今后的漂泊中她都不会太寂寞太孤独。她在这徘徊着、徘徊着……时间慢慢地过去，好像她又听到小明在喊她：小蝶，小蝶，我在这里，我在这里……白蝶在张望着，寻找着……不，这一切都是幻觉，都是幻觉。那个影子没有出现，她擦去脸颊上的泪水带着遗憾走了。

怎么能忘记

拿出你送的竹笛
我又一次吹起
不知不觉流下了眼泪
这是你喜欢的歌曲
不知它能否飘进你窗内
轻轻唤回远去的记忆

看着你给的照片
我又想起过去
送你的蝴蝶是否已飞
那是我唯一的心意
不知它能否再次飞回
重新翩然在你的梦里

怎么能忘记
那蝴蝶这竹笛
怎能忘记
你眼里含着的泪
想要说的话一直还没说
这一切今天都已吹散在风里。

这首歌在耳边回荡，就像她的一颗心在风中飘来荡去。

白蝶从幻觉中回到了现实，匆匆地回到家把仅有的一点东西收拾好就准备动身了。

大妈、大婶、姐姐、妹妹们给她凑了不到一百元钱，把她依依不舍地送到村外。

“孩子，在外要小心，找不到你的家人一定要回来啊。”

“孩子，一定要回来啊，我们都是你的亲人。”

“白蝶妹妹，你一定要回来啊。”

“白蝶姐姐你一定要回来。”

“一定要回来啊……”她们流着眼泪来送白蝶。

“大妈，大婶，大叔，姐妹们，婉儿，虽然爸妈没了，你们就是我的亲人，我真不想走，也舍不得你们，还有我爸妈的坟堆，找到找不到我的亲人，我都会回来的，我会回来看你们的。”

白蝶跪下，给送她的亲人磕了几个头，又往爸妈的坟地望了望，转身走了。

白蝶走出好远回头看，那些亲人还站在那里望着……

终于看不到乡亲们了，终于看不到了埋着爸妈的土堆，连那个她一直长大的村子也看不到了。

白蝶坐上了去上海的大巴。她知道下放到他们村的人都是从上海来的，所以她认为自己的爸妈也一定是上海的。

飞去的蝴蝶

在一个早春的季节
你化蛹来到这个世界
风雨里慢慢长大
你飞过了骨肉离别
在一片辽阔的田野
你是飞来飞去的蝴蝶
旅途上没有了家
你飞过了花开花谢
蝴蝶，美丽的蝴蝶
前方再也没有停歇
抛下身后一个雨夜
你的未来有谁重写
蝴蝶，忧伤的蝴蝶
飞去的路上你含着泪
想要飞向下一个季节
春寒却把你的纯真泯灭

三

白蝶的泪一路都没干过，因为她什么都没有了，爸妈你们好狠心就这样丢下我走了，人海茫茫，我又到哪去找我的亲生父母。白蝶是那么茫然那么无助，她不知道自己的路究竟在哪，哪才是她停留的地方，车里人很好奇望着这个美丽的女孩，看到她默默流泪都投来同情的目光。车窗外的风景离自己好远，又一闪即失。这样晃晃悠悠、迷迷糊糊不知车走了多久，白蝶多么希望车就这么一直跑下去，她不想下车，因为下车后的路不知道在哪儿，她不知道，不知道。

车还是到站了，白蝶下了大巴，来到这个陌生的城市，看到陌生的人群和川流不息的车辆，她感觉自己像风中的一片树叶随时都会被吹得无影无踪。

随着茫茫人流漫无目的地走下去，这儿的高楼大厦给予她太大的压抑，来往的车流都让她不知所措，不知道这车或者人会不会给自己指引一个方向。她来到一个报亭前，无意中去翻看一张报纸上看到一个消息，天涯报社在招人，仿佛黑夜中的人看到了一丝遥远的光亮。她买了份报纸，想试一下，只有初中文凭的她有些不安，大城市人才多的是。如果要什么文凭的话今天这份工作就没戏了。但是她有点信心因为自己的文笔好，能写出很好的文章。虽然这个工作工资不高，但是她喜欢，也给自己一个落脚点。一直以来文学是她的梦想。虽然这个梦好远好远，但是她不会放弃，就像她的命运，当初被母亲抛弃，但是那份亲情一直在默默牵着她的心，给她勇气和力量让她走下去，找下去……自从养父母都去世之后，写作学习是唯一能支撑她的东西，诗歌让她忘记了孤苦伶仃，忘记了眼泪。没了父母她的路又在哪里。她的无奈，她的无依无靠，她的梦想，她的未来都在诗歌里充满淡淡忧伤，也充满一种渺茫的希望。

白蝶回想起这些又流下了眼泪，不由得把脖子上挂的玉佩摸了又摸。摸着它心里有种温暖和希望，也有了勇气，好像似曾相识的亲人就在前方向她招手，时远时近……

她一边走脑子里乱乱的，风扬起她的长发，身影飘飘。吸引了陌生的目光。抬头天涯报社到了，她有种说不出的喜悦，就像大海中迷失方向的船突然看到了灯塔上的灯光。

她走进这个很大的院子，望了一圈，确定一个会议室的门，就稀里糊涂地就闯进了会议室，报社的人正在开会，一瞬间所有人的目光都落在了她的身上，他们那么惊诧，那么不可思议，张开嘴想说话，可什么也没说。白蝶也不知所措了。怎么啦这是？一个身穿红色连衣裙的女孩站了起来，瞪着美丽的大眼睛。白蝶也和大家一样惊讶，空气立刻静止了，她怎么那么像我？所有人的目光在她们两个身上不停地转移着，很安静的会议室立刻沸腾了，太像了！太像了！和洪蝶简直就是一个人！主席台上的一个年轻人站起来说，散会。

那个年轻人也被这个特殊的女孩惊呆了，他向白蝶走来。

“请问，你找谁？”很礼貌地望着白蝶。

白蝶像做错了事的孩子，“对不起！不找谁，我是来应聘的，真对不起！打扰你们开会了。”白蝶由于紧张脸红红的，就像刚从树上采下的红苹果，不敢看这个年轻人，也不敢看其他的人。

“跟我来。”那个年轻人向她示意，白蝶随他进了主编办公室，心里怦怦直跳。

“请坐。”年轻人看着这个穿着白色连衣裙显出身材那么修长的女孩，她披肩长发系着白色丝带瘦瘦弱弱的。那双美丽的大眼睛里含着一抹忧伤，忧伤里埋藏着一丝希望在她眼里闪烁着……白蝶抚摸着胸前的一缕长发不敢看面前的这个人。

“我是主编常枫，请把你的资料给我看一下。”他微微一笑，是个很有绅士风范类型的人。白蝶把手写的诗稿递到他的办公桌上。

“留下你的地址或者电话等候我的通知。”他依然微笑着让白蝶紧张的心轻松了一点。

“主编，我没地址也没电话，刚刚从乡下来到这，还没有找到住处。”白蝶有点为难了。

“这样吧，你后天来，我给你一个答复，好吗？”常枫看出她的不安。

“那好，主编，我后天再来，再见。”白蝶淡淡一笑走出主编办公室。感觉有很多双眼睛都在盯着她，怪怪的并且还指指点点。

白蝶一头雾水离开天涯报社，她跨过两条马路，就在附近的一个小巷子里找到一间简陋的小屋，房东是个六十多岁的大妈，很和蔼可亲，她见白蝶是个可爱的女孩子，房租一个月就收五十元，并且说现在没有钱可以不给，有了再给也可以。白蝶很感动，说：“大妈你有什么事就喊我来，我什么都会做的。”大妈说：“好的，这太简陋了只有一张小床，一个桌子，一个凳子，一个热水瓶，需要什么尽管和大妈说，委屈你了。”白蝶笑了笑，“大妈，这很好的。”“那好，孩子你收拾一下吧。大妈我有事去了。”

白蝶环顾这间小屋，四壁空荡荡的，墙上连一张画都没有，她把桌椅凳子擦得干干净净的，又把床收拾好，洗了洗就躺下了。这些日子以来她太累了。拿出一本琼瑶的《窗外》，可是一个字也看不下去，心里很乱，今天发生的一切一幕幕又出现在眼前。不知我能否被录用，那个主编看上去人很好的，从他眼神里感觉他好像很欣赏我，我的作品不知他能否看上，唉，随它吧。今天的那个红衣女孩和我太像了，简直就是我的翻版，无论年龄、身高、发型、长相就找不出哪里不一样，就是她身上有一种很傲慢很狂妄的东西，难道？不，不会，不会有那么巧合的事……她不想让自己再多想什么。在这第一次用电灯，她很惊喜，感觉这个世界都亮堂了许多。

洪蝶下班回到家直奔妈妈所在的厨房，“妈妈，今天我遇到一件特别特别怪的事！”她加重了语气。

妈妈笑着问，“怎么啦？看把我的宝贝女儿搞得像见了外星人似的。”

洪蝶端了杯凉茶，“今天我们报社来了一个应聘的女孩和我长得一模一样，还有一点不一样的就是她穿了一件白色连衣裙，而我穿的是红色，她看上去很文静，不像我高声大语的。妈，你说，世上有这么奇怪的事吗？”洪蝶一口气说了这么多，累得伸了伸脖子，喝了口茶差点呛着。

“什么？什么？小蝶，你再说一遍，那女孩和你长得一模一样？是真的吗？能不能带来给我看看？”妈妈惊讶得急不可耐。把手上的水在围裙上擦了擦。

“真的很像，不行啊，妈，她早走了，不知能否被聘用呢。”洪蝶摇摇头。

“喂，妈，我感觉她那份文静很像你。真的，绝不虚构！”

“是吗？怎么能像我，你都不像的。”妈妈有点失落地说。

“不对吧，妈妈，我长得很像你啊，也许我这性格属于基因突变。”洪蝶手舞足蹈。

“嗯，我相信基因突变，不然怎么就生出你这么个疯丫头。你是妈的女儿当然长得像妈啦，洪蝶，她是哪里人啊，叫什么名字，今年多大啦？”妈妈不停地问。

“喂，妈，你怎么啦，平时你很少说话的，告诉你吧，我统统不知道，呵呵，我没和她说一句话。”洪蝶有些不解地望着妈妈，妈妈无语了，只是发呆。

“妈妈，你怎么啦？”洪蝶感觉妈妈有些异常，饭菜都端到了桌子上。

“没什么，小蝶，赶紧吃饭，吃完了你要午休，下午还要去上班。”妈妈心不在焉地说。

她们只是吃饭谁也不说话了。妈妈收拾好锅碗躺在床上呆呆地望着天花板。一个孩子撕心裂肺的呼喊又传到了耳边，“妈妈，妈妈——妈妈——”这个声音那么近又那么遥远。

二十年了，这个一直让她心痛的声音在呼唤着、撕扯着她的心。

她想起那个上海下放知青常青，想起她们相亲相爱的一切。往日的一切又历历在目，好像就发生在昨天。

一天傍晚婉莹在一条小溪边割草，站起来用袖头正在擦汗，一个文质彬彬个子高高的而又白白净净的小伙子来到她的身边，婉莹知道他是下放的上海知青，不好意思地冲他笑笑，他也笑了笑。

“请问你叫什么名字？住哪？”常青被眼前这个女孩吸引住了，梳着两条长长的辫子搭在丰满的胸前，一双迷人的大眼睛，小巧的鼻子，一笑诱人的嘴角有对可爱的酒窝，花布小褂挽着袖子穿着蓝色裤子，一双带襻黑色布鞋，既清爽又朴实。文文静静的一双大眼睛望着你好像在对你说话。

“我叫婉莹，你看，就在那荷塘北面第二家。”婉莹用手一指。

“哦，我叫常青，上海来的。”他一步步向婉莹走近。

婉莹挎起筐就想走，一筐草太沉。

“我帮你挎回家好吗？你一个人挺累的。”常青伸手来帮忙。

“那怎么好累你呢？你干不了，谢谢你啊。”婉莹感觉这个知青很热情、很直爽。

“没关系，让我帮你吧。”他不容分说就帮婉莹挎起草筐，这一大筐草如果压在这么瘦弱的女孩身上真让人心疼。

到了婉莹家常青放下筐就要走。

“等等，今晚就在我们家吃晚饭吧，我们家就我和奶奶，一会她就回来了。”

“不了，你忙吧。”常青不好意思地笑笑转身走了。

婉莹把他的背影看了好远，不知道为什么心里有种不舍。

第二天她又来到昨天的地方一边割草一边唱：

五月石榴花儿红

石榴花开红彤彤
一朵花儿一个梦
妹妹采花映红脸
哥哥一旁笑如风

妹妹是那花儿红
哥哥爱花醉其中
捧起妹妹你的脸
哥哥的心你最懂

五月石榴花儿红
朵朵开在我心中
那是我的妹妹花
人比花儿还要红

妹妹花呦，花儿红
红红火火在五月呦
待到秋来找妹妹
红红的石榴，红红的梦

啪啪，啪啪，啪啪。“你唱的真好听。”常青鼓着掌走来，其实常青早已远远地站着默默地在望着她。

婉莹抬头一看是常青，脸都羞红了，“怎么是你啊？”

“呵呵，刚才的歌我怎么没听过啊？真好听。”

婉莹低着头，“那是我瞎编的，你当然没听过啦，让你见笑了。”

“你瞎编的？真的很好听哎，再唱一遍给我听听好吗？”

“嗯……”婉莹又轻轻地唱起……

“真好听！婉莹，你可以再编一首吗？”

“好啊。”婉莹眨了眨美丽的大眼睛。

我是你那只等待的蝴蝶

牵着阳光来到你身旁
掬捧花香撒在你前方
我是你那只等待的蝴蝶
和你一起浪漫一段时光

乘着风来到你身旁
借着梦和你去远方
我是你那只等待的蝴蝶
和你飞向一个美丽地方

“常青，我编不出来了，你让我再想想。”

“呵呵，好！非常好！你真行，看不出来你竟然会编歌词，并且还能唱出来，真不敢想象。”常青很吃惊，简直不敢相信，这个美丽的女孩天赋这么好，还能唱出来。嗓子又这么好。

“别瞎说了，你是大上海人，有学问，让你见笑了。”

“不，不，没有，我说的都是真心话，别打岔继续来。”

白蝶转动着大眼睛：

我是那只等待的蝴蝶
飞来飞去寻找一片春光
和你飞过月光，飞过荷塘
飞进谁缠绵的诗行

我是你那只等待的蝴蝶
飞来飞去追逐阵阵花香
和你一起飞过彷徨，飞过忧伤
飞进谁甜甜的歌唱

婉莹甜甜的歌声让常青听得如痴如醉，她唱完了默默地注视着他。

“常青，我唱得不好，你别笑我。”

“啊？！你的嗓子太好了，我都被你的歌声陶醉了，婉莹你真的太有才！你会写字吗？”常青才反应过来。

“什么啊，会写字，不过写得很难看，我只上小学五年级就不上了。”

“哦，那我把你这两首词和谱记下来，太喜欢了！”

就这样一有时间婉莹就会给常青唱歌，常青常常沉醉在她的歌声中，他总是会傻傻地遐想着……有时婉莹什么时间走的他都不知道，就这样慢慢的他们相爱了，常青不仅爱婉莹的美丽，更爱她的才华，几乎婉莹每一天都给常青编一首歌，常青像宝贝似的认真地记录下来，一个人的时候拿出来慢慢地欣赏慢慢地哼着。

一天晚上他们相约来到村外的湖畔，常青一下抱住了婉莹。

“婉莹，我爱你！我爱你！”常青喘着粗气感觉心都要跳出来了。

婉莹不知所措，让常青的狂热一下包围了，他急促的呼吸火辣辣地烧着她的脸，烧着她的一颗心……他的手轻轻伸进婉莹的上衣……

“不要，不要这样……常青……”

“婉莹，你知道我好爱你吗？每次见到你都想抱住你，都想吻你……我真的无法控制我自己了！”

常青捉住了他久久渴望的这一双唇，他也感觉到婉莹的心跳是那么厉害，一种深沉的呼唤，婉莹柔柔地被他放在了草地上……

就这样，婉莹把女儿身给了这个她爱的男孩。

因为他们的频繁来往，村里人都背后指指点点：

婉莹和常青是不是那个了？每天如影随形，见他们看彼此的眼神，简直要把对方瞅进眼里了，她奶奶可能还不知道呢，这傻丫头，他常青是上海人，到时屁股一拍走了有她哭的……

是啊，这丫头太傻了！太傻了！长得这么水灵，什么样的找不到啊，唉！

唉！没办法啊，自小没妈的孩子就是糊涂啊，缺乏教育，缺乏教育啊！

婉莹这么好的女孩谁见了不喜欢啊，听说，那书记也想婉莹能做他儿媳妇呢，二旺这小伙子很好的，当兵将来也是国家人，家境又好，可是……恐怕不可能了。

是啊，婉莹这孩子太单纯了，嫁二旺多好啊，不过常青也不差，只是他是上海的这根本不可能，只会闪婉莹一口苦水。

唉！谁知道呢，就看婉莹她自己了。

嗯，我们只是在背后瞎议论，也就是希望这么好的女孩能落个好人家。

是啊，希望能落个好人家。婉莹知道大家都在说她，很多都是好意，她也没想那么多，因为太爱常青了，不管将来如何对常青的这份爱永远都不会改变也不后悔。

婉莹有一天感觉恶心，心里闹得慌，想吐又吐不出来。

“怎么啦？婉莹，告诉奶奶是不是病了？”婉莹在墙角一阵阵干呕。奶奶很担心的给她拍着背。

“我，我不知道……没事的，奶奶，可能有点着凉了吧。”

晚上和常青在一起又一阵想吐。

“婉莹，你怎么啦？”常青搂着她。

“不知道啊，常青，这样好几天了。”婉莹感觉身体很虚脱。

“你是不是有了？是不是有了我的孩子啦？”常青好激动。

“什么？！你别吓我！常青，怎么办？！”婉莹怕了，“这传出去是很丢人的事，我怎么在村里抬头啊？”婉莹急得泪都下来了。

“别怕，我们结婚吧，我要你完完全全是我常青的。”常青紧紧搂着婉莹。

“我奶奶还不知道呢，她不知道能否同意。”

“我去和奶奶说，我求她把你嫁给我！走，我这就去找奶奶。”

常青牵着婉莹的手来到婉莹家，奶奶见他们手牵着手，皱了皱眉头。

“奶奶，把婉莹嫁给我吧。”常青跪在奶奶面前。

“你这是，这是怎么啦？小伙子，快起来。”奶奶不知道怎么回事。

“不，奶奶你不答应我就不起来，我会一辈子对婉莹好的。”

“不，小伙子，你是上海人，我们婉莹配不上你的。”奶奶和蔼地挥着手。

“不，奶奶，不是，我无论什么时候都不会丢下婉莹的，我爱她！”

“别说疯话了，常青，我不允许！婉莹不可能嫁给你的！”村书记马海一脚跨进门来一脸的阴森。

“进来坐，马书记，你看这事……”奶奶很无奈。

“我说不行就不行！你不久就要走了，婉莹没上海户口，你们不可能两地分居吧，最关键的是你爸妈不会同意的，常青，你就冷静地想想吧，这样你会害了婉莹。我也不允许你伤害婉莹，我们家二旺也很喜欢婉莹，他去当兵今年就转业了。回来就可以安排工作，他会让婉莹幸福，今年我就把他们的事办了，你就死了这个心吧。”马书记想让常青没有希望。

“马书记，你也太霸道了吧？我喜欢婉莹，婉莹也喜欢我，你有什么权力干涉？你又不是法海，现在什么时代了，别妄想了！婉莹不会答应的！”常青毫不示弱。

“你！你给我收敛点！别认为我管不了你！”马书记气呼呼的。

“好了，都别说了，马书记你也别和这小伙子生气。”奶奶赶紧解围。

“马书记，二旺哥是个好人，他会找到比我更好的女孩，我喜欢的是常青，你就别多操心了。”婉莹也很生气。你书记怎么啦，别人的婚姻都干涉。

“婉莹你别被他的花言巧语骗住了，到时你会后悔的！”

“马书记，你放心，我绝不会后悔！”婉莹很坚决。

马书记气狠狠地一摔门走了。“你会后悔的！到时老天爷都帮不了你！”

“小伙子，先和你父母说说吧。”奶奶和蔼地望着常青。

“好的，奶奶，明天我就给家里去电报，告诉爸妈我和婉莹的事。”

爸妈很快就回信了，就三个字：不同意！他们正在做工作想要儿子尽快回去，不想让宝贝儿子在穷乡僻壤多待一天，更不想娶一个乡下的姑娘做他们的儿媳妇。常青把这封电报撕得粉碎撒在路边。

他骗奶奶和婉莹说爸妈回信同意了，奶奶望着面前的这个小伙子一脸的憨厚样她也很喜欢，“常青啊，你家里的信呢？”

“信在我的抽屉里，真的，奶奶我说的都是真的。”常青也不想骗这个慈祥的老人，可是他太爱婉莹了，婉莹已怀了他的孩子。他必须娶她。不能对不起她。为了婉莹他愿意永远在这个穷地方，绝不会后悔。

“奶奶我年龄大了，就把婉莹托给你了。这孩子自小就命苦爸妈都去世得早，希望你好好地对她，这样我才会放心。”奶奶见常青一脸的真诚。

“奶奶你放心，我会一辈子对她好的。我爸妈说没时间来参加我们的婚礼了。等我们回去时他们再给重新举行一次婚礼。”常青尽量让奶奶相信。

“嗯，他们工作很忙，我知道，只是啊这婚事没有他们在，感觉不太合适。既然他们忙，我们就不计较了，我们相信你。孩子，是不是他们不满意你们的事啊？”奶奶还是不放心。

“不是的，奶奶，他们可喜欢啦，就是因为忙，过后他们说再来看望你老人家。”常青不想让奶奶知道实情。

马书记急了，这么好的女孩眼看就让别人娶走了，给儿子去电报，儿子却说也许他们没缘分，只要婉莹幸福他也会很开心，顺其自然吧。他干着急，没办法眼睁睁地看他们结婚了，气得他躺了一天，有气对老婆发。

“那好吧，孩子，我相信你！相信你会对婉莹好的。”年迈的奶奶就草草给他们办了喜事。

破旧的草屋里点着两支红蜡烛，一张小木床，上面被子打了几个补丁，一张破旧的桌子，唯有婉莹穿身红衣服是新的。婉莹依偎在常青怀里感觉是那么温暖那么幸福。

“婉莹，太委屈你了，我就这么娶了你，没有亲人的祝福，没有像样的婚礼，没有我给你的新房，你就把一切交给我了，我除了感激就是幸福，婉莹，我一定会对你好的，不管将来怎么艰难，我们都会一起去面对，只要你在我身边我什么都不怕，什么都不需要了。”常青紧紧地搂着婉莹像做梦一样。

他们甜甜蜜蜜地过着清苦的日子。不久她就给常青生下一双女儿。常青抱着两个女儿乐坏了。

婉莹太辛苦你了，你看她们好像你，这小鼻子，小嘴，还有这眼睛，好可爱啊！

“常青，爸爸妈妈来了信吗？你写信告诉他们我们有孩子了。”婉莹柔声细语的。

“他们也许很忙，也许信卡着了，我这就写信告诉他们，他们一定高兴坏了。”常青感觉自己口是心非在骗婉莹，有种负罪感。

孩子周岁时，常青给女儿各买了一块一模一样的玉，上面刻着同一个蝶字，他把这玉挂在孩子的脖子上。

爸爸，爸爸，女儿张开小嘴会喊爸爸了。

“婉莹，婉莹，快来啊！我们的女儿会喊爸爸啦！会喊爸爸啦！”常青高兴得不知所以了。

“看把你高兴的，好宝贝，再喊一声。”婉莹逗着孩子。

“爸爸，爸爸，爸爸……”两个孩子争着喊。

在孩子一周岁零两个月时，常青接到爸爸妈的来信要他回去，让他回去参加大学考试。常青不知怎么和婉莹说，信里并明确说不许带孩子和婉莹去。常青很难过，他没想到爸妈的心会这么狠，可是他做不到，他丢不下这两个可爱的孩子和温柔体贴的婉莹。他犹豫再三还是和婉莹说了，但没敢说不让她们去。

“婉莹啊，爸妈来信了。”常青一脸忧郁。

“哦，怎么说啊？”婉莹一脸的高兴。

“他们让我回去考大学，说让你们先留在这，等安排好再让你们过去。”常青不敢看婉莹的脸。

“哦，那你就回去吧，常青，是件好事，如果你考上了可以找一份好的工作，不然怎么养活这两个孩子啊，我们等着你。”婉莹一点不反对。

“可是，我不放心你们，孩子这么小，还有年迈的奶奶，你怎么能照顾得了？”常青眉头紧锁。

“没什么，常青，我行的，你放心吧，你老待在这有什么出息，我不能让你为了我和孩子失去了前程。”婉莹紧紧地抓住了常青的手。

“我……我……还是放心不下。”

“有什么啊，常青，男人要有自己的事业和理想，不能总是守在孩子和老婆身边，我希望我的男人是个很了不起的人，你知道吗？你这样天天陪我在这受苦我心里很难受，因为你是没受过苦的人，我习惯了，我知道不是为了我们娘三个你早回上海了，我不能只为自己，爱你就要你开开心心的，可是你从没开心过，很多的时候你都是装出来的笑。我都知道。走吧，常青，只要你还记得我们娘三个，就是再苦再累我也很知足了。”婉莹，虽然不想让常青走，她知道这样会苦了他一辈子，她做不到，因为她太爱这个男人了，一定要他走。

“那好吧，婉莹，等一切安排好，我一定回来接你娘三个。”

第二天一大早，他们吃过饭，婉莹给他背着行李，常青抱着两个孩子，奶奶给他送出了村子，“孩子早点回来，我们等着你……”“我会的，奶奶你回吧。”奶奶转身慢慢往回走了。以前他们感觉这条路很长，可是今天感觉特别短，他们就这么默默地走着，心里都有很多话要说，可是谁都没说，只有两个孩子咿咿呀呀地叫着爸爸妈妈，眼泪在他们的眼圈里转来转去，都强抑着不让它掉下来，都怕对方看到。不知不觉已走了好远，常青止住了脚步。

“婉莹，带着孩子回去吧，等着我，我一定会回来的。”常青低沉地说出了这些话。抚了抚婉莹脸上的乱发。他不敢多说话怕控制不住自己的感情，更怕婉莹见他这样会更难过，所以他默默告诉自己：常青！你是个男人，千万不要！

千万不要！

“常青，不要想我们，我会把孩子照顾好的，好好学习争取考上大学，我们在这里等着你……”婉莹说不下去了。

常青把两个孩子亲了又亲。最后把他们娘三紧紧搂在怀里。他感觉婉莹的身体在颤抖，自己的心也在颤抖。

婉莹接过孩子，常青狠了狠心就这样走了。

“爸爸，爸爸，”孩子的喊声让他不停地回头，眼泪终于下来了，他再也无法控制，但是他不能再回头，怕婉莹看到，怕自己再也没有勇气离开。

常青走远了，婉莹一下感觉自己空了，麻木了，坍塌了。他心爱的男人走了，真的走了。这两个孩子像两座大山压着她一点一点往前挪。孩子咿咿呀呀给了她力量。她也不知道什么时间抱着两个孩子回到家的。来时路很短回家好长啊。

“婉莹啊，别难过，常青会回来的，放心吧。”奶奶在安慰这个可怜的孩子。

二旺已转业回来了在乡里当个文书。他从心眼里喜欢婉莹，见常青走了，剩下这孤儿寡母的，他不忍心看到婉莹家里地里地劳累，他真的很心疼，偷偷地帮着干些地里的活。偶尔买点花生糖果什么的在婉莹不在时偷偷地塞给孩子。

“大蝶，小蝶，过来，让叔叔看看。”二旺向孩子招手。

“叔叔，叔叔，”两个孩子咯咯笑着跑过来。

“给，今天叔叔给你们每人一个鸡蛋，但要答应叔叔一件事。”二旺很神秘。

“嗯……嗯……”两个孩子点着头。

“不许告诉妈妈，以后叔叔会常给宝宝买糖吃，这是我们三个人的秘密。”

“嗯……不告诉妈妈，我们的秘密。”

“记住了，这是我们的秘密。”

“我们的秘密，记住了，叔叔。”她们接过鸡蛋又跑回家门口继续玩跳绳。

听到这一声声甜甜的叫，他很满足，也很幸福。夜晚他常常坐在婉莹家门前的荷塘边望着她的家听着孩子的哭闹和笑声，他多想走进这个家门去抱抱孩子，去帮婉莹晚上关门早晨开门，听她慢慢说着她的心事，给她做饭挑水，愿意为她做一切。可是，不能，微薄的一点心情也得偷偷地，怕她知道不接受。只能远远地望着她想着她。他心里不知道是什么滋味。

常青回了上海，一走就没了消息。不久奶奶也去世了，二旺给她里外的张罗着，婉莹看在眼里，她知道二旺的心思，可是她觉得不能这样下去，二旺是个好人，她不可能爱他，因为任何人都代替不了常青在他心中的地位。婉莹白天拼命在地里干活，孩子在地头玩耍，困了就躺在地头睡了。

要养活两个孩子真的太难了，眼看着两个孩子营养不良渐渐消瘦。二旺送些钱给婉莹，她说什么也不接受。相信自己会慢慢熬过来。为了孩子她得想办法挣钱，她黄梅戏唱得好，就加入了一个流动戏班子，其实和逃荒一个样，只不过凭自己的才艺换点钱，没有乞讨那么难听罢了，二旺一再挽留却留不住她。没想到戏班子在远离家乡的一个偏远乡村时，小蝶高烧不停，她急得直落泪，人生地疏，又是穷乡僻壤。

那是一个无月的黑夜，婉莹刚演完一场戏就急匆匆回到临时的帐篷里，因为刚才走时小女儿还在发烧，这里的乡村医生给了点退烧药，给孩子吃下几次了还是不见好，她把孩子搂在怀里不知如何是好，就磕磕绊绊抱着女儿往乡村医生那跑，一试烧 40℃，医生摇头。

“我无能为力了，你还是把孩子送医院去吧，晚了，孩子就有危险了。”

“医生，求求你救救我的孩子吧！”婉莹吓得像没了魂似的。

“我治个头疼脑热的还行，但你孩子的病我真的无能为力啊！赶快送医院吧。”

“可是，我没有钱啊，还有一个孩子呢，好好的我都养活不起了……”婉莹感觉是那么的无助。

“哎，大妹子，我也看到了你的艰难，你看这样行不行，为了给孩子讨个活命，我们邻居老白家还能吃上饭，就是没儿没女的，我想……大妹子你看成吗？”

婉莹搂着孩子只是哭，孩子的小脸火烫火烫的。“孩子别怪妈妈狠心，我真的没办法，妈妈只希望你能活下来。”

“说话啊，孩子的病拖不得啊，耽误了可不行啊！”

婉莹擦了擦眼泪，“好吧，医生，我同意。婉莹狠了狠心，眼泪止不住地流。”

医生出去一会儿就匆匆地领来两个老实巴交将近四十岁的一男一女，他们说话和声和气的。

“大妹子，你放心吧，我们两口子没有孩子，一定会把她当宝贝一样养着。”

婉莹把孩子交到那个女人怀里，“希望你们能把孩子治好，她今后就是你们的孩子了。”婉莹亲了亲孩子的脸，心里像刀割一样。

“我们会的，我们立刻就把孩子送医院去！以后会告诉孩子她的妈妈叫洪婉莹。”

“妈——妈妈——妈妈——”孩子好像感觉到了什么，突然睁开一直闭着的眼拼命地喊着妈妈。

婉莹在孩子撕心裂肺的呼喊声中里流着泪消失在夜色里……

十八年了，这个一直让她心痛的声音在呼唤着，她的心一直在流血。

十八年了，难道这孩子还活着……

主编常枫今天被这个叫白蝶的女孩震撼了，她的文雅气质，她的长发，她的美丽，她的大眼睛里充满了的忧伤，让人那么怜惜，那么心动，他看了白蝶简单的简介，当他读了她的一首首的诗时，常枫被一点点地重重包围着，像捧着月色，云里雾里走。

发 丝

母亲的发丝，花白，凌乱
如田野的荒草，摇曳着秋风
母亲的青春在我们身上，
也在她这一生的热土里
冬和夏，让她承受太多
最终，在秋风中她禅悟

用一个木梳梳理多少个日子
一丝丝飘落在地，带着微弱的体温
那些白天和夜晚
母亲会无奈地面对和沉默
因为她在牵着我的手往前走
而又沿着自己的路走成冬天的雪花

一杯茶里的影子
让熏香熏得那么安静
如洒进窗内的一缕月光
苍白了小屋的孤寂
和不能入梦的那张床

看远了一片云，还有眼角的一滴泪
掉落的发丝穿进针孔
一点点缝补破碎的岁月
已老花的眼睛却怎么也看不清
对和错，黑和白，远和近的尺度
曾一针错了，已错了一生

盘不起的发丝散乱在脑后
母亲只看着我，而不回头
我也和母亲一样不愿回头
有一天，一梦醒来
我突然回头
却找不到母亲
只看到荒草一片，如她留下的发丝

回　眸

你在我背后的春天
我一直往前走
一直往前走
风声传来了你的呼唤
雨水淋湿了身后的思念
我没有回头
走过一个人的白天和黑夜
走过落叶的黄昏
梦丢了
你丢了
回眸的一瞬
只是一个冬天
雪覆盖了我足迹的苍茫
一切的，一切是那么茫然
那么茫然
……

他读到了白蝶的清纯和无助，就像一棵长在净土中的小草，不知为什么，他感觉自己应该去关心呵护这个女孩，一种无法说出的东西触动着他不能平静的心。他帮她，一定要帮她，让她像一只蝴蝶一样飞起来，再也看不到她眼底的那抹忧伤。

四

第三天，白蝶早早就来了，常枫也来得很早，见到白蝶有说不出的激动，他感觉有好多话要和这个陌生而又熟悉的女孩说，但又不知从何说起，因为她在自己面前还是个未知数，但只是有一种让他放不下的东西在纠缠着他，让他很迫切地想见到她，想了解她，想走近她，并且想留住她。白蝶坐在报社走廊的长椅上正在发呆。

“早，白蝶。”常枫已经站在她面前了。

“早，常主编。”白蝶一惊站了起来。

“呵呵，没吓着你吧，到我办公室来。”常枫很温和地望着白蝶。

“没，没有。”她眼神快速地扫过这张英俊的脸，走进主编办公室。

常枫一米八的身材，钢青色套装西服，皮鞋亮得能照出人影子。那么高大挺拔，两道剑眉下那双深沉的细长眼睛里藏了太多东西。那么深沉，那么耐人寻味，而又那么让人一触难忘。

“请坐，白蝶，你已经被聘用了。”常枫给白蝶倒了杯茶。“你会使用电脑吗？”他希望白蝶看不出这里有个人感情的成分。

“谢谢！谢谢你主编！不会，我可以学，我会努力干好你安排的工作。”白蝶接过茶杯，激动得不知说什么。

“没问题，慢慢来，很好学的。”常枫微笑着望着白蝶。

终于被聘用了，她脸上露出从没有过的快乐，她的手触到了常枫的手，一丝温暖瞬间传遍全身，羞涩让她低下了头。

“不客气，我很欣赏你的诗歌，你就负责审阅诗歌稿件，我相信你的能力和才华。”常枫眼里充满鼓励和柔情。

“多谢主编的欣赏和信任，我很喜欢你分给我的工作。”白蝶望着他的眼睛又迅速躲开，她来到了自己的办公室。桌子上一堆稿件和未拆的信封一台电脑，她开始认真地看稿子，有人敲门，白蝶目光没离开稿子应一声，“进来。”

“白蝶，我教教你电脑，很好学的。”常枫进来了，其实常枫可以让其他人教白蝶的，可是他心甘情愿这么做，他很想和白蝶多待些时间，看着她，听着她的声音，这样他很知足很快乐。

“主编，谢谢你！太谢谢你了！”白蝶有点不好意思，让主编亲自教有点过了，但她也不好拒绝，因为她想早些日子学会。

“来，这是主机，这时显示屏，这是键盘，这是猫……首先开机，按这个开机键，然后……”常枫教得那么细致而又耐心。白蝶也学得很认真，不到半个小时，基本的都会了。

“白蝶，你接受能力太强了，真不敢相信，这些东西有人几天都学不会，你慢慢练习吧，以后这就是工具，是必不可少的。”

常枫刚走后又有人敲门。白蝶眼瞅着视频，手生疏地在键盘上动着。

“对不起，打扰你了，我是小说版的编辑洪蝶，电脑是不是主编刚教你的？”洪蝶像一阵风似的卷了进来。

“嗯，是的，我还太生疏，太谢谢主编了。”白蝶停下来。

“主编对你真好，你好幸运，其他人首先电脑这一关过不了就别想进来。而你是很特殊的，并且他还亲自教你，所以说你很幸运。下班后我们到附近的湖边走走好吗？”她的小嘴口红涂得很重，浓妆艳抹的那张脸假得像个皮娃娃。这样就很残忍地遮盖了与白蝶的相似之处。

“哦，你好，没什么，好的，下班见。”白蝶礼貌地一笑。不知为什么眼前这个高傲的女孩令她有点好奇。感觉她的眼神，她的长相，都让白蝶吃惊，因为她们太像了。她也想知道一些她们之间的事，是不是有个秘密。

“不见不散。”洪蝶转身又走了。

她们来到河边，望着远处的小船，听着哗哗的水声，此时不知该说些什么。“请问你是哪里的，叫什么名字？”还是洪蝶先开口了。

“哦，我叫白蝶，来自安徽。”白蝶依然望着远方，如果坐上小船能不能回到那个家，她还在想着心事，想那个已不存在的家。爸妈的坟堆是否已长草了……

“呵呵，我们都是蝴蝶，可是我却没有你那么美丽。”洪蝶咯咯笑着就像风中的一朵火红火红的玫瑰，“你好像和我年龄也相仿。”

“哦，不，我没你漂亮，我今年二十岁。”白蝶也有些好奇了。她感觉这个女孩给人一团火的感觉，会让人充满生机和活力。

“啊，我们同岁啊，你的生日是什么时间？这也许是我们的缘分，老天让我们相识，并成为同事成为朋友，我真的很开心。”洪蝶依然笑得很灿烂。“白蝶，你哪个大学毕业的？”

“我不知道自己的生日，爸妈没说过，我没上过大学，高中都没毕业。”白蝶淡淡地说了这些，这些话让她有点自卑。

“哦，没上过大学真的太遗憾了，我是上海复旦中文系毕业的。”洪蝶总给人一种高高在上的感觉。她好像有点炫耀，想给白蝶一个下马威。

“真羡慕你，以后向你学习。”白蝶很诚恳地看着洪蝶，她很不喜欢洪蝶的这种表情。

“你的爸爸妈妈好吗？”洪蝶总是有问不完的问题，脸上洋溢着幸福。

“他们都不在了。”说到这白蝶眼圈一红低下了头。

“对不起，我问到你伤心的事了，你还有其他亲人吗？”洪蝶很同情地看着白蝶。

“没什么。”白蝶侧过脸怕洪蝶看出自己将要流出的泪水。

“白蝶，不要伤心好吗？今后你就把我当你的好朋友、好姐妹好吗？”洪蝶也说不出心里对白蝶的那种情感，突然之间有种亲情。但也有一种说不出的妒忌，妒忌白蝶身上的那种清纯的美。她有种怕，怕这个女孩会抢去她在报社公主的地位，甚至还会抢去她一直爱着的那个他。她歪着头用怪异的眼神审查着眼前这个让人一见难忘的女孩。

“谢谢！我们会成为好朋友的，洪蝶，我们回去吧，我衣服还没有洗呢。改天我们再玩，好吗？”白蝶不想在这停留太久，怕洪蝶再触到她心里的伤痛。

“那好吧，改天我们再出来玩。”洪蝶有点不舍，她想要知道的问题还没问完。白蝶就要离开。

“再玩会儿好吗？”洪蝶有点没心没肺也有点霸道。

“改天吧，以后时间多的是。”白蝶最不喜欢别人强迫她，还是转身匆匆离去。

洪蝶回到家，妈妈已把饭做好了，吃着妈妈做的香喷喷的饭菜，脸上洋着幸福的光彩。

“妈妈，今天我又见到那个女孩了，她已经被聘用了。”洪蝶总是话多。

“是不是你说的那个女孩？”妈妈急切地问。

“是的，她叫白蝶，安徽的，和我同岁。”洪蝶滔滔不绝。

“什么？什么？她是安徽的，叫白蝶，还和你同岁？”妈妈吃惊地瞪大了眼睛。

“怎么啦，妈？”洪蝶不解地望着妈妈异样的表情。

“她爸妈都去世了，也没其他亲人，挺可怜的。”洪蝶继续说。

“哦，这样啊。”妈妈提到嗓子眼的心一下又落到了谷底，沉默了。难道这真是我的小蝶，是她来找妈妈了，不，没有那么巧的，世上相似的人多了。

白蝶吃了一袋泡面，很奇怪这个洪蝶为什么和我那么像，并且还同岁。也许她就是我姐姐，不，不可能，不可能这么容易就找到的。她不想让自己多想，打开《窗外》安安静静地看着，她想让自己静下来，干好工作的同时还要创作。

常枫下了班去白蝶办公室没见到白蝶很失落，这半天时间他脑子里满是白蝶那双忧伤的眼睛，好像埋藏了太多的无奈、太多的悲伤。也不知为什么，他很想知道，很想看到白蝶羞涩的笑脸。

五

丁零零，丁零零……白蝶办公桌上的电话响了。“喂，你好，我是白蝶，请问哪位，有事吗？”

“你好，我是常枫，今天你那稿件多不多，下了班我请你吃饭好吗？”常枫满怀希望而又真诚地说。

“不太多，可是我今晚还有其他的事，不好意思。”白蝶心里有一种预感，她感觉有一种东西在慢慢向靠近自己，就像一种雾幔，它将慢慢把自己包围也有可能会把自己吞噬，所以她必须在没来临之前去躲去逃避。小明的影子不知为什么这时候出现在她脑海里，让她的心阵阵疼痛，痛得忘记周围的事物和自己的存在。她真的很怕，也不想触及感情的事，因为她还没有这个资格，不想再受到伤害。

“那好吧，没关系的。”常枫有点失望地挂了电话。下了班，他目送白蝶走出院子背影渐渐消失在人群里，

“喂，常主编你在看什么啊，那么专注？”洪蝶走过常枫身边，顺着常枫望去的方向也看到了白蝶远去的身影。

“哦，洪蝶啊，没看什么。”常枫有点不好意思。常枫这时才突然发现，白蝶和洪蝶怎么这么像，洪蝶，我感觉你和白蝶几乎就像一个人一样，常枫很好奇地问洪蝶。

“是啊，我也奇怪，我们年龄都一样。”洪蝶也很困惑，脸上洋溢的春风轻轻吹过常枫的眼神。

“你们会不会是孪生姐妹？”常枫继续问。

“不会吧，我没有听妈妈说过，如果有的话，妈不会不说的，不过这也太奇怪了。”洪蝶一头雾水。

“那你就多了解了解白蝶，我总感觉你们之间有一种谜。”常枫又把目光投到白蝶消失的方向。

“嗯，那天我和她谈了一会儿，感觉她有一种无助和忧伤，她只说几句话就走了，好像不愿说。”洪蝶也望着白蝶消失的方向，好像自己就是她的影子。

“哦，我们都应多给她一些关爱和帮助，看得出她是个很坚强的女孩。”常枫很欣赏白蝶。白蝶的影子就像一只白色的蝴蝶在他脑海里飞来飞去。

“嗯，是的，喂，主编，你该不会爱上她了吧？一见钟情。”洪蝶有些开玩笑，也有一种酸酸的味道。

“呵呵，别瞎说啊，她那么漂亮又那么清纯，是个多优秀的女孩，怎么能看上我这个平庸的人呢。”常枫也一样开玩笑。他没注意洪蝶的酸味。

“喂，如果爱就得有所行动哦，不然就让别人追走了，那时后悔莫及哟。”洪蝶嘴里开玩笑，眼睛盯着常枫的脸，想在他脸上找到点什么。

“呵呵，再见！”常枫躲开了，他不想听洪蝶继续说下去。因为他很忌讳别人戏弄他内心的那份纯洁那份美好，那是对他的一种玷污。

“喂，洪蝶，你和白蝶太像了，如果穿一样的衣服绝对没人能分辨出来。”小王从后面追上洪蝶。

“是吗？也许吧，说句实话是她美还是我美？”洪蝶回头望了一眼小王。

“你，你们一样美。”小王被问得不好回答，洪蝶的故意修饰，白蝶的纯朴，这是不能比拟的。

“一看就知道你撒谎，不和你说了，再见。”洪蝶白了一眼小王头也不回地走了。

自从白蝶来报社之后，她和洪蝶总是大家的话题，有些年轻的同事总是围着她打转，都想靠近她，想凑上去说一句无关紧要的话，希望白蝶会在意，希望看到白蝶那迷人的一笑。有的会送上一个苹果，有的会送上一盒巧克力到她办公桌上，她只是友好地说声谢谢或者说什么也不收。

这天上午白蝶正在看一些稿件，有人敲门，开门一见是记者小唐，身上背着一个大包。

“打扰了白蝶，”小唐有些不好意思。憨憨的沙哑的声音像很疲惫的样子。

“没什么，小唐，你请坐，有什么事吗？”白蝶很客气。

“没什么，我出车刚回来，带点云南的荔枝，你尝尝。”他从大背包里掏出一包荔枝放到桌子上，脸都红了。

白蝶不知要好还是不要好，只勉强说了声谢谢，“下次不能再这样，让我很不好意思。”

小唐嘿嘿一笑，说：“这算什么啊，一点水果又不是什么贵重的礼物。”说完就恋恋不舍地走了。

刚想关门常枫又到了。

“白蝶，小唐有事啊？”话里似乎有点别的意思。

“没什么，他送了一点荔枝，主编，你也尝尝。”白蝶没有收过别人的东西，好像做了亏理事似的。

“白蝶，今天我请你和洪蝶吃顿饭可以吗？我已和洪蝶说好了，你不要再说去不了了。”常枫让白蝶无法再拒绝。

“嗯……那好吧，先谢谢主编的厚爱。”白蝶还是不情愿。她不喜欢别人这么强迫她，不然会很不自在的。

“下班见，你忙吧。”常枫终于走了。

白蝶孤独惯了，不想多接触人，更不想多说话，总是喜欢一个人安安静静地走着，安安静静地想着一些事，安安静静地沉醉在一首诗里，她忘不了那个把她养大的地方，忘不了养父养母给予她的点点滴滴，她很喜欢吃妈妈炒的螺蛳肉，爸爸一有时间就会用网子去湖里捞。有一次是冬天刚下过雪，爸爸穿着大棉裤棉袄就扛着操网挂着小筐走了，他不小心滑进水里，衣服全湿了，回来时网了半小筐螺蛳。爸却冻得病了好几天，每想到这些，白蝶总是想哭。爸你那么狠心地丢下我走了，妈妈也走了。又想到邻居大婶大叔及姐妹们对她的关爱，感觉这辈子都难还上那些真情。可是，她的妈妈和姐姐又在哪里呢，茫茫人海，她真的很茫然，但是她告诉自己一定会找到的。

下班了，洪蝶和白蝶走出来，常枫的车等在外面，洪蝶打开副座门先坐了进去，白蝶坐在后面。路上洪蝶说说笑笑，好像世上开心的事都让她遇到了。白蝶一句也没听到，一直傻傻地望着窗外，真希望在这茫茫人海里能找到失去的养父养母，不，白蝶摇了摇头，他们再也不会回来了。

一会车停到一家“丽人酒店”前，他们下了车。

“走，我们进去。”常枫走在前面，她们随着常枫走进了酒店，进了一间“回眸”包间。

“主编，你是个很有诗意的人，选这个‘丽人酒店’，又是‘回眸’，多美的名字。”洪蝶知道常枫是个很懂女人的人。

“这个地方不错，环境很优雅。”常枫呵呵笑着。

“你们两个点菜。”常枫把菜单推到白蝶面前。

白蝶推给了洪蝶，“我随意，你点吧。”

“那我就不客气了。”洪蝶今晚太开心了，咯咯笑着。

“要不要喝点红酒？法国的。”常枫问。

“我不能喝酒，过敏，来点白开水吧。”白蝶抢先说。

“我要，我们喝，主编，今天好好陪你喝一次酒，这是你自愿的。”白蝶第一次来这样的酒店，也没见过世面，她也不知什么是红酒。洪蝶口若悬河，她故意的，因为她吃醋。虽说她也喜欢这个女孩，可是她感觉常枫对她不一般。她在这工作这么久常枫都没有请她吃过一次饭，也从没有过这样的意识，可是今天……所以洪蝶既喜欢也讨厌这个女孩。

白蝶皱了皱眉头，心里很不是滋味，但没说一句话。

“不是，白蝶太斯文了，女孩子不喝酒也好，来杯鲜橙汁。”常枫看到了白蝶微蹙的眉，赶紧打圆场。

“主编啊，今天真是太感谢你了，我来这上班两年了你是第一次请我吃饭，这也是沾白蝶的光啊。”洪蝶给主编和自己倒上酒，就当白蝶不存在。

来，主编，这一杯酒是我个人敬你的。洪蝶端起杯子和主编碰了一下一饮而尽，再来一杯这是我代表我们美丽的白蝶敬你的，两杯酒喝下，洪蝶的脸像盛开的桃花和她衣服一样红红的。

“白蝶多吃点。”常风怕冷落了白蝶给她夹菜，

“谢谢你！主编，不客气，我随意。”白蝶安安静静地，也心不在焉。

“来，白蝶，我喝酒你喝果汁，我敬你一杯，为了我们的相识干一杯！”常枫看着白蝶的眼睛。

“谢谢！”白蝶举起茶杯。

“第二杯为有你们极像的相貌，为报社有你们这两只美丽的蝴蝶干了！”常枫有点陶醉。

她们两同时举起了杯，“谢谢！”

“白蝶，你少喝一点，我倒满，为了我们的奇缘干一杯！”洪蝶给白蝶倒了一点，碰了杯，又一饮而尽，她有点醉了，洪蝶又把这三个杯子都倒满，“白蝶，你必须喝下去，为了主编的盛情！”

“我，我，不行，我真的不能喝，实在对不起！”白蝶的脸都涨红了。

“别为难白蝶好吗？我替她喝。”常枫把两杯酒端起来一饮而尽，洪蝶有点不高兴，又自饮了一杯，一晃一晃地站起来，白蝶去扶她，她一下推开，顺理成章地一下倒在常枫怀里。常枫把洪蝶扶到车里。这个场面就这么似醉非醉地结束了。

“今天我很开心也很难过，你们谁都不懂、谁都不懂我的心。”洪蝶口齿不清地自言自语。常枫先把洪蝶送回了家。

“白蝶，真对不起，本身想让你开心一点的。可是你今晚很不开心。”常枫有点歉意。

“没什么，我很好，主编，你多心了。”白蝶脸转向一边，快到巷口时白蝶让常枫停车，她下了车只说声谢谢就匆匆走了，常枫在那傻傻地站了好久。这个女孩太让人心疼，她身上有一种非常吸人的东西，让你不由自主想靠近她，当你走近她时，她淡淡的一笑又会拒你于千里之外，让你一头雾水进退两难。

六

第二天起床洪蝶头还昏昏的，她感觉昨天太失态了。因为她心里很难受，她来这工作这么长时间了，常枫从没正眼看过她，更不要说请吃饭了，可是这个白蝶一来他那冷冷的脸上到处春风满面，她真想不开，她白蝶只不过相貌和我一样，仅仅是一个农村毛丫头，一身的土腥味，而我是个科班出身的大学生，我哪一点都比她强，可是为什么，为什么常枫对她那么有好感。每见到他看白蝶那种痴痴的眼神我就好嫉妒，这两年来我一直默默地爱着他、想着他，希望他能懂我对他所做的一切，希望有一天他能爱我。可是，不，他是我的，我绝不能让别人把他夺走。她起来收拾好就要走。

“妈，早饭我不想吃了，走啦。”洪蝶拿起包就急着要走。

“喂，洪蝶，吃一点啊，别慌走，我想问问那个女孩的事。”妈妈追到门外。

“怕晚了，回来我再告诉你吧。”洪蝶头也不回地走了。到了报社，她首先到主编办公室。

“对不起！主编，我昨天太失礼了！”她向常枫道歉，希望常枫能用看白蝶的眼神看着她。

“没什么，我已忘了，你去忙吧。”常枫微微一笑。这么淡漠的话让洪蝶有点伤自尊。

“谢谢你主编，那我回办公室了。”洪蝶昂着头脸上毫无表情地走出了主编室，常枫这样说明他对自己的一切都不在乎，假如是白蝶虽然他不生气绝对会问长问短的，她越想越生气。

白蝶正在抚摸着那块玉，洪蝶因为心里窝着火就冒昧地进来了，“白蝶啊，你在干什么，那么聚精会神的？”

“哦，没什么，你有事吗？”白蝶礼貌地站起来。

“昨天对不起啊，你手里什么给我看看？”洪蝶有点好奇。

“一块玉，别看了。”白蝶不想给她看，心里正难受着呢。

“看一下有什么，就看一眼，你也喜欢玉？”洪蝶开玩笑地从白蝶手中抢过玉，她一看就傻了，再摸了摸自己脖子上的玉怎么没了，可是这一块和自己的完全一样，上边也一个蝶字，“白蝶这是你的？”洪蝶瞪大了眼睛。

“是啊，是我的，怎么啦？”白蝶不解地望着洪蝶。

“什么？！你再说一遍，这玉是你的！”洪蝶指着白蝶。洪蝶内心窝的火一下爆发了。

“是的，就是我的。”白蝶很严肃地回答。

“怪不得你不给我看，你也太无耻了吧！昨晚我们一起吃顿饭，你乘我喝醉了，就把我这块玉偷去了，倒成了你的啦？！”洪蝶一手叉着腰另一只攥着玉的手指着白蝶。

白蝶也火了，“你欺人太甚了！这块玉是我妈给我的纪念物，怎么说是偷你的？！你这人太过分了吧！谁偷你的啦？！今天你非说清楚不可！”她们就这样大吵大闹了起来。

“你怎么就不脸红？这是我戴了二十年的玉怎么就成了你妈给你的纪念品啦？！你能买得起吗？！”洪蝶越说火越大。漂亮的脸蛋都扭曲了。

白蝶的眼泪都气下来了，“你把玉给我！！！”白蝶的声音不高，但感觉很吓人。

“我的，你休想！无耻！！”洪蝶指着白蝶的脸骂。

白蝶抓起桌子上的茶杯，砰的一声摔个粉碎。“洪蝶，你说你到底想干什么？！”她们的吵闹声整个楼房几乎都能听到。

常枫不知发生了什么事，匆匆赶过来，“怎么啦，你们？”

这时好多同事不知道发生了什么事都来了，站在门外看热闹，你一言我一语地议论纷纷。

“主编你给评评理，大家给评评理，你看这块玉是我一生下来就戴在身上的，昨晚她乘我喝醉了，就把我这块玉偷走了，还说是她妈妈给她的纪念品。”洪蝶把玉递给常枫手里。

“不是！不是的！这是我的，是我妈离开我时给我留下的唯一的东西！”白蝶几乎要疯了。

“这，这，白蝶你安静一下，你们都别争吵了，洪蝶，昨天我一直在场，你坐在我旁边的，白蝶坐在后面的，她怎么能拿你东西，我相信白蝶的人格！绝对不可能！我可以证明，也相信白蝶是清白的。”常枫用信任的目光安慰白蝶。

“主编，你太袒护她了吧！？你细看看上面刻着一个‘蝶’字！”洪蝶听常枫这样说差点气晕过去。

“我的上面也刻着一个蝶字！”白蝶争辩着。

“你们瞧瞧这人脸皮有多厚？！我说啥她也说啥，有意思吗？你是不是没见过东西啊？那也不至于偷啊，还是个美女小偷，难得！难得！”洪蝶越说越狠。

“洪蝶，你没必要这么出口伤人，你冷静地想想好不好？昨晚有没有落在家里？”常枫询问着。

“从我记事以来就没有摘下来过！”洪蝶回答得很坚决。“我不用想，主编你动动脑子，为什么我丢的玉和她的完全一样，恰好昨晚和她在一起吃饭，这块玉在眼前，主编你说到底是怎么回事？你不是明摆着袒护小偷吗？！”

“洪蝶！你！你太过分了！和你没法讲理！”常枫被气得说不出话。

同事们你看看我，我看看你，谁都不能说明白这块玉到底是谁的，白蝶这么好的女孩怎么可能呢？可是人赃俱在，又如何解释，洪蝶这么当众羞辱人也是很过分的。

她们越吵越糊涂，越吵越生气。

“这样吧，白蝶、洪蝶这事一定会弄清楚的，现在是工作时间。”常枫看白蝶流泪心里很不是滋味，可是他不明白这到底是怎么回事。他也糊涂了。但他相信这个纯真的女孩绝对不会做那事。大家交头接耳陆续回到自己的办公室忙工作。

这半天时间白蝶不知是怎么度过的，她难过到了极点，下班她也没回去，也没胃口吃饭，头昏昏的，洪蝶好像还在指着她骂：小偷！小偷！同事们都用怪怪的眼光看着她。她满身是嘴也说不清了。可是谁又能相信她的清白。报社里人都走了，她一个人伤心地流着眼泪“咚咚！”有人敲门，白蝶忙擦干眼泪去开门，一看是常枫，提着一个饭盒关心地望着她。

“怎么？饭也不吃啦，别难过，相信我会把这事弄清楚的，请你把这饭吃了好吗？”常枫恳求地望着她。

“谢谢你！主编。”白蝶感觉好委屈。

“你吃吧，我有事走了。”常枫又把门给轻轻关上。

洪蝶回到家又气又饿，妈妈已把饭做好端到桌子上了。“气死我了！没想到一个那么漂亮的女孩竟然那么不要脸！”洪蝶差点被饭噎着。

“怎么啦？别急，慢慢吃！”妈妈不解地望着女儿。

“妈妈你说恼不恼人，我的那块玉竟然让新来的那个叫白蝶的给偷走了！”洪蝶气呼呼地把满腔的怒火都发泄在盘子里的菜上，一小盘青菜三下两下让她夹得只剩汤了，她自己也不知道吃没吃嘴里，不知道这菜是咸还是淡。

“真的吗？不会吧？我去给你收拾房间时看到那块玉在你床上啊。”妈妈转身去洪蝶卧室。

“你看，这不是吗？”

洪蝶一下傻了，“妈，这，这是怎么回事，那块就是我的啊，上面也是一个蝶字，和这个一模一样啊。”洪蝶惊呆了。

“什么，洪蝶，你再说一遍，是真的吗？”妈妈紧紧抓住女儿的手。

“是真的，一点不假？”洪蝶肯定地回答。

“洪蝶，赶紧吃，妈妈和你一块去找她！妈妈的眼泪下来了。”走，我和你一块去你们单位！

“不，妈妈，你怎么啦？虽然我冤枉了她，也不至于你给她去道歉啊，那是我的事，妈你不要参和，我自己会解决好的。”洪蝶有点责怪妈妈。她也不知道这到底是怎么回事了。

“小蝶，她是你孪生的妹妹啊！”妈妈有些哽咽了。

“什么？什么啊？你为什么从来就没和我提及过，我不信！”洪蝶看着妈妈不知伤心还是高兴的样子。“在她两周岁时，我把她送给了一个姓白的夫妇，当时她在发高烧，在我离去时，她那揪心的哭喊声这么多年一直揪着妈妈的心，我认为她已不在了，所以就没有提过，从你那天说起一个非常像你的女孩，我就好高兴，我知道我的蝶儿回来了，一定是我的蝶儿回来了。但又一想不可能的。今天你又说了这块玉的事，当年你爸爸常青买了两块一模一样的玉，上面都刻了一个蝶字，你们两个各一块，当时我留给她唯一的信物就是这块玉。”妈妈声泪俱下。

洪蝶傻了，这样啊，白蝶会接受我这个姐姐吗？我对她那么不友好，又当众羞辱她是小偷。

“你这孩子太过分了，是妈妈把你宠坏了，对任何人都不该那么无理啊。”妈妈对女儿这样做也很生气。

“上班时间快到了，妈，我上班去了。”洪蝶拿着包就想走。

“等等，我和你一块去，洪蝶。”妈妈理了理头发。

“妈，你就别去了，行不行？我会把她带回来的。”洪蝶不想让妈妈去。

“不行，我一时一刻都不想等了。失散了十八年的女儿终于回来了。我能不去找她吗？”妈妈拉着洪蝶就走。

七

到了报社，同事们都远远地看着，指指点点。怎么，把家人搬来了？洪蝶的妈妈很斯文，该不会像洪蝶一样吧？今天有好戏看了。他们陆续地都赶到白蝶的办公室门口小声地议论着。

洪蝶带着妈妈直奔白蝶的办公室，白蝶打开门正想去洗洗脸，一开门见到她们，她又退了回来，很礼貌地请她们进来，“请进，你们有什么事吗？”白蝶不解地看着她们，心里也有几分怕，怕她们无理取闹。

“孩子，我终于找到你了！”妈妈上前一把抓住白蝶的左手，也看到了白蝶手上的那块胎记，“你就是我的女儿，小蝶，千真万确！”婉莹不敢相信女儿这么大了，丢下时才两岁，突然间成大姑娘了，她一眼不眨地从上往下一点一点地看着女儿。泪水模糊了她的眼睛。

白蝶被这突如其来的场面吓坏了，她以为她们是来找麻烦的，“这，这，阿姨你是不是弄错了？”这时常枫也进来了，其他同事也都惊呆了。

常枫还不明白怎么回事，就急于解围，“阿姨，白蝶绝对不会拿你家洪蝶的东西，我相信她，阿姨，你看这块玉是洪蝶的吗？”常枫认为她一定能弄明白。

“小伙子，你误会了，我没说白蝶拿洪蝶的东西，你手里这块玉就是白蝶的，洪蝶的昨晚落在家里了。”妈妈也拿出洪蝶的玉。“不过这两块玉完全一样，我告诉你们，白蝶是我的女儿，和洪蝶是孪生姐妹，白蝶是妹妹，请大家不要误会。”妈妈温和地向大家解释。

所有的人都在欢呼：太巧合了！这会是真的吗？怪不得她们长得那么像，原来是一对孪生姐妹啊，太好了！白蝶终于找到亲人啦！

白蝶还没有反应过来，不，不会是真的，这是在做梦，是在做梦！她眼睛一眨不眨地望着妈妈，这就是我要想找的妈妈吗？这就是姐姐吗？她感觉自己整个身子都轻飘飘的像在一片云上，它会把我带到我妈妈身边吗？

“孩子，是真的，我就是你妈妈！请原谅妈妈当初遗弃了你，希望你不要恨妈妈。她就是你姐姐！”妈妈含着眼泪疼爱地抓着白蝶的手不愿松开。

我妈妈我不知她在哪，我在找她，一定能找到她的！白蝶好像被这个突然冲进了梦里。

“白蝶，对不起！我冤枉了你，希望你能谅解我这个无理的姐姐。”洪蝶拉着白蝶冰凉的手道歉。我的妈妈？我的姐姐？我就这么找到你们啦？白蝶依然反应不过来。

“白蝶，你是不是在找你的妈妈和姐姐？”常枫盯着白蝶。

“是的，我妈去世前给我这一块玉，说是我亲妈妈留给我的唯一的信物，我不知道她们在哪，就盲目地来到上海，不会这么巧合吧？”白蝶还是不太信。

“当洪蝶第一次见到你回家说了，我就有一种预感知道我的小女儿回来了！”妈妈擦去脸上高兴的泪水，她把两块玉放在手上，你们看看这两块玉完全一样，就像她们的长相，外人无法分出，只有我知道，白蝶左手心上有个红色的胎记，洪蝶把白蝶的左手举起来，一个红色的胎记明显地在白蝶的手掌心上。

哇，真的啊，如果她们穿一样的衣服我们真的认不出来。

“妈妈，我终于找到你啦！妈——妈——！”白蝶再也控制不住一下扑进妈妈怀里，泣不成声。“妈妈这是真的吗？是真的吗？”

“是真的，我的宝贝女儿！妈妈对不起你！都是妈妈不好，让你受苦了。妈妈再也不和你分开了！再也不会分开了！不会分开了！”

“妈——妈妈——妈妈——”白蝶和妈妈紧紧搂在一起。

“妹妹，别难过了，我们团圆了。”洪蝶也流下了眼泪，她们母女三个紧紧地抱在了一起。

“太好了！祝福你们！白蝶，洪蝶，我放你们半天假，你们回家好好亲亲，明天再来上班。”常枫非常感动。但是只说放半天假，因为他每天都想看到白蝶，看着她上班来，又目送她远去，即使不说一句话心里也是美滋滋的。

“谢谢主编！我们走了。”洪蝶和白蝶一边一个挽着妈妈的胳膊回家了。

妈妈让洪蝶去把妹妹的行李搬回来，她自己在家给女儿收拾房间，白蝶的行李很简单，一床被子，几件衣服几本书。她找到房东大妈，“大妈，我要走了，谢谢这些日子你对我的照顾，这是房租钱。”

房东吃惊地望着她们，“你们，你们怎么长得这么像？”

是的，这是我的孪生姐姐洪蝶。白蝶给大妈解释，洪蝶笑了笑。

“难怪这么像，你这一走大妈还真有点舍不得，房租我就收一个月的，也算大妈的一点心意，以后有时间来玩，别忘了大妈我。”房东眼泪汪汪的。

“怎么会忘呢，我一定会再来看望你，大妈，钱你一定要收下，你一个人很不容易的。”白蝶把钱往房东上衣袋里塞。房东只好收下，把他们送出了院子，还不舍得远远望着。

妈妈高兴得不知怎么才好，做了一桌子的菜，也不知白蝶喜欢吃什么，只凭着自己想的去做。

“大蝶小蝶，我们吃饭喽。小蝶，多吃点，尝尝妈妈做的菜好不好吃，今后想吃什么，妈妈天天给你做。”妈妈不停地给白蝶夹菜。

“妈妈，我吃什么都可以从不挑食，你吃吧，我自己来。”白蝶被弄得好像客人一样真有点不自在。“妹妹，你回来了，看把妈高兴的，以前很少见她笑的。”洪蝶也很开心见到妈妈这么高兴。“以后，我也不会孤单了，有妹妹做伴，我真的好幸福！晚上我赶一个稿子，妹妹你和妈妈好好聊聊。”

“好的，忙你的，姐。”

吃过饭，妈妈躺在床上，白蝶坐在妈妈旁边。

“小蝶啊，你不怪妈妈狠心吧，当初也是逼不得已，想给你个逃生的机会，当初饭都吃不上，你高烧不退，又没钱送你去医院，跟着戏班子四处流浪，只有这样选择。你养父养母对你好吗？这些年让你受苦了，孩子。”妈妈的眼泪又下来了，她紧紧握着女儿的手。

“我不怪你，妈，哪有做母亲不疼爱自己孩子的，不到万不得已你当初也不会把我送人，我那个家虽然生活很清贫，但也很幸福，爸妈都非常疼我，他们挣钱不多，总是很节俭，把积攒下的钱给我买笔、本子和新衣服，爸为我把烟都戒了。”白蝶眼前浮现一幕：

爸爸坐在柴火垛旁用纸卷干豆紧皱着眉头一口口吸着，烟呛得他不停地咳嗽

“爸，这好吸吗？”

“好，好，咳——咳——”他一边咳一边乐呵呵的。

“不好，你眼泪都咳出来了，爸。”

“爸高兴啊，以后爸就不吸烟了。”

“白蝶，爸没本事，以后要积攒钱给你上学用啊，抽烟对身体也不好，就不抽了。咳咳，咳咳。”

白蝶给爸爸捶着后背。

“我女儿的小手捶在背上真舒服啊。”爸爸幸福地擦着咳出的眼泪。

“爸，我天天给你捶背，咯咯。”

“多年的烟瘾也不容易戒掉，偶尔还是抽豆叶。”

后来爸就不吸了，每次想到这些我都好难过。

我去上学前妈妈总会偷偷地给我煮个鸡蛋塞进书包里，想到他们对我这么

好，我真的很难过，还没有孝敬他们一天，他们就相继都走了，爸去世前把积攒下的五十块零钱塞到我手里说是下学期的学费钱，妈，你当初把我送给这么好的人家也是我的幸运，妈，如果让我选择你们和他们，我会毫不犹豫地选择他们，他们是天下最好的父母，妈，我好想我的爸妈，我再也见不到他们了，再也报答不了他们了……白蝶眼泪大颗大颗地往下掉。

“好孩子，不哭，都是妈不好，我也感谢他们把你照顾得这么好，孩子，他们知道你找到了我会很高兴的，等过一段时间，你带我回安徽，我给他们送点纸钱，去感谢老哥老姐把我的女儿养大，孩子不难过了，人死不可能复生，我知道你和他们的感情很深，你要开开心心的，他们在天之灵也会很快乐。”妈妈一边用手帕给女儿擦泪一边安慰她。

“妈，我爸在哪？”白蝶没见到爸爸也很疑惑。

“哎，孩子，你姐姐也没见过他，在你们一周岁多的时候他就回上海了，为了养活你们我加入了一个流动戏班子东奔西走。那时我才二十二岁，你太婆婆也去世了，我就带着你们两个随着戏班子流浪，没有一个稳定的地点。几年后我回到当初安徽的老家打听，邻居说：他回去找过两次，最后都失望地走了。把你送人后，我就像逃荒一样来到上海打听他的下落，因为我会写歌词音乐天赋好，就在一个文艺团给他们写写歌，挣一点稿费维持生活，不久就转正了，分了房子，生活也稳定了，但是一直没有你爸的消息，也不知他现在怎么样了，时间过得太快了，一晃十八年了啊！”妈妈很茫然。

“哦，这样啊，妈妈，是不是爸爸已有家了？”白蝶很失望。

“不，不会的，你爸爸不是那样的人，他不会不要我们的，我相信有一天，他会来找我们的。”妈妈给自己一个希望，这个希望好渺茫。一滴泪慢慢从妈妈的脸颊滑落到嘴里很苦涩。

“哦，妈，你累了一天啦，早点休息吧，我还要继续写一点东西。”白蝶走出了妈妈的卧室，又把门轻轻关好。

邻居大哥大嫂都用吃惊的眼神望着她们，“婉莹妹子啊，那个白衣女孩也是你的女儿？是双胞胎吗？太像了！太像了！”

“是啊，大哥大嫂，她是我失散十八年的女儿，终于回来了。”妈妈脸上满是笑容。

“妹子啊，你太幸福了，有这么一双漂亮的闺女，我们好羡慕啊！等有一天大兄弟回来，你们全家该有多美满啊！”

婉莹笑了笑，“借大哥大嫂的好口福，我相信有一天他会回来的。”说这话婉莹的泪往心里流，他又在哪？十八年了，找了十八年，等了十八年，她还是一个人。也许他已有个美满的家了。她不敢想。但他还是相信常青会来找她们的，一定会，因为她那么爱他，那么苦苦地等着他。

白蝶和洪蝶一块去上班，一路上她们是一道亮丽的风景，一白一红的长得一样漂亮的女孩，是很少见的，所有人眼睛总是围着她们转，有时一些小伙子会默默地走在她们身后痴痴地把她们望好远，白蝶没心思注意别人，洪蝶很开心，见这么多人投来的目光有点飘飘然。

“妹妹，你看，好多人在看我们呢。”洪蝶很得意。

“不管，随他们看去，别理睬。”白蝶漫不经心地说。

“妹妹，我告诉你一个秘密，很早我就爱上常枫了，你看他这个人怎么样？”洪蝶看着白蝶的表情，她高兴的同时也没忘了妹妹对她和常枫感情的威胁，爱真的太自私了。

“啊？！”白蝶手里的两书本失手掉在了地上，赶紧又拾起来。她像被什么击了一下让她怕得发抖。

“怎么啦，妹妹？他不好吗？”洪蝶见白蝶反应这么强烈，心里就明白了。

“没什么，他人挺好的，祝福你们，姐姐。”白蝶瞬间平息了心里的不平静。

她们进了各自的办公室忙起了自己的工作，白蝶心里很乱，自从到这以来，常枫的每一份关怀她都深深记在心里，夜里睡不着时常枫的笑脸总是浮现在脑海里，她感觉到了常枫的那份心，但是，她不敢相信，也不敢去多想，只是装傻和逃避，因为小明给予她的伤害在心里抹不去。可是，今天姐姐突然说她喜欢常枫，不知道为什么她心里有点接受不了，也不知自己应该怎么样去做。瞬间的多虑一会就平静下来了。爱对于她白蝶来说是不存在的。

咚咚，有人轻轻敲门，白蝶开门一看是常枫，她突然紧张起来，“主，主编，你有事吗？”

“呵呵，怎么啦，脸都红了，祝贺你，找到了自己的亲人！”常枫很高兴地看着白蝶红红的小脸。“没什么，谢谢你！主编。”白蝶不敢看常枫。

常枫突然抓住白蝶的手，“白蝶，你看着我的眼睛，我要告诉你一句话。”白蝶想缩回手，可是被常枫的大而有力的手死死地攥住，“白蝶，我告诉你，我爱你！从我见到你的那一刻开始，从我读你诗的一瞬间开始，我就知道自己不可救药了。”

白蝶被这突如其来的热浪击昏了，她不敢相信自己的耳朵，她不能逃避不能挣脱，此时她突然想到了小明，感觉很假，常枫真诚的脸也让她感觉是扭曲的，可恶的。

“我爱你！白蝶，不要拒绝我！不要拒绝我！”常枫很激动。

“不，不，不要！我们不可能，不可能！”白蝶狠命地推开了常枫，“主编，我们不能这样，绝不能这样！”

“蝶，你不爱我吗？告诉我！告诉我！”常枫急了。

“是的，不爱！现在是上班时间，我在工作，主编，请你别影响我……”

“哦，我吓着你了，白蝶，我不逼你，对不起！我太失礼了！那我走，我走。下午下班时间我在河边等你，等不来你我不会走的，记住白蝶，我在河边等你！”常枫被白蝶拒绝很不甘心，也不相信。

白蝶不知怎么做好，姐姐一直暗恋着他，虽然自己对他有点好感，她感觉那不是爱。他是姐姐的，不，不能，想到这她给洪蝶打个电话，“喂，姐，刚才常枫找我，说让你下班去河边，他在那等你，并让我一定把信带到。”这几句谎话她艰难地说完就赶紧挂了电话。

洪蝶激动得简直要跳起来，终于等到这一天了，他终于约我啦。常枫下午下了班开车早早来到了河边，他下了车在河边徘徊，迎面吹着微微的风，心里积攒了好多柔情，积攒了好多话要给白蝶，要向白蝶倾诉，他感觉自己的心就像这河，而白蝶就是那只小船，他会用自己全部的爱包容她、呵护她。他拿出一个精致的红盒子，这里面是他打算送给白蝶的一只银蝴蝶，一打开这耀眼的银光好像一个希望在闪烁，让他心动，让他热血沸腾，他正在如痴如醉地遐想……一抬头洪蝶正笑着像一团火站在自己面前。

“洪蝶？你，你好。”这意想不到的事让他不知说什么好。

“不好意思，主编，让你久等了。”洪蝶有些抱歉。

“久等？啊，是的，我来好一会儿了。”常枫疑惑。往周围看了看，不见白蝶的影子。

“你让白蝶告诉我在这等我，有点小事所以来晚了。”洪蝶向常枫解释。

“啊？！对不起，请把这个东西转交给白蝶，我现在有事先走了。”常枫想找个借口像逃命一样的逃开。他知道白蝶在躲避自己。

“常枫，你站住！东西我帮你带到，可是，你什么意思？把我约来就是为了让我转交这个东西吗？那好，哼！我先走！”洪蝶气呼呼地走了。

饭桌上的白蝶心不在焉地吃着。“小蝶，你怎么啦，有心事吗？可以告诉妈妈吗？”妈妈往白蝶碗里夹着菜。

“没，没什么，妈，今天我有点累。”白蝶支吾着。

“你姐姐和谁出去了？”妈妈问。

“和主编常枫。”说这句话时白蝶心里不是滋味。

“妈，妹，我回来了。”洪蝶装出很开心的样子，“常枫要请我吃饭，我不想去，因为妹妹刚回来我要回来陪陪妹妹，所以就回来了。”洪蝶放下包洗洗手就坐下来吃饭。“妹妹，你看，这美丽的银蝴蝶，是常枫送给我的。他真懂我的心，知道我很喜欢蝴蝶就送给我这个小礼物。”洪蝶盯着白蝶的眼睛。她发现白蝶眼里那丝光亮瞬间消失了。

“好漂亮！”白蝶应付了一句然后就低下头默默吃饭。

洪蝶也看得出白蝶很在乎常枫，常枫也喜欢她，不，他们绝不可能，常枫是我的，我绝不会让任何人抢去，她把这只蝴蝶放进了自己的抽屉里。白蝶今晚的心好乱，拿着笔却一个字也写不出来，她呆呆地望着镜子里这张美丽而傻乎乎的脸，他不是说爱我吗？怎么给姐姐送礼物？难道，他和我说的话都忘了，也许大城市的男人就这样，难道他真正喜欢的是姐姐，难道这段时间他对我的关心是出于对同事的关心，而不是爱，不，我不相信！我不相信！唉，我不该想那么多，因为我是一个一无所有的女孩，爱是另一个世界的，它永远在我的远方，想到小明的无情心就好痛，但她不恨他，因为自己不是他想要找的女孩，不会给他带来幸福，也许是命运吧。

八

白蝶控制自己不再多想，她也怕自己会陷进感情旋涡，因为她认为自己没有资本去拥有爱，想到一块长大的小明，最后还是喜欢上别的女孩，这是她永远的心痛，她不会再轻易相信感情。因为它离自己太遥远。她清楚自己一旦陷进去就无力自拔了，就会伤得一塌糊涂。所以她只有选择逃避，想起小明她不由自主地摇头。把所有的心思和精力都放在工作和学习及创作上。她必须要成为一个很优秀、很出众的女孩，那样她才能敢想，才敢做，才会拥有。不然伤害的是她白蝶，一个一无所有的她。甚至连一个同情你的人都没有，虽然她不需要同情，那是对她白蝶最大的贬低。所以她一定好好地做个自我，一个让人看得起的女孩。

丁零零，丁零零……电话响了。“喂，你好。”白蝶心不在焉地接电话。

“白蝶，我不明白，真的不明白，你为什么总是在躲避我，昨天说好的河边见，可是你却让洪蝶去见我。”常枫有点生气。

“我姐姐很喜欢你，希望你珍惜，更希望你能明白。”白蝶言不由衷。

“爱能转让吗？白蝶，我告诉你，我喜欢的是你，而不是你姐姐，她喜欢我，我早就知道，但是她不是我想要的那种女孩，而你是，无论你怎么躲，我相信总有一天我能真正感动你！”常枫很自信。

白蝶挂断了电话，不敢再多说什么。“丁零零，丁零零”，电话又响了，白蝶拿起电话。

“不好意思，白蝶，下午你陪我去拍几张照片，这是公事，两点我在报社门口等你。”说完这几句话常枫就挂了。

白蝶为难了，不去吧这是工作；去吧，又怕姐姐生气。她知道再让姐姐去，就不太合适了，因为这是她的工作。常枫也在暗示他。下午她还是硬着头皮上了常枫的车，他的车技很棒，路不是太好，但没有一点颠簸的感觉，常枫开得很慢，也许是为了和白蝶享受单独在一起的感觉，每一分每一秒都那么珍贵。他不时地从反光镜里看着白蝶那张美丽而忧伤的脸。

“白蝶，和我出来不开心吗？”常枫打破了沉默。

“哦，不，不是，很好的。”白蝶望着车窗外，已是晚春时候树上的叶子已很浓绿。郊外田野风吹过绿浪迭起，让人忘了冬天给予的寒意，心里也有一种绿绿的温暖。不知道家乡现在如何，爸妈的坟上是不是已长了很多草，婉儿怎么样了……

“你知道，你这样让人多心疼吗？是不是有心事，和我说说好吗？”

“没什么，主编，我们去拍什么照片？”白蝶把话题岔开。

“哦，不，这有个地方要拆迁，那有一棵不知多少年的葛藤树，到时恐怕也难保住，我是想去拍下来，用照片把它留住。很有纪念意义的，你一定很喜欢，那是诗人的事，想让你找到大自然中的奇迹把它收藏到你的诗里永远散发着芬芳。你毕竟在农村长大的，带你去找到你熟悉的感觉，你一定很开心。”

“哦，远吗？谢谢你！主编。”白蝶还是看着窗外。

“不太远，一个半小时的路程，你是个诗人，会用诗人的角度拍一些诗意的照片，你肯定喜欢，所以就让你来了。”常枫偷偷地看着白蝶那可人的脸蛋。白蝶今天的服饰常枫非常喜欢，白色的风衣，粉红的打底衫，白色的裤子，白色的皮鞋，脖子上系着粉色的丝巾，这让她更清纯更美。

白蝶终于笑了，笑得那么美、那么迷人，就像一朵刚开的玉兰花。不知不觉就到了，车就停在村外，他们步行过去，人几乎都搬走了，一些房屋拆得乱七八糟，让人感觉荒凉，偶尔还有几只恋旧的狗远远地望着他们有点胆怯地叫几声然后远远地躲开了。有些不知名的鸟在飞来飞去。那棵扭成麻花的葛藤深深地吸引了他们，几根很粗的藤拧在一块，都是往一个方向拧，它们怎么拧得那样亲密、那样有条不紊，也许是借助风的力量，也许是借助雨的力量，就这样让它们在一起，拧了一年又一年，今天有人要把它们彻底推倒，让它们从这儿消失，可是总感觉没什么力量能让它们消失。

你看那，串串紫色的花那么鲜、那么嫩，紫色简直要滴下来一样。

“白蝶，给你相机，你先拍几个角度，留住你想要的东西。”常枫调好了照相机把它递给白蝶。

白蝶很注意葛藤根部那像人手一样地紧紧抓着这片土地，好像怕什么把它和土地分开一样，抓得刻骨铭心，而又充满了沧桑。又拍了秆部，那扭的力量是不可抗拒的生命力，那是在风雨里挣扎的过程，及向大自然站立的姿态，从春到夏，从黑夜到白天，它泰然自若，可是今天……还有那一串串紫色，深涵的美让人怜惜，有种绝然而去的伤感，白蝶把镜头对着这些紫色的花，不由自主地流下了泪水。最后一个拍远的镜头，她想用自己的心拥有这些。

“怎么啦？白蝶，看这树是不是有种很神秘的感觉？”常枫故意想打消白蝶的思绪，他知道她心里一定埋藏很多伤心的东西，触景伤情。这时飞来一只白色的蝴蝶，围着一串紫色飞了一圈轻轻停在上面，然后又飞向另一串……白蝶把这一一拍下来。“白蝶，看这树是不是有种很神秘的感觉？这些东西在大自然中也是极少见的，我们能看到并且拍下来是很幸运的。真希望有关部门能保住它，给人间留下一处奇异的风景。”

“别想那么多好吗？给……”常枫把一块白色的手帕递给白蝶。白蝶擦干眼泪，把手帕装进包里。

“好了，我就拍这些，给你拍吧。”白蝶把相机给了常枫。

“好的，白蝶，你站在树下。”常枫先拍白蝶的正面、侧面、背影，“白蝶回头看我，哦，好，再笑一下，好，美极了！太感谢你了！白蝶，你是我拍的最美的风景。我定一下焦距，我们合一个影好吗？”

“这样不好，我给你照吧。”

“什么年代了，干吗那么封建啊，就是同事在一起照张相，有什么啊，我们是为了留恋这棵藤树，也祝愿这葛藤永远在春天里开着美丽的小花。”

“还是我给你照吧，我不想照了。”

“一个诗人要放得开，把大自然融于胸怀，我相信一草一木都会让你感动，别瞎想了。”

常枫让白蝶先站好，把相机放在一个合适的位置。灯光一闪，就在灯光闪时白蝶突然离开了镜头，只有常枫一个人和这棵古老的葛藤树一同被留下了。

常枫知道这样对白蝶的要求有些过了，因为她是个传统的女孩，是放不开的。所以她躲开，他还是向白蝶道歉。

他们上了车，白蝶心里说不出什么滋味，虽然她拍了几个非常喜欢的镜头。但是想到不久这棵葛藤就要被砍倒，就消失了。又想到自己那个失去的家，失去的父母，她怎么也高兴不起来。她今天不该来，因为这儿留下了他们各自的影子，怕以后对姐姐很难说清楚了

“白蝶，我们俩谁拍得最好？”常枫向白蝶微微一笑。

“当然是你啦，哦，不是，我拍得好。”白蝶感觉自己说错了，因为常枫的镜头里都有她，所以她要说不。

“不是吧，你眼里只有风景，那就是葛藤，而我眼里还有更美的风景那就是你，你好像是那串紫色的花，又像花里那一只飞舞的蝴蝶。”常枫把车停在马路边一下抓住了白蝶那又白又嫩的手，不容挣脱，“白蝶，你看着我的眼睛，我爱你！蝶，我爱你！你为什么一直躲着我，你知道我有多么痛吗？每天，我只能远远地望着你来，又望着你远去，想走近你和你说一句话又怕惊吓着你，你知道你的美丽你的沉默你的忧伤多让人怜惜吗？”常枫太激动了。

“不，不要这样，不要这样好吗？你弄痛我了！”白蝶怎么也挣不开，“你是洪蝶的，我们不可能！不可能！我们不能伤害姐姐，你懂吗？”

“不，白蝶，我是你的，你也是我的，我知道你也爱我，爱无法替代，你没有伤害她，因为我从没爱过她，从来没有，我只爱你，白蝶，我爱你！你懂吗？”常枫几乎是在吼了。

白蝶被常枫吓傻了，傻傻地望着这个让她想而又躲避的男孩，他眼里的火要把弱弱的她化成灰烬。她不相信，不敢想这是真实的。他的呼吸触到了她的脸，转瞬这张面孔为什么突然远了，很远很远……

常枫想向白蝶说明他的那颗火热的心在为她白蝶燃烧着。白蝶的眼泪下来了，她感动，感动常枫的力量在撼动着她的心，她多想扑在他怀里让这个她爱的男孩紧紧地抱着，不再挣扎，依在他宽阔的胸前。她的柔情在眼里在血脉里慢慢扩散，她感觉好像一片云轻轻地飘着，飘着，刹那又消失了……

“不，主编，天不早了，我们回去吧，妈和姐姐还在家等着我呢。”白蝶突

然推开了他。常枫冷静一会儿，继续开车，他们心里有千言万语在心里翻腾着……这时谁也不说一句话，快到白蝶的家时，车缓缓停下，常枫又攥了攥白蝶的手，白蝶下了车，说了声谢谢就头也不回地走了，常枫看着白蝶进了大门然后又轻轻地关上门，直到再也看不到她的身影才缓缓地离去。

九

“妹妹，你下午去哪啦？今天你好漂亮的。”洪蝶见白蝶一个人在房间发呆。

“哦，主编让我去和他拍了一个外景。”白蝶见洪蝶进来一惊，就没有隐瞒洪蝶。

“那你为什么不叫上我呢？妹妹。”洪蝶看着白蝶脸上复杂的表情。

“我，我——主编说，说只要我一个人去，我也没敢叫你。”白蝶紧张得不知怎么回答。

“妹妹，你是不是也爱上常枫了？告诉我。”洪蝶步步紧逼，有些阴阳怪气的。

“没有，姐姐，我绝没有，我知道，你爱他，我又怎么会呢。”白蝶感觉越解释越乱越假。

“那就好，我的好妹妹，姐相信你，你不会撒谎，不会欺骗姐姐的。”洪蝶拍了拍白蝶的肩就走了出去。

白蝶心里乱极了，我没有撒谎吗？我没欺骗姐姐吗？我真的不爱常枫吗？不，我怎么办？白蝶啊，你要做出选择，不然会伤害姐姐也会伤害常枫，可是我能放下常枫吗？怎么办？怎么办？白蝶一千次一万次地问自己。

上班时白蝶心不在焉，老是走神，不知该如何做才好。

星期六有个音乐会，常枫买了两张票来到白蝶办公室，“白蝶，今晚八点有个音乐会，给你买了一张票。”常枫把票放在桌子上没等白蝶回答转身就走了。

白蝶拿着这张票在办公室走来走去，一会坐下一会又站起来，去还是不去呢，不，不能去，不能去，他是姐姐的，应该让姐姐去。到家白蝶把这张票给了洪蝶。

“这是什么？”洪蝶有些不解。

“这是主编让我带给你的音乐晚会的票。”白蝶显出很开心的样子。

“是吗？妹妹，他真的让你带给我的吗？”洪蝶几乎要跳起来了，“这是真的吗？妹妹，你为姐姐高兴吗？他又约我了，我太开心了！”其实洪蝶心里明白，是常枫请白蝶而她故意让的，所以洪蝶装作不知道，故意做给白蝶看。

“看把你高兴的，姐，祝你开开心心的，我忙去了。”白蝶心里很难受，因为她也真正地爱上了常枫，可是为了姐姐她不得不这样啊。

洪蝶从白蝶脸上的表情变化更清楚了事情的原委。“妹妹，今晚把你那天去拍照的衣服借给我穿一次好吗？我不仅是红色的蝴蝶，还要是白色的蝴蝶，在他的天空飞啊飞。”洪蝶好像真的蝴蝶一样在屋里转着圈。

“给你，别闹了，赶紧打扮一下去吧，我要写东西了。”白蝶把衣服鞋子找出来给洪蝶，她明白姐姐话中的话，她不想看到姐姐得意的样子，这让她很心痛。很不甘心，但也只有这样。因为她是姐姐啊。

常枫在剧院门口不时地看着手表东张西望，七点半他就到了，白蝶怎么还不来。希望她不再逃避，他也能感觉到白蝶的内心，相信今晚她会来。

这时洪蝶像白云一样地飘来了。“对不起！让你久等了，我们进去吧。”

“白蝶，今晚你好漂亮。”常枫抓住了洪蝶的手。

“你说什么？常枫。”洪蝶站住了，她知道常枫没认出来。

“我说你今晚好漂亮。”常枫把洪蝶的手攥得更紧了。

从握手的力度她知道常枫很爱白蝶，常言道爱情是自私的，常枫是我洪蝶的，我必须要成为真正的白蝶。将错就错吧。我就想一直错下去，她不敢多说话只是和常枫的手紧紧地攥在一起。她怕常枫发觉她是洪蝶，表面上她像白蝶一样安安静静的，可是心里却是翻江倒海。

“白蝶，我以为你今晚不来了，心里七上八下的，当看到你真的站在了我面前时，我好激动，心都要蹦出来了，你摸摸跳得好凶。”常枫把洪蝶柔柔的手放在胸口上。

“怎么会不来呢，我不来你也不会看下去的。”洪蝶小心地应着。

“白蝶，前天我给你拍的照片已洗出来了，几张都放大了，在相框里装好，在我的书桌和墙上，每一张都非常美，你真的太漂亮了，进屋就能看到你，那天我抱你，是真心的，可是怕吓着你了，我好像做错了什么，自己不知如何是好，想说抱歉可是我没有错，因为我太爱你了，太想把你抱在怀里。我感觉你太需要我的爱，需要我的呵护，不是吗，白蝶？”

“哦，我也想……可是我没有勇气。”洪蝶心里很不是滋味，因为她此时只是一个替代。

常枫轻轻把洪蝶揽在怀里。洪蝶没有挣扎，就依在了常枫的胸前听着《梁祝》，她感觉自己现在才是一个真正的女孩，那么温柔，那么安静。爱是很神奇的东西它可以改变一个人。原来的那个骄横狂妄的洪蝶不知哪里去了，她真正地成了白蝶。音乐会不知不觉就结束了，可是他们感觉时间太短了，有好多好多的话还没说，靠在一起的身体还不能分开。

走出熙熙攘攘的人流，他们手牵手走在回家的路上。今晚的风把月色吹得朦朦胧胧的，一切都是朦朦胧胧的，让人充满了幻想，他们想把这条路走得很长很长，一直走下去没有尽头。一路的风景都是夜的色彩，只有两颗心是五颜六色的，常枫想留住这最初的温馨，想留住爱的真实，让那虚幻离自己远些再远些。飘到鼻息的那淡淡的香让他如痴如醉，今晚不知为什么给他一种不真实的感觉，包括身边的这个美丽女孩好像是个影子飘来飘去，让你抓不住，虽然和她的手攥在一起，可是为什么这么虚幻……他们很少说话，常枫是因为太激动，而洪蝶怕常枫听出破绽，所以爱说话的她一直处在沉默中。

“我到家了，你回去吧。”洪蝶松开了常枫的手。不知不觉已走到洪蝶家大门口了。

“我看着你进去。”常枫还是恋恋不舍。洪蝶一步一回头进了自家的大门。常枫还不愿走，一个人傻傻地站了好久……

白蝶今晚心里好乱好烦，常枫会把姐姐当成我吗？如果真是这样说明他还没真正认识我，还没懂我，还没有心有灵犀的东西。我不能伤害姐姐，常枫，我其实好爱你，从认识的那天起，你的声音，你的微笑，你的眼神，你的一切的一切都深深地留在了我心里，可是我没有资格，没有勇气去爱你。也许今生我们没有缘分吧。你是姐姐的，我不能，不能把你夺走，那样太残忍了。白蝶越想越乱，翻开书看不进去，拿着笔一个字也写不出来。

洪蝶满面绯红地进来了，“妹妹，你在想什么啊，不开心吗？”

“没有，姐，我很好的。”白蝶故作镇定。她看到姐姐一脸幸福的样子，心里那份热情慢慢凉了。

“妹妹啊，今晚常枫说他爱我，好爱好爱的，他紧紧地抓住我的手，都弄痛我了，还搂着我让我听他的心跳，还……”洪蝶说得如痴如醉。

“别，姐，别说了！我要休息了，你也累了。”白蝶突然打断了洪蝶的话，她不愿再听下面的，因为她怕毁了心中那美好的一切。她知道姐姐有心这么说给她听就是要她离常枫远些或者消失，他们才是真正的一对。

洪蝶走出去轻轻把白蝶的门给关上了。白蝶的心好像一点点地被撕扯着，碎成了落叶，碎成了雪花。她知道常枫把姐姐当成了她，她的怕成了现实，我不能再出现在他们面前了。怎么办？姐姐是想让我离开，可是我好不容易才找到了妈妈和这个家，难道非走不可吗？也许我就不该回来，生命中注定这个妈妈和家就不该属于我。这份非常喜欢的工作也要放弃，难道我就注定一无所有，注定漂泊吗？白蝶的泪落在稿纸上模糊了一片，她把客厅里爸爸妈妈的合影放进皮箱里，把自己的东西一一整理好，给洪蝶留了一封信。

亲爱的姐姐：

别怪我不告而别，我的离去也是你想要的结果。请原谅，你要照顾好妈妈，多抽点时间陪陪她老人家，妈妈真的很苦，一个人把你拉扯大很不容易的，我不能孝敬她老人家，一切都拜托姐姐了。

姐，为了你，我只有选择离开，你是我唯一的姐姐，我不愿看到你流泪，不愿你受到伤害。从我回来以后，我看到了你的不开心，感觉到了你的怕，你的不安，我都心知肚明，都埋藏在我心里，你知道常枫爱我，我也爱他，因为你，我一直在逃避，可是并不解决什么问题，今晚的票是我让给你的，你是个聪明的人，你说的那些话我明白了我必须离开，他可以把你当成我，只要我在你们面前不再出现，一切都会很好，你才会开心，才会幸福，才会有机会得到他。

姐，我走了，我真的很心痛，我刚找到了家，刚找到了你和妈妈，又要失去，因为爱你们，我苦苦寻找你们。因为爱你，我又不得不离开。姐，我也好爱他，他是一个很有内涵，很真诚，很值得爱的一个男人，我把他让给你，希望你珍惜，改改你骄横的脾气，好好爱他。你把我办公室的钥匙交给常枫，代我向他说一声对不起，我不告而别。

妹：白蝶

深夜

白蝶一夜未睡，天刚蒙蒙亮，她就一步一回头地离开了这个家。

我就这么走了
没带走什么
只有飘飘的雾慢随我而去

我不舍那一个眼神
不舍那份抓不到的温馨
一个梦还没醒来
我又将去向哪里
哪儿才是我停留的地方
哪儿才不会让我流泪

我不想挥手
因为你在那里
不想转身
怕你看到我的泪
我走了
带走了你的微笑
我走了
带走了一份痛

我的路在哪儿
我又该去向哪里
问天，天下雨
问地，地无声

理了理风吹乱的头发
我踏上了陌生的旅途

十

早晨起来，洪蝶见白蝶的房间门开着，她进去发现白蝶不见了，桌上留了一封信。看了信，洪蝶知道白蝶已走了，这在她预料之中，也是她想要的结果。她知道妹妹昨晚明白了她说话的意思。此时感觉有点对不起妹妹，是她赶走了可怜的妹妹，这点点的内疚在她心里一闪就消失了，被一种胜利的微笑所代替。

“到底怎么啦？小蝶呢？你告诉我，大蝶，这到底是怎么回事？”妈妈走过来问洪蝶，“小蝶呢？”

“走了，我怎么知道啊，你问我我问谁去。”洪蝶无所谓地回答，但是不敢看妈妈的眼睛。

“她好不容易找到了我们，吃了那么多的若，妈妈我想补偿一下我曾经欠她的，可是这又不明不白地走了，她一个女孩子能到哪去啊，你们之间一定有事！你告诉我，大蝶，这到底怎么啦？！”妈妈很生气。

洪蝶很不在意地说，“她在乡下习惯了，这也许不适合她。妈妈放心，都那么大的人啦，有什么啊，她会回来的。”

妈妈盯着洪蝶，“你一点亲情心都没有！怎么能说出这么无情的话！就你习惯城市生活吗？！她可是你的亲妹妹啊！当初如果丢下的是你呢？！告诉我，是不是你赶她走的，我知道，你一向自私自负，是不是怕小蝶分享你什么，所以才这么做的？你太冷酷了！”妈妈的泪水止不住地流。

“没有！妈，你怎么这么看女儿？我是那么心胸狭窄的人吗？”洪蝶装作生气了。

“这些天我看得出来，小蝶什么都谦让着你，你是姐姐啊，怎么就这么冷酷呢？”

“妈，你别这样好不好，我就这样性格，她谦让是她的事和我无关，你不要把什么都加在我身上好不好？”洪蝶知道这时妈妈的心都在白蝶身上，她真的吃醋。

“大蝶，你知道她有多可怜吗？两岁时因有病妈妈无能为力，抛弃了她，在农村踩着泥巴在饥饿中长大，而她养父母又相继去世，她高中都没读完就辍学了，孤苦伶仃，无依无靠，妈妈我对不起她，可是我连补偿的机会都没有，她又走了，呜，呜……”妈妈痛不欲生。

洪蝶自知理亏不敢再顶撞妈妈了，劝妈妈说，“白蝶很快就会回来的。妈你别难过了好不好？”洪蝶也感觉到自己的自私和霸道，这样对待妹妹的确太残忍了。可是没办法爱情本来就是自私的。如果不是这样将来哭的是她洪蝶可怜的是她。

洪蝶改穿白色的衣服，模仿着白蝶的一言一行，她希望常枫就这样一直错下去。妈妈对于女儿的改变及做法很反感，很少和她说话。但是是自己的女儿又能怎么样呢，她不知道两个女儿之间到底发生了什么，但能确定是洪蝶把妹妹赶走的。她刚刚挂在脸上的笑容一刹那又消失了，又回到曾经的回忆和痛苦中，这些洪蝶一丝丝都没有觉察，只沉浸在自己所谓的爱情里。

洪蝶满面春风地到了报社，同事们谁也没认出来她是洪蝶，她打开白蝶办公室的门。刚坐下电话就响了，“喂，你好，”洪蝶听出是常枫的声音，非常激动。

“你好，白蝶，我是常枫，今天天气很好，一会儿我带你出去一下好吗？”常枫很兴奋。

洪蝶压抑着内心的激动，学着白蝶的口气，“嗯……好吧。”洪蝶拿出小镜子照了又照，真的和白蝶一模一样，爱化妆的她今天也素面朝天了。这种感觉也蛮好的。洪蝶出来，常枫的车已在外面等着，他打开车门下来向洪蝶挥了挥手，洪蝶像蝴蝶一样地飞向常枫上了车，他们一溜烟地走了。

“白蝶，昨晚睡得好吗？”常枫满脸阳光。

“不好，你呢？”洪蝶把头扭向一边。常枫这么喊她是白蝶，听着很刺耳，但是没办法，她现在就是假的白蝶。

“怎么啦？我也没睡好，你的影子总是在我眼前晃来晃去……”常枫有点陶醉，“想着昨晚拉着你的手想着你温柔地依偎在我怀里……你是不是也和我一样啊？”

“我……我……不说……”洪蝶低着头。

“你带我去哪？”洪蝶不敢看常枫火辣辣的眼神。怕他的眼睛会揭穿她的真面目。

“我们去欣赏荷花，喜欢吗？”常枫的车开得很慢，这样慢慢感受心爱女孩的气息，感受她缠绵的心语。

“非常喜欢，喜欢它的清纯、淡雅、飘逸和孤傲。”洪蝶感觉自己就是那一朵刚出水面的荷花。

常枫看到她脸上的笑很幸福。

就像你美得那么高雅脱俗，没有一丝尘埃的玷污。

一路的轻松一路的温馨，几公里的路眨眼就到了，看到这一望无际的荷花，多美啊，来到荷花的世界，微风吹来阵阵清香。人也一下馨香起来，好像已脱离了凡尘，他们下了车，洪蝶迎着风吹来的花香，这些荷花是种在陆地上的，在荷花中间有曲曲弯弯的小石板路，洪蝶在花间的小路上奔跑着，风吹着她白色的连衣裙，吹着她的长发及头上系着的白色丝带，简直就是一个仙女下凡，像一只美丽的蝴蝶翩然在花间，又像一朵白云。常枫看呆了。多美多纯洁的女孩啊，他举起相机不停地给洪蝶拍着照片，生怕错过每一个瞬间，特别是那回头的一笑和短暂的静默，就像一朵欲开的荷花，又像一首美丽而清纯的小诗。

“呵呵，常枫，快点来啊，追我啊……”

这时常枫才突然从陶醉中醒来。他也跑着，想捉住这只美丽的蝴蝶放在自己的天空，他想捧起这片云，放在心里，用他这颗火热的心永远地呵护着她温暖着她，不让她受到一点点的伤害。今天他突然发现白蝶的那份忧伤一丝一毫都没有了，这也许是爱的力量吧。他终于追上了洪蝶，捉住了她，他们突然安静了下来，他一下把洪蝶紧紧地抱在怀里，“我再也不让你跑掉了，你不知道你多美，多么让人心动，又多么让人怜惜……”常枫语无伦次，洪蝶也紧紧地搂着常枫的脖子，这一天她盼得太久了，这个怀抱盼得太久了。终于等到了这一天，她幸福地闭上眼睛不敢睁开，怕这一切在睁开眼的瞬间就会消失。她静静地感觉到常枫的呼吸一点点在向她靠近……像一团火将把她燃烧……

“常枫，我……我……常枫……”

常枫火烫的唇堵住了她的小嘴，她不能挣扎也不想挣扎，不能抗拒，任他吻她的额，她的长发，她的脖子，最后还是紧紧捉住了她的唇，一丝丝气息触碰他深深的呼吸，舌尖疯狂地搅动，此时天地都在旋转，他们好像在太空里，好像在一片白云上，轻轻地飘着，慢慢地下坠……只有一对胳膊紧紧地箍着她，还有那不能让她呼吸的呼吸……

“白蝶，你知道吗？我第一次见到你就知道自己完了，不能自拔了，每天不能见不到你，见不到你我就会很失落、很空虚、很没自己。你总是躲着我，我只好远远地看着你，你好像怕什么，告诉我，你怕的是什么？”常枫捧着洪蝶微红的脸，看着她的眼睛。

洪蝶躲闪着，“没，没什么，我怕接触陌生人，特别是男人。”

“哦，那天我读了你的诗，被你的执着和真情俘虏了。”常枫还在回味着白蝶的诗句……

梦丢了
你丢了
回眸的一瞬
只是一个冬天
雪覆盖了足迹的孤单
一切的，一切是那么茫然
那么茫然
……

“常枫，你的一切真的打动了我，我也不由自主地陷了进去，知道你就是我寻找的那个人。”洪蝶很怕露出破绽。

他们忘记了欣赏身边的荷花，忘记了时间，直到肚子饿了才看看表已是下午四点多了。他们走进荷花池边的小木屋吃点东西，要了菱角肉丝和鲜莲子粥，常枫静静地欣赏她吃饭的样子，洪蝶感觉从没吃过这么好吃的东西，菱角和莲子的清香还微存在唇齿间……让她回味，回味常枫和她的点点滴滴，那么让人心动，让人不能抗拒，排山倒海的激情一下把她淹没了……他们意犹未尽，恋恋不舍地走了。常枫一手开车，一只胳膊搂着洪蝶，一秒也不愿意松开，他嗅着洪蝶发间及身上散发着荷花一样的清香，飘飘欲仙……洪蝶轻轻地依偎在他怀里听着他的心跳。天快黑了，不知不觉已到了洪蝶的家门口。

“哦，告诉你一件事，不知为什么，洪蝶走了，她留了个字条让我把办公室的钥匙交给你并向你说声对不起，不能向你告别。”洪蝶把自己的钥匙递给常枫。

常枫望着洪蝶的眼睛，感觉不解，“她为什么要走啊？是不是她遇到什么不开心的事了？是不是不喜欢这个工作？”突然间有一丝不解在他的脑海，不知为什么眼前的这张美丽的脸瞬间模模糊糊的，他努力想看清却更看不清了。

洪蝶逃开常枫的眼神，即使是在晚上，她也怕常枫真的能看清出她的真相，看出她的谎言和虚伪。“不知道的，也许她不喜欢这个工作吧。也许是其他原因吧。”

他们都沉默了，直到洪蝶下车他们只是挥了挥手，笑了笑，然后常枫的车消失在夜的雾色里。

十一

白蝶带着伤心和无奈来到另一个城市，心里空荡荡的，突然从喜欢的工作中走开，突然离开了那个家和妈妈，突然离开了那个让自己心动的男孩，她感觉自己就像一片云随时都会被一阵风吹走，不知会飘向哪里。她又找到一份报社的工作，开始了新的一天。一切又从头开始，她想给妈妈打个电话，但是不能啊。

下周董事长要检查工作，主任让她准备一份报告给他，主要是过去一年工作的总结和对未来的计划，她拖着疲倦的身体工作到深夜，终于两千多字的报告写完了，她真的好累，躺在这简陋的小屋里她真希望自己的思想像这小屋一样简单，这样会开心一点，她把爸妈的合影放在桌子上，妈妈年轻时好漂亮，一张娇俏的脸，特别是那眼睛，好像在对你说话，嘴巴和鼻子长得无可挑剔，她和姐姐长得都特别像妈妈，爸爸是个很有学士派头的人，那张国字形的脸上扬溢着幸福，那身中山装及上衣口袋上挂的钢笔一看就是一个有学问的人，看上去爸妈很恩爱，可是爸爸又在哪儿？为什么这么多年一直没有音信，难道他已经有家了？妈妈真是个痴情的人，还在痴痴地等着他盼着他。这人间的事太难说了……

白蝶早上起来身体舒服多了，上午八点的会，离报社步行要半个小时，现在七点了，吃饭是来不及了，因为她口袋里没多少钱，能省一点就省一点吧。就急匆匆地赶往报社。她到会议室时离开会时间还不到半个小时，大家都到齐了，她把稿子送给主席台上的主任。刚坐下来，看到董事长位上坐下一位五十多岁很沉稳很睿智的身着黑色西装的中年男人，他这张脸好熟悉，但又很陌生，他身上好像有种似曾相识的东西，在她细打量董事长时，董事长也看到了她，目光中有种惊喜和诧异。主任把那些报告读完，董事长用很浑厚的声音和大家说了一些对过去一年工作的肯定及对未来充满了希望。散会了，大家陆续离开了会议室。白蝶满脑子疑惑，刚要走出会议室的门时，被一个声音喊住了。

“这位小姑娘，你等一下。”

白蝶转身见是董事长。“你喊我吗？董事长。”白蝶望着董事长。

“嗯，到你办公室看下好吗？”他很和蔼地说。

“好的，董事长。”白蝶想他是不是想检查我个人的工作情况？我刚来，怎么说呢。她心里有点小小的紧张。进了白蝶的办公室，白蝶请他坐下，泡上一杯茶奉上。他眼睛不眨地盯着白蝶。

“太像了！简直就是一个人！”

“怎么啦，董事长？”白蝶糊涂了，什么太像了？

“哦，没什么，你叫什么名字，哪里的？”董事长很冷静地笑了笑。

“我叫白蝶，是安徽的。”白蝶不那么紧张了。

“你妈妈叫什么名字？”他又问。

白蝶眉头皱了皱。笑笑。

“你好像一个人，太像了！”他看着面前的这个美丽女孩。

“我母亲叫朱妹。”白蝶慢慢地说着。

“哦，”董事长很失望，一颗快要蹦出来的心瞬间平息了，可是世上哪有这么像的两个人。“小白喜欢这份工作吗？”

“很喜欢的，董事长，还希望董事长多批评和关照。”白蝶看到董事长脸上复杂的表情。

“会的，不过你一定要努力呦。”董事长还是很喜欢这个清纯的女孩，因为在她身上他感觉到了一种久远的感觉，也看到了一个他朝思暮想的影子，唉！我的女儿也该有她这么大了，可是她们又在哪里啊，二十年了，人生有多少个二十年，也不知他们怎么样了……唉！

“你怎么啦？董事长。”白蝶感觉董事长好像有什么心事。

“没什么，小白，你忙吧，有什么事打我的电话，这是我的名片。”董事长给白蝶一张名片就走了。

白蝶看着名片，董事长叫冷辉。可是这个人好面熟，他的眼神好亲切。

晚上她望着屋顶，泪水慢慢从脸颊滑落，常枫啊，你在想我吗？你会把姐姐当成我吗？唉！也许我们没有缘分，也许我根本就不该出现……我不会再那么傻了，爱和我是无缘的，今后的日子除了工作，也只有文字与我相伴了。等姐姐和你结婚后我才能回到妈妈身边，但愿妈妈能理解也希望她健健康康的。妈妈也很不容易，一个人孤苦了这么多年还在等着爸爸，可是那个爸爸会像她一样痴傻吗？会等她吗？……不想了，睡觉。

白蝶晚上没睡好，起床后头晕目眩，打开手机一看快到上班时间了，她迅速洗漱完毕就匆匆往报社赶，到报社大门口一个踉跄她什么也不知道了……就在这时董事长的车恰好经过这里，他一个急刹车："小白，怎么啦？！"他扶起白蝶，一摸她的头火烫火烫的，他赶紧把白蝶抱上了车急速送往医院……

进急救室，经一番检查一个多小时后医生出来了。

"医生，小白怎么啦？"董事长不知为什么这个白蝶却让他那么揪心。

"没什么，就是太过度劳累，身体又很虚弱，一会她就会醒了，住两天就没问题了，去办住院手续吧。"

"啊，谢谢！没事就好，没事就好，我这就去办。"董事长一颗紧张的心松弛了下来。

当白蝶醒来时看到董事长正注视着她的脸，她赶紧撑起身子。

"董事长，我怎么啦？怎么在这。"她掏出手机，"啊，我迟到两个多小时了！"她下床就要走。

"不行，小白，你生病了，怎么再去上班啊？"董事长又命令她躺下。

"这样不好，我又没请假，不行啊。"白蝶很着急。

"没关系，我已给你请过假了，你就好好养病吧，好了再去上班。"董事长笑眯眯地望着她。

"董事长，我就是有点累了，不想在这住太浪费，回去躺会儿就好了。"

"不行，听我的，我在这陪着你，后天我把你送回去。"

白蝶真的很感激，她感觉这种已离自己好远好远的温暖又回来了，泪水不知不觉地流了出来。小时候每次生病爸爸总是坐在床边，轻轻抚摸着她的头眼睛一眨不眨地望着她……董事长用手绢轻轻地拭着白蝶的泪水，她慢慢睡着了，梦见那个衣衫不整颤颤巍巍的爸爸向她走来：

"小蝶，我的女儿，来，爸爸再给你梳梳头，爸再给你洗洗头发吧，不洗容易生虱子的，调皮鬼，小时候爸爸总是捉不住给你洗头梳头，你的头发太长生了好多虱子，每次爸爸给你梳头捉虱子你都会哭鼻子，我知道，是爸爸的手太重弄痛你了，唉！爸爸总是笨手笨脚的，当把你长长的一根辫子编好时，再给你扎条红头绳爸爸总会唱：扯了二尺红头绳给我女儿扎呀扎起来。爸心里美滋滋的，看着你一蹦三跳背着书包去上学了……小蝶，你长大了，不调皮了，是个好乖好乖的孩子。学习又好，老师见我就夸我的宝贝女儿，爸可骄傲了，嘿嘿。小蝶，就让爸爸再给你编一次辫子吧一会你该起来了，爸爸还要下地看看瓜熟了没有，我的宝贝女儿是小馋猫都等急了，我走了，孩子……”

“爸爸，爸爸。我也要去！我也要去……”白蝶从梦中呼唤着醒来。

“小白，小白你怎么啦？”董事长惊讶地望着白蝶。

“哦，我梦见去世的爸爸了，梦见他给我编辫子，梦见他要去瓜地给我摘瓜。”白蝶好像还在说着梦话。

“小白，这是医院，你生病已睡了一天多了，董事长用手试了试她的额头，哦，退烧了，下午就可以出院了。”

医生来查房。

“大叔，这是你女儿吧？她长得真漂亮。”医生亲切地和他们说着话，一边量体温量和血压，“没事了，今天可以出院了。”

“呵呵，谢谢你们！可以出院了啊。”董事长听到这些话心里好幸福，好像白蝶就是他失散多年的女儿，突然回来了。

“董事长，你一直在这？”白蝶看到董事长一脸的疲惫。

“是的，你一直在睡，这没人怎么能行呢。”

“我不知道怎么感谢你，董事长，你那么忙却陪了我两天。”

“没什么，你好了比什么都好，你躺着，我给你去办出院手续。”

“董事长，我……我现在没有钱还你，等我拿了工资再还你行吗？”

“傻孩子，不让你还了，因为你也是我报社的成员，这没什么。”

“不行，等我拿了工资一定还你！”白蝶很认真很诚恳。

“呵呵，别说了，我送你回去。”

董事长把白蝶送到她住的巷口白蝶让停下。

“董事长，谢谢你！就送到这吧，医药费等我领了工资再还你，就不请你去我的住处坐了。你回去好好休息一下吧，这两天你太累了。”白蝶下车看着董事长离开然后向巷子深处走去。

十二

白蝶在这个报社尽心尽责地工作着，她不愿再去想常枫，因为他已是姐姐的，她没有理由再去想他，虽然说常枫爱她，可是他已把洪蝶当成了白蝶，爱还有什么真？还有什么值得去想去留恋的东西，原以为小明是虚伪的，常枫也一样，天下的男人可能都一样。所以白蝶不再和异性来往，同事之间只是偶尔打个招呼，她就把自己紧锁起来，多读些书，多写点东西。

有时她会一个人出去到有水的地方去走走，望望远天的流云，望着水波静静地流远，这时她会充满幻想，会想到自己划着一只小船去采刚开的莲花，雨来了她采一片莲叶当伞，毛毛的小雨会在莲叶上聚集一个个晶莹的水珠滚来滚去，最后轻轻地滚落进水中……

“喂，白蝶，你也在这啊，想什么呢？”白蝶被一个声音从幻觉中惊醒了。原来是报社的刘寒。

刘寒是记者也是编辑，他一米八零的个子，一张有点消瘦而长的脸，高高的鼻子，一双深不可测的眼睛。

“哦，你好，我出来走走。”白蝶淡淡地回答。

“你好像有心事？怎么啦？”刘寒温和地望着白蝶。

“哦，没什么，只是有点想家了。”白蝶心不在焉的回答着。

“嗯，白蝶，请问你是哪里人？”刘寒继续问。

“安徽的。”白蝶很不情愿地回答。

“呵呵，安徽是个好地方，那里出了很多名人，朱元璋、曹操、管仲、孙叔敖、华佗、老子、周瑜、包拯、方腊等，还是那儿人杰地灵啊。安徽人很聪明，那儿的徽商走遍世界。你们那还有著名的黄山景点，还有五大淡水湖之一巢湖。”

白蝶不想再和他谈下去。

“呵呵，刘老师你自己玩会儿吧，我要回去了。”白蝶说完转身想走。

“哦，等一等，白蝶，我昨天写了两首诗歌，请你给我看看，好吗？”

“嗯，好吧，向你学习。”

沿着秋风走去

我沿着秋的方向走去
一片，两片，最后一片树叶
在我的天空纷飞
风凉了
雨丝滑过发梢也凉了
影子印在叶片上
那红红的痕
在飘零

秋在我左右
我抓到丝丝的凉意
淡淡寒霜落在了肩头
我无法抖落
拍去尘埃

春在远去
我在远去

箫声又飘出在挥手的瞬间
我只抓住你的背影和背后的伤
当脸颊那滴泪落下
一片云在我眼里朦胧
远去
我走在风中
走在别雨里
足音瑟瑟地落在了地面
就像那片离了枝头的枯叶

风来了
我去了
在离别的路口
踏着一片片秋叶
我走了
留下一地寒霜
一地落叶

足音瑟瑟地落在了地面
就像那片离了枝头的枯叶

竹帘花

竹帘总是垂着，拒绝外面的春来早，竹帘内仍是如花的想象

风吹不开帘上的迎春花，一帘沉默一帘涩涩的惆怅
画一只蝶，写一首小诗让这小屋不再空洞
外面的桃花早已开了，小草早已绿了，谁的
风筝飞在蓝天下又落在我的窗口，卷起竹帘风
筝落在了我的希望上，它还是飞了，一端系在了
我的心上，也系上了我的忧伤。梦不再空旷，拥着
我的月亮去向往……
花开引来蝶的飞，走出小屋我去寻找风筝的方向
回首我的竹帘，那小小的花也许会开在一个
太阳初升的时候，也许开在月光下的箫声中

微风轻轻吹过，一个梦也在轻轻地飞，飞过我的想象

远处的春天

春天在我的距离之外，我一直在追逐、寻觅，那个心灵也触及不到的地方，遗忘这时光的暗影，丢失的足迹积满了尘埃，风卷不走枯叶的依恋，在一片荒野苍茫惆怅，天空的云也无法带走。

望远了的春天，在一片落花中坠落，就像一个女孩消失在不该离去的季节。多少个月夜哭干了泪，破碎了梦，就这样吞噬在夜的黑。没有留下一抹回首，没有唤回一丝温存。早晨草叶上一滴清露或许是她的一滴泪，是宿命的注脚。

迎春花也许开了，因为柳枝又抽出一番心思，风吹乱的发丝在湖畔，看不透季节变换，更弄不懂那一波涟漪的柔情，不敢问天的阴晴，和地的裂痕，当我把自己藏进一首歌里，还是湿润了一颗心。风在，寂寞在。我在春天的远方冷得发抖，春天好远。

白蝶认真地看了一遍很欣赏他的才华。

“没想到你的文笔这么细腻，这么让人感动，谢谢你的诗让我想了很多，谢谢你给予我这个学习的机会。你的诗真的很棒，我很喜欢这种风格。有时间会多多拜读你的佳作。”

“你过奖了，你的诗才真正地让人称奇，前几天见到你发表的几首，我真的爱不释手，那种意境，如梦如幻，让人走进去就很难走出来，真的那种淡淡的忧伤总是紧紧地抓住你，抓得让你心痛……”

“呵呵，不说了，我真的要走了，改天再向你学习，再见。”白蝶说完头也不回地走了。

刘寒望着这个诗一样的女孩，他总想读懂她，可就是读不懂，因为她与别人的距离总是那么遥远，让你很难走近半步，并且她的眼神总是在望着远方，谁都难以阻挡。

他想起了她诗里的几句：

……
我从你目光里走进一扇门
没有找到一把让我歇息的椅子
摸了摸你湿湿的眼角
我又走出
在一场风雨里
没有回头
……

刘寒正沉浸在白蝶的诗中，突然听到有人在喊："走开！走开！来人呐！流氓！流氓！"刘寒匆匆赶过去，见几个流氓围着白蝶动手动脚的。

"小妞，多漂亮的小妞啊，看着脸长得多让人疼，陪咱哥们儿玩玩，来啊……"

刘寒冲上去护住白蝶："你们想干什么？！滚开！滚开！"

"呦嗬，哪来的？不知天高地厚啊，敢用这种口气和我们说话！不想活了啊，给我打！"一个留着长头发的瘦猴像是个头。这时围了好多人，大家都替刘寒捏把汗。

其余三个一哄而上拳脚并下，刘寒也不含糊，三下五除二就把他们全打趴下了，他们爬起来就跑，还说："你小子给我等着，不弄死你，我们没法混了。"

"赶紧走吧，小伙子，那些人不好惹，地痞，快走吧。"几个中年人怕他们再回来报复，希望这两个年轻人赶紧走。

"谢谢叔叔们！我们走。"刘寒拉着白蝶匆匆离开，练了多年的武术真想在他们身上展示一下，可是怕伤害到白蝶，就走了。

"白蝶，以后一个人无论如何不要到这来，因为那几个混混常在这转悠惹事，经常欺负一些女孩子。"

"吓死我了，刘寒，谢谢你！看到他们几个围着你，我的魂都吓飞了，以后这里再不敢来了。"

"想来，我陪你来，就他们那些人在我手里像稻草人一样，太不禁打了。"刘寒微笑着像没事的人一样。

十三

这天在报社的院内白蝶看到一个熟悉的身影，小明，是小明。但是她没有和他打招呼，因为他们已无话可说，难道他也在这个报社工作？说句心里话她不想见到小明，不想让小明知道她此时的处境，更不想让他知道自己的挣扎。她怕看到别人可怜她的目光。也许小明是来有事的不是在这儿工作。

白蝶不愿想那些不开心的事，她进了自己的办公室埋头看一份份稿件。咚咚，咚咚，有人轻轻地敲门。

"请进！"白蝶没有抬头应了一声，一直在看稿件。

等了几分钟，她突然想起来有人刚才进来了。抬头一看，她呆了。

"你？怎么是你？"

“呵呵，怎么不可以是我？你刚来时我就知道了，没和你打招呼，很抱歉。”小明眼里闪烁着喜悦。

两年多没见小明变了，变成熟了，年轻的脸上有了些沧桑。不知道为什么此时从小一块长大的小明哥为什么那么陌生。曾经一直在她心里抹不去的影子突然变得模糊了。那个纯真的男孩再也不见了。

“你好吗？”白蝶扫了小明一眼。

“还好，你怎么样？”他望着白蝶。

“很好的，听说你结婚了。”白蝶问得很随意。

“嗯……一言难尽，下了班我请你吃饭，我和你慢慢说。”

“嗯，好吧。”白蝶感觉没有什么话了。

“那你忙，我也要去忙了。”小明已感觉到他们之间的那种冷漠让人窒息。

白蝶真不知道去还是不去，她有必要知道他的事吗？不知道会更好些，每个人的路都是自己走的，走错了也没退路，这就是命运。从小明的眼神里可以看到一种说不出的痛。他应该生活得很好。她不想陪他吃饭，只想去湖边走走。

下了班，小明已等在白蝶的办公室门口。

“我们去湖边走走好吗？”白蝶先开口了。

“我说过请你吃饭。”小明很客气的。

“不了，嫂子知道会误会的，要么把她也叫来。”白蝶不想单独和异性出去。

小明苦笑了笑，“不会了，依你，我们去湖边走走吧。”小明轻轻叹了口气。

“怎么啦？怎么不会了？”白蝶有点不明白。

“她已走了，带着还没出生的孩子和别人走了。”小明简直是一个字一个字从他嘴里往外挤的，这是他一直不愿说出的心痛，人前他伪装得很阳光很潇洒，可是在白蝶面前他是伪装不了的也不愿意伪装。

“啊？怎么会这样？”白蝶瞪大了眼睛。

“唉！我没本事，养活不了她。”小明无奈地摇着头。

他眼前又浮现当初的一幕幕：

就在白蝶养母去世时他把女朋友王曼就带回来了，开始王曼对农村有点好奇，三天后她就厌倦了，吃不惯农村不讲究营养的饭菜，看不惯那些粗俗的事，特别是小明的妈妈拧一下鼻涕一甩然后用衣角擦鼻子她嫌脏，小明的爸爸喜欢往墙根一蹲，起来时拍着屁股上的灰尘直冒烟，她看了直皱眉头。虽然小明的父母把她当公主一样地供着，但是吃这样的饭对她来说就是受罪，小明的妈妈把正在下蛋的老母鸡都杀了弄给她吃，王曼吃了一口，说从没吃过这么难吃的东西，他们一家人都赔着小心，可是王曼更看不得那种唯唯诺诺，她感觉很烦，自己的爸妈一向都是理直气壮的，没有人敢和他们怎么样，总是说一不二，都是别人见他们点头哈腰的，可是小明的父母这样子她感觉自己很没面子，这就是她未来的公公婆婆。

“曼，小蝶的妈妈去世了，我想去看看，可以吗？”小明征求王曼的意见。

“不行！我不要你去！你去了我太孤独。”王曼撒娇。

“曼，小蝶是我从小一起长大的好朋友，他父亲走了，母亲这……留下她一个人好可怜的。”小明向王曼解释。

“是不是你青梅竹马的女孩，那行，你去吧！我现在就走！反正我一天也不想待下去了。”王曼很吃醋。

“你别多想好吗？除了你我没爱过任何人！好了，曼，别生气了好吗，我不去了。”小明感觉心里很不舒服，他心里确实很难受。后来去看小蝶还是偷偷的，不到二十分钟就匆匆离开了。

看过小蝶第二天一大早他们就走了。

王曼怀孕了，回来他们就结婚了，王曼的爸爸给他们办了风风光光的婚礼，进口红木家具是教育厅长给送的，劳动局长给了这套二十八万的房子，进口五十五英寸的大彩电和音响、洗衣机等家电是铁路局长给的……还有给红包的，最少的是十万元，古董字画都有。王曼的爸妈认真地接受每一份彩礼，脸上的笑比阳光还灿烂。这些让小明想都不敢想，当官的办事都会发一笔大财。王曼的爸妈都还好，就是王曼的性格太骄横，这让小明受不了，但是他能忍。因为王曼确实给了他很好的现在，给了他一个体面而富裕的生活，而他就像一条狗围着他们一家摇着尾巴，唯唯诺诺，说话都不敢大声，怕不小心吓着他们的小白猫。他感觉自己的确是个幸福的人。可是王曼对他越来越冷漠，越来越看不惯小明，她感觉小明给不了她要的生活，没有城市里男人的那种浪漫，所以她常常和其男孩去酒吧舞厅，一玩就是半夜。

“曼，你这样很累的，因为你怀了我们的宝宝很辛苦的，我心疼，别让我难受好吗？曼，算我求你啦。”小明很温柔地说。

“你烦不烦？我爸妈都不管我，你算老几啊？”王曼很不耐烦。

“我不是管你，怕你身体受不了，我心疼啊。”

“别烦，我累了，睡觉！”

“我帮你洗洗澡再睡好吗？”他扶着王曼去洗手间。

后来，王曼爱上一个电视台台长的儿子，他们一出去就是十天半个月，小明几乎见不到人影，后来王曼干脆和那个人走了，连个招呼都没打，小明无法接受这个事实，简直要疯了，王曼的父母好像什么都没发生一样，忙着自己的事，而自己的父母埋怨他就不该找这样的女孩，高攀不起，门不当户不对的，自找苦吃。小明一气之下背着行李走了。

小明从痛苦的回忆中回到现实，他和白蝶来到湖边，小明望着湖面的微波慢慢远去，他感觉这水波带走了他曾痴痴爱着的她，带走了那还没出世的孩子，带走了他的希望、他的快乐，一双无形的手把他推到痛苦的深渊，无论怎么挣扎，都让他无法喘息，无法把深深的痛喊出来。

“不怕你笑话，白蝶，她和别人走了，再也不会回来了，她也许爱的不是我这个人，真正爱的是钱是地位。我现在才深深知道我和她不是一个世界里的人，她要的金钱地位我给不了，他要的那种浪漫我也给不了。我只是个普普通通的农村出来的穷酸小子，我想得太高想得太不现实。她就这么狠心地把我未出世的孩子也带走了，只给我留下无尽的痛……”小明再也说不下去了。

“小明哥，不难过好吗？既然事已至此，不要再折磨自己了，不是自己的东西无论怎么去争取也是无济于事的。过去的事就让它过去吧，学会遗忘才是最理智的解脱。我真的希望你能走出来，这样折磨自己是没意义的。”一种同情油然而生，曾经对他的恨已烟消云散了，命运就这么会折磨人，对是错错也是对，面对一个结果真的让你无话可说。白蝶不知怎么安慰小明，想到他曾经的风光，曾经的幸福，想到他们小时天天在一起的天真烂漫，又想到他在她最痛苦最无助时爱上了别人，又见到他今天的狼狈，白蝶只有几句安慰然后就沉默了。

“我会好起来的，白蝶，和你说说，我心里好受多了。”小明故作轻松。“我很对不起你，因为我的虚荣心，我放弃了你，其实你是我真正爱的人，这时你不恨我已很感激了，小蝶，我真的有说不出的滋味，我是罪有应得，不怪任何人，即使你恨我也在情理之中。”

“别说了，小明哥，我们虽然青梅竹马，但是我不是你喜欢的女孩，我也看出来你不是我要找的人，也没那个缘分，也许在你心里我只是你的小妹妹。”白蝶一阵阵的心痛。

“不，小蝶，你在我心里的那份纯洁和美好是任何人都代替不了的。可是我太浑了，没资格得到你的感情。”小明感觉自己在痛苦里越陷越深。

“不说那些了，都是过去的事了，再说也没意义，很苍白的。”白蝶拦住了小明的话题。

“哦，对不起！我只顾说自己的事，你找到你的亲人了吗？”小明突然又回到现实。

“没什么，找到了，我的妈妈和姐姐，她们在上海。”白蝶说得很淡。

“那你为什么又离开他们呢？”小明不解地望着白蝶。

“那个家我有点不太适应，在乡下住习惯了，所以就出来闯一闯。这样很好的。”白蝶沉吟了一会儿，不知怎么回答。

“哦，你很有个性的，我前几天看到了你的诗歌，没想到你的诗写得那么好，出乎我的意料。”小明很欣赏白蝶。

“呵呵，见笑了，我的诗还不是诗。”白蝶很谦虚。

“别谦虚了，真的很敬佩你的坚强和才华，如果我是你恐怕也难走出来。”小明好像又回到他们的童年。

“谢谢你的鼓励，我会努力的，我相信只要用心去做了就会有所收获。”白蝶向他暗示自己不是个懦弱的女孩。

“是的，我相信你会有所成就的。”小明感觉白蝶变了，变得文雅成熟也很冷漠。

天渐渐黑了，湖畔的人依旧很多，情侣更多，看到卿卿我我的一对对，小明的心又开始痛起来。

“小明哥，天不早了，我晚上还要赶点东西，有时间我们再聊好吗？”白蝶想走开，因为这种场合容易让人多想，也容易触景伤情。并且她还怕碰到那帮流氓。

“好吧，今天耽误你这么多时间，不好意思。”小明真希望白蝶能多陪他一会儿，他太孤独、太寂寞了。

“没什么，出来走走很好的，也谢谢你能对我说出你的痛处，最后希望你开心起来。你再走走吧，我走了。”白蝶对他笑笑走了。

白蝶消失在黄昏的霞光里，只留下小明孤零零地还在湖畔徘徊……

……
月从我的梦里升起
却只照亮你微侧的脸
我想站到你能看到的地方
梦却没了
月没了
你也没了
这静静的夜太黑太黑
……

十四

白蝶不知是同情小明还是可怜他，想起当年他那美滋滋的样子，以前她真的挺恨他，因为那时她无依无靠，真想那个让她念念不忘的小明哥能给予她一点安慰，可是他没有，他正在甜蜜的爱情里陶醉着呢。现在她恨不起来了，看到他痛苦的样子，她真的不忍心说出一句再伤害他的话。路是他自己走的，谁都改变不了。自己种下的苦果只有自己慢慢地去品尝，别人的开导也是无济于事。唉！干吗想他的事，自己就够烦的了。老天也真会捉弄人为什么在这又遇见了他，白蝶不想再走近他，童年里天真无瑕的小明哥再也没有了，就像把她养大的爸妈永远埋藏在了记忆里。

白蝶一个人在空徒四壁的小屋里时才感觉到自己也是那么可怜、那么孤单。她翻一本《风流才女石评梅传》想把自己投入到石评梅的悲哀里。可是她的心好乱，拿起笔把自己孤独的影子留在了纸上：

我在寻找一个窗口
可以让我看到天上的月亮
和那条银河
我可以站在那河边
伸出手轻轻地捞起一颗星星

捧起一个希望
放在远方
捧起一份执着
放在心上
路让我走得坎坷而又漫长
风在身旁
雨在身旁
我将以一只候鸟的信念飞去
任寒霜落满我的去向

我期待一片云能同行
期待雾霭能隐藏我的身影
当我唱着自己的歌走远
希望只有歌声留下
在我走过的路上轻轻飘荡

她不想再写下去，就这么傻傻地坐着、想着……

时间一天天地过去，小明总是会找借口来看白蝶，她清楚也不去多想，尽量避开。刘寒也是这样，白蝶每天不到上班时间不来，下了班就匆匆离去，不给他们任何机会接近。她必须要完成自己的东西，她已看透了感情是不堪一击的脆弱，不必在那方面浪费时间和伤害自己。这天快到下班的时间时她还在埋头看稿子，门没关，还是听到了轻轻的敲门声，她一抬头看见刘寒正拿着一束粉红的玫瑰站在那微笑地望着她。她傻了，不知如何应付，这是她没想到的。还没等她反应过来。刘寒已进来了。

“白蝶，送你的，希望你开心。”刘寒满脸阳光。

“不，刘寒，你的花我不能收，我真的不能收。”白蝶很理智地拒绝。

“为什么？”刘寒傻了。

“因为她是我的女朋友！”门外一个声音传来。

刘寒和白蝶被这个声音都弄糊涂了，吃惊地往外看，一看是小明。

“你！你！你们！……对不起！无聊！”白蝶被小明的这句话气得不知怎么回答，她抓起包冲出了办公室。白蝶感觉好委屈，真想找个地方好好哭一场然后离开这个地方，离开这里还往哪去啊？难道哪儿都没有她白蝶立足的地方吗？

她一口气跑回到自己住的小屋，刚把门打开，转身发现气喘吁吁的小明就站在身后。她二话没说就把小明关在了门外。“你走开！还嫌对我的伤害不够吗？！小明，我不想见到你！不想见你！永远都不想！”

“白蝶，对不起！我向你道歉！”小明很惭愧。

“你走！我不想听！小明，我难道就那么不值得你尊重吗？”白蝶几乎要发疯了，“我再也不想见到你！”

“我只是喜欢你！没有一丝不尊重你的意思。”小明很真诚地解释。

“我是你女朋友吗？你问问自己的良心，你爱我吗？你只是我哥只是我的老乡！”白蝶被小明的话气晕了。

“白蝶，对不起！我怕他追你，怕你成了别人的女朋友。”小明说出自己的担心。

“小明，你说你喜欢我，你是怎么对我的？我父母走后你没给我一句安慰的话，只是告诉我你有心上人了，为什么你那么狠心，你过你浪漫的生活和我无关，也是你的自由你的追求。可为什么非要告诉我不可？就是让我对你死心，你错了，自从你考上大学时我就死心了。我是个有自知之明的人。……难道你忘了？过去的事我不想再提，只想你还是我的好朋友还是我哥，我绝对不会再有一丝其他的想法，如果有那是对自己的侮辱，我会那么不自重吗？我成为谁的女朋友和你有关系吗？”白蝶一肚子委屈不知怎么说。感觉自己的心都被撕碎了。

“我知道曾经伤害了你！我想弥补过去，给我一个机会好吗？”小明希望白蝶能原谅他。

“不可以！你走吧，我不想见到你，你走！”白蝶下逐客令了。“你把我看成什么人了？想要就要想扔就扔吗？你错了，我是有血有肉的人不是衣服！当初我在苦苦挣扎时想等你一封信哪怕一个字可是都没有啊，你那时在干吗，在享受你甜蜜的爱情。小明，你回吧，我们不可能重来！不可能！绝对不可能！”

“小蝶，原谅我好吗？当我受伤后才知道你在我心里的位置，才知道我是多么需要你多么爱你！”

“哦，你受伤才想到了我，没必要吧。”白蝶越说越生气。

“小蝶，别这样！求求你！别这么对我！我真的爱你！”小明真有点崩溃。

“对不起！我不爱你！从前没有，现在没有，永远都不会！”

此时一切的解释都是多么的苍白，现实把一切虚伪都淹没了。再也找不到，能找到的就是那一抹抹不去的伤痕。

外面没有声音了，白蝶无力地瘫软在床上，可是却翻来覆去睡不着……

第二天推开门，却发现小明憔悴地靠在门旁。她的心在颤抖，好像这一切都是自己造成的。

小明听到开门声疲惫不堪地站起来。

“原谅我好吗，小蝶，小蝶……小……蝶……”

白蝶还是摇了摇头把门锁上走了，无论小明怎么喊，她流着泪都没有回头，她怕自己再陷进不必要的痛苦中，她无法再接受小明的感情，也不会再相信他的山盟海誓，过去的事不可能再回来……

……
你往前走
我陷进你深深浅浅的足迹里
你走到了断桥头
我依然在你的背影里读着你的忧伤
……

十五

白蝶在报社的走廊上遇到了刘寒，淡淡地冲他一笑，没说什么。感觉自己对任何人好像都没了言语。

“白蝶，宋小明是你男朋友吗？”刘寒不敢相信。

“我不想回答这个问题，大家都是同事也是朋友。请你不要再问了好吗？”白蝶回答的好冷漠。

“对不起！我希望你不要生我的气。”刘寒感觉自己问得好愚蠢。

“没有生你气的理由。我要去忙了，再见。”白蝶匆匆走开。

白蝶很生小明的气，当初就因为她穷就因为自己是个农民，他从没在乎过我的感情，现在受到伤害了才想到我。他把我白蝶当成什么人了。我是很同情他此时的感受，但那已不再是爱。心里那份纯洁的感情早已被撕得粉碎，在那些痛苦的日子里已被风吹得无影无踪，再一次相遇却是那么陌生，那么波澜不惊，就连童年中的那些美好也已经模糊。她已不再是那个容易受感动的小姑娘了。爱不会再与她有缘，对于身边来了又去了的人她只会一笑而过。

这半天她脑子乱乱的。下班她不想回去，因为还要步行，昨晚几乎一夜没睡，她感觉好累，头昏昏地就趴在桌子上想休息一会。咚咚，敲门声把她惊醒了，她打开门见是刘寒。

“白蝶，怎么啦？不舒服吗？见你今天脸色不大好，下班又没见你走，所以我给你买了点吃的，趁热吃吧。”刘寒很关心地望着白蝶有些苍白的脸。

“不，我很好的，谢谢你！我不想吃。”白蝶昏昏地望了刘寒一眼。

“不行，不吃东西怎么能行呢？都怪我昨天惹你生气了。”看到白蝶这个样子刘寒很心疼，也很自责。“你是不是病了？”

“不，不是，昨晚看书忘了时间，所以今天头晕乎乎的，休息一会儿就好了。”白蝶说一句话好艰难。

“哦，那你先把东西吃了然后休息一会儿。我去写一份材料。”

白蝶揭开热腾腾的饭盒心里感觉一丝丝的温暖，她却流下了眼泪。此时想起了常枫，想起了受委屈时也是这样一盒热腾腾的饭菜，让她感觉到了一丝关怀，可是那丝温暖瞬间就消失了，消失得让她痛惜让她心寒。离家一年多了，不知他和姐姐结婚没有，她不敢打电话回去，她想听听妈妈的声音，但是她不能，她怕姐姐和常枫知道她在哪里，她不想让姐姐痛苦，更不想让常枫知道真相。所以她就这么忍着，她想妈妈的时候就会看看妈妈和爸爸的照片。

下了班，她感觉更不舒服了，身上好冷，办公室在二楼，下楼时头一晕就从楼梯滚了下来，然后就什么也不知道了。董事长经过这里发现了这一幕。

“小白，小白，你怎么啦？”董事长抱起白蝶跑向院子里停车的地方，很多同事都过来帮忙。

“怎么啦？董事长？白蝶怎么啦？”刘寒也匆匆跑过来。“董事长，我来开车。”刘寒见白蝶这样吓坏了。

“好，快点！刘寒，小白摔得好重，血，她的左胳膊和额头不停地流血……”

他们把白蝶送进急救室，紧张地在外面走来走去。

过了半个小时，急救室的门开了，“喂，病人失血太多，身体又很虚弱。现在血库没有B型血浆了，你们谁是他的亲人，请马上配合输血！”

“我来。”刘寒抢先进了验血室，抽了血检验过不行。

“啊？医生，我是B型血，我来。”董事长赶紧回答。

“快进来！”医生很感激。

刘寒恨自己不能把血给她，却让董事长……唉，真怕董事长身体不行。

白蝶的左胳膊骨折正在手术中。董事长的血慢慢流进了白蝶的血管。不知道为什么白蝶的伤让他那么揪心，为了这个女孩他可以不顾一切甚至生命。望着躺在手术台上的白蝶，心痛得流下了眼泪……

两个小时后手术做完了，白蝶被推进了病房，刘寒把住院手续办好，过了一会儿董事长才出来。

“董事长，你没事吧？”刘寒关切地问。

“没事，小刘。我们去看小白。”董事长脸色有点苍白。

“董事长，你就回去休息吧，这里由我来照顾。”刘寒心疼白蝶也心疼董事长，毕竟五十来岁的人了。

“没什么，小刘，谢谢你！”董事长感觉有点头晕。

不一会白蝶就醒过来了。

“我这是在哪儿？”胳膊一阵阵疼痛，白蝶睁开眼睛虚弱得望着。

“别动！这是医院，你胳膊摔伤了额头也破了，别难过，很快就会好的。”

"董事长，我不要在这住，上次欠你的钱我没有还，我已非常过意不去了，我想回去慢慢休养。"

"不行！小白，听话，一周后才能出院，钱的事没有问题，你就把我当成你的长辈好吗？"董事长说得很真诚。一股暖流慢慢流到她的心里，流进她的全身。

"董事长，你就是我的长辈，回去休息吧，你好疲惫。"白蝶真不忍心董事长再为她做那么多事，因为她不知道怎么报答，她已欠董事长很多的人情了。

"刘寒，这里就交给你了，明天我再来。"董事长亲切地对刘寒说。

"好的，你放心回去吧，董事长。"

董事长慢慢地走了，白蝶望着他的背影有一种说不出的感动，泪水慢慢流了出来。

"白蝶，你很痛吗？告诉我。"刘寒紧张得不知所措，一会给白蝶拉拉被角一会看看吊水瓶子，一会摸摸白蝶的额头。

"不痛，不痛。"可是却止不住泪水。她多想妈妈能在身旁啊，爸爸又在哪？更想去世的父母亲。

"白蝶，刚才是董事长给你输的血。"

"什么？董事长的血？"白蝶很吃惊。

"他和你的血型相符，我的不行。"

"啊？董事长的血？"白蝶不敢相信她一个报社的普通员工竟然得到董事长这样的关怀和爱护。

"嗯，是的，所以你看他很疲惫的样子，如果不是这样他还不愿走呢。"

白蝶不说话了，她突然想到了照片上和妈妈在一起的那个面孔，为什么总是似曾相识。难道就是他？不，不可能，也许爸爸已不在了，也许他在很远很远的地方。

"白蝶你在想什么？"刘寒看到白蝶呆呆的目光及脸上的表情。

"哦，没想什么，你也回去吧，我能照顾自己，"白蝶突然被刘寒的声音从想象中唤回。

"不，不行，就给我一次照顾你的机会好吗？"刘寒说什么也不答应。

"不，不要，谢谢你！我不是一个娇气的女孩。你回吧。"白蝶有气无力地劝刘寒回去。

"不，该吃药了，来，水不太热。"刘寒一手拿着药一手端着茶，很小心翼翼地。

"谢谢你！你回去吧，我晚上不习惯和别人在一起，那样我会睡不着。"白蝶一再要求。

"那好，我走，你有事就按床头的呼叫铃，医生就来了。"刘寒把白蝶的被子盖好。轻轻关上门。就坐在了走廊的椅子上。他静静听着病房里的动静。见到白蝶今天的样子他的魂都吓飞了，此时才感觉自己是谁。都怪自己太粗心了，本来知道白蝶今天身体不好，下班他就应该去看看。而自己居然忘了，如果他细心一点这一切就不会发生了，白蝶就不会遭受那么大的痛苦。他感觉自己还不是一个真正的男人，连自己心爱的女孩都照顾不好，算一个男人吗。刘寒很自责，这一夜他听到别的病房不断发出痛苦的呻吟声，可是白蝶房里静悄悄的，他知道白蝶很坚强，也许白蝶已睡着了。不知什么时候刘寒迷迷糊糊也睡着了。

“小刘，你就在外面坐了一夜啊？”

刘寒抬头看到董事长提着水果和保温饭盒已来到他面前。天已大亮了。

“董事长，来这么早啊，我，没什么将就一夜。我们进去看白蝶吧。”

他们轻轻推门进去，以为白蝶还没醒。

“董事长、刘寒，你们来这么早干什么啊？我很好的。谢谢你们！”白蝶看到他们很吃惊。

“哦，不早了，已六点多了。昨晚小刘在走廊坐了一夜。”董事长很心疼刘寒。

“啊，对不起！刘寒，让你辛苦了，你不该那样，不是说好要你回家吗？”白蝶很不安。

“没什么，白蝶，我年轻力壮的熬一夜算什么。我怕你夜里伤口痛得厉害，也怕你一个人太孤单了，所以我不能走，就在外面默默守着你。”刘寒嘿嘿笑着。

“小刘，也真难为你了，我替小白谢谢你！”董事长感觉这个年轻人很会体贴人。

“谢什么，同事间应该做的。”刘寒只是笑了笑。

“白蝶你胳膊很疼吗？如果受不了我去找医生。”刘寒看到白蝶的脸很苍白，并且汗珠一颗一颗往下滚，他就知道她的伤很痛。

“哦，不，不疼。”白蝶不想让他们担心。

“孩子，不可能不疼的，再吃片止疼药吧。”董事长看到白蝶这个样子很揪心。

刘寒帮白蝶洗漱完毕，把药吃下，把董事长拿来的鸡汤一口一口给她喂下去。白蝶从没享受过这样的照顾，让她一颗冰冷的心开使有了点温暖的感觉。她眼里含着泪，不敢看他们，怕他们看到自己的脆弱，她咬了咬嘴唇，微微笑了笑。

“董事长、刘寒，我真的不知道怎么感谢你们。你们都回去吧，我可以照顾自己的，刘寒，你昨晚一夜没睡，回去休息吧，你们都还要上班，我没事的，这有医生。”白蝶很感激他们。

“小刘，我已给你请了假，那你就先回去休息吧，我在这陪小白。”董事长让刘寒先回去休息。

“不，还是我在这吧，董事长，你的事情多。”刘寒不想走。

“没什么，都安排好了。你就回去吧。休息好了再来好吗？”董事长虽然话委婉但已像命令了。

“嗯，好吧，董事长，我回去把一些事处理好就来。这就辛苦你了，董事长。”他只好先回去了。

“没事，放心去吧，小刘。”

“那我走了，董事长，白蝶，我下午再来。”刘寒还是舍不得走。

白蝶吃过药，董事长给她削了一个苹果。把白蝶的右手在湿毛巾上擦了擦。

“孩子，我读了你不少的诗，写得真好，很有灵性，还要继续努力啊。”董事长像对自己的女儿一样。

“谢谢董事长的鼓励！我会努力的。”白蝶甜甜地笑着。

“可惜了，没上过大学，不过你的天赋很好，科班出身的也不一定能写出你这么好的诗来。”董事长在鼓励她。

“我们那是个穷乡村，上大学这是我一直向往的，可是那仅仅是一个不能实现的梦而已，爸妈都相继去世，高中都没有读完我就失学了。我想一边打工一边多读些书来充实自己的空虚。”白蝶轻轻叹息着。

“孩子，你是一个很特别的女孩，今后需要我帮忙的尽管说，我喜欢你这个不向命运服输的个性，我相信你有一天会成为一个真正的诗人。”董事长很欣赏这个女孩的韧劲。

“谢谢你！董事长，我也没想到那么多，只是放弃不了这个梦想。我会一直走下去，不管将来如何。”

“好！要的就是这份执着，只要努力就会有所成就。我支持你！小白。”

白蝶吃完苹果，董事长又用毛巾给她轻轻地擦着手。白蝶左手上的胎记把他吸引住了，好熟悉的胎记啊，可是她妈妈是朱妹啊，可是她手上的为什么和小蝶的一样？董事长被白蝶手上的胎记惊住了。

“董事长，怎么啦？”白蝶发现董事长抚摸着她手上的胎记发呆。

“啊，没什么，我想起了我女儿也有和你一模一样的胎记。”董事长的表情很复杂。

“哦，是吗？她今年多大了？”白蝶也很好奇。

“二十二。失散二十来年了。”董事长说得很慢很慢，就像二十二年一样的漫长。

“哦，和我同岁的，董事长，别难过，你会找到她的。”白蝶感觉自己不该问那么多，不该触到他老人家的痛处。

“谢谢！借你的吉言，我也相信会找到的。”董事长苦涩地回答。

董事长越来越喜欢这个女孩，感觉就像自己的女儿一样，看到了白蝶他就想起了那个让他深爱的婉莹，这个女孩太像她了，那笑，那小巧的鼻子，那眼睛及那可爱的脸蛋。他自从见过白蝶之后那种思念不断地折磨着他。有时他会错把白蝶当成婉莹。是父爱，还是男女之情，他自己也说不清，就知道这个女孩的一切牵挂着他，揪着他的心。

他们一个上午说了很多的话，董事长非常开心。

下午刘寒来了。

“董事长，你回去吧，这就交给我啦。”她好像精神多了。

“那好，小刘，我回去了，明天我再来。”董事长站起来。“哦，明天我熬大骨头汤给你们带来，小白需要多喝些骨头汤。以后每天必须喝一次。”

“董事长，明天谁都不要来了，你们这样我非常过意不去，不知怎么回报你们。”白蝶感觉太麻烦别人了，她不想这样。

“呵呵，孩子，我们谁也不要你的回报，你只要早一天好起来，我们就很开心了。”董事长走了。

刘寒把董事长送下楼。让他回去多休息。

回到房间面对白蝶，本来有好多话要和她说，此时却不知从何说起。他就默默地望着白蝶一句话也不说。

“刘寒，你怎么啦？”白蝶见刘寒傻傻的。

“哦，没，没怎么。我好担心，你一定很痛吧。”他有点语无伦次。

“呵呵，不痛了，很快就会好了。”白蝶强忍着痛。

“你真是个坚强的女孩。”刘寒看到白蝶脸上的汗知道她很疼。

“是不是没看到我哭鼻子啊？呵呵……”白蝶像没事似的逗他。

“还笑，我的心都要撕碎了。”刘寒好心疼。

白蝶意识到了什么，也沉默了。不，她不能让这个好男孩陷进痛苦的深渊。他们是不可能的，因为她不会再爱，到后来她只有走开，可是她真怕，真怕伤害了他。不行，她一定要用冷漠让他知道。他是那么的纯真和善良，她绝不能去伤害他，不然她会一辈子心不安，会受到良心的谴责。

天快黑了，白蝶就让刘寒回去，他说什么也不走。

“刘寒，你如果不走，我现在就出院！”说完，挣扎着就要下床。

“别动，别动，好，我走，我走。”刘寒只好答应。

刘寒走出了病房，白蝶怕他还像昨晚一样，等一会，她下床，开门没有看到刘寒这才相信他已走了。

其实刘寒只出去走走又回来了，他静静地坐在病房外的椅子上静静地想着白蝶的一颦一笑，偶尔自己也会露出满足的傻笑。其实他很感谢上天让他有机会照顾这个让他痴迷的女孩。

就这样刘寒在病房外守了六夜，董事长轮流和他换班来照顾白蝶，终于可以出院了。

出院这天刘寒却没有来，这些天他太累，刘寒终于病倒了。没见到刘寒，白蝶的心里很不安，她知道如果没有非常重要的事不会不来。她真想在这多待一会儿也许刘寒会来。董事长办完了出院手续就开着车把白蝶送回住的地方，到巷口白蝶让董事长把车停下她自己回去。

“董事长，这些日子太辛苦你了，我那里连坐的地方都没有，就不请你去了，你回吧，董事长。”白蝶不想让董事长去她住的地方。

“那好，好好照顾自己，有什么事打我电话。”董事长只好依了白蝶。

“好的，谢谢董事长。”白蝶一手提着包，点头向这位亲切的长辈告别。

白蝶看着董事长的车走远这才向自己住的地方走去。

她刚把门打开一回身看到董事长就站在身后。

“你？董事长？”白蝶瞪大了眼睛。

“小白不让我进屋坐一坐吗？”董事长慈祥地笑着。

“嗯……请进吧，可是我这真没有一个坐的地方！”白蝶很尴尬。

董事长进屋在书桌旁的椅子上坐下，被桌子上镜框里的照片震住了，他一下拿在手里。

“小白，这照片你从哪弄的？”董事长很急迫，心快要蹦出来了。

“这是我爸妈的照片，我从家里带来的。”白蝶有点疑惑。

“什么？什么？！你爸妈？你不是说你妈妈叫朱妹吗？”董事长非常激动地站了起来。

“是啊，那是我的养母，这是我的亲生父母。”白蝶慢慢地说着。

“你？你？你是？”董事长抓住了白蝶的手，“你是我的女儿，小蝶！你是我的女儿！”董事长失去了往日的冷静。

白蝶被惊傻了，“你是我爸爸？不可能的，不可能的，董事长，你弄错了。”白蝶绝不相信，不可能这么巧的。

“没错的，孩子，你左手上的胎记我记得清清楚楚，还有我和你妈婉莹的照片。”

“你告诉我，你妈妈现在在哪？你是我的蝶儿，还有一个蝶在哪？”董事长含着眼泪，看白蝶的左手，“你是我的女儿，小蝶，你左手上的胎记我永远不会忘记，你太像你的妈妈了！”白蝶看到董事长此时就是一个普通的父亲。

她真的惊呆了，“这怎么回事，不会这么巧吧，你是我爸爸？你是我爸爸？不，不是，你是妈妈苦苦的找，苦苦的等了二十多年的爸爸？”白蝶像是在问自己。

“是的，蝶儿，我是你爸爸，常青，冷辉是我的笔名。”董事长流下眼泪。

“你还有什么证据证明我就是你女儿？”白蝶不信天下竟有这么巧合的事，他的那张国字形的脸，那高高的鼻子及那眼神和照片上大致相像。

“你和你姐姐身上有我买的玉，上面有我亲手刻的蝶字。”董事长想起留给女儿的那两块玉。

“看是不是这个？”白蝶从脖子上取下那块玉递给董事长。

“是的，是的，你真是我的女儿！真是我的女儿！”他太激动了。

“爸爸，你真的是我爸爸吗？我终于找到你了，爸爸……”白蝶一下扑进董事长怀里。

白蝶冷静了下来。“爸爸，在你走的第二年妈妈带着我们跟着一个流动戏班子奔走乡里，因为我生病，妈妈没办法就把我送给了一个姓白的人家。养父母在我上高中时相继都去世了，他们临终前告诉了我的身世，所以我就离家来到上海打工，我找到了她们，可是又不得不离开了。”说到这白蝶低下了头。

“孩子，怎么啦？为什么说不得不离开？”爸爸心痛地看着女儿。

“我们姐妹俩长得非常像，我们同时爱上了天涯报社的主编常枫，可是常枫爱我，我怕伤了姐姐，所以就默默离开了，”白蝶的心很痛。

“天涯报社的主编常枫？他是我儿子啊。”爸爸盯着女儿。

“什么？什么？你儿子？那我们和他是兄妹，我们谁都不能爱他啊？！爸爸你已经有家了啊！”白蝶更痛了。

“孩子，你听我说。”爸爸这时很冷静，“常枫是我从孤儿院领养的，我回家第二年去安徽找了你们两次，没有找到，当时我真的很绝望，认为你妈妈带着你们嫁人了，回去后就去了美国，在那待了三年，回来父母让我结婚，但我心里只有你妈妈和你们，再没心思谈个人的事，就从孤儿院领养了一个八岁的小男孩就是常枫，你爷爷奶奶因为这被我气得倒下就没站起来。我除了工作就把所有的爱都给了他。枫儿是个争气的孩子，大学毕业到法国又读了五年，回国就到了我的公司，我就让他到上海做了天涯报社的主编，他工作很棒，没有让我失望，孩子，你们都可以爱他，可是我告诉你，爱情是不能让的。”爸拍了拍白蝶的肩。

“哦，那我祝福姐姐他们！”白蝶松了一口气。

“孩子，我了解枫儿，他认准的事是无法改变的，就像我的个性，我怕到时你们几个都受到伤害，搞得都不幸福。”爸爸有点担心。

“没事，我和姐姐长得一模一样，常枫已把姐姐当成了我。”

“那万一他知道真相了呢？爸爸非常担心。只要我不出现他都不会知道，等有一天我出现时，一切都已成了事实。”白蝶越说声音越小，小得几乎自己都听不到了。

“可是这样对枫儿和你都不公平，孩子啊，现在什么时代了，如果枫儿知道实情那将是什么后果？最后他还会和大蝶分开的。”爸爸怕伤害每一个孩子。

“爸，我也不知道了，到时再说吧。”白蝶好迷茫。“可是，我又能怎么样，姐姐恨死我了，为了姐姐我只有选择离开。”

“小蝶，这里太简陋了，你就搬到爸爸那住好吗？”

“不用了，爸，我已习惯了，很好的。”

“你是不是还不承认我这个爸爸？”

“承认，爸爸，我过惯了贫困生活，我喜欢这样。”

“不，孩子，你已很苦了，我不能再看着你这样下去，我是你父亲，有这个责任改变你的生活。你必须跟我走，你身体还没恢复，在我身边我可以照顾你，等你好了我再去上海找你妈和大蝶。爸爸说什么也不答应小蝶在这又黑又简陋的小屋了。”

白蝶只好跟爸爸去他住的别墅。别墅很阔气，院子很大，中间一个喷泉，很多名贵的花，点缀在喷泉的外围，一片绿茵茵的草坪上一个亭子，亭子下有一张白色的桌子，四张高贵的竹椅，别墅一色的暗灰。走进室内，客厅有一张放大的很漂亮的女人照片，她认出来了是妈妈的。还有更大的一张照片，上面是一对可爱的孩子，她知道这是她和姐姐。爸爸真是个有心人。也难怪妈妈这么多年一直在爱着他等着他，白蝶看出了她们娘三个在爸爸心里的位置。

“我这除了一个保姆没有别人，房子太大，感觉很空，你回来了，这里才会有生气，等你妈妈和大蝶都回来，该有多好啊。”爸爸说着眼里却含着泪。

爸爸安排她住在楼上的一间卧室，这么大的席梦思床她也第一次见到，床上淡灰色的床单，淡灰色的窗帘，从这些装饰她感觉到了爸爸的那颗心。她也第一次见到五十英寸的彩电。这有一个五十来岁的保姆张妈，一脸的慈祥，干净利索。

半个月后，去掉了胳膊上的石膏，她伸伸胳膊，还是有点疼。

吃过晚饭，她陪着爸爸坐在客厅里看电视。把妈妈的电话告诉爸爸，爸爸把号码输入手机，手在颤抖，还是没有打。

“小蝶，我还是，还是不打了，想听到你妈的声音但又怕，这么多年了有千言万语都在心底埋藏着，可是让我突然面对梦境一般倒不知道怎么说了。”

“我知道，爸，妈妈每一天都在盼着你想着你，想立刻见到你，爸，你明天去找妈妈和姐姐吧，我的伤已快好了，可以照顾自己了。这儿还有张妈，你就别再挂牵我，去吧，妈和姐姐找了你二十多年了。”白蝶很理解爸爸此时的心情，他想立刻见到妈妈和姐姐又顾忌她的伤还没好清。

“爸爸还是不放心，等你再好些了再说。”爸爸不忍心丢下女儿。

“没事了，爸，去吧。”

“董事长，去吧，孩子说得对，这还有我呢，没事的，你放心吧，”张妈接过话题。

“那好吧，我明天动身，张嫂你就多费心了，小蝶的身体很弱，不要忘了每天给她炖鸡汤和大骨头汤，营养一定搭配好，她的伤会好得更快些，这你懂的。”爸爸一一交代。

“爸，你给我保守秘密，不要向妈妈和姐说到我的事，也不能告诉他们我的下落，否则，你回来也找不到我了。”白蝶恳求地望着爸爸。

“好的，我答应你，一定为你保守秘密，爸爸望着这张让人怜惜的脸，点了点头。你一定等伤好了之后再上班。你也得答应爸爸。”

“好的，爸，你放心我会照顾好自己的。”白蝶静静靠在爸爸怀里感觉好温暖。

十六

常青踏上了去上海的列车。他没有开车，因为他心里好乱，已分不清方向。他怕悄然而又突然的出现吓着婉莹，他要在婉莹面前再找到他们丢失的从前。很快就可以见到朝思暮想的洪婉莹了，他很激动，想想这二十年来婉莹受的苦，受的折磨，他又不知道怎么去面对了。他欠婉莹的太多太多了。今生都无法补偿。二十年啊，人生有几个二十年，那最美的青春就那么一闪而逝了，就这么白白度过了。怎么能不遗憾呢？一双女儿都有他们当年分手时那么大了。这二十年有多少希望、多少绝望，都在漫长的二十年里随时随地存在，多少个日日夜夜一分一秒地煎熬着走过来了。他又想起当年分手的一幕。

婉莹给他提着简单的行李，他抱着一双一周岁多一点刚会喊爸爸妈妈的女儿。婉莹送了一程又一程，总是有说不完的话，总是有道不完的叮咛，他们强装笑脸眼里却含着泪。他不敢看婉莹的脸，怕自己的眼泪会掉下来，听着两个女儿不停地喊爸爸妈妈，他的心都碎了，这一走不知什么时间能回来接她们，可是他又怎么能留下婉莹一个弱女子带两个孩子还要照顾八十多岁的奶奶。他真不想走啊，可是，不走将来的出路又在哪？他又怎么能让心爱的妻子和女儿过上好日子，分手时四口人紧紧搂在了一起，孩子也被吓哭了。他还是走了，他不知道婉莹抱着两个孩子怎么回到家的，他不敢想，不敢想婉莹那擦不干的泪，不敢想两个女儿的哭声，不敢想婉莹一个人在火热的太阳下干活，不敢想两个孩子坐在地头玩累了倒在地头熟睡的样子，不敢想婉莹在灯下给孩子做衣服到夜深，不敢想她抱着生病的孩子叫天天不应叫地地不灵……想到这些眼睛又湿润了。一路的风景他没心思看，都从车窗飞快地抛在后面，一幕幕就像流逝的二十年一去不回头。

常青下了火车，打车按白蝶给他的地址很快就找到了，可是他在大门口徘徊很久却没有勇气去敲门，他积累二十年的思念这时突然停留在这。他的心都快跳出来了，怕婉莹不在，怕婉莹认不出他，怕看到婉莹的白发……就在这时大门开了，一个四十多岁穿淡蓝色长裙盘着发髻眉清目秀斯斯文文的女人走了出来。常青呆了，傻了，哑了。婉莹刚想问，你是谁，泪水哗地下来了。

常青！常青！你是常青！婉莹无法接受这突然降临的惊喜。

婉莹！婉莹！是我，是我，常青哽咽了。

你终于回来啦！他们紧紧地抱在了一起，没有任何语言能代替他们此时的心情，只有泪水，只有拥抱，泪水淹没了想要说的话。淹没了所有的辛酸，淹没了所有的过去……婉莹不敢相信这是事实，苦苦找了二十年等了二十年的男人终于出现了。

他们进了屋，再一次抱在了一起。二十年的孤独，二十年的呼唤，二十年的思念，二十年的等待，二十年的挣扎，刹那间都静止了。美丽的青春就像梦一样一晃就没了，他们终于平静了下来。

“你告诉我，为什么不来找我们？是不是你又有家了？是不是已把我们忘了？你告诉我，”婉莹止不住泪水。

“不，不是，婉莹，你听我说，我怎么能忘记你们，你是我唯一爱的人，我不可能再去接受其他的女人，因为我心里只有你，只有我们的孩子。我回去过两次没有找到你们很绝望，也理解也许你带着孩子过不下去已嫁人了。我没了灵魂没有自己，在我们住过的地方，在我们第一次见面并且常约会的地方徘徊了很久很久，最后不知道怎么回来的。后来我就去上大学，在美国待了几年，我相信有一天还会找到你们，一定再把你们找回到我身边。我天天在想着你娘三个，可是我拿什么能让你们幸福，因为我父母坚决不接受你们，没办法，所以我要先求学，然后再创业，有了自己的事业，就可以独立，就可以把你们接回来，在我走后的第八年我从美国回来，又去找过你们一次，还是没找到，知道你带着孩子参加了一个流动戏班不知去了哪里，我一直在打听，可是没有你们一点消息。我认为你生活不下去已安家了，我很失望还在寻找，就把所有的心思都放在事业上了。多年来，我孤独一个人，就到孤儿院领养了一个男孩，也就是天涯报社的主编常枫，他是一个很能干很有志气的孩子。因为我的固执气得爸妈早早就去世了，我对不起他们，更对不起你们娘三个。我让你吃了那么多的苦，让你受了那么多的罪，婉莹，我是个罪人！你能原谅我吗？”

“我心甘情愿，为我爱的人，苦也是很幸福的。什么？你也一直苦了这么多年，我错怪你了，常枫是你领养的儿子？他是大蝶的男朋友，不过我还没有见过他，我和大蝶说过多少次了，让她把常枫带来让我见见，她总是说忙，这孩子。”常青给婉莹擦干脸上的泪水。

常青假装不知道，“哦，这样啊，他们处得好吗？”

“我也不知道，大蝶说很好。”婉莹摇摇头。

“常青，我对不起你，没把两个孩子带好。我们的小蝶，当初没办法送给了别人，去年又回来了，这个孩子很懂事，很招人喜欢，可是我也不知道为什么，她又偷偷走了，我怀疑她和大蝶闹别扭了，大蝶太自私太霸道，不知道照顾妹妹，反而妹妹还处处迁就着她。都是我给宠坏的。”婉莹的泪又下来了，“常青，求你把我们的小蝶给我找回来，这孩子太苦了，我这个妈妈不合格，多想弥补我的过失，我对不起这个可怜的孩子。”婉莹泣不成声。

常青给婉莹轻轻地擦着泪水，“你放心，我们的小蝶是个很坚强、很优秀的女孩，她不会有事，一定会回来的。婉莹，我对不起你，对不起我们的孩子，让你受苦了。”常青很自责。

“我一定会把我们的小蝶找回来。我答应你，一定会把她找回来，我给枫儿打个电话，让他今天中午也过来，好吗？”常青拿出手机。

“嗯，好的，我早就想见他了。”婉莹露出了笑容。

“喂，枫儿，我是爸爸，今天中午你和洪蝶一块到她家来。”

“啊，爸爸，你在哪？对不起，爸，这些日子我只顾忙没给你电话，好的，一会见，爸爸。”

“我在洪蝶家，下班就来。”常青挂了电话。

常枫有点不解了，“我和洪蝶一块去？”爸爸弄错了吧。他又是怎么知道洪蝶家的，他可能知道我交女朋友的事，为什么突然就来了，也不提前说一声，常枫越想越糊涂。

下班常枫去找洪蝶，“蝶，今天中午我去你家看望阿姨好吗？”

洪蝶有点不知所措，“你今天怎么突发奇想了，怎么不早告诉我让我妈准备一下？”洪蝶不想让他去，感觉还不到时候。

“有什么啊，就像去自己家一样，干吗那么客气，我早就想去看望阿姨了。”常枫呵呵笑着。

洪蝶沉默了，脑子乱乱的，万一妈说漏嘴了怎么办？常枫开车不到二十分就到了，洪蝶见家里有个陌生人问了声好。

婉莹迎上常枫，“你就是常枫啊，快进来坐！”婉莹从没有这么开心过。

“谢谢阿姨。”常枫很客气地回应婉莹。

常枫握住了爸爸的手，“爸爸，我好想你！你怎么有时间到这来了？”

婉莹拉过洪蝶对常青说：“这就是我们的大蝶，这是你爸爸。”常枫和洪蝶都傻了，弄不明白这到底是怎么回事，他们愣在那儿。婉莹慢慢解释清楚了事情的原委，洪蝶一下搂住了爸爸的脖子，“你可回来了，爸爸，你知道我们找你找得好苦吗？爸……爸……”

常青拍着女儿的背，“都是爸爸不好，让你们吃了那么多苦，都是爸爸不好，爸爸不好。”

常枫在一边被说晕了，“大蝶、小蝶，这到底是怎么回事，阿姨这都是真的吗？我感觉像演戏一样。”常枫感觉这一切太不真实了。

“是真的！是真的！只可惜小蝶走了，不然我们一家真的大团圆了。”婉莹激动得不知说什么好。“小蝶？”常枫反问道。

“啊，小蝶是白蝶，大蝶是洪蝶，小蝶原来也在你报社工作，你认识的。”婉莹继续解释。

“啊，不，不是的，那她是洪蝶，还是白蝶？”常枫晕了。他指着洪蝶。

“洪蝶啊，因为她们姐妹俩太像了，你也认错了啊。”婉莹笑着。

“啊？！洪蝶，你！你！你是洪蝶！你骗我！你骗我！”常枫冲出了门，把气愤甩在屋里，上车一溜烟跑掉了。洪蝶追出大门，望着远去的烟尘知道这些日子的伪装全白费了，和常枫之间就这么完了，她无力地倚在门上，脸色苍白一句话也不说。

婉莹追出来，“这是怎么啦？大蝶，告诉妈。”婉莹不知道这到底是怎么回事。

“没什么，妈，进屋吃饭。”洪蝶擦去流出来的泪水，咬了咬嘴唇。这两年来的努力全泡汤了，她感觉自己很委屈、很无助，一个美丽的幻想像肥皂泡一下就消失了，她不知道该如何收拾这个结局。

本来喜气满门的，此时空气一下阴沉了下来，三个人只是默默吃饭，都有好多话，可是谁都没有说一句。

十七

常枫无法原谅自己的愚蠢，自己心爱的女孩都认不出来，蠢到了极点！他不相信这就是他常枫。洪蝶为什么要欺骗我说自己是白蝶？白蝶为什么不声不响地离开？他想起了一件件的事，他与白蝶洪蝶之间的一幕幕浮现在眼前，得出一个结论，白蝶是因为洪蝶而离开的，白蝶，我爱的是你，不是洪蝶，你在哪？白蝶？我一定要找到你，不管你在哪，不管时间多久，我一定要找到你！为什么我这么傻，为什么连自己心爱的人都认不出来？白蝶，你眼里的那抹忧伤一直灼伤着我，让我不能忘怀，让我不由自主地去接受你，爱你，可是，你为什么这样对我，我知道你也爱我，你认为这样做我就会爱上洪蝶吗？不！绝不会！你认为我可以忘掉你吗？那是不可能的事。

常枫把车开到河边连续喝了好几瓶啤酒晕晕乎乎的，他知道白蝶喜欢来这河边，喜欢一个人安安静静地望着远方，想着心事，他想读懂白蝶眼里的柔情和忧伤，当他握着白蝶那双手时，感觉她在颤抖，他想把她紧紧搂在怀里不要她再那么无助，他想给她依靠的肩膀，给她从没有过的温暖，可是她却像一只蝴蝶一样地飞了，飞得无影无踪，无处寻找。这时他看到一个白衣长发女孩，他像发疯一样地追了上去。

“白蝶——白蝶——白蝶——”他追上，一把抓住她的手发疯一样，“白蝶。你不要这样，不要……都是我的错，我把洪蝶当成了你，我太浑了！太浑了！”他用巴掌抽着自己的脸。

那女孩惊讶地望着常枫说不出一句话。

“你就是白蝶，你是，你是的。”常枫语无伦次把女孩强行抱在怀里。

女孩吓得推搡着他，“你干什么！你干什么！快来人啊……来人啊……流氓……”

立刻过来一些人，“干什么？干什么？耍流氓啊？”那几个人上来想把他们拉开。

“不，她是我的白蝶，她是我的白蝶，你们都滚开！都滚开！”

这时冲过来一个小伙子照着常枫的脸就是两拳：“你小子找死啊！睁大你的狗眼，她是我的女朋友，你敢撒野，不想活了啊？！”噗！噗！又是两脚。

常枫鼻子嘴里都在流血，他清醒了，沮丧地赔着不是：“对不起！对不起！我喝醉了，请原谅！”

那女孩拉住男朋友："他喝醉了，我们走吧，不和他一般见识，走，走啊。"

"你小子喝醉了，不然我饶不了你！哼！走！"

人群渐渐散去，常枫用纸巾擦着嘴角流出来的血，他的心在痛也在流血。

他沮丧地一个人坐在一块石头上呆呆地望着微泛涟漪的河面。一直到天黑。

洪蝶把自己关进屋里一句话也不说。常枫，你不是很爱我吗？你已抱了我吻了我，那种狂热难道是假的，常枫，你这个浑蛋！伪君子！不，他一直把我当成白蝶，是我在欺骗他，因为我太爱他了。我没有错，错的是不该今天把他带我家来。等到有一天生米煮成熟饭了，他就不会再反悔了，妈妈破坏了我的一切，不，我洪蝶想要的东西一定要得到！决不会退缩！但是我也不会向常枫低头，我相信他会记着我们这一年那么多美好的点点滴滴。

婉莹做好晚饭喊洪蝶，洪蝶没有开门。她陪着常青坐在饭桌边也没一点胃口。

"这到底怎么啦？常青，他们处得好好的啊，就这么莫名其妙地闹僵了。"婉莹不知道怎么帮女儿，她知道女儿非常痛苦。

常青握住婉莹的手，"孩子们的事让他们自己解决好吗？你就别过问那么多了，他们已是大人，会很好地处理的。我相信枫儿，也相信两个女儿。他们都很优秀，我们应该感到欣慰。"常青不忍心看到婉莹发愁的样子，这样会让他心疼。

"常青，这件事和白蝶有关系吗？"婉莹有点不解。

"你想想啊，婉莹，小蝶好容易找到了你们，为什么不吭一声就走了呢？她很善良，很在乎姐姐的。"常青脸上洋溢着满意的笑容。因为他欣赏小蝶的善良和大度。有这样的女儿他怎么能不高兴呢？

"喂，常青，你知道了什么？告诉我好吗？看样子你知道小蝶的下落，快告诉我，小蝶在哪？"婉莹急不可耐了。

"婉莹啊，我就告诉你吧，枫儿爱的是小蝶，小蝶也爱他，大蝶也爱枫儿，小蝶为了不伤害姐姐，就默默离开了，枫儿把大蝶当成了小蝶，大蝶将错就错，今天枫儿知道了实情，所以……"

婉莹恍然大悟，"是这样啊，这大蝶也太不懂事了，什么都能抢吗？她这个性子真没办法，太委屈小蝶了，你告诉我，小蝶在哪？"婉莹很痛心。

"婉莹，你放心，小蝶很好，不久就会回来的，就看这两个女儿谁和枫儿真正有缘分了。顺其自然吧，都是我们的宝贝。婉莹今晚你可以陪我吗？"

"我……"婉莹羞涩地低下了头。他们两个此时躺在床上，不知说什么，做什么，感觉这有点不真实，太突然了，没有一点点的准备。二十年苦苦地盼，苦苦地等，苦苦地找，终于等来了这一天，她的心在怦怦直跳，她感觉常青比他的心跳得还厉害，好像大海在澎湃，浪潮在冲撞，冲撞这二十年的隔阂，冲破这梦境一般的困惑，这种巨浪渐渐向他们逼近、逼近……常青把婉莹紧紧地搂在怀里，这么多年的渴望和思念，让他此时失去了一切理智，没有一句话，他疯狂地吻着她的唇、她的耳际、她的脖子……疯狂地把这个让自己爱得死去活来的女人，狠狠地压在了身下……

五月石榴花儿红

石榴花开红形形
一朵花儿一个梦
妹妹采花映红脸
哥哥一旁笑如风

妹妹是那花儿红
哥哥爱花醉其中
捧起妹妹你的脸
哥哥的心你最懂

五月石榴花儿红
朵朵开在我心中
那是我的妹妹花
人比花儿还要红

妹妹花哟，花儿红
红红火火在五月哟
待到秋来找妹妹
红红的石榴，红红的梦

十八

婉莹好像又回到了少女时代，倚在常青怀里聆听着这颗一直为她跳动的心，她又找到了以前的感觉，这种感觉让她等得太久太久了，她又闻到了让她痴迷的味道，此时不知道是喜悦还是曾经伤感，眼泪一滴滴落在常青的胸前……又觉得好不真实就像在梦里，这样的虚幻出现了无数次，当一梦醒来却是一场空，每次都是以泪洗面，她狠狠地掐了自己几下，很疼，这次不是做梦！可是她还是感觉不是真的。

“常青，我们这不是又在做梦吧？”

“不，婉莹，这不是梦，是真的，你摸摸我的脸。”常青拿着婉莹的手在自己脸上轻轻地磨蹭着。

“婉莹，这些年让你吃了太多的苦，流了太多的泪，也让你有了太多的失望。这一切都是我的错，时光一去不回头了，我会用我这后半生来弥补我欠你们娘三的。婉莹，你能原谅我吗？”

“常青，别这么说了，你回来就好，我曾经恨过你，恨你太狠心，恨你太无情无义，你可以不要我，可是你的女儿你怎么会不要呢，我带着孩子四处流浪，在等你在找你，时间一年年过去，我真的很绝望，但是我不甘心不相信你会忘了我们，所以就找到了上海，我在这文化馆找了份工作，我时时都在想着你会突然出现。你终于突然出现了，我不敢相信，好像是梦一样。”

“婉莹，言语无法表达我对你的感激和内疚。当初是我父母不答应我们的事，我欺骗了你和奶奶，但是我爱你的心是真诚的，绝没有一点点的虚假。后来我父母让我回城不让带你们，当时我没有离开你的意思，可是你的一句话提醒了我，为了孩子我必须离开，我不能再让你和孩子在那里受苦。可是如果我不走，你们会很苦很苦的，因为我没有本事干农活，无法给予你们幸福的生活，所以我就狠狠心走了，唉！……因为我个人的事我无法听从父母的安排，他们两个老人都被气得一一去世了。我感觉自己是个罪人，婉莹，我对不起你和孩子，对不起父母。”

“别这么说好吗？我知道你的心。常青，这么多年了，你为什么不成个家呢，太苦你了，你也太傻了！”婉莹感觉自己这么多年的等值得。

“你不是也一样苦一样傻吗？因为任何女人都代替不了你，自从我下放到你们那，见到你之后，我就明白了这一生和你是分不开了。虽然分别这么久，却没有淡忘曾经的一丝一毫，更多了对你刻骨铭心的思念。一个人时我常常想起我们在一起的那段幸福的日子，虽然清苦但非常充实快乐。我脑子里一直还是你最初的样子，梳着一对长长的辫子，穿着红色碎花小褂，微笑地望着我。那个样子印象太深了。你给我编的那些歌……还有你送我走，我们分别的那一幕幕都深深烙在了我的心里，寂寞的时候一次次回忆。每次想起都会那么甜蜜，但分别的一幕一直揪着我的心。这么多年我欠你，欠孩子的太多太多了，你的这份真情我真的太感动！今后再也不要你受到任何委屈、任何伤害。”婉莹的泪水像断了线的珠子，一颗颗落在常青胸前。她所受的苦和折磨是不能用语言来表达的，任何一首歌，任何一句话都难承载这个分量。她的坚强是因为远方的他，因为那份爱。她终于走过来了，拉着孩子的手风里雨里走过来了。

想起在田里干活两个孩子困了就倒在地头睡着了，她累了到地头歇会，轻轻地抚摸着孩子的头无声地流泪：

对不起！孩子，你们小小年龄不该吃这样的苦，原谅妈妈，都是妈妈不好！我们会熬出头的，你们的爸爸很爱我们，他会来找我们的，一定会的！

“妈妈，妈妈。”小蝶醒了，呆呆地望着妈妈。

“孩子，我们回家，饿了吧？妈妈做饭，宝贝乖！”婉莹擦干眼泪，怕孩子看到，强作笑脸，亲了亲孩子睡眼惺忪的小脸，“大蝶，起来，我们回家，晌午了。”大蝶的小脸晒得红红的。

婉莹一手牵着一个孩子慢慢往村里走。她们的背影让邻居们看了都很心酸。特别是二旺最难受，他怎么忍心看到婉莹和孩子这么苦，可是又很无奈，只有偷偷地帮她。

晚上孩子睡着了，她给孩子织毛衣时看着常青的照片，一千次一万次地呼唤：常青，你在哪？回来吧，我需要你，孩子需要你，我快撑不下去了……

多少个日日夜夜的煎熬，多少次的呼唤都淹没在二十年漫长的日子里。婉莹从心酸的回忆回到了现实。

“常青，我知道你会回来找我们的，知道你不会背叛你的承诺，不会背叛我的爱，当初别人见我一个女人带孩子太难了，出于好心给我介绍了几个，我都一一拒绝了，后来就没有人再提我个人的事了。在戏班子时有个小王给了我不少帮助，后来他向我表白，我拒绝了，不是说他人不好，而是我心里容不下第二个男人，我只是你的，常青，当我一个人在灯下给孩子做衣服到深夜时，泪水会不知不觉地流下来，看到孩子睡梦中的笑脸，我又看到了希望，仿佛你就在我身边……”

“太苦了你！婉莹，你给了我这双可爱的女儿，我却没尽到一点做丈夫、做父亲的责任，都让你一个人扛着，太对不住你了！”常青紧紧搂着婉莹给她轻轻擦着泪水。

“没什么，这也是命啊，我也不是一个好母亲啊，你给了我这双女儿，我却没能好好照顾她们，把小蝶送给了别人，当时我是叫天天不应，叫地地不灵，为了让孩子能侥幸逃个生命，我只好狠狠心送给了人，没想到这孩子又找回来了，可是现在……”常青不停地给婉莹擦泪水，把她搂得更紧了，“你是一个了不起的女人，一个了不起的母亲，我可以想象到你当时的无助和绝望，这一切都怪我！不要难过了，小蝶很快会再回来的，你要相信我，我不会让我们的孩子再受半点委屈。”常青好想用自己的体温来温暖这个二十多年孤独的身体。

“嗯，我也相信小蝶会回来的。”婉莹感觉自己有了依靠，身上背的一块大石头终于可以卸下来了，整个人一下轻松了很多。

洪蝶照常去上班，埋头工作，脸上再没有那幸福的笑容，心里在流血，她只有拼命地工作，让时间疗伤。她换回了以前的装束，恢复以前的一切，但是以前的狂傲、张扬再也没了，她变得沉默寡言，对同事和朋友也是很淡很淡。同事们都很奇怪，这到底是洪蝶还是白蝶？大家背地里议论纷纷，也都明白一点原因在哪。洪蝶慢慢试着忘记，忘记那美好的一段日子，随着时间的流逝，洪蝶在忏悔着，此时她才真正明白，爱是不能强求的，到最后伤自己也会伤别人。为什么要强夺妹妹的爱，她是那么善良，那么真诚，那么单纯，那么弱小，做姐姐的为什么那么狠心，我太自私了。小蝶，你现在在哪里？你恨姐姐吗？能原谅姐姐吗？回来吧，小蝶，属于你的姐姐还给你，回来吧，小蝶。她感觉头一阵阵像针扎似的疼痛，并且一天比一天疼得厉害，这些日子她太累了，一直没睡好觉，她恨自己的自私和无情。

常枫每天傍晚都会来河边一次，他希望有一个奇迹，在这里白蝶会突然出现在他面前。每天晚上，他都会看白蝶的照片，他都会读白蝶的诗，读白蝶那颗纯洁善良的心。

常枫又开车来到白蝶常来的河边，他下车坐在一块大石头上，喝了一瓶又一瓶啤酒，这时他看到前面不远的地方有个白衣飘飘的女孩，他放下酒瓶就追了过去。

“白蝶，白蝶，你在这，让我找得好苦……”他拦住了那个女孩的去路。

“你认错了。”女孩见是个酒鬼。

“我没认错，你就是白蝶，就是我的白蝶，就是我的……”常枫酒气喷人，让人感觉恶心，他突然紧紧抓住女孩的手不放。

“你放开手，酒鬼，不然我就喊人了！”女孩退缩着。

“你不认识我了吗？我是常枫，是爱你爱得死去活来的常枫啊，白蝶，你看看我，你看看……”常枫一下又抱紧了女孩。

“来人啊！流氓！流氓！快来人啊！”女孩吓得大喊。

远处陆续来了一群人，有的指指点点地在斥责，有的默不作声，一个小伙子冲上来两拳就把常枫打倒在地。

“找死啊！敢对我女朋友耍流氓！我弄死你！我看你小子是不想要命了！”那个小伙子狠狠地一脚又一脚地踹着躺在地上的常枫，围观的人也都吓傻了，常枫嘴里鼻子都往外流血。

“别打了，别打了，会出人命的，走吧，我们不要和一个酒鬼一般见识。”女孩胆怯地把男朋友硬拉走了。

“你小子，这次饶你了，别让我再碰到你！信不信我弄死你！”小伙子气哼哼地被拉走了。

常枫的酒也醒了，擦着脸上流出的血没有感觉到疼痛，可是他的心很疼，疼得流血。他呆呆地望着远方，白蝶你在哪啊？

你握住了我
就握住了一滴泪
苦苦涩涩的
滑落在草尖
那是一滴清露啊
在你向我走近的一瞬
我又被一阵风带走
流浪
流浪
在一片云的心上

白蝶的这几句诗轻轻地拂过他内心的伤口，回来吧，白蝶，这些日子我太浑了，犯的错不可原谅，把洪蝶当成了你，因为你们太像太像了，并且她又穿和你同样白色的衣服，对不起，白蝶，你就惩罚我吧，我知道你是爱我的，为了洪蝶你才逃开的，白蝶，你不可以这样，爱情是不能转让的。你这样对我和洪蝶都是很大的伤害，对你自己也太残忍了，白蝶不可以，不可以，回来吧，白蝶……

十九

白蝶第二天就开始上班了。保姆阻拦不了她，感觉这孩子太能吃苦了，伤没好身体又虚还坚持要去工作，生在这样家庭实在难得，她很喜欢这个女孩的朴实真诚和甜甜的笑。

“小主人，等你伤好了再去上班行吗？我怕董事长回来没法交代，他知道了是绝对不答应的。”张妈恳求白蝶听话。

“没事，张妈，你就叫我小蝶，我去上班不累的，就是看看稿子，在家待着很无聊的。你不要和爸爸说，好吗？”

“董事长如果打电话问，我不会撒谎啊。”

丁零零，丁零零，就在这时电话响了，张妈接电话。

“喂，常总啊，你问小蝶啊，她在，我让她接电话。”

“喂，爸爸，你还好吧，妈妈和姐姐也好吧，不要让妈妈和姐姐知道我在这儿，别忘了知道吗？爸爸。”白蝶怕爸爸把她的事告诉妈妈。

“知道的，小蝶，你还不相信爸爸吗？我和你妈妈姐姐都很好的，伤好些吗？你要照顾好自己，伤不好不许去上班，知道吗？我不知道什么时间才能回去呢，你放心吧，小蝶，爸爸最不放心你的伤。”常青千嘱咐万叮咛。

“你放心爸爸，我会照顾自己的，不会要你挂念的，你在那好好陪陪妈妈和姐姐。”白蝶虽然这么说，但是心里很不是滋味，因为爸爸妈妈陪自己的时间太少了，这时她多么想让爸爸妈妈能在自己身边啊，可是不能啊，她也许今生都没有这个福气。

“小蝶，你看你爸爸不放心又打电话来了，就别去上班了，好吗？你的伤也很快会好的。”张妈很为难，她怕如果有事没法交代。

“张妈求你了，别和我爸说，除了工作，我什么都听你的，还不行吗？”

“那好吧，小蝶，上班路上一定小心。”张妈很心疼。

“谢谢张妈，我会小心的。”白蝶高高兴兴去上班了。

挎着一只胳膊确实不方便，她要学会一只手做一些事。刘寒也是今天强撑着来上班的，他没想到白蝶今天会来上班。上午下班时他发现了白蝶的背影，就追了过去。白蝶到附近的饭馆买点吃的。他没敢打扰她，又回到报社等着白蝶回来。一会白蝶就回来了，发现刘寒在走廊里走来走去。

“刘寒，你怎么没回家啊？”白蝶感觉刘寒很憔悴。

“哦，白蝶，你不要命了啊，怎么刚出院就上班啊，回家休息几天再来上班行吗？”刘寒很心疼她。

“不用了，我很好的，你怎么啦？气色那么差？”

“我有点不舒服，没什么。”

“我知道你这几天一直在照顾我，并且每夜都坐在病房外，刘寒，你不该这样，知道吗？我出院那天你就病倒了，我知道的，不然你不会不去。你让我怎么感谢你，刘寒，你不能这样，我会不安的。”白蝶望着刘寒很憔悴的样子。

“没什么，大家都是好朋友，只要你好好的，我就很开心。”刘寒强打精神。

“那你先回家休息吧，刘寒，你这样我真的很难受！都是为了我你才生病的。”刘寒这样子让白蝶很不安。

“好吧，我回去了，你要照顾好自己。”他虽然舍不得离去，但是身体真的很不舒服，太疲劳了。

白蝶望着刘寒的背影，心里不知什么滋味。她知道刘寒已爱上她了。可她是无法接受的，如果在没有遇到常枫之前她会接受。可是现在不能，她心里再也容不下任何人，虽然常枫已是姐姐的，可是她的心再也收不回来了。她不能欺骗自己，更不能欺骗刘寒这样好的人。他会找到自己的幸福。白蝶不知怎么才能疏远他，让他慢慢忘记自己。

工作了一天，白蝶身体真有点支持不住。下午下了班慢慢往家走，感觉脚下像灌了铅一样，每抬一步都好艰难，她也不知走了多久才到家，感觉这段路好远、好远。她费力地开了大门一下就晕了过去。

“白蝶！白蝶！你醒醒！你醒醒啊！白蝶，你不要吓我！不要吓我！”

白蝶慢慢睁开眼睛，发现刘寒抱着自己，急得满脸是汗，挣扎着站起来。

“刘寒你怎么来了？”白蝶声音很微弱。

“怎么啦？！小蝶？怎么啦？！”张妈从院子里跑了过来。

“我不放心你，就默默地跟在你身后来的。”刘寒擦着脸上的汗。

“啊，对不起，让你担心了，张妈，我没事。刘寒你回去吧，这有张妈照顾我呢。”

刘寒有点不解，她怎么在董事长家，他疑惑地望着张妈。

“哦，小刘，你也许还不知道，小蝶就是我们董事长的亲生女儿。今天董事长又打过两个电话问小蝶的情况，我说很好，他让小蝶接电话我只好撒谎说她有点事出去了。小蝶你不能再这样了，不然董事长那边我真的没法说。”张妈有点生气了。

刘寒不相信这会是真的，“怎么我以前没听说过，就前几天董事长也没说啊。”

“是真的，刘寒，就在我出院回家，董事长送我回住的地方我们才相认的。”

刘寒知道了那天为什么那么巧董事长的血可以输给白蝶的原因。

“祝贺你！白蝶，找到了你的爸爸，真没想到，太意外了！你身体虚弱到这个样子还强撑着去上班，这是为什么，有什么比身体更重要啊？董事长知道了不知该多心疼呢。”

“没什么，我休息一会儿就好了。”张妈和刘寒把白蝶扶进卧室，让她躺下。张妈出去了。

“还装强，你看看你脸没有一点血色啊，白蝶，你这样我真的好心疼，你知道吗？”

白蝶傻了，她不知说什么，还怕他会误会她的意思。

“刘寒，你回去吧，我想睡一会儿。”白蝶不敢看刘寒的眼睛。

“我求你，就让我守着你，看着你睡着了，这样我才会踏实一些。”

“不，不要，刘寒。”白蝶想躲开刘寒，希望他快点离开这儿。

白蝶好说歹说才把刘寒说走，她心里真的好难受，直接拒绝怕他会受不了，可是怎么办。她不愿意去伤害这个善良的男孩，可是怎么做才不会伤害他呢。

一周时间张妈说什么也不让她去上班并且爸爸一再打电话嘱咐不恢复好不允许去上班。刘寒每天都会来看白蝶，和她说说话，怕她一个人寂寞。半个月后白蝶才去上班，伤还在渐渐恢复中，身体好多了。她这样实在待不下去，虽然每天刘寒下班都回来看她。可是她不想这样，也不想要刘寒来看她，她要躲开他，把自己的精力投入到工作中去。上班第一天她收到一封信，打开一看是小明寄来的。

白蝶：

这些日子你还好吧。小蝶，我走了。

我知道曾经在你无助时我对你的伤害，那已是无法挽回的事，我知道你恨我的冷酷无情，我也无话可说，因为那是我犯下的错。我不怨谁，恨自己的虚伪，恨自己当初天真的选择。

那天突然见到你，我真的很开心，绝望中的我仿佛看到了希望。当我在你门外千呼万唤，没有唤回你的应答，我彻底绝望了，白蝶，无论什么时候你都是我最爱的那个女孩，你是那么纯洁无瑕，你不接受我是对的，也许那样是对你的侮辱，你就是那只白色的蝴蝶在我的天空飞来飞去。在我们小的时候有一天你受了委屈，我捉了一只蝴蝶给你，你抹着眼泪又让我把它放飞了。这件事一直是我很美的回忆，我永远都不会忘。

白蝶，我这一走也许今生我们再也没有相见的机会了。我也不敢对你再有什么奢望。只希望你记住，你的小明哥无论在哪都会想着你，祝福着你……

不多说了，希望你早日实现自己的理想。

依依不舍的小明哥

七月十日夜

白蝶看了这些真的很心痛，泪水不知不觉地流了下来。过去的一切都是那么的不真实，小明哥成了陌生人，那个爸爸妈妈走了，梦一样地找到了亲生妈妈和姐姐而又远离，遇到了常枫又失去，这一切的一切仿若梦一场，命运就这么会捉摸人，来不及让她多想就匆匆而过了。

二十

两年后……

常枫突然接到洪蝶的辞职报告，有点不解，但也在情理中，这两年来常枫的确对她太冷漠了，几乎像陌生人一样，因为洪蝶欺骗了他，也可能因为她，白蝶才离开的，想想这些真有点恨她。回过头来想一想，她是自私了点，她也没有错只是爱错了对象，因为爱情啊。两年对白蝶的思念，他也忘了和洪蝶之间的不愉快，他拨通了爸爸的电话。

喂，爸，我是枫儿，洪蝶为什么突然辞职？

枫儿啊，我就想告诉你呢，大蝶在北京肿瘤医院。爸爸的声音很沉重。

“爸，什么？！她怎么啦，告诉我，爸！”常枫不相信。

“枫儿，她得了恶性脑瘤，一周后手术，我和你婉莹姨都在这。爸爸很伤心。”

“爸，不会的，这不是真的！绝不是真的！”常枫绝不相信这会是真的。

“枫儿，你抽时间来陪陪她吧，她很需要你的鼓励，也许她时间不多了，不管曾经她做错了什么，枫儿，我希望你能原谅她，给她一点求生的勇气。”爸爸在求常枫。

“好的，爸，我早就原谅她了。我把一些事安排一下，明天下午就动身。”

“小蝶，后天也就到了。我希望你们好好地陪陪她。她现在好可怜，好无助，一个鲜活的女孩就这样将被病魔吞噬……”爸爸再也说不下去了。

“小蝶，小蝶找到了？是真的吗？！是真的吗？！爸，我知道你的心痛，可是又有什么办法？也许手术会有希望的。”常枫知道白蝶找到了非常激动，但是又因洪蝶的病很痛心。

“是的，枫儿，她在我那，她一直让我替她保守秘密。枫儿，医生说手术只有百分之二十的希望，哪怕是千分之一万分之一的希望，也要抓住，我不能眼睁睁看着她就这么慢慢被病魔带走。这孩子我欠她太多了，她这么年轻，你婉莹阿姨和她相依为命，我真怕她受不了。”

“太好了！太好了！小蝶终于回来了！爸，你要坚强，她们都需要你的支撑。”常枫知道就要见到白蝶心里激动得不知说什么好。

“是的，枫儿，在她们面前我强作欢颜，可是那压在心头的阴云我怎么也抚不去，枫儿，我也像她们一样无助啊。”

“爸，我相信你，也相信洪蝶的手术会成功的，爸，为了阿姨，为了洪蝶，你一定要坚强，我后天就到了，我们会留住洪蝶的，一定会的！”

常枫挂了电话，心里说不出是什么滋味，他虽然不爱她，恨过她，可是现在常枫愿意为她做一切，真想握住她的手，把她留住，洪蝶，你不能走，我们都需要你，你是我们大家的蝴蝶，就像春天不能没有你一样。白蝶终于回来了，这两年来他找得好辛苦，她却一直躲着，如果不是洪蝶出事也许再也见不到她了。

洪蝶头痛得越来越厉害，有时还会休克过去，每一次休克都可能不会再醒来。当一次次醒来又看到爸爸妈妈泪流满面，他们紧紧抓住女儿的手，怕她会走掉，洪蝶总是在安慰他们。

“爸，妈，别难过，我没事的。”汗珠一颗颗从她苍白的脸颊滚落。当她在昏迷中听到一个熟悉而又非常想听的声音时，她极力地睁开了眼睛，看到了那张她一直深爱着的脸。

“啊，常枫——你来了——你来了——”她一激动又昏昏沉沉了。

“洪蝶，洪蝶，我来看你了，你不能睡，和我说说话好吗？你快好起来，我们再去看荷花，睁开眼啊，洪蝶。”

“姐——姐——”白蝶冲了进来，她扑到病床边搂着姐姐的脖子，“姐姐，我是小蝶啊，我回来了，你怎么啦？姐姐，你看看我，我是小蝶，你看看我啊，姐姐，我们再不分开了！”

洪蝶又被唤醒了，她抚摸着妹妹的脸，给她擦着眼泪，“小蝶，姐对不起你，常枫送给你的银蝴蝶在我桌子上，我不该拆散你们，小蝶，原谅姐姐，好吗？”说了这些她又闭上了眼睛。

“姐，姐，你是我最好最亲最爱的姐姐，我从没有怨过你，我懂你的心、你的苦。不要再睡了好吗？姐姐，你不要再睡了。”白蝶呼唤着洪蝶。

“白蝶，别叫她了，她很累，很痛，你坐了这么久的火车休息一会儿好吗？”常枫把白蝶扶起来。白蝶见到常枫很激动也很心痛，没想到在这种情况下相见。

白蝶转向爸妈，“爸、妈，姐病的这么厉害为什么没有早发现？”

“小蝶，就在来这几天前她才说头痛得厉害，我们带她去医院检查，当时谁也不相信她会得这病啊，就又来到这个医院复查的结果一样，更可怕的是说如果不手术可能支撑不了一个月。虽然手术的成功率不高，但一丝一毫希望我们都不会放过。”

“小蝶，我们更相信医术，相信大蝶能挺过来，我和你妈妈守着你们这两只蝴蝶，绝不让飞走一只。”白蝶看到妈妈那么无助，自己也无力地靠在椅子上，呆呆地望着那像睡着了一样的姐姐。为了让她减少疼痛，只好让医生注射镇静药，我们的希望都在手术上了。我们都为大蝶加油。为她祈祷……

“白蝶，让洪蝶休息会，我们出去走走好吗？”常枫望着白蝶。

嗯……白蝶这时感觉常枫的出现有点不真实，好像是在梦里。

他们来到医院的花园，默默地走着，这突然来临的一切让他们内心的思念在风中变得很淡，淡得没有一句话能说出口，把这两年里的折磨和挣扎向对方一一诉说，不能，也不会。时间有时会让你觉得很长很长，长得让你喘不过气来，有时又会很短哪怕十年二十年也会在一瞬间过去，就像常青与婉莹，二十年的青春转瞬就没了，让人来不及惋惜，来不及去想去梦。常枫与白蝶分别的两年也是一眨眼就过去了，所有的过程此时都不重要，重要的是相逢这一刻的激动和诧异。

“白蝶，这两年你过得好吗？”常枫望着白蝶眼里依然让他怜惜的忧伤。

“还好，你也还好吧？”白蝶感觉自己好像还是在说梦话。

“还好，这两年的时间太漫长了。”常枫轻轻叹息着。

“哦，不说了，我去陪陪姐姐，我们也两年没见面了，她一定有好多话要对我讲。”白蝶不想再多说什么，过去的就让它过去吧，回忆是一种痛苦，既然已走过来了又何必再去追忆呢。白蝶不等常枫回答就回病房了，留下常枫一个人傻傻地站在那里。刚走近却突然远了，远得遥不可及。

五天后，洪蝶被推进了手术室，她还是处在昏迷状态，婉莹依在常青怀里心悬着，她没有眼泪，只是等待着命运的最后宣判，她怕，怕女儿会就这么睡去，她再也看不到她可爱的笑，听不到她撒娇的呼唤和霸道。她怕……她痛恨自己没有照顾好女儿，恨自己做母亲的失职。常枫拍了拍白蝶的肩膀，向她点了点头，“我们用心在为洪蝶祈祷，她会没事的。”

时间在一分一秒地过去，他们的心都在提着、在煎熬着。一小时过去了，两小时过去了，漫长的等待，每个人都成了木头。也不知过了多久，手术室的门终于开了，在这么漫长的等待中几乎让人窒息。他们几乎同时冲了上去，医生摘下口罩摇了摇头：“我们已尽力，她已经走了，可惜太年轻了！你们进去看看吧。”

“啊！孩子，我的女儿……”婉莹昏了过去。

常青身子晃了晃差点摔倒，他搂住了婉莹。

“姐——姐——”常枫紧紧搂着白蝶。

洪蝶就这么走了，一个花一样美丽的女孩，带着太多的遗憾，太多的不舍，悄然走了，婉莹哭得死去活来，

“大蝶呀，你好狠心，为什么丢下妈妈就走了，我的蝶儿你不要丢下妈妈，我们相依为命到现在，你给妈妈擦擦眼泪啊，说话啊，可是现在你听不到妈妈在

叫你吗？我的蝶儿，你回来呀！我的蝶儿，你回来呀！……”

洪蝶被推进了太平间，他们几个人抱在一起哭喊着。可是再也喊不回她了，她就这么像一只美丽的红蝴蝶轻轻地飞出了春天，飞向一片云，最后随一片云消失了……

二十一

常枫帮着爸爸处理完后事，婉莹受不了这样的打击病倒了。常青也无法承受，刚见面的女儿就这么突然没了，就像狠狠地给他当头一棒，他不能倒下，因为还有他心爱的女人和另一个女儿，他一定要保护好他们，不能让她们再有什么闪失了，她们承受不起，他也承受不起。常枫陪在白蝶身边，静静地守着她，怕她再无声地离开。这两年的时间太长太长了，像隔了一个世纪，如果不是洪蝶的事她还不知什么时间才出现呢。再次见到白蝶，太多的痛、太多的相思把他折磨得更成熟了。白蝶也不是那个稚嫩的女孩，变得那么沉稳、那么冷静。他又把白蝶带到这个他常来的河边，他们默默地走着……

“白蝶，洪蝶已走了，你要节哀，好好保重身体，知道吗？为了爸和阿姨，你要坚强起来，阿姨还要你的照顾。最难受的是爸爸，离别了二十年，刚刚拥有这一切，心爱的女儿却突然离他而去，我真怕他承受不了。你们每一个人都那么痛，这样下去也不是办法，必须振作起来去面对这真实的一切，不是吗？白蝶？你们这样洪蝶在天之灵也会不安的。”

“常枫，我真的无法接受，她那么年轻、那么优秀，就这么突然没了，如果老天允许，我愿意替她死，她是妈妈的命啊，妈妈一手艰难地把她抚养大培养成才，就这么突然没了，我真怕妈妈挺不过去。”

“不，小蝶，你们都是阿姨的生命，虽然你不在她身边长大，她也是一样地疼爱你，你是死里逃生到今天，阿姨更爱你！别说那些话了好吗？生死谁都抗拒不了的，没办法，这也许就是命吧。你一定要好好的，你是阿姨的唯一的孩子了。”

“是的，姐姐她已走了，再痛苦都是无法挽回的，我必须振作起来照顾好爸爸妈妈，要让他们早一天从阴影中走出来，这样姐姐才会安心。”白蝶擦去流出来的泪水。

“我相信你能做到，你是一个很坚强、很理智的女孩。”常枫非常相信白蝶的坚强和韧劲。

“常枫，这两年你和姐姐相处得怎样？你对她好吗？你爱她吗？姐的病不是一时半时得的，为什么你一点没有察觉？”白蝶不敢相信姐姐和他在一起为什么他竟一点没有觉察到，难道他会那么粗心大意，难道……她不愿再往下想。

“白蝶，你走后，她告诉我洪蝶走了，她打扮成你的样子，我真的没认出来，把她当成了你，我一直叫她白蝶，她从不否认。爸回来之前我们处得很好，爸回来时我去了你家，阿姨说漏了，我才知她不是你，我很愤怒、很怨恨，怨她欺骗我，就和她分手了。我们谁都不敢面对谁，所以她有病我根本不知道，接到爸的电话和你一样匆匆地赶去医院，她一直处于昏迷状态，和你一样我也没有和她说什么话，她就走了。”常枫很沮丧。

“这也许是命运在捉弄我们。当初我走是为了姐姐，我知道她是那么爱你，我想让她幸福，只有选择离开。”白蝶叹息着。

“白蝶，你知道我是爱你的，爱是不能替代的，你这样对我对你都好残忍。你也应该知道我是不可能爱她的，如果可能，早就发生了。虽然，你们两个相貌一模一样，但你们的个性和心灵不是一样的，我喜欢的是你的善解人意和温柔。”

“那在我爸爸没回来之前，为什么你自己就不知道她是我姐姐呢？”

“我，我被自己想要的一种感情冲昏了头脑，居然没分辨出来，特别是你们的眼神，她眼里没有你那种忧伤，我以为被我的爱融化了。我太傻了！”常枫感觉自己的解释好假，假得自己都不相信。既然那么爱为什么就分不出来，除了长相、神态、眼神、身上的味道。常枫感觉自己在欺骗白蝶也在欺骗自己。

“常枫，我不需要你的任何解释，没意义，你能真实地面对你自己就可以了。”白蝶直皱眉头。

“白蝶，我，我说的是真话，因为你一直在躲避我，当你一旦接受我时，我认为你的改变都是因为我的爱而改变的。我无论如何也不会想到洪蝶会冒充你，我一直喊她白蝶，而她一直就这么应着。所以我才会错得那么深。白蝶，你可以原谅我吗？”

“没有什么原不原谅的事，因为我们一直是陌生的，一直距离很远，所以你也不要再解释了。过去的事我不想再提，没心情。真的。”白蝶说得很冷漠。

“白蝶，我只求你的原谅。”白蝶的冷漠击垮了常枫。

“你并没有伤害我，怎么能说原谅呢？我们好像都在说着别人的故事。”白蝶说得有点残忍。

常枫不知道如何再说下去。感觉自己像一个伪君子，错了就错了，不必为自己解释、越解释越虚伪。

“我知道你的心，也懂谁对谁错已成事实谁也改变不了。我那样做自然也有我的道理。为了姐姐我不得不那么做，我也很在乎你，很在乎姐姐，也在乎你给予的点点滴滴，我去得不痛吗？也许你不能理解，我苦苦寻找的家和亲人，还有一直寻找的真情，我却突然要放弃……从我不记事起，我就被送给了人家，养父养母又相继去世，接着我就是盲目地寻找亲人……可是姐姐又走了。我真的怕再经历生离死别！”白蝶再也说不下去了，她非常心酸。

"白蝶，对不起！都是过去的事了，不说了。我再也不要你离开我，再也不要。"常枫把白蝶紧紧搂在怀里。

白蝶推开了他，"常枫，我们不能这样，不可以，两年的分离让我想了很多，学会了遗忘，也看淡、看透了很多事。也许我们根本就没有缘分，只可以做朋友。"

"白蝶，这对我是不公平的，我的心依然是你的。你不要这样可以吗？我真的无法承受你的拒绝。"常枫看到白蝶如此冷漠真的受不了。

"对姐姐公平吗？对我公平吗？"白蝶望着常枫的眼神很冷也很遥远。

"我们再重新开始，你不要再想那么多了好吗？我们回去吧，我知道是我的错，祈求你的原谅！"常枫心里很不是滋味。

"你认为我们会重新开始吗？"

错过的爱回不去

男：月又升起你在哪里为什么一去没有归期
难道我们的爱你已忘记　说过的话已随风而去

女：静静深夜我在想你　无数次相见都在梦里
我们的爱　已成为过去　华丽誓言经不起风雨

男：自从你悄然离去　满世界全都是雨
无言的伤悲　无情地离去　何日才是你的归期

女：虽然我转身离去　心里面全都是泪
无言的伤悲　无声地哭泣　有缘无分情非得已

男：我等着你等着你等着你　亲爱的你到底在哪里

女：我想着你想着你想着你　错过的爱回不去

合：啦啦啦啦啦啦啦啦啦啦　错过的爱回不去
啦啦啦啦啦啦啦啦啦啦　错过的爱回不去

"可以的，白蝶，可以的，我不能没有你！"

"走吧，回去吧！十点了，我们去陪爸妈，今天你尝尝我做的菜好不好吃。"白蝶不知道自己为什么还要说这句话。

"太好了！白蝶，这一天我终于盼到了，终于可以吃到你做的饭了。不过，我不能让你一个人辛苦，我在一边给你帮忙好不好？"常枫好像又看到了希望。

"今天不要，你陪爸妈说话，我一个人来做没问题。"

"那太辛苦你了。"

"没事，这算不了什么，这些事我常做，不累的。"

他们买了两条鲫鱼和精肉，芹菜、扁豆、青菜、苦瓜，到家时爸正好要出门去买菜。

"爸，我们回来了，妈呢？"

"你妈有点累躺下了，我正要去买菜，你们买了啊，那好你们歇着，我来做。"

"不，爸，怎么能让你做呢？我来。"

"好女儿，这些天你一直没休息好，就让我来吧。"

"不，爸，你比我累，自从姐有病都是你支撑着，以后的家务都由我来做，就让女儿孝敬孝敬你们吧。"

"好吧，枫儿，你去帮小蝶，我来洗衣服。"

"爸，白蝶做饭，这衣服就交给我吧。"

常青点了点头："好吧，枫儿。"

白蝶忙得不亦乐乎。四个菜，一个清炖鲫鱼汤，一会就弄好了，常枫的衣服也洗好了。婉莹被常青扶了出来，

"孩子们，今天让你们做这些，哎，都怪我这身体不好。"

"没什么，阿姨，我们做得很轻松的，小蝶的菜做得好香啊。"

婉莹坐在常青身边，今天她精神好多了。"婉莹多喝点汤，小蝶的汤烧得真好，看女儿做得这么辛苦，你也应该多吃点。"

"好，我喝，枫儿，小蝶，你们都吃，今天的菜真的很好吃。"婉莹的笑很勉强。但是她还是很欣赏小女儿。

看着妈妈苍白的脸，白蝶好心痛，"妈，以后我天天做饭给你吃，爸和常枫都很忙，我会陪你的。"

"嗯，小蝶，妈有你陪就行了，他们事太多，够辛苦的。"

"婉莹啊，本来我想找个保姆的，又怕你不同意，从现在开始，我把一切工作都交给枫儿，我老了，孩子们还要去做事，我会陪在你身边的，我还要听你唱《天仙配》呢。你还要继续给我写歌。"

"常青，我身体很快会好起来的，能照顾好自己还要上班呢，只要你周末和孩子们一块回来吃个团圆饭就行了。"

"会的，一定会的，婉莹，孩子们忙，每一顿饭我都要和你一块吃的，也让你尝尝我的手艺如何。婉莹从今天起，为了我也为你自己，就不再上班了好吗？小蝶还去我那上班吧。"常枫恳求着。

"好的，我明天就去上班。"白蝶认真地答应。

二十二

白蝶又回到天涯报社，同事们都在心里打着问号，他们你望望我我看看你，用眼睛在交流着不解。这到底是洪蝶还是白蝶，他们真的迷惑了，常枫在会上介绍。

“白蝶离开两年又重新回来了，大家欢迎。”

这时同事们才敢确认这就是白蝶，掌声可以证明大家此时的心情，开始不冷不热的，接着很热烈而又零落下来。洪蝶已走了，永远地走了。他们真有点怀念那个和他们一起工作了五年美丽而又有才华的女孩。虽然这有一个相貌和她完全一样的女孩，她比洪蝶更亲切更谦和，也难以替代他们相处五年的感情。见到白蝶大家更增添几分对洪蝶的怀念。

“大家好，又重新来到这里和大家共事，还希望各位的帮助和支持。”白蝶客气地和各位打着招呼。

白蝶对工作一丝不苟，每份稿件不论好坏她都会认真地去阅读，不错过每一个经典的句子，每一个词和字，她是个有心人，悟性也很强，所以在审稿过程中她学到不少东西，从别人的作品中也看到了自己的不足。所以她更努力去学习。白蝶和常枫之间总是有种拉不近的距离，虽然他们每天都会见面，姐姐和刘寒的影子把他们隔得很远。常枫每天都要看到白蝶的身影听到她的声音。如果有半天看不到或听不到白蝶的声音，他就会打她的手机，问长问短，即使听到她声音了，但是心里还是很空、很失落，白蝶却很淡然。

白蝶正在看稿子，常枫送来一束红玫瑰，“生日快乐！小蝶。”

“生日？我的？我真的不太清楚的。”白蝶低下头苦笑了笑，因为她从来就不知自己的生日是几月几日，从来没有过一次生日，我……白蝶不知为什么掉下了眼泪，“这也是我姐姐的生日。”

“小蝶，我是从爸爸那知道的，不流泪，小蝶，我见不得你流泪，知道吗？你姐姐今天也一定很开心，因为她最亲的妹妹回来了，小蝶，走，我们一块去洪蝶墓前，给她送一束鲜花，也向她说声生日快乐！她一定很开心的，小蝶，好吗？”

“嗯，我们走。”小蝶点了点头。

好久没出来了。春天又来了，柳絮飞飞，他们迎着暖暖的风默默向墓地走去，有好多话，但是又无从说起……白蝶一直很沉默，周围的东西好像和她隔了层薄薄的雾，让她无从看清。包括身边的常枫她也感觉很模糊，此时只听到他们的脚步轻轻地落在水泥地面，发出一种似近似远的声音。一路的无言让他们感觉这段本来不远的路变得似乎远了好多。他们走进墓地，远远就听到了呼喊声，小蝶的心一下被揪住了。

“大蝶，妈妈来看你来了，你别睡了，孩子，是不是你的头还在痛，是不是你从麻醉中还没有醒来？妈妈在叫你啊，听见吗？大蝶，起来吧，孩子，和妈妈说说话再睡好吗？今天是你的生日，孩子，妈和爸给你送蛋糕来了，我已把蜡烛点上了，许个愿吧，孩子……”

白蝶把玫瑰花放在墓前，“姐，听到妈在叫你吗，起来许个愿吧，我们都来看你了。”白蝶搂着妈妈用心在和姐姐说着话。

常青用手帕细细地擦着石碑照片上落的灰尘，好像在给女儿一点一点擦着脸上的灰，抚摸着女儿那可爱的脸，他第一次给女儿擦脸，擦得那么细心，慢慢地轻轻地，而手在发抖心也在发抖，抖得手绢掉到地上一次又一次也捡不起来。她的眼睛好像一眨不眨地看着爸爸，看着妈妈、妹妹还有常枫，她好像在笑，笑得那么缥缈，那么让人心痛……

“爸，妈，我们回去吧。你们不要太难过了，这样姐姐也会难过的。”白蝶恳求爸妈，用手帕给妈妈擦干泪水。

常枫扶起爸爸，“爸，你这样洪蝶会难受的，今天是她的生日，要让她开开心心的不是吗？”

“嗯，是的，要让大蝶开心，婉莹，我们回家吧，还要回去给我们的小蝶过生日呢。”

他们恋恋不舍地离开了墓地，洪蝶望着他们走远了，还在望着，空空的望着，几只蝴蝶飞来，有只落在那束鲜花上停留很久，然后又飞远了……

常枫下厨做了好多白蝶爱吃的菜，白蝶给爸妈还有常枫都倒上了红酒。

“爸，妈，常枫，我长这么大今天才知道我的生日，也是第一次过，我真的很开心，可是就是少个姐姐。”她再也说不下去了，怕自己的泪会掉下来，怕他们难过。特别怕妈妈难过，所以她强装笑脸喝干了这杯不知是什么滋味的酒。

常枫从桌子下面紧紧握住了她的左手，她的手好凉，并且还有点发抖。此时，他多想把白蝶搂在怀里给她点温暖和坚强。他感觉这个女孩真的好可怜。让人那么怜惜。

“小蝶，今天我们都很开心，今后每一个生日我们都给你过，是妈不好，孩子。”婉莹更难受。本来是两个孩子的生日，如今只剩下一个了。

“不，妈妈，这一天也是你的难日，是你很辛苦地把我们生下来，应该我们给你庆祝才对。”白蝶看到妈妈清秀的脸很苍白老了许多，一滴眼泪在她眼里埋藏得很深。

“小蝶，爸最对不起你，还有你妈，一切都是爸的错，孩子，陪爸喝一杯。”痛扭曲了常青那张英俊的脸。

“爸，阿姨，今天是小蝶的生日，大家都应开开心心的，小蝶，来我陪你喝一杯，为了你的回来，为了我们的重新开始，干一杯。”常枫眼里充满了幸福。常枫把蛋糕放好，点上蜡烛，“许个愿吧。”

小蝶闭上眼双手合十：愿妈妈快些好起来，感谢上苍让我找到了家，找到了爸妈。

这个生日所有的人都想哭，但是谁都没落泪，也没有一句开心的语言。这个生日就这样结束了。

婉莹身体不太好，常青陪着早早进了卧室。

常枫和白蝶出来走走，十四的月亮已快圆了，常枫拉着白蝶的手，她的手依然冷，常枫把外套脱下给白蝶披上。

“小蝶，你不知今天你有多美，我总是很冲动想把你抱在怀里，小蝶。”

在酒精的刺激下白蝶的心快跳出来了，常枫紧紧抱住了她，“小蝶，小蝶，你是我的，仅是我的。”常枫无法控制自己，他吻她的长发，她的耳际，她的鼻子，最后停在她那诱人的唇上，先柔柔的，最后疯狂地让她不能呼吸，不能喘气，她的身体软软的，像一片云，在轻轻地飘着，飘着……常枫的呼吸让她不知所措，那热热的气息让她整个身体都柔软在他怀里，没有一丝拒绝的力气……

“小蝶，我们结婚吧，我想拥有你的一切，你不要让我再压抑，不要让我再折磨自己了好吗？”白蝶突然推开了他，她感觉姐姐在指责她“常枫是我的，小蝶，你不能这样。”

“不，不，不，不要，不要，常枫。”并且她又想到了刘寒，“白蝶，不要啊，你是我的，是我刘寒的。我爱你！白蝶。”

“你怎么啦，小蝶？”常枫被白蝶这突然的反常惊住了。

“没什么，再过一段时间吧，我们都还很年轻，我还有一些事没做好。很多事我们还弄不明白，也无法接受一个家庭。”

“怎么啦，白蝶？你不爱我吗？结了婚，你一样可以做自己的事，我还可以帮你做。”

“不，再给我们彼此一点空间和时间好好静静，天不早了，我们回去吧，明天还有好多事。”

常枫感觉到白蝶的一种恐惧，一种让别人无法靠近的冷漠。他不知道为什么，也没敢多问。两人沉默着……就像这月色，给人淡淡的茫然和遥遥的距离。他把白蝶送回家一个人消失在月夜里。

二十三

白蝶给刘寒去了封信。她知道她突然离开让刘寒的心里无法接受，并且一走就没消息，可是又有什么办法，只有这样，不然会把他伤得更深，那样太残忍了，他是个好男孩，但愿将来会有一个好女孩爱上他，她会在远方默默祝福他们。她也知道刘寒接到这封信会有多么痛苦，唉，她不敢再往下想。

刘寒接到了白蝶没留地址的来信，迫不及待地拆开。

刘寒，你好吗？

对不起！我不辞而别。我的孪生姐姐突然病危，没有和你说一声就离开了。可是我还是回来迟了，没有来得及和她说句话，她就走了……

我不会再回去了，得照顾妈妈。我知道这样对你打击很大，刘寒，我们只有这样啊。你的心你的情我都懂。可是我无法给予你什么，离开是我最好的选择。你也许会恨我太狠心，刘寒，我早已爱上了一个人，曾经因为有些事我离开了他，现在又回到他身边。我一直在逃避你，不愿意去伤害你，因为我无法再接受别人的感情，你是个非常优秀的男孩。忘了我吧，刘寒，我只有默默地祝福你……

我知道你这些日子很痛苦，这都是我犯下的错。你能原谅我吗？刘寒，我深深知道，人生真情只一回。让我们都珍惜内心的那份唯一吧。你在我心里一直是一个知己，一个朋友，而不是爱情。

在医院的那段日子，你对我付出太多，我由衷地感激你，可是今生我再没办法偿还你。我只能说声：对不起！对不起！！！

时间会淡化一切，希望早日看到你的笑容……希望你早日能找到你心目中的女孩。

不该出现的白蝶

深夜

刘寒看完了信那一丝希望一下就无影无踪了。因为白蝶的突然离去，他感觉整个人都空了。他不明白什么原因，会使这个美丽女孩就这么突然消失了，让他怎么能接受，是不是在逃避？是不是出什么事了？可为什么走得没有一点声息。没留下一点痕迹，他真的不明白，是不是他做错了什么伤害了她？这些日子，刘寒不知道是怎么过来的，每天他都会到办公室找，下班他总是最后一个离开，傻傻地望着同事们一个个陆续离开报社。他常常会来到他们刚认识的湖边，看到来来往往的人，他希望白蝶能突然出现在他面前。一次次的失望，而又一次次怀着希望。终于盼来了白蝶的音讯。这却让他彻底地失望了。他不相信，又不能不相信。

刘寒走在大街上茫然地望着川流不息的人海和车流，希望能看到那个让他朝思暮想的身影……他去董事长家找了多少次，董事长不在，张妈说不知白蝶去哪了。他又来到他们第一次说话的地方，一个个陌生的身影从身边走过，他望着湖面眼睛湿润了……

白蝶一方面失去了姐姐另一方面是对刘寒的愧疚，在她心里是无法抹去的伤痕，她感觉和姐姐是一个整体，姐姐走了，她也残缺了一半，好像失去了一种平衡。虽然她拥有了常枫的爱，可是每当面对常枫时，姐姐的影子总是会出现，想到受伤害的刘寒，而她又不得不逃开。她也知道自己陷进了爱的旋涡，不能自拔了。她离不开常枫，就像常枫离不开她一样。她在心里喊着“常枫，我爱你！我爱你，常枫！”但当面对他时，她又是那么冷漠那么淡定，她困惑着，折磨着自己。

常枫经常找时间带白蝶出去玩，去感受一下大自然的真纯。他喜欢看到白蝶对一草一木的那份依恋的感觉。她有时会对一棵小草或者一朵小花发呆，有时会望着云而默默流泪，常枫知道，她在思念那个养大她的地方和埋在那里的养父养母，还有去世的姐姐……这一切都是她埋藏在心里的痛。他真希望白蝶能快乐起来，就像花丛中翩翩起舞的蝴蝶。他能感觉到白蝶内心的挣扎和痛，他还没有真正见过她的笑是什么样的，她的孤独、她的冷漠都让他心痛，他多么想给予她温暖给予她快乐，可是又怎么给予，她总是拒人于千里之外，又像一只受惊的小鸟，一旦受到惊吓就会飞得无影无踪。常枫真不知道如何才能把这个心爱的女孩紧紧地搂在怀里爱她疼她。

星期天的上午，常枫带着白蝶去采菱角，他轻轻地划着小船，白蝶站在船头，她飘飘的长发，头上飘飘的白丝带，飘飘的白色连衣裙，就像一朵白云，落在船头，又像一个白衣仙子，常枫如醉如痴地欣赏着白蝶，白蝶也回头向他微笑着，她终于笑了，笑得那么美那么飘然，不知道为什么他突然想到了洪蝶，想到了他们在荷花间的追逐、相拥、亲吻……这些突然让他感觉自己有种负罪感，有种歉疚，是对洪蝶，还是对白蝶？不清楚，都有。洪蝶那么爱他，他不该那么绝情。他也亲她了抱她了，结果毫不留情地把她推到爱的悬崖不闻不问。直到她依依不舍地离去。他恨自己太狠心，怎么可以这样。可是他一直爱的是白蝶啊，她只是个替身。看到白蝶今天心情这么好，他也不敢再多想什么了。小船划到一处菱角很多的地方，放慢速度，常枫静静地看白蝶采菱角，每翻一棵摘下几个，她会很开心地喊：

“常枫，常枫，你看呀，这个菱角好大，给，接住。”她一个个扔给常枫，她翻了一棵又一棵，摘了一小塑料袋，常枫从没见白蝶这么开心过，她也从来没这么不停地喊着他的名字，每一次听到她的喊声，常枫的心都像触电一般，唰一下，然后是酥酥麻麻的感觉……

“常枫，这菱角太多了，我们走吧，采这么多了。”白蝶甩着手上的水，常枫递给白蝶一个白色手帕。

“呵呵，不采了，我们回去喽。”常枫摇着小船往回走，“小蝶啊，我们采这么多怎么吃啊？小时候，我妈都是煮着吃的，回去问问婉莹妈妈怎么吃的，我也不知道。”

“呵呵呵，不知道还说煮着吃啊。”常枫笑着，唱一首歌给你听好吗？

“好啊，还没听过你唱的歌呢。”白蝶甜甜地望着常枫。

你听着啊：

竹排情歌

撑一个竹排荡悠悠
一捧思绪在浪头
歌声水上漂
垂柳两边走
阿哥我向你招手
我的竹排划在你心头

掬一汪思念漾身后
摘一朵玫瑰随浪走
衣袂风中扬
希望在浪头
阿哥划排汗水流
我的箫声为你在守候

竹排悠悠情悠悠
想妹的阿哥水上走
相望，相守，相拥有
水向东，情长流

白蝶沉醉在常枫的歌声中，他那动情的声音轻轻地飘着落在水面的波纹上漾起一圈圈涟漪，那个美丽的画面也在水面漂着……他们此时好像就是歌中那对情侣。

“这歌写得真好，谁写的？”白蝶微笑着望着常枫。

“你猜猜？”常枫故作神秘。

“猜不出来。”白蝶摇了摇头。

“这就是婉莹阿姨写的啊。你居然不知道啊。”

“是吗？我妈妈写的？妈妈太有才了！”

“是啊，不是一般的人啊。”

他们靠了岸，把船停好，常枫先跳下船，接过菱角袋子，怕她的鞋子弄脏了，他轻轻一托就把白蝶横着抱了起来，白蝶把脸埋进他怀里怕常枫看到她羞红的脸，常枫把白蝶抱上岸把她放在树荫下的长椅上，然后又把菱角提上来放进车里，他坐在白蝶身边，让白蝶仰着头躺在他怀里，他掏出衣袋里的口琴。

“蝶，你累了，闭上眼睛，我给你吹一曲爸爸教我的歌，好吗？”

“嗯……”

五月石榴花儿红

石榴花开红彤彤
一朵花儿一个梦
妹妹采花映红脸
哥哥一旁笑如风

妹妹是那花儿红
哥哥爱花醉其中
捧起妹妹你的脸
哥哥的心你最懂

五月石榴花儿红
朵朵开在我心中
那是我的妹妹花
人比花儿还要红

妹妹花呦，花儿红
红红火火在五月呦
待到秋来找妹妹
红红的石榴，红红的梦

这悠扬的笛声轻轻地落在白蝶的眉梢上，落在她起伏的酥胸上，她的裙角上……不知过了多久，也不知曲子什么时间停的，白蝶依然在沉醉的曲子中，沉醉在那美美的画面中。她感觉身体被一种无法抗拒的力量包围着，那急促的呼吸在冲击着她，她的唇一下被另一个热热的唇捉住了。她不能呼吸，不能挣扎，软软地蜷缩在常枫怀里。“白蝶，我爱你！你是我的！”此时洪蝶和刘寒又出现在白蝶的脑海里，她突然极力挣脱，远远地站着像一只受惊的小鸟。

“不要，常枫，不要……”白蝶拼命地摇着头。

“怎么啦，小蝶怎么啦？是不是我弄痛你了，我爱你小蝶！你是我常枫的，只是我常枫的。”白蝶从幻觉中又回到了现实。

“哦，常枫，对不起！没什么，我们回家吧。”

“好吧，刚才那首歌是婉莹阿姨当年给爸写的是吗？”我妈妈是很有才华的，她的音乐天赋真好。

“是的，写得多好啊，她这方面的天赋遗传给你了。”

“我可写不出妈妈这么好的词来，更没有一点音乐细胞。”

一路白蝶一句话也不想说，眼睛傻傻地望着远处，一路的风景没有把她从虚幻里彻底唤回来。常枫把车停在离白蝶家不远的地方，握着白蝶的双手，“告诉我，你怎么啦，不喜欢我那样吗？”

“我，没什么，真的没什么。”白蝶低下了头。

“看着我，小蝶，你不会撒谎，你的眼神告诉了我，你说为什么？”白蝶把脸转向一边，望着车窗外，泪一颗一颗滑下脸颊。常枫扳过白蝶的肩。

“你哭了，是不是我做错了什么，是不是我伤害了你？”常枫捧着白蝶的脸吻着她的泪。

“没什么，常枫，我很感动，你这么爱我，我真的不知所措，每当我们……我们……姐姐总是会出现在我脑海中，在指责我……我……常枫，我真的不知道怎么办，我要崩溃了！”她没敢说刘寒的事怕他吃醋。

“小蝶，不要这样，我和你姐之间真的没有那种男女之情，你爱我，我也爱你，你没什么负罪感，不要这么去折磨自己好吗？”

“我爱你，在我的爱里希望你每一天都快快乐乐的，懂吗？小蝶，我的爱只属于你，不许你再想那些没有关联的事，好吗？”

“嗯，对不起！常枫，对不起！”

“好了，今天中午我们就吃你的劳动果实，一定又香又甜的，因为每一个菱角上面都有你的体香呢。”常枫把车开到大门口。

“爸，妈，我们回来了。”小蝶进门就喊。

“小蝶，你们去干什么啦？这么高兴？”常青见小蝶手里提了一个黑塑料袋。

“爸，我和常枫去湖里采菱角了。看，采了这么多，今天中午就把它煮了，妈呢？”白蝶像个小孩子。

“你妈在厨房。”爸用手一指。

“妈，不是说让你好好歇着吗？怎么又做饭了，我来，妈，你去客厅和爸爸说话去。”白蝶解下妈妈的围裙，娇嗔地把妈妈推出了厨房。

“小蝶啊，我没什么，你工作那么辛苦，这样妈会很心疼的，我需要干一些家务，就当锻炼身体，这些小事让妈做好吗？”

“不行，妈，让我来，我还要煮这菱角呢。”婉莹只好让白蝶做，见女儿这么心疼自己，真的很欣慰。

小蝶一会就做好了，一盘盘香喷喷的菜端上了桌子，“我们真是好口福，小蝶这么会烧菜，以后我天天都要来吃。”常枫抢先品尝。

“枫儿，我们天天欢迎你来，你来我们家就热闹了，看到你们，我和你爸真的好开心。”婉莹乐呵呵地望着常枫。

常枫故意逗小蝶，“欢迎我吗？”

小蝶白了他一眼装作不高兴的样子，“不欢迎，你来我还要多洗一个碗，多洗一双筷子。”

“啊，那我帮你洗好不好？”常枫像个调皮的孩子一样。

白蝶笑了，“这还差不多，我最怕洗碗，呵呵，多吃点煮的菱角，小时候爸爸经常采菱角，回来我妈就这么用清水煮，我煮的不好吃，我妈煮的可好吃了。”

婉莹和常青对望了一下，见女儿说得开心而又有点感伤，心里很不是滋味。感觉欠这孩子的太多太多。

二十四

白蝶每天晚上都在写她的作品，只有这样她才能暂时忘了常枫，她知道自己现在还一无所有，虽然她现在算是富家小姐，可是自己心里太空，还没有自己的东西没有自己的一片天地，所以她必须要冷静地对待感情的事，婚姻离自己还很远，她现在有时间读书有时间写东西了，所以她必须静下心来多学些东西，所以她极力控制着自己的感情，她不能为了儿女情长而忽视了自己的创作，今年她必须把稿子完成，所以她对常枫有点冷漠，也希望常枫能够理解，他需要冷静地考虑一下他们之间的一切。如果常枫真的爱她，这部作品她将作为他们的结婚的礼物送给他，他一定非常开心。每天到深夜她真的好累，想给常枫打个电话又控制住了。她是个有韧性的女孩，对自己很有信心，她要证实自己是一个优秀女孩，是爸妈的好女儿，要让爸妈为她而骄傲。很累很想常枫的时候，她就会静静地发会呆，轻轻地抚摸着银色的蝴蝶，她想到了姐姐，想到那过去的一幕幕……然后再全身心地投入到作品的创作中……

常枫有点受不了白蝶的冷落。不接电话不回信息，不明白她心里到底想的是什么，每当和她谈到结婚时，她总是以年轻为借口推开，是我对她不好吗？还是我们爱得不够深？她是不是不爱我又怕伤害我？不，不是，她是个很纯洁的女孩，如果她不爱我，绝不会让我拥抱她，更不会让我吻她，到底是为什么呢？

今天上午上班的路上，白蝶好轻松，因为她的小说终于结稿了。此时，她才感觉阳光是明媚的，夏末的风吹到身上是那么轻柔凉爽，她可以好好放松一下了，这一段日子她真的太累太累。此时她才知有好多天没有见到常枫了，报社还没有到上班时间，她拨通了常枫的电话，才响一声他就接了。

“小蝶，早。”常枫很激动。

“早，常枫，晚上去我家吃饭好吗？下午下了班我陪你出去玩。”

“小蝶，今天怎么啦？这么开心？”常枫很激动。

“没什么，你好些日子没我们家了，爸妈总说你为什么不去了，今天一定要去。”白蝶第一次主动邀请常枫。

“好的，我一定去，挺想爸和婉莹阿姨的。下午我们去哪儿？”他没想到白蝶这么主动地约他。

“去河边吹吹风。”

“好的，我们去。”

快下班时，常枫给白蝶打了一个电话，让白蝶在办公室稍等一会。

白蝶第一次约他，从电话里听出她今天特别开心，常枫也一样，所以今天他要向白蝶求婚，他出了报社大门到马路对过的花店买玫瑰花。

“小伙子，给我扎九十九朵红玫瑰。”

“好的，先生，看到你这高兴的样子是不是送给女朋友啊？”

“是的，呵呵。”常枫脸上洋溢着幸福。

“那恭喜你爱情甜美，稍等几分钟就好。”小伙子一朵朵剪得很细心，把花很麻利扎好递给常枫，“祝福你！愿你的爱情如这九十九朵玫瑰一样甜美，慢走。”

就在他返回到马路中心时，一辆灰色小车冲了过来，常枫一下被撞了一丈多远，像一片树叶落在马路边，鲜血立刻染红了玫瑰……

白蝶等急了，出来恰好看到了这一幕，“常枫——”那辆无牌照的小车逃之夭夭。白蝶冲了过去，抱住了常枫，她已吓傻了，看热闹的人帮忙给打了急救电话。一会救护车就到了。大伙帮忙把常枫抬到车上。

“常枫！常枫！你别吓我，我是白蝶啊，你睁开眼，睁开眼看看我啊。”在救护车上，白蝶紧紧搂着常枫，血染红了她的白裙子。“常枫，你一定要挺住！一定要挺住！”白蝶像没了魂。

到了医院，护士匆匆把常枫推进了急救室，“常枫——常枫……你一定要挺住！听到了吗？常枫！……”白蝶被关在急救室门外，“让我进去！让我进去！常枫需要我！他离不开我……”

“姑娘，请安静！你不能进！我们会尽力的。”医生把白蝶关在急救室外。

白蝶瘫软在走廊的长椅上，她是那么无助，这时她突然想起了爸爸、妈妈，她拿出手机，拨通了爸的电话，“爸爸，你快来吧！常枫出了车祸在医院！”

“啊？！小蝶，你别急，我们一会就到！”爸爸的魂都吓飞了。

常青和婉莹风风火火地赶来了，他们看到白蝶衣服上的血，看到了她苍白的脸。

“小蝶，枫儿呢？你身上怎么这么多的血？孩子，别吓我们！”他们围住了白蝶。

白蝶一下哭出了声，“爸——妈——这是常枫的血，他伤得好重，流了好多血在急救，爸，我怕！我怕！”

“不怕！蝶儿，枫儿会没事的，告诉我是怎么回事？”常青一边安慰女儿一边问。

“本来我们想去河边玩的，他让我在办公室等他，我等了一会儿就从报社出来，就看到了他拿着花被车撞的一幕，并且那黑心的车主一溜烟地逃了，常枫倒在了血泊中，一直没有睁开眼睛，怎么办？！爸。”白蝶吓得已失去了往日的矜持，在瑟瑟发抖。

“小蝶，不怕，枫儿会没事的！”常青拍了拍白蝶的肩又握了握婉莹的手，一定会没事的！我们静静地等着。为枫儿祈祷。

小蝶靠在妈妈怀里，“妈妈，常枫会不会有事？我怕……”

“不怕孩子，有爸妈呢，枫儿会没事的。”婉莹嘴上这么说心里和女儿一样害怕。她紧紧搂着女儿，感觉她的身子都在发抖，而自己的心也在发抖。

时间一分一秒地过去，三个小时后，急救室的门终于开了，他们一齐迎上医生，“常枫怎么样？枫儿怎么样？”

“手术很成功，他颅骨受点轻伤，一时半时怕难醒过来，你们放心，问题还不算严重。”医生去掉口罩，“你们三天后才能见他，他已被送进无菌室，现在还没脱离危险期。”

“小蝶，你陪妈妈回家休息，我在这。”

“不！爸，常枫需要我，我不走！我要在这陪他，爸，你陪妈回去吧。”

“小蝶，你和你爸回去，我在这。”婉莹想给常青和宝贝女儿分担一点。

“不行！不行！婉莹你和女儿都回去，听我的好吗？”常青坚决反对。

“不，爸，我不回去！如果他不是给我买花就不会这样子，他需要我，我要陪他，直到他醒来！”白蝶又哭了。

“你先回去把衣服换了再来，孩子。”

“好的，爸，我一会儿就回来。白蝶匆匆地离开医院。”回到家，在洗手间她看到了血染的白裙子，看到了自己没有血色的脸，想到那可怕的一幕，想到常枫的伤，她的眼泪又下来了。祈求老天保佑，保佑常枫度过这一关。她感觉自己已经不起生离死别，她年轻的心灵伤口实在太多了，她怕自己会流完最后一点血，再也支撑不下。老天啊，你是公平的，我前世是不是做错了什么，你就惩罚我一个人吧，不要拿其他人的生命这样来折磨我好吗？！我真的受不了了！白蝶换掉衣服，冲个澡，又拿些换洗的衣服就匆匆地赶往医院。

爸爸已把一间特殊的单间病房弄好了。

“小蝶，你在这好好休息，常枫会没事的，不要让我们再担心你，好吗？”爸爸真的很担心女儿。

“爸，妈，你们回去吧，我知道的，路上小心。”白蝶望着爸妈心里很难受。

“那好吧，婉莹我们回去，明天再来。”常青心痛儿子，心痛女儿，也心痛婉莹。

爸爸和妈妈相搀着走了，她心里不停地喊着常枫的名字，常枫，你千万不能有事，你说过要娶我的，我一定要嫁给你！等你好了我们就结婚，常枫，我爱你！我只爱你！你知道吗？这段时间我对你很冷漠，我也知道你受不了，我是在创作一部作品，想用它作为我们的结婚礼物，昨晚刚完成，想好好陪陪你，没想到你出事了，对不起！你快些醒来吧！

白蝶迷迷糊糊趴在床上睡着了，梦到了常枫手捧着一束玫瑰向她走来。

“白蝶，送你的……”她伸去接花时，常枫突然没了。

“常枫，常枫……”她在呼唤中醒来，才知是一个梦。头昏昏的，这医院房间里一色的白让她恐惧，再也无法入睡。

二十五

三天后，常枫转移到这间特殊病房。这三天白蝶不知道是怎么过的，迷迷糊糊，昏昏沉沉，就感觉穿白大褂的医生匆匆地来来去去，还有一些病人家属一张张焦急的脸晃来晃去。以及常枫向他奔来的幻觉。白蝶终于能看到常枫了，三天的日子太漫长了，在等待和呼唤中好像比过了三年还要长。白蝶很憔悴，脸色有点苍白，她紧紧攥着常枫的手，“常枫，你很困吗？你睡三天了为什么还不醒来？哦，我不叫你，就这样静静地看着你，等着你醒来。”平时不爱说话的白蝶不停地对常枫说话，可是常枫像睡着了一样。

爸妈给白蝶煮了些鸡汤带来，妈妈看到女儿憔悴的样子好心痛，还有那躺着的常枫都在揪着妈妈的心，“小蝶，来，先把这个汤喝了，你这几天瘦多了，你也要注意自己的身体，枫儿还得你照顾，你不振作起来怎么能行呢？”

爸爸看到这两个孩子一个昏迷不醒，一个强打精神，如果能替代的话，他会替代枫儿，这样女儿也不会这样子了。

“小蝶多喝点，你放心，我会照顾好你妈妈，以后每顿饭爸都给你做好送来，你必须照顾好自己才能照顾枫儿，爸真怕你受不了，孩子你受苦了。”看到小蝶这个样子更让常青心疼，因为这个孩子没过一天好日子，她眼里的忧伤更深了。

听了爸妈的话，白蝶感觉好温暖，“爸，没什么，你和妈一定要相互照顾好，最近我不能在你们身边照顾你们，等常枫好了我才能回到你们身边，只要你们好好的，我就会很好的。爸，妈，你们也不必天天来这儿，我一个人就行了。”白蝶怕爸妈担心她，也怕他们为这事受不了。

常青的眼睛湿润了，“好女儿，我会照顾好你妈妈，你就放心吧，报社的事我也都安排好了。”

“谢谢爸，让你辛苦了。”看到爸爸眼里布满了血丝白蝶知道他这几天也没睡好。

医生过来查房，量了量体温、血压，又掰了掰常枫的眼睛，主治医生说：家属请来一下。

常青和白蝶来到医生办公室。

“请坐，病人的状态不是太好，记住，白天多和他说话或者唱他喜欢的歌，还要给他按摩，翻身，你们首先要有个心理准备，他一时半时不可能醒来，即使醒来也可能会很模糊或者失去记忆，养一段时间就会好了。半个月后，如果他还没有醒来，也许……”

“也许会怎么样？”白蝶和爸急了。

“也许不会再醒来，那是最坏的结果，应该不会的，因为他脑子里没有瘀血，仅是颅骨受了一点创伤。出院后慢慢调养，要有信心，会好的。”医生也怕他们太担心了。

“你们不是说手术很成功吗？不是说不怎么严重吗？”爸的心都提到嗓子眼了。

医生笑了笑，“手术是很成功的，这和他能否醒过来是两码事，我说过了要有信心，他会好的。”

他们又回到了病房，精神都要崩溃了。

“爸，你别太难过了，我相信常枫会醒来的，他说要娶我的，他绝不会失言。”白蝶安慰爸也安慰自己。

白蝶看到爸眼里含着泪水，头发又白了好多，她发现爸突然间老了很多，她不能在爸爸面前流泪了，她不是个脆弱的女孩。

她用热毛巾给常枫轻轻地擦着脸颊，“常枫，你好好躺着，我会给你洗得干干净净的，我的手重吗？以前很少有时间陪你，从现在开始，白天晚上都部着你，和你说话。每天都给你写一首诗读给你听。”

“爸妈，你们回去吧，我和常枫说说话。”白蝶不忍心让爸妈在这儿难受。

“孩子，那我们回去了，有什么事打电话及时告诉我们。”爸又摸了摸常枫的脸，才和婉莹慢慢走了。

白蝶把爸妈送出病房，又把门轻轻关上，她把常枫的手紧紧贴在自己的脸上，泪水从他手指上慢慢滚落，“常枫，你快些醒来吧，我有好多话要跟你讲，我要你娶我，我要给你生一个像你一样优秀的男孩，还要生一个像我一样的女孩，枫，你说可以吗？我们经常会带着孩子们去公园散步，看着孩子们在嬉闹，我们要好好培养他们去读书，要让他们去留学，然后回来给家乡做一些事，我希望女儿是个作家，儿子像你一样得干事业。枫，你说行不行啊？我会一直陪在你身边，一直为你写诗，给你写一辈子，我还会为你写歌，我要你唱，你唱的歌真好听，还记得那天我们去采菱角你唱的歌吗？……真的让我好陶醉，我要你一生都为我唱歌。”

……
红红的五月石榴花儿红
朵朵开在我心中
那是我的妹妹花
人比花儿还要红
……

白蝶轻轻地哼着歌……泪水慢慢滑了下来。

常枫，你说我是个诗人，我人就是一首很美的诗，那是因为你，因为给了我诗的灵魂，让我眷恋身边的一人一物，眷恋每一份感动，我给你写首诗好吗？你是最懂我的人，读给你听：

我和你
摘一朵小花放在你的枕边
等着你甜甜的笑
风会把你我带进一个春天
我是那丝丝的雨
在你的怀里
你的脚下
陪着你，就这么陪着你

那一片绿地
那一汪清水
都在挽留我们的足迹
你给我编织一个花环
我给你编织一个梦
在这一片你我的天地

我的发丝牵绊了你的柔情
和叹息
微风轻轻吹来
你是草尖起伏的绿浪

我是浪尖快乐的音符
我为你轻唱
你为我舞蹈
……

白蝶这几天太累了，一个个心底的文字把她带进一个梦境……

二十六

同事都来看望常枫，他们看到常枫这个样子都很难过，从心里默默为他祈祷，祈祷他早日能醒来……常枫不仅是他们的好上级，也是他们的好朋友。他们安慰白蝶要注意身体，常枫会没事的。真希望常枫快些醒来，看到他伟岸而沉着的身影，看到他阳光的笑容和那有磁性的声音。

在医院的每一天每一刻都是在煎熬，煎熬里充满期待，充满希望，白蝶时时刻刻在和他说着话，给他唱着他曾经唱给她听的歌，给他写着诗，每一个字都是白蝶深沉的呼唤，她又一句句读给他听，白蝶不厌其烦，一遍遍一遍遍有时不知不觉就趴在病床沿睡着了。因为她太累太累了。

两个月后，爸爸见常枫依然没醒来，就要求出院，只有慢慢养息，如果一直在这怕女儿身体受不了，出院后可以几天来查一次，这样大家的身心都会轻松一点。医生说他状况很好，一切都在恢复阶段，换个环境会对病人更好，不能失望，一定要有信心，把他唤醒过来，从他的血脉上看他求生的愿望是很强烈的，他不久一定会醒来。

把常枫接到家，家里的空气又沉重了几分。

白蝶给常枫收拾好姐姐曾经住的房间，她和爸爸一同把常枫抬到床上，妈妈忙着做饭，爸爸去外面打电话联系什么事。白蝶静静坐在床边轻轻地抚摸着常枫消瘦的脸，她的眼泪不知不觉又一滴滴滑了下来落在常枫的胸前。

“小蝶，婉莹，我和你们商量一件事。”爸爸进屋来。

“什么事？”妈妈和白蝶望着爸爸。

“明天我就带枫儿去北京军区医院，那里有我一个好同学是这方面专家，一切都安排好了，我不能就这样看着枫儿躺着，我要让他快些醒来，快点恢复，早一天看到他活蹦乱跳的样子。蝶儿，你在家好好照顾你妈妈，报社的事你不用操心，一切都安排好了。小蝶，你白天在家太寂寞可以去上班。”爸爸好像看到了希望。

“不行！爸，我也要去！要去陪常枫，他离不开我的。”白蝶在求爸爸。

“听话，小蝶，照爸的话去做，我一定会还你一个以前的常枫，相信爸。”爸爸拍了拍女儿的肩膀。

“小蝶，就听爸爸的话吧，我们在家等着他们回来。”妈妈也不想让女儿去。这些日子她太累了，她真担心女儿瘦弱的身体。

“那好吧，爸，这是你说的，一定要还我一个以前的常枫。”白蝶紧紧握着爸爸的手，感受着爸的力量和鼓励。

晚上，白蝶在常枫床前，用温水一点一点给他擦洗脸及身上，又给他把衣服换好，盖上被子。

她把常枫的手放在自己的胸口上，常枫啊，你听到我的心在一千次一万次地呼唤你吗？你感觉到我的心痛吗？明天爸就带你去北京了，你一定要给我走着回来，我们再去采菱角，我还要你抱我上岸……你回来，我们就结婚好吗？我再也不逃避了，要做你常枫的新娘，想到这些我的心都快跳出来了，常枫，你感觉到了吗？我的心跳得好厉害，它是为你跳的，常枫，今晚我还要握着你的手趴在你床边陪你，我真的一时一刻都不愿离开你。你此去不知什么时候才能回来，我怕想你有点受不了。我知道你也和我一样，不过没关系，我会每天给你电话，陪你说话，把给你写的诗读给你听，我等你回来，我们就再也不分开了。

牵着你的手
牵着一个梦
我们像风儿一样痴狂
追逐蝴蝶飞去的方向
我的笑漾在你的脸颊上
你的呼唤在我耳旁

看我们的风筝也飞起来了
我们的小船在水上轻轻飘向远方
你的歌，我的诗
就这么装满小船
在波光里去寻找我们的时光

你给我一个太阳
我给你一弯月亮
一路的花香
一路的想往
你的热情我的柔肠
洒满我们走来的路上

……

第二天一大早，白蝶和妈妈就把爸和常枫送上了车，白蝶此时没有难过，因为她相信爸爸说的话，也相信常枫会真的走着回来。看着车渐渐远去，她们还站在那里呆呆地望着、望着……

距离拉长了遥望
在你的背影和痕迹里
我看到自己思念的泪
和惆怅

把星星镶在你的黑夜
把月亮挂在你醒来的刹那
梦里我走向你
只想默默地守着
只想看看你的模样

乘着春风我向你走来
披着一身寒霜我走来
我知道你徘徊的地方
当我变成雪花的模样
你是否读懂我内心的伤

我距你还有多远
脚下的路还在延长
延长到我的泪行
你在路上，我在路上
哪一站才是我们停留的地方

二十七

常青把常枫带走后，也带走了白蝶的心，她和妈妈每天晚上都会为他上一炷香，默默地为他祈祷，希望他早些醒来，白蝶这两个多月时间以来真的太累了，每一根神经几乎都要绷断，常枫这一走，她感觉好空，每天她习惯了陪在他身旁，和他说着一些话，即使他不能应一声，白蝶依然说着，她感觉他们的心在对白，每时每刻都这样。她也习惯了给他按摩，习惯了给他洗澡、洗脸、剪指甲，她望着桌上常枫的照片，想着和他相处的滴滴滴滴，当初想把他让给姐姐，现在才知道那是多么残忍的事，对他们三个人都是一种伤害。如果不是这样也许姐姐不会死，也许她不会那么绝望，这都是她白蝶的错，现在什么都晚了，姐姐再也不能回来了……

姐姐，对不起！对不起！姐姐，我知道你也很爱常枫，就帮帮他吧，让他早一点醒来，求你了……姐……白蝶望着姐姐的照片希望姐姐能帮她，让常枫醒来。

"孩子，好好休息一下吧，妈妈好心疼。"婉莹抚摸着女儿的头，女儿内心的痛苦和无助都在她的眼神中表现出来了，还强装笑脸。

"没事，妈妈，你先休息吧，我还得赶点东西。"白蝶何尝不想好好睡一觉啊，可是她的作品还没最后完成，一定要坚持。

"孩子，就算为妈妈歇一天好吗？"婉莹看到女儿憔悴的样子心都碎了，可是不知怎么才能帮上女儿。"孩子，把你内心的苦和妈妈说说好吗？不要一个人承受，让妈妈给你分担一点好吗？"

"没事，妈你放心，我很好的，把这个作品弄好一定好好休息，一定听你的，妈，你早点休息吧，我一会儿就睡。"白蝶给妈妈倒杯茶，让妈妈回房间，自己回屋又开始改稿子了。

晚上她全身心地投入到作品中去，忘掉所有的寂寞和不开心，她知道自己应该怎么做，这部作品必须尽快修改完成。这是他们结婚的礼物，她要给常枫一个惊喜。

在北京军区医院，常青的同学沈宏伟把一切安排好，让常青别担心，他亲自给常枫治疗。给常枫复查了一遍，又看了病历。他很有信心地告诉常青：老同学，你尽管放心，我保准给你儿子治好，并且不会有任何后遗症，因为他其他都恢复得非常好了。

经过专家会诊，准备采用兴奋的方式尝试一下。这种兴奋方式第一次临床试用，中西医结合，让他神经自我兴奋，自我突破，冲出休眠状态。常青也很紧张，他知道沈宏伟在安慰他，任何医生对任何病都不可能有百分之百的把握，但他相信他们说的这种治疗没有副作用，可是他心里没有一点底，他真怕会出什么意外。常枫注射了那种药后，医生要常青随时注意病人的反应有什么异常，一定要及时反映给医生，常青的一颗心在悬着，他紧紧抓住儿子的手，眼睛一眨不眨地注视着他，他的心里还是很怕，很怕出异常。但是他还是等着奇迹的出现。吊水一滴滴滴着，每一滴的声音都那么清晰，好像在敲打着他的心也敲打着常枫的每一根神经，在一个幻觉的深处，常枫已一步步地走来……

常枫的手机响了，爸爸一看是小蝶的。

"喂，小蝶，我是爸爸。"

"爸，常枫怎么样了，好些吗？医生怎么说？"白蝶迫不及待地问。

"小蝶，我们刚安排好，枫儿很好，医生说很有希望，你放心吧，小蝶，照顾好妈妈。"常青怕她们在家担心。

"嗯，真的吗？我太高兴了，你也照顾好自己，放心，我会照顾好妈妈的，你把手机放在常枫的耳边我要和他说说话。"

"好的，小蝶。"爸爸把手机放在常枫耳边。

"常枫，你听到我说话吗？我在家不能在你身边，你孤单吗？想我吗？没有你的日子好空，枫，快些醒来吧，枫，我爱你！我爱你！刚才我又给你写了首诗：

在雨后

你把我丢在雨中
我的身影像枫叶一样飘零
在一段旅途
在一个影子背后
任雨一点点冲洗我的泪痕
和走过的路

你走了，在雨中
在你转身的地方我踏在一片枫叶上
把自己写在雨丝里
那不再是诗
不再是留恋
是叹息一个伤痕里的积蓄

雨停了

湿湿的空气湿了我的等待
湿了我冷冷的回头
湿湿的路上种下我的脚印
种下我的停留和远方
风吹过
一丝淡淡的绿色在路上

在雨后
一弯彩虹又挂在天空
心里还下着雨
在一个夜深
一盏烛光摇曳一帘卷不起的梦

喜欢吗？枫，我这一生都会为你写诗，因为你是我的爱，我的诗魂。不说了，枫，你睡吧，我还在准备我们的结婚礼物。我在家等着你，等着你来娶我，做你最美丽最幸福的新娘。”

常青隐隐听到女儿的声音，感觉她在一声声呼唤，那么真切，那么让人心碎，枫儿你听到吗？听到吗？小蝶在呼唤你，在等你，你不能让她失望，这孩子太可怜了，我听到她的声音心都碎了。枫儿，醒来吧，快些醒来吧，枫儿……

白蝶终于把作品改完成了，长长松了一口气，可以出来到河边走走了，风把她的长发吹乱，隔着她望向远方的视线。这是她和常枫常来的地方，此时只有她自己，不免有点伤感，她相信常枫一定会和她再来的，这都两个多月了，每次我打电话去为什么都听不到他的声音，爸爸总是说很好，可是他到底什么时间能醒来啊。她的心又悬了起来。忍不住轻轻地叹息。

她又拨通了常枫的电话，依然是爸爸接的。

“小蝶，你在家还好吧？你妈这些日子怎么样？”爸爸的声音给人一种轻松感。

“爸，我们很好，常枫怎么样了，医生怎么说，我真怕还是同样的回答。”

“孩子，你放心，真的很好，他的手已偶尔动了，医生说很有希望，你放心，爸爸说过会还给你一个以前的常枫，相信爸爸！”

“爸，听到这些我真的很高兴，这些日子你在那太辛苦了，一定要照顾好自己，妈妈怕你累坏了，成天唠叨你，说你不会照顾自己还要照顾常枫，她非常担心。常枫怎么样，虽然你们常通电话，她知道你怕她担心只说好听的所以就问我。”

“真的很好，你抽时间陪你妈妈出去走走，她工作辞了一个人在家太孤独了。”

“嗯……知道了，爸，你就放心吧，我会照顾好妈妈的。”

“我相信我的宝贝女儿，你也要相信爸爸，我们很快就会回来的。”

“我也一样相信爸爸，我们在家等着你们回来。把电话再放在常枫耳边我与他说说话。”

“好的，孩子。”爸爸又把电话放在常枫耳边。

“常枫，你能听到我说话吗？你能的，一定能！爸爸说你的手偶尔能动了，我知道你在挣扎，在困惑，你在关闭的黑屋子里找突破口，找那扇能推开的门或者你在找能出去的那扇门，我相信你很快就找到了。一推开门就会看到我了，常枫，我就站在门外，你不是说非常爱我吗？不是说再不离开我，可是你已经几个月没和我说一句话了，更没看我一眼，常枫，你好狠心，我们每天都在呼唤你，我每天都在给你写诗，给你读诗，为什么就没一点回音啊，醒来吧，常枫，我真的受不了了，我知道你有好多话要和我说，说你做了好多好多的梦，梦里我们天天开开心心地在一起，说好想好想我，不是吗？常枫，告诉我啊，告诉我，我在静静地等着你给我说那些你只能和我说的话……”

第二天白蝶把稿子用快件寄到北京电影制片厂了。试试他们能不能采用，她没抱什么希望，毕竟这是她的处女作，很多的东西还很幼稚。

一个月过去了，两个月过去了，第三个月的二号，她接到一封北京电影制片厂的挂号信，她急不可耐地打开了信：

白蝶女士你好：

你的作品我们已多次审稿，这是一部非常好的作品，我们已决定采用，接到此信你速来，我们商讨作品的一些事，并和你签约此作品的版权合同问题。

再见。

北京电影制片厂工作室

7月28日

白蝶激动得眼泪快掉下来了，她又拨通了常枫的电话让爸爸放在他耳边：“常枫，我的作品终于可以面世了。你听到了吗？是你给予我的执着和坚强，枫，我的礼物准备好了，你快点醒来吧。我在等着你娶我……”

“爸爸，我的作品被北京电影制片厂看中了，明天我动身去北京签合同，可以见到你和常枫了，爸。”白蝶好激动。

“好女儿，爸爸为你高兴，你是爸爸的骄傲。”听到女儿开心的声音，常青心里轻松多了，这是见到女儿以来第一次她这么开心。常青脸上也露出了笑容。这个女儿既好强又执着，只可惜读书的时间太少了，有机会还得让她去学习，这孩子的天赋很高。

她回到家把这个消息告诉了妈妈：“妈妈告诉你一个好消息，我的小说被北京电影制片厂采用了！”

“小蝶，妈妈好开心！我们的小蝶真了不起，你爸和常枫知道了不知有多开心呢。”妈妈好久没见到女儿笑了。今天终于见到了，她的笑让妈妈很难过。这个可怜的孩子总算笑了。

“妈妈，我已告诉爸爸他们了，明天我就动身去北京，先去看常枫和爸，然后再去制片厂，你在家好好照顾自己，我很快就会回来了。已五个来月了，也不知常枫到底怎么样了，我真的好担心，好想去陪着他。”说到这白蝶眼睛又湿润了，她低下了头刚刚的喜悦瞬间消失了。

“孩子，你放心去吧，妈这你不用担心，我知道你一直牵挂着枫儿，很多事妈都帮不上你，妈真的很内疚。”妈妈把女儿的手放在自己手心里，抚摸着她憔悴的脸，妈妈好心疼，眼里含着泪水，此时不知道如何安慰女儿。

“没什么，妈，这一切都是命运，我能重新回到你和爸身边，上天对我已经是很好了，虽然常枫出了这事，我相信他会好起来的，一切都会过去。”白蝶冲妈妈笑了笑。

白蝶踏上了北上的列车，她第一次上北京，心里很激动，也很孤单，如果有常枫陪在身边该有多好啊，不知爸和常枫能否和她一块回来。

常青拉着儿子的手一刻也不松开，他感觉儿子的手在动，他有点不相信，又看到他的眉头紧蹙，嘴唇也在动了，含含糊糊喊着“白……蝶，白……蝶”。

“枫儿，枫儿，我是爸爸，我是爸爸啊。”爸爸真的不敢相信，儿子会说话了。

常枫慢慢睁开了眼睛，也看到了爸爸流出的泪水和他额角又添的好多白发。

“爸，我们这是在哪儿，小蝶呢，刚才我还听到她和我说话呢，还有我给她买的玫瑰花，”常枫的声音有点微弱。

“孩子，小蝶在家，后天她就到了，我们很快就可以回家了。”常青激动得不知如何是好。

“医生，医生，枫儿醒了，枫儿醒了！”常青把医生叫了来。

沈医生和几个专家都赶来了，“我们终于成功了，我们祝贺你们也祝贺我们自己，但必须还要住半个月才能出院，我们还要细细观察几天。”

“谢谢你们！谢谢你们！”常青握着专家们的手千恩万谢，他最感谢的还是他的同学：“宏伟啊！太谢谢你了！是你挽救了我的儿子！”

“说哪儿去了，这是我的职责，我的这项科研终于实现了，也谢谢你给了我实现的机会！我得谢谢你，常青！”

常枫再次和专家们握手感谢。

“这是我们的职责，不要客气，不客气，那好，我们走了，你还要注意病人的一些情况，及时向我们反映。”

“好的，好的，谢谢！谢谢！”常青太激动太兴奋了。

“枫儿，我们这是在北京军区医院，你已在床上躺了五个多月了。小蝶要来陪你，我没让，在我们那边医院，一直都是小蝶陪你的，我怕她支持不了。也因为你婉莹阿姨身体不太好，她一个在家我也不放心。小蝶每天都会打电话来和你说话。”常枫感觉他离开白蝶的日子太久了。

“爸，我们什么时间可以回去啊？”

“医生说，你还要在此静养半个月，我们就可以回去了。”爸很开心地抚摸着儿子的脸。

“嗯，时间太长了。”常枫多想立刻就见到白蝶啊。

“不会太久的，我现在就打电话回去给他们报喜。”常青拨通了家里的电话，“喂，婉莹啊，枫儿醒了，半个月后我们就可以回去了。”

“啊，我太高兴了，常青，我知道我们枫儿没事的，哦，我们真是双喜临门啊，小蝶的小说已被北京制片厂采用，枫儿也醒了，今天上午九点也许小蝶就到北京了，一会你们就见到她了。”婉莹高兴得眼泪都出来了。

“是吗？我们的小蝶太棒了！你好好照顾自己，我们很快就回去了。”常青挂了电话。

这时白蝶推门进来，“爸，常枫！”她看到常枫坐在床上正望着窗外。

“小蝶，小蝶，”爸和常枫都高兴坏了，“常枫，你终于醒了！你终于醒了！”白蝶激动得流下了眼泪。

“小蝶，这些日子苦了你了，刚才听爸说你的作品被北京电影制片厂看中了，真为你高兴，你真了不起，”他们俩的手紧紧地握在了一起。他们你望着我我看着你有万语千言此时却不知如何说起，爸爸撤了出去，让他们好好说说话。

“枫，终于又看到你的笑了，又能和你说话了，枫，我是最幸福的人。”

“小蝶，这些日子苦了你啦，你是不是每天都在和我说话啊，我总是隐隐听到你在耳边呼唤我，好近又好远。”

“是啊，每天我都会打电话给你，这些日子我已给你写了一百一十首诗了，回去我一首一首再读给你听，那是我的一声声呼唤。”

常枫把白蝶紧紧搂在了怀里。

第二天白蝶依依不舍地告别了常枫和爸爸，打的直奔北京电影制片厂。制片厂的王主任亲自接见了她。

“小白啊，没想到你不仅作品写得好，人也这么水灵，就像你名字一样，白色的蝴蝶。”

白蝶微微一笑，“王主任，你过奖了，我只是一个普通的女孩。”

“小白啊，见到你我突然有个想法，你能不能出演这个剧的女主角？”王主任很喜欢这个文雅清秀的女孩，白蝶很吃惊：

“我？我恐怕不行啊，因为我对表演一点都不懂，不行的。”白蝶不敢相信这话。

“看把你小脸都急红了，我们要的演员是全身心的投入，是真正走进电影中能把里面的人物活生生地带给观众的演员，而不是一种技巧方面的东西，因为这部作品是你写的，你会比任何人都能把握好电影及女主人的种种心理。就答应吧，十二号签约作品版权的会上，出演主角的合同你也一块签了吧。”王主任说得很慎重。

白蝶沉吟一会儿，“我考虑一下，明天回答你行吗？”王主任看到了一点希望，因为他看到了白蝶的天资，的确是个好苗子。

“那好吧，我们等候你的回音。”白蝶被安排住下歇息，她拨通了常枫的电话。

“常枫，你帮我拿个主意，剧组让我出演我这部剧的女主角，你说行不行？”

常枫停顿了一下，“小蝶啊，我真的为你高兴，这是很好的事啊，可以展示你的才华，如果你喜欢，就答应，你怎么选择我都会支持你的，”常枫听出来白蝶很想参与演出，他心里不想要她出演，可是他不能太自私了，他也得为她想想，他知道如果这样下去有可能她会像一只蝴蝶一样从他身边飞走，只要她开心幸福他就应该支持。

“常枫，那我就试一下吧，可是这要拍摄好长时间呢，你刚好，我不在你身边，又要很久不能见你，我受不了。”白蝶有点娇气了。

“我很快就康复了，你不用担心，我们虽然要一段时间不能见面，可是心是分不开的，你有时间的时候可以给我打电话啊，等拍完电影，你又可以回到我身边了。”常枫像哄孩子一样哄着白蝶。

“十二号的签约，我真希望你能到场，也就是一周后的事，我知道你的身体不行，不过你不来没关系，我会想着你就在我身边的。”白蝶装作很开心的口气。

“蝶，真对不起！我下床还走不好路，这个时候我当然愿意陪在你身旁，可是我这身子太不争气啊！让爸爸去吧。”常枫心里酸酸的，白蝶从小到现在一直是孤零零的，这样也铸就了她的坚强和独立，他发自内心地佩服白蝶是一个外柔内刚的好女孩。

“枫，你不要这样，没什么，你离不开爸爸，我一个人行的。”白蝶挂了电话，轻轻地擦去脸上流出的泪，感觉自己是那么孤独，就像大海上的一只小船在漂着……

白蝶被安排住下来歇息，这几天乱七八糟的事太多，一会主任谈话，一会导演谈话，一会讨论电影，转眼就到了十二号，她有点紧张，因为她从没有登过这么大的场子，面对一些领导、文艺界人士、演员、记者及社会上其他人士，她告诫自己，一定要镇定，此时常枫能在她身边该有多好啊。在欢快的音乐声和热烈的掌声中大会开始了，主席台上鲜花锦簇，台上一个个领导就座，记者相机的灯光闪烁让人眼花缭乱。

主持人介绍到作者时掌声如潮。

这位就是我们《芦花飞去》的漂亮作者白蝶女士，也是这部电影的女主角。

啊呀，她太美了！美得那么清纯，那么飘逸，那么让人惊讶，年纪轻轻的居然这么有才华，居然还出演主角，真让人想不到，想不到啊……掌声此起彼伏，台上台下一片喧哗。

大家安静，大家更不会想到白蝶女士就是天涯报社集团董事长常青的宝贝千金吧。

是吗？也难怪，她那么有才华。台下一片哗然。

主席台上领导一个接着一个讲话，大会在轰轰烈烈中进行了两个多小时了，白蝶最后一个讲话。

各位领导，各位前辈，各位老师，大家好：

我来自上海，从小在安徽的一个小村子里长大，没有接受到高等教育，两岁时和父母失散，四年前我才找到我的爸爸、妈妈、从小我就喜欢文学，因为太痴迷就走上了这条路，社会就是一所好的学校，贫穷是对我最好的教育。

在此我谢谢北京电影制片厂和剧组对我的厚爱和支持，也希望自己能演好这部电影，最后我还想说一句，我男朋友常枫五个月前出了车祸，刚刚醒过来，我爸爸陪他在北京军区医院呢，我希望他早日康复，来支持我，给我一分力量。

白蝶流下了眼泪，眼泪里是坚强、是希望。

掌声此起彼伏。

就在这时，她看到爸爸推着轮椅上的常枫向主席台缓缓走来……

“爸爸……常枫……”白蝶向他们奔去。台上台下为他们响起雷鸣般的掌声……

掌声持续了很长时间，因为常董长的到来，因为在此能看到这对年轻人，更是鼓励轮椅上的年轻人能够早日站起来。

“欢迎常董事长的到来，欢迎。”台上的领导和常青父子一一握手。

“安静，请安静，请常董事长给我们讲话。”主持人大声说，并做手势让大家安静。

“谢谢！谢谢！再次感谢各位对小女的欣赏，也希望小女的这部处女作能受到更多人的喜欢和认可，谢谢！让我们家枫儿说几句吧。”

掌声再一次响起。

“谢谢大家！我醒来就有白蝶这么好的消息，我真的太高兴了！希望各位多关照她，给她更多的机会去展示她的才华。最后我给大家唱一首歌，这首歌是二十年前婉莹阿姨给我爸常青写的一首歌，在此我把这首歌也送给我心爱的女孩白蝶，我昏迷的几个月期间她给我写了一百一十首诗，一首首读给我听；在上海时，她白天晚上一直陪着我，不厌其烦给我讲故事给我读诗，虽然我不能回应她，在昏迷中我真的好幸福，通过这些我深深知道白蝶是非常非常优秀的女孩，我感觉到她的真爱。她是我值得爱的女孩！在此我向她说：白蝶，我爱你！我爱你！！！”

五月石榴花儿红

石榴花开红彤彤
一朵花儿一个梦
妹妹采花映红脸
哥哥一旁笑如风

妹妹是那花儿红
哥哥爱花醉其中
捧起妹妹你的脸
哥哥的心你最懂

五月石榴花儿红
朵朵开在我心中
那是我的妹妹花
人比花儿还要红

妹妹花哟，花儿红
红红火火在五月哟
待到秋来找妹妹
红红的石榴，红红的梦

大会在常枫激情澎湃的歌声中落下帷幕。

二十八

签约结束后，演员就开始在一起讨论并熟悉电影，排练，一次次，反反复复。

第一场拍摄很成功，白蝶也认识了男主角韩冰，他不仅人长得帅气，潇洒，还是一个很棒的歌手，他的歌声里充满伤感和无奈，总是让人那么感动和震撼。

路

路漫漫　向远方
一步一步扯断肠
风太狂　吹断了路向
再也找不到那个地方

雪纷飞　落满伤
一次一次回头望
风太狂　吹走了希望
再也看不到前进的方向

风雪的路太漫长
冰冷了我梦里的泪光
曾经的故事可曾遗忘
是否我还在你心上

风雪的路太迷茫
思念的你依然在远方
那个久违的你身在何方
是否依然还在路上

听着他的歌，白蝶回想起自己走过的路，想起爸爸一身破旧的衣服，想起妈妈临终前拉着她的手，想起她离开那个乡村时父老乡亲和她依依惜别的情景，她不由得又流下了眼泪。

“白蝶，你怎么啦，为什么哭啦？不舒服吗？”韩冰唱完那首歌走到白蝶身边。

“没什么，我……我……哦，风把什么吹进我眼里了。”白蝶忙撒个谎擦去泪水。

“给你擦擦好吗？”韩冰递过来一块白色的手帕。

“不，不用，好了，谢谢你！”白蝶后退几步转身走开了。她不想让任何人走近自己，特别是异性。

白蝶真有点怕这个剧组，她感觉有好多双眼都在盯着她，有欣赏的，也有妒忌的，还有那种阴森森让人不寒而栗的。让她每时每刻都不自在，每一双眼睛都像一把利剑随时都会穿透她，她只有逃避、沉默、一笑了之，她躺在床上正在胡思乱想，手机突然响了。

“喂，你好。”白蝶心不在焉地接了电话。

“你好，我是韩冰，白蝶，你是不是有什么心事，把我当成你的好朋友好吗？我可以为你分担一点什么吗？”韩冰很真诚地说。

“哦，韩冰，不，谢谢你，我没什么心事，就是有点想家了。”白蝶很敏感。

“白蝶，我们剧组就是个小社会，你很单纯，我真的怕有人欺负你。”韩冰很关心白蝶。

“不会的，谢谢你，很抱歉，我在写点东西。”白蝶草草几句挂了电话，她不想和韩冰说那么多话，因为她感觉到了韩冰已对她产生了感情，她必须在什么还没发生之前，就拒绝、疏远，她知道自己深爱的是常枫，她也想起了受伤害的刘寒，不知他现在怎么样了……她深深知道任何人都代替不了常枫，所以她也不想去伤害他人。

剧组以前的女主角蓝蓝很嫉妒白蝶，本来这个主角就是她蓝蓝的，这时却冒出来个白蝶，她不就是有才华人长得漂亮些吗？有什么了不起的，一个没有文凭没有专业的人有什么资格。蓝蓝很爱韩冰，以前都是他们的男女主角，这次却让这个毛手毛脚的丫头抢去了，她心里太不平衡，特别是她感觉到韩冰的反常，他看白蝶那种痴痴的眼神让她无法忍受，得整整这个白蝶，不然她不知道天高地厚，在这敢和我蓝蓝斗你白蝶还嫩了点。于是她总想找碴和白蝶过不去，演第五场有个镜头蓝蓝演的和白蝶演的是个情敌第一次对白。

雅竹<白蝶>：小云，我求求你不要再来三番五次地打扰我了，好吗？

小云<蓝蓝>：看你那个诺诺的德行！什么叫我打扰你？我是再告诉你，我们都在恋爱阶段，爱是自私的，如果吴汉真正爱你又怎么会来找我呢？又怎么会在我生病时那么细心地照顾我？我希望你不要影响我们，他爱的是我不是你雅竹！哈哈……一边流泪去吧。

雅竹<白蝶>：小云，你误会了他的友谊。你生病他去照顾你，是我硬要他去的，我和你是好朋友，知道你身边没有亲人，不然他不会去照顾你几天的。你确实误会了。我们都是女人，我理解你的心情。你不要再纠缠他了，没有意义的，到时一般的朋友都做不了了。下个月我们就举行婚礼了。最后受伤害的还是你。

小云<蓝蓝>：做你的美梦去吧，到时看谁能和吴汉走进婚姻的殿堂。我小云想要的东西没有得不到的！你趁早滚吧！越远越好！

雅竹<白蝶>：小云，你不要这样，我真的不想伤害你，我和他已有孩子了！

小云<蓝蓝>：什么？！什么？！不要脸！<剧中没打人的一幕，但蓝蓝却狠狠地给白蝶几巴掌>啪！啪！啪！

“停！停！停！”导演很恼火，“蓝蓝你想干什么？！谁让你出手打人的？！你不想演可以撤！”

“对不起！我演得有些过了。”她狠狠地瞪了白蝶一眼。

“蓝蓝你有点过分，是不是太欺负人了？”韩冰看到白蝶美丽的脸被打得红红的，很心疼。

“呵呵，韩冰啊，你心疼了是不是？白蝶你真有福气啊，这么多人都护着你。”蓝蓝阴阳怪气地瞪着白蝶。

“蓝蓝你到底想干什么？！不想演立刻走人！演员有的是！”导演发火了。

“你……你们……”蓝蓝气呼呼地跑开了。

白蝶好委屈，“导演，这不怪蓝蓝，主要她太投入了。”白蝶不想让蓝蓝太

尴尬，眼泪一颗一颗往下落，还替她开脱

“好了！今天就到这，没法再进行下去。”导演很生气把鸭舌帽子转了一圈半。

白蝶回到宿舍看着镜子里被打红的脸，心里很不是滋味，长这么大还没人打过我呢，为什么？我怎么得罪她了？每次见到她时她都是那么不友好。白蝶正心烦着，电话响了：“喂，白蝶，别生气了，和那样的人不值得，出来我们说说话好吗？”是韩冰打来的。

“没什么，韩冰，我累了，想休息，谢谢你！”白蝶挂了电话又拨通了常枫的手机。

“常枫，这几天好些吗？按时吃药，让爸陪你出去活动活动。”

“小蝶，我很好，你是不是不开心？怎么啦？”常枫感觉白蝶的情绪不对。

“没什么，就是有点累……”白蝶的泪下来了。

“真的没事吗？小蝶，有什么事一定要告诉我。明天我就回去了，在外一切都要小心知道吗？”

“真的没事，常枫，我会注意的，休息了，你也早点休息。”白蝶挂了电话，她希望这个电影尽快拍完，她也可以回到常枫的身边，回到家，在这心里总是空空的，身体累心更累。

电影一场一场接近尾声，每一场演得都那么精彩，导演总是打着口哨叫绝，韩冰却走进了戏中，他的歌，他的笑声，一点点向白蝶包围，每场戏结束她一个人散步或发愣时，韩冰总是会出现在她面前，吃饭时要么他会在对面，要么就在身边。让其他人很好奇，有的也妒忌特别是蓝蓝，白蝶每次走着走着，一回头，韩冰就会在身后。白蝶真的怕了，有一天傍晚，一场戏拍完，她真的有点累，一个人去场外散步，想着电影中和韩冰那拥抱及他狂吻的镜头，真想给他几巴掌，可是那是戏啊，她感觉韩冰是假戏真做，她能感觉到韩冰内心情感的冲动。

“白蝶，你在想什么啊？”韩冰突然出现在白蝶面前。

白蝶被吓了一跳，“啊，没什么，我想一个人静一静。”白蝶冷冰冰地应付他。

“白蝶，明天，电影就杀青了，你有什么感触吗？”韩冰盯着白蝶的眼睛。

“啊，我不是戏剧学院出来的，演戏对我来说的确很难。”白蝶故意岔开话题。

“你的天赋很好，演得也非常好，一般演员很难达到你的水平，你知道我问的不是这个，白蝶，你爱我吗？”韩冰傻傻地问出了这句话。

“对不起！韩冰，我已有男朋友了，我很爱他，就是那天你们见到坐在轮椅上的常枫。”白蝶不知道她会说出这句话。

“不，你们还没有结婚，我有机会和他争，因为我太爱你，从看到你第一眼起，你的影子总是在我眼前，在我心里。在电影中我是假戏真演，你应该知道，我真希望这部电影一直演下去，一直到成为真的为止……”韩冰说得那么动情。

“不，不可能，在我心里谁都代替不了常枫。韩冰，你是在演戏，他是真真切切地爱我，我不想伤害你，你也不要再这样下去。”白蝶不想给韩冰一点希望。

“不，你不能这样看我，白蝶，我是真正地爱你！”韩冰让白蝶的话刺痛了。

他抓住了白蝶的手，这一瞬间被躲在一边的蓝蓝看到，她用手机拍下了这一幕，怪笑着走开了。

“不，再见，我还有事，我希望我们只是好朋友，而不是恋人。”白蝶挣脱了韩冰的手匆匆离开。

白蝶匆匆回到宿舍，导演打电话找她，说就在宿舍外的车上等她出去有事。

白蝶皱了皱眉头，晚上找我干吗？她出来了，导演在车里冲她挥挥手。白蝶走到车前。

“导演，找我有事吗？”

“上车，白蝶，还有主任及剧组的几个人都在情缘大酒店等着你，电影快结束了，大家在一块聚聚，还有蓝蓝得向你道歉呢。”

白蝶上了车，一路上导演海阔天空的谈论，白蝶像没听到一样，心里有种说不出的感觉。一会就到了，她随着导演进了一个《等你》包间。

“导演，你不是说蓝蓝他们在这等着吗？人呢？”白蝶有点不解。

“哦，你先坐下，他们一会儿就到，不急嘛。”导演说得很轻松。“白蝶啊，你演员的天赋真好，和我走近些，我包你将来一定会成为大明星！只要有我在你身边……”导演说着就把手压在白蝶放在桌子上的手上。

白蝶吓得忙抽回手，脸唰地红了，“对不起！导演，我只是个普通的女孩也不想当大明星。”

“是不是你不相信我的能力啊？拍这个电影没有我你不可能那么顺利，还不懂吗？很多人都想和你过不去，有我谁敢啊，今后只要你……”导演又向白蝶靠近。

“哦，谢谢你！导演，我去听一下洗手间。”白蝶想走开。

她刚站起来，导演一下就鲁莽地抱住了她，“你知道我多想你吗？！你的美对我的诱惑力太大了！每天我都在压抑着自己，你太折磨我了！可是今天我再也不想控制了……”

“流氓！放开我！放开我！”白蝶拼命地挣扎。

“今晚我要定你了！”他的一双手在白蝶身上乱摸乱抓。

“啪！啪！”白蝶抽出手照脸给他两巴掌。“流氓！放开我。快来人啊！救命啊！救命啊！”

“咚！咚！咚咚！”有人把门踹开了。“你！流氓！放开她！”韩冰冲了进来像发疯一样揪着导演的领子拳打脚踢，直到打得他鼻口流血倒在地上才住手，白蝶吓坏了在一边瑟瑟发抖。

“白蝶，你没什么吧，我们走！”韩冰拉着白蝶冰凉的手冲了出去。

白蝶不知道怎么从那个可怕的房间里出来的，也不知道怎么逃回宿舍的。

“对不起！白蝶，我去迟了，让你受惊了，我见你上了他的车就一直在跟踪你们。我恨自己当时见你们进去我就应该也进去，你就不会受到惊吓了，都是我的错，我没保护好你！你不知道剧组是多么乱，什么样的人都有，在这里混的人清纯的几乎没有，那些导演一个比一个坏。一开始我就应该和你说清这里的一切，因为你太单纯了。”韩冰很痛苦地用拳头砸着宿舍的墙。

白蝶还在恐惧中，慢慢回过神来理了理蓬乱的长发，“谢谢你！韩冰，你救了我！谢谢你！回去休息吧！我没事了。”

“你这个样子让我好担心，我再陪你一会儿好吗？这个流氓我不会放过他的！”

“不了，你回去吧，我要休息了。”白蝶的脸没一点血色，像没了魂似的。

“那好吧，白蝶，你早点休息吧！有事打我电话，我不关机，明天我再来看你。”韩冰依依不舍地走了，给白蝶关上了门。

白蝶插好门，进洗手间脱了衣服，眼泪模糊了眼前的一切，她在水龙头下任水冲着自己，希望这水能冲去那双肮脏的手隔着衣服摸过的地方，冲去她的恐惧……

一夜白蝶没有合眼，第二天还要继续拍电影，整个人像大病了一场很憔悴。导演像什么事都没发生一样，副导见到导演鼻青脸肿的就调侃他，“这怎么啦？是不是和谁打架啦？”

“得了呗，我摔的，怎么可能和人打架，你什么素质啊，说这话。”他笑了笑，脸上阵阵疼痛得他龇牙咧嘴。

“你真是太有才了，摔跤都能摔成这样，哈哈……”

“打住！各位准备好了吗？”导演做了个挺的手势。开始！

白蝶见到导演的那张脸突然变得狰狞可怕就像魔鬼张牙舞爪地向她扑来，她非常恐惧，不敢看那张脸，很难进入状态。

“停！停！停停！白蝶，我再次提醒你！这一场拍不好就别想休息！”导演不停地一会手叉着腰，一会狠狠地指着大吼，把头上的红帽转了半圈又半圈。

一次，两次，三次……都在导演的吼叫中重复着……白蝶都要累瘫了，眼泪在眼圈里转了转还是没掉下来。

她真希望早一天离开这个鬼地方，早点回家，早一天见到常枫，她在这已几个月了，这些日子她很少给常枫打电话，拍电影时都关机。她心里很烦很乱，她怕常枫为她担心。常枫早已回去，身体也恢复正常了，她真的好累，多想躺在常枫怀里听他吹口琴……这最后的戏她知道导演故意找碴，可是她还得忍。还得一周的时间才能拍完。她真的怕这个流氓导演了。她也深深知道韩冰已爱上她，这几个月的相处，电影里他们是一对恋人，电影外白蝶随时都在躲着他，电话不接，信息不回，她这么冷冷地对他，白蝶真希望他能死心，可是他的玫瑰花还是一直送，总是远远地望着白蝶，他这样白蝶真的不好受，她知道自己伤害了他，白蝶不想和他再解释什么，只希望快点离开这里，电影终于拍完了，电影的最后一幕是男女主人公分手后，再一次在芦花纷纷的季节他们又重逢，韩冰流下了眼泪，白蝶很淡然，她懂韩冰此时真正的心情。

第二天一大早白蝶打好行李，一大早就匆匆来到车站，其实是中午十二点的火车，她一刻也不愿在剧组待了，早早地来到火车站，在陌生的人群里心里反而感觉踏实也不害怕了。她找了个座位坐下来闭上眼睛想休息一会，神经突然间松弛下来，感觉特别特别累，好想好好睡一觉。晚上就到家了，还坚持一天就解脱了。不知不觉几个小时已过去，还有几分钟就上火车了，她想给韩冰发个告别和感谢的信息，最后摇了摇头，还是免了，白蝶往候车室望了望，上车的时间终于到了，她把箱子放好刚坐下来，一抬头，她傻了，韩冰就坐在她的对面，她的是28号，韩冰的是24号。

“你？你想干什么？”白蝶吃惊地望着韩冰。

韩冰笑了笑，“没想到吧，我想到你家乡去看看。”韩冰很认真地说。

“韩冰，我们只是普通朋友，我真的不希望你去。”白蝶不知怎么说是好，她没想到韩冰会这样，但是她更怕常枫会误会。

“白蝶，不要再说了好吗？我说过，我爱你，我会征服你的。”韩冰去抓白蝶的手。

白蝶躲开，“韩冰，我很感激你救了我，也感激你一直对我的关照。你不要搅和了好吗？我真的很累，我爱常枫，你不要再傻了好吗？”白蝶说完靠在椅背上不再睁开眼睛。

韩冰也不再说话，只是望着窗外，白蝶好像睡着了，这段日子，她的确太累了，他拿出自己一件上衣给白蝶轻轻盖上。他真想吻她一下，就像电影里一样……

二十九

到了车站已是晚上八点了，白蝶没敢给常枫打电话让他来接，心里七上八下的，非常不安，如果常枫知道了她和韩冰一块回来的该怎么解释，说和他仅仅是普通朋友，那他不可能千里迢迢地追过来，可是她白蝶清清白白的，心里绝没有一丝丝的其他东西。事实就在面前她是无法解释的。她真的怕常枫会误会。

“韩冰，对不起，你自己找地方住一下吧，明天回去，我不能陪你，希望你理解。也就不邀请你去我家了，以后有机会，再请你到我家做客。”白蝶说完提起皮箱就走了。她知道这样太不近人情了，没办法，她也不是想伤害他，也只有这样他才会清醒。

韩冰心里很不是滋味，他没想到白蝶对他这么冷漠，但是他还是相信自己一定能感化白蝶，白蝶是个很清纯的好女孩，想得到她的感情绝不是一件容易的事，不过他韩冰会很有耐心地等待白蝶向他走来。

“妈，爸，我回来了。”白蝶站在大门外冲里面喊。

爸妈同时都跑了出来，妈妈一下就抱住了女儿，“我的女儿，你可回来了，想死妈妈了，快进屋，你吃饭了吗？”妈妈高兴得眼泪都出来了。因为白蝶在妈妈身边的时间太少太少了。

“我在车上吃过了，妈，你们在家都还好吧。”白蝶感觉爸妈的气色都很好，真的好高兴，常枫，好些了吗？

“我们都好，枫儿完全好了，早就开始上班了，他常来问及你的情况，你回来他知道吗？”爸爸乐呵呵地望着心爱的女儿。

“哦，那就好，我一直忙最近都没和他联系，回来还没告诉他呢，明天，我就去上班，给他一个惊喜。”

这几个月没见面一家三口人有说不完的话。

“小蝶，你一路很累，早点休息吧，明天再向我们报告，听话，好女儿。”爸拍了拍白蝶的肩。

“那好，爸，妈，你们也早点休息，我的确有点累，洗漱一下就睡。”

此时白蝶躺在床上才感觉自己就像要散了架子一样，就想好好睡一觉。

这几个月来她很少和常枫通电话，也没说过一句亲热的话，都是很简单的几句话也就挂了。常枫真有点伤心，虽然说在他未醒时她一直陪在他常枫身边，说话给他听，写诗读给他听，可是醒来后，为什么她又那么冷漠，他真有点受不了，打她的电话总是关机。有时折磨得他要发疯了。但是他也知道白蝶太忙太累，一个人在一个陌生的地方，又没学过戏剧表演，想演好一个角色真的压力很大，想到这些，他又不怪她了，就耐心地等着她回来……

白蝶走得太匆忙，电话簿忘在了当时住的房间。蓝蓝去找韩冰，发现他不在并且行李也不在，她有点疑惑这个人去哪了？行李也带走了。她又去找白蝶，白蝶的门虚掩着，推开门一看和韩冰房间一样，人就这么飞了。她生气地把床上的被子拽到了地上，一个电话本掉了出来，她捡起来翻了翻就三个电话号码，家里的，爸的，常枫的。蓝蓝想起来了，就是那天签合同的会上那个坐在轮椅上唱《五月石榴花儿红》的那个人。她想白蝶和韩冰同时走了，难道他们……她不愿往下想，于是，她拨了常枫的电话：“喂，你好，请问你是常枫吗？”

“你好，我是常枫，你有什么事吗？”

“请问白蝶回到家了吗？”

“没有啊，他不是在北京吗？请问你是谁？”

“哦，没什么，我是剧组的。”蓝蓝说完就挂了电话。

她没回去，打韩冰的电话他不接，那就是和韩冰不知去哪了，蓝蓝越想越气，于是，她把那天拍的照片发给了常枫。

常枫打开彩信一看，他不相信自己的眼睛，这不可能的，白蝶不会的，绝不会！可是这个和一个男孩手拉手的人就是白蝶啊，此时他的心像被一双无情的手撕扯着……他回拨了电话，对方不接。常枫心里好乱……

韩冰在一家宾馆住下，翻来覆去睡不着，白蝶的电话早已关机，他明天想去天涯报社找常枫和他谈谈，如果常枫像他一样地爱着白蝶，他打算退出，他此时才知道感情的东西是不能强求的，他真的没有什么把握，因为这几个月对她的关心呵护一点都没感动她。从白蝶对他的态度可以知道白蝶很爱常枫的，他想着想着就睡着了。

三十

韩冰第二天不到八点就赶到天涯报社，他直奔主编办公室，敲了敲门。

“请进！”常枫已早早来了。

“打扰了，常主编。”韩冰推门进来。

“你好，找我有事吗？你是？”常枫感觉这个人好面熟。

“你好，我是制片厂的演员韩冰，在那天签约会上我见过你，你完全恢复了，真为你高兴，我们出去谈点事吗？”韩冰很客气。

“哦……我记不太清了，什么事，关于白蝶的事吗？她怎么啦？”常枫突然想起了照片。是他，就是他。他用异样的眼光打量这个帅小伙子，一米七八的身材，一脸的真诚，剑眉下一双深郁的眼睛。

“我们找个咖啡屋坐下来说说可以吗？”韩冰淡淡地笑了笑。

“好吧。”常枫急于想知道白蝶的事。

他们来到一家上岛咖啡屋，在一个包间里坐下，要了两杯不加糖的咖啡，听着播放邓丽君的《咖啡屋》，常枫的心里很乱。慢慢搅着杯子里的咖啡，不知道这个小伙子有什么要和他说，凭直觉一定和白蝶有关，因为那个照片……

“你说吧，白蝶怎么啦？”常枫开门见山。

“她没什么，你真心爱白蝶吗？我也告诉你，我非常爱她，昨天我和她一块回来的，她一个人路上我不放心，你不要想多了。”韩冰很认真地说。

“白蝶她昨天就回来了？！和你一起？你非常爱她？不，这不可能！”常枫不相信。他想起了今早的陌生电话。这时常枫的手机响了，是白蝶的。

“小蝶，你在哪儿？”常枫迫不及待了。

“我在报社，昨晚回来的。”听到白蝶很开心的声音。

“我在外有点事，一会回去。”常枫挂了电话。

“我很爱她，她也很爱我，我知道她不会爱你的，我非常了解她！”常枫很自信。

“哦，白蝶是个难得的好女孩，我希望你珍惜，希望你真心实意地爱她，如果我知道你对她不好，我不会饶你，一定会来把她带走！她是一个非常值得爱的女孩，我也祝福你们！”韩冰说完就走了。他见到了常枫，他知道白蝶爱他的原因了，他真的是个不错的男孩，仪表堂堂，温文尔雅，难怪白蝶那么爱他。他也很爱白蝶，并且他们已有一定的感情基础，是摧不垮的，从白蝶的冷漠可以知道，他再纠缠下去是自讨没趣，所以只有默默离开。他给白蝶发了一个信息：白蝶，我走了，常枫是个很优秀的男孩，祝福你！但我不会说对不起，因为我也一样爱你！

常枫回到报社就去白蝶办公室找她，他推开门，白蝶向他扑来，他期待的这一刻终于来了，他们紧紧地紧紧地抱在了一起，没有任何一种语言，只有两颗心的相撞，只有那深深的吻……几个月没见面了，这几个月来思念时刻都在折磨着彼此。

“小蝶，你想死我了！”常枫真怕白蝶再飞走。“我们太久太久没见面了，好像是前世和今生，这样的距离煎熬着我、折磨着我，让我忘了时间，忘了身边的一切，你怎么这么狠心，我再不要你离开我，每时每刻我都要陪着你，看着你的笑，看着你飘飘的身影，我是多么的幸福，你知道吗？你懂吗？”

“我更想你！常枫，在那一直很紧张、很忙碌，很少给你电话，你不生气吧？”白蝶让常枫在凳子上坐下他坐在常枫怀里。

“你瘦多了，我怎么会生你的气呢，你回来什么都好了。”常枫抚摩着白蝶的手。“小蝶你和韩冰熟吗？”常枫看着白蝶的眼睛。

“熟呀，他是剧里的男主角，怎么啦？你认识他？”白蝶觉得常枫的话里有话。

“哦，他刚走，他人怎么样？没什么。”常枫继续着话题。

“他是个非常好的人，真诚，坦率也很有才华，他的歌唱得特别好，在那他也给了我不少帮助。我很感激他。”白蝶没多想只顾说。

“你们配合得很默契吗？他对你好吗？”常枫的话充满了醋味。

“我们配合得非常好，他对我也很好。”白蝶还是没在意。

“剧里，有拥抱、亲吻，还有更……的镜头吗？”

常枫这句话有点问狠了。

“有，但是没有那种……”白蝶瞪大了眼睛，常枫突然松开白蝶的手，站了起来，心里像被刀狠狠搅了一下，疼得他整个人都在痉挛。

“那什么都不要说了！我眼里的那个清纯的白蝶再也没有了！”他又想起了陌生人的电话以及发来的彩信，还有那个韩冰又随她追到了这里，关系一般，绝对不可能。此时的白蝶突然那么陌生。他慢慢地走出了白蝶的办公室。

白蝶被常枫的话和举动吓傻了，他什么时候离开的，她也不知道了。我，我被人吻了，抱了我不清白了？可是那是电影啊，不，我毕竟做了，毕竟让另一个男人吻了，抱了，我已是个肮脏的女孩了，不配常枫爱我了！她的眼泪像断了线的珠子一颗颗滚进嘴里，是那么苦涩。她不知怎么离开报社的，一步一步往家走，两条腿像灌了铅，每抬一步都是那么艰难。也不知走了多久才回到家。

“小蝶，你怎么啦？脸色这么难看，你哭了？枫儿怎么没和你一块来？”妈妈心痛地看着女儿，伸手试了试她的额头。

“没什么，我有点累，妈，常枫他忙没有来。”白蝶怕妈妈看出她的痛处就撒了个谎。

“小蝶，他有多忙？你回来他连来吃顿饭的时间都没有吗？我给他打电话。”爸拨了常枫的电话，常枫的电话关机。爸爸莫名其妙。

“哦，也许他真的在忙，我们吃饭吧，下午小蝶别上班了，在家休息半天，”爸爸见女儿这个样子，真的很心疼。

白蝶吃了点饭就躺下了，怎么也控制不住自己的眼泪，自己没做错什么，为什么常枫这样对我，我真是不检点的女孩吗？那是在演戏，可是我真的被男人抱了吻了，这是常枫无法接受的，难道我们的爱就那么脆弱？也许常枫真的不懂我，我不怪他，我们的感情也许还没有达到互相理解、互相体谅、互相支持的境界，我很爱他，我也没做什么对不起他的事，有些事是不能强求的，特别是爱，他和姐姐相处得很好的时候，难道没有拥抱？因为爱，我从没计较过，可是……我们之间也许在此已画句号了。她不会再去他的报社上班，人要的是尊严，白蝶不知什么时候睡着了，她真的太累了，自从养父母去世后她来到这个陌生的城市，陌生的家，为了让自己更适应，为了做爸妈的好女儿，她一直都很紧张，除了工作、学习、写作，又经历了那么多的事，在她年轻的生命中有太多的生离死别，她摆脱不了忧伤和痛苦，她一直都没有好好地睡过一次觉，她睡着了，泪水一滴滴地落在枕上……

白蝶第二天的下午才醒来，睁开眼她感觉自己好像睡了几个世纪，脑子很多东西都忘了，只有“常枫”两个字深深地刻在她脑海里，这时她的手机响了，她认为是常枫的，也没看就激动地接了，

“你好。”

“你好，白蝶，我是北京电影制片厂的王主任，为什么你一声不响就走了，还有好多事要和你谈。”

“哦，还有什么事，王主任？”白蝶无精打采地问。

“我们想要你签约我们制片厂，撰写剧本，还想在表演上培养你。”

“哦，很抱歉，王主任，我不适合做演员，也不想和你们签约，只想安安静静地工作、学习、写作，谢谢你们这样看重我！”

“你好好考虑考虑，很多人都想进来，可是没有几个人能有这个机会。”

“不用考虑了，我不会再去的。”白蝶回答得很干脆。

“没有一点商量的余地了吗？”主任还是不愿放弃。

“谢谢你！王主任，谢谢你对我的关照。”

“你看这样行不行，你以后的作品再给我们，可以吗？”

“以后再说吧，这段时间我太累了，我可能还要去学习。”

“白蝶，记住我说过的话，你的作品我们会很重视，随时会欢迎你回来。”

“谢谢！谢谢！”白蝶挂了电话。

她把这个消息告诉了爸妈，他们都尊重女儿的选择。

“爸妈我想回安徽一趟，想去那看看爸妈的坟，我真的好想他们……他们太孤独了，我离开他们几年，也该回去看看了。”白蝶征求爸妈的意见。

“好的，孩子，我们陪你一块去。我们应该去看望一下老哥老姐给他们烧张纸钱，感谢他们给我们的女儿培养得这么好。”

第二天他们坐上了去安徽的列车。

“爸爸，我长得像不像妈妈年轻的时候？”白蝶望着爸爸。

“太像了，你和你妈当年简直就是一个人，特别那种文文静静的样子，那种笑，像极了。”一谈到妈妈当年，爸爸就来了精神。“你妈妈如果不是出生在农村一定可以成为一个音乐家，就因为当年你妈自己作词自己作曲自己唱的歌深深吸引了我，我真的不敢相信那么好的词那么好的曲是她写的，并且那时我还给她出难题，让她当场来一首，因为我还不大信。可是她随口就来，我惊讶得不得了……”

“喂，小蝶，别信你爸的，我哪有那么有才啊，就是瞎编的。”妈妈打断爸爸的话。

“我说的都是真的，记得你当时来一首《我是你等待的蝴蝶》。”

“呵呵……是的，我硬着头皮编出来了。当时我很紧张，你是上海来的，那么有学问，真的很献丑。”

“你太谦虚了，我们虽然受的教育比你多，可却没有你这样的才华。你给我写的那些东西我一直留着呢。”

“呵呵……妈妈你真的好了不起，怪不得爸爸那么爱你。”白蝶好像已忘了常枫对她的伤害。

“可是还是没有我们的小蝶有才啊，第一个剧本就打出去了，真的很棒，我和你爸为你骄傲。”妈妈很激动。

“爸，妈，因为你们都太优秀了，我是受你们的影响，可是我读的书很少，还要继续努力。”

“我相信我们的女儿将来会更棒！”爸爸疼爱地看着女儿。

他们一路说说笑笑，其他旅客都投来羡慕的目光。

“爸，妈，到还得早呢，你们先休息，坐车挺累的。”白蝶让爸妈休息怕路途远他们身体受不了。

第二天六点多他们下了大巴打的去村子里，进村好多人都好奇地看着，几只狗老远就汪汪叫着。谁都没认出白蝶，白蝶感觉这儿的一草一木都那么亲切，脚下的每一寸土都充满了温情。这儿的一切还都那么熟悉，只是当年的草房不见了，代替的是一排排的砖瓦房，当年他们家住的草房子草已坍塌，只剩被雨冲刷的残墙和几根腐朽的断梁还静静地躺在那。白蝶和爸妈站在这里沉默了好久，他们心里说不出的感伤，特别是白蝶眼泪一颗颗滚落下来，落进脚边的荒草丛中。

妈妈搂着女儿，她看到了女儿长大的地方，知道了女儿曾受的苦，也明白这对夫妇把女儿拉扯大是多么的不容易。爸爸给女儿擦着泪水。

“好女儿，别难过了，我知道你的心，他们老两口如果知道你现在的样子该有多高兴啊。”

“好孩子，别哭了，九泉下的他们在看着你，在保佑着你，因为你也是他们唯一的孩子，他们的宝贝。”妈妈劝着女儿，也止不住自己的泪水。

有几位老乡围过来。好奇地打量着他们。从衣着和气质知道他们是从大城市来的。

“大妈，二婶，大叔，我回来了！”白蝶惊喜地喊着。

“啊？你是？”他们不敢认。

“我是小蝶啊！”白蝶鼻子一酸又流下了眼泪。

“啊！小蝶？你是小蝶？小蝶，真的是小蝶！小蝶回来了！你终于又回来了！”他们一个个围拢来就像自己多年的孩子回家来，那么亲，那么激动，一个个都流下了眼泪。

“我是小蝶，我是小蝶，大妈，大叔，二婶，我回来了，真的好想你们！”大妈给白蝶擦着泪水。

“好孩子，我们常念着你啊，终于又回来了，成大姑娘了，变得这么招人喜欢。”

“这是我的爸爸妈妈。”白蝶介绍着。

“大哥大嫂，你们好。”爸爸微笑地和他们打着招呼。

“小蝶，你走后我们都担心你，怕你找不到你的亲人，更怕你一个女孩子在外会出什么事，见到你们我们就再也不担心了，这孩子越长越漂亮，真好。多像她妈妈啊。”

“婶子，婉儿现在在哪？”她突然想起了婉儿。

“哦，孩子，婉儿早已出嫁，现在都两个孩子了，你还记得婉儿，我们婉儿也常念叨你，前不久带着孩子都一道到新疆打工去了。”

白蝶很失望，多想再见见和她一块长大的好妹妹啊。见不到了，也可能永远见不到了，怎么不遗憾呢？

他们你一言我一语有说不完的话，一个个高兴地淌着眼泪。

白蝶和爸妈由他们陪着去了爸妈的坟地，坟堆被雨水冲刷得很小了，上面长满了浓密的茅草。

点燃了纸钱，摆了果盘，又拿出酒瓶把两只酒杯倒满。白蝶和爸妈都跪在了坟前。

“老哥、老姐，我们一千个一万个谢字也难以表达你们对我们的恩情，是你们辛辛苦苦把我的孩子拉大，你们给予她第二次生命，她的爸妈是你们，我们没有资格，老哥、老姐起来让我给你倒杯酒吧，这是我这个不称职的爸爸替女儿敬你的，喝吧，老哥、老姐……”

“我们知道你为了这个孩子付出了你们的全部，你们非常爱她，一直在牵挂着她保佑着她。她也一样天天在想着你们，今天终于回来了，回来看你们了，老哥老姐姐看看你们心爱的女儿吧，她是你们的骄傲，也是我们的骄傲，这都是你们的功劳，是你们教育了她怎么去做人，怎么去做事，是你们给了她一颗善良而感恩的心，是你们给了她吃苦耐劳的精神还有她不屈的个性。老哥，老姐姐，我们太感谢你了！喝下我这个不称职母亲倒的一杯酒吧。”婉莹不知道怎么感谢他们，不是他们也许女儿已不在人间了。

“爸，妈，对不起！对不起！我这几年没来看你们，我知道你们很想女儿，我也想你们啊！我回来了，爸，妈，我回来了……”

周围的人也被感动得不停地抹眼泪。

中午乡亲们一再挽留他们吃过饭再走，常青婉莹怕麻烦大家就拒绝了，说回去还有事，一定还会回来的。白蝶又走到大妈大婶面前给他们一人五百元钱。

“这是我一点点的心意，算我孝敬你们的，来时太匆忙没时间去买东西，也不知道你们喜欢什么，这点钱你们就收下吧，自己买点喜欢吃的。”

“小蝶，你这样太见外了，你也是我们的孩子，那时我们都穷，没有给你多少帮助，仅仅给凑了点路费，惭愧啊，孩子，现在我们都富了，吃穿都不愁了，真的，孩子。我们不能收。”

“我知道，大叔，大婶，这只是我的一点心意，你们不收就不把我当自己的孩子。”

“好好，我们收下，好孩子，你们一定吃过饭再走。”

“不了，大叔大婶，我们还要赶车，回去有事。不久我还会回来一定住几天再走。”

最后白蝶和爸爸妈妈又依依不舍地告别了众乡亲。他们依然像当年送白蝶走时一样，直到看不到车的影子，还在那张望着……

“爸爸，我想再去我上的小学去看看。”白蝶还是舍不得，还想去母校看看。

“好的，孩子，我们去。”常青看到女儿的不舍。

以前的土路不见了，现在已是石子的，比以前强多了，白蝶清晰地记得每当下雨，她光着脚丫走在这条路上，不管冬夏都一样，因为没有钱买胶鞋，到了学校洗洗脚再穿上妈妈做的鞋子。深一脚浅一脚地在这条路上印下她多少脚印，想起这些很心酸也很幸福。

他们的车开到学校的大门口，刚好放学了，学生一哄都涌了出来，一个个都好奇地望着他们，望着车用手摸着……

他们走进校内，还有一些好奇的学生蹦蹦跳跳地跟在后面。他们走进了办公室，一些老师都惊讶地望着他们，不知道哪来的客人。白蝶看到一张张陌生的面孔，她在寻找着曾经的笑脸。

“张老师，张老师你好？我是你的学生白蝶啊。”白蝶终于看到了满脸沧桑的张华老师。

“啊？你是？”张老师疑惑地望着他们。

“哦，张老师，我是白蝶，你的学生啊。”

“你是白蝶？白蝶？”张老师回忆着。“啊！想起来了！你就是那个爱学习又可爱的白蝶，长这么大了，我怎么能认出来啊！太想不到了！快坐，快坐。”张老师赶紧搬凳子让他们坐。

“别客气，张老师，这是我的爸妈。”

“你好！张老师。”

“呵呵，你们好！”

他们热情地聊了几句。

“来客了啊，你们好！”校长走进来。

“李校长，这是我们的学生白蝶，这是他们的父母。”张老师乐呵呵的介绍着。

“啊！欢迎你们的到来，也欢迎我们的学生回来。”校长热情地打着招呼，看到曾经的小学生已是大人回来，激动地他都说不出话来。

“不客气，不客气，谢谢你们这个学校给予了我们孩子一个美好的童年。”常青和他们握手。婉莹向他们点头微笑。

“哦，这儿的每个学生都是我们的孩子。当初白蝶是个非常有希望的孩子，我们认为这个孩子将来一定很有出息，没想到……真的好惋惜！后来我们才知道她是抱养的，也知道她去寻找亲人了……真的感谢老天爷让她找到了你们。”校长说得眼圈都红了。

“太谢谢你们了，都还在牵挂着我们的小蝶，告诉大家一个好消息，小蝶的小说《芦花飞去的方向》已被北京电影制片厂拍成电影了，并且是小蝶的主演，很快就和大家见面了。”

“是吗？！我们的白蝶太有才了！太有才了！这孩子从小就和别的学生不一样，我们就知道她将来会有出息！”所有的老师都在欢呼，谁都没想到这个苦命的孩子会这么坚强，这么有才华。什么时间播出一定告诉我们！

“哦，春节前，大约是十二月中旬，这也算是小蝶给各位老师春节的一份礼物，也是向各位老师拜个早年。”

“太好了！太好了！谢谢白蝶！谢谢你们！”

“爸爸，我想把我得的稿费和工资一共二十万元捐给我的母校。”

“好啊，小蝶，爸爸支持你！我也捐八十万，也算我对这儿的感激。”

“这，这，这，我们怎么接受？”校长和老师们都惊呆了。

“这儿的教室有点破旧了，很危险，我们捐的这笔钱希望能给孩子们一个安全敞亮的学习环境。”

“谢谢你们！谢谢你们！请放心，我们一定会立即做这件事，因为建校的事我们写了很多次报告了，下雨天教室里就没干过，我们也一直担心孩子们的安全，一直在想办法。到现在一直都没落实，你们真是我们的救星！我代表全体师生及全体家长谢谢你们！”校长千恩万谢。

“你们开始准备吧，回去我们就把资金转来。”

白蝶也被爸爸的行为感动着，她心里的这个爸爸高大起来，这也出乎她的意料。

校长握着常青的手非要留他们在这吃午饭，常枫拒绝了。

他们依依不舍地告别了老师们。回到家，白蝶的心还没留在那个养大她的小溪旁，还在父老乡亲的身边，还在那两堆埋着爸妈的土堆前……

三十一

从女儿的表情和她眼底的那抹忧伤里，常青感觉枫儿和小蝶之间有点不对劲，枫儿一直关机，小蝶这几天也从不提常枫的事，并且小蝶回来，枫儿也没来过。

“爸，我想和你商量个事。”白蝶坐在爸爸身边。

“小蝶，你说什么事。”

“我想去法国读书，爸爸，你暂时支持我一下，可以吗？”小蝶希望爸爸能答应。

“孩子，你怎么能这么说，我是你爸爸，有这个义务和责任支持你，孩子，只要你愿意做的事，爸爸都答应，我知道我的女儿是个好孩子。我也有这个想法，没想到我们父女俩想到一块了，爸爸一千个支持一万个答应。”爸爸很高兴女儿有这份上进心。

“谢谢爸爸！我一定会努力的。”白蝶非常高兴。

“你想什么时间去，孩子？”爸爸在征求女儿的意见。

“我已经想好了，最近就想走，只要手续能办下来，我就走。”白蝶有种立刻就离开的心情。离开这个让她伤心的地方，也该把心思都放在学习上了，以前丢失太多宝贵的时光，她一定要弥补回来。

“那好吧，小蝶，一切都包在爸爸身上，我尽快给你办手续。”爸爸懂女儿的心情，这孩子很要强，什么苦都埋在心里一个人承受，她这一点太像她妈妈了，爸爸好心疼，只有尽力地去帮助女儿，希望她能开心点。“孩子，你和我说句实话，是不是和枫儿闹别扭了？”爸爸看到女儿眼底的泪。

“没什么，爸，你别多想，我想去一个陌生的地方静一下再多学点东西，通过这个电影我感觉自己学的东西太少了很吃力，现在我还年轻，应该以学习为主，其他都是次要的事。”白蝶怕爸爸看出什么。

"小蝶，你这一走就是三年，在外一定要好好照顾自己。家里你不要挂念，有我呢。"爸爸心里真的舍不得女儿走。可是他理解女儿这么做。

"爸爸，我有点不放心你和妈妈。"白蝶的眼泪下来了。

"孩子，我们很好的，我们都希望我们的宝贝女儿将来真正成为一个作家，能实现自己的理想，能开开心心的，这就是我们的愿望，你的幸福就是我和你妈的最大幸福。"爸爸把女儿搂在了怀里，感觉她还是以前那个咿咿呀呀刚会学说话的小女孩。

"爸，我很快就会回来的，我知道你和妈都舍不得我，可是我学的东西太少了。"

"孩子，我们懂你。等你走后我就带你妈妈回那个家了，就一个保姆在那我也不放心。"

"嗯……明白，以后我们可能就不再回来了。"

"是的，孩子，爸爸给你和你妈一个新天地，让你们开开心心的。"

小蝶真的舍不得离开爸妈，她知道爸爸是那么爱她，她感觉很幸福。因为她太热爱文学了，必须还要学很多东西才能真正实现自己的梦想。为了那个遥远的梦她不得不暂时离开爸妈。

"好女儿，你是好样的，爸爸相信你。"爸爸脸上露着微笑，心里很难受，他感觉太对不起这个孩子了，可是她一直很坚强，也很优秀。他也想让女儿出外开开眼界，也忘掉这里的忧伤。

"爸，大约什么时间护照可以办下来？"白蝶想尽快离开，她不想再去想那些伤心的事，离开这里也许一切都会好起来。

"一周就可以办好了，你什么时候走都可以。"爸爸知道女儿内心很痛苦，早一天走也好。

"好的，谢谢爸爸！有你在家，我也放心妈妈。"

"孩子我很欣赏你，只要你开开心心的，爸爸都支持你。"常青不忍心看到心爱的女儿再这样下去，这孩子太苦了，可是她又那么坚强，一切都在一个人默默承受。

白蝶耐心地等待着护照，陪着妈妈逛逛商场、买买菜，妈妈脸上总挂着笑容，爸爸在外一直忙着，常枫那一边很安静，连一个信息都没有，每次想到常枫两个字白蝶的心像针扎一样痛。这几天她想好好陪着爸妈，不愿让自己再多想。手续终于办好了，可是爸爸妈妈看到这些手续沉默了，因为他们有太多的不舍。

白蝶订好了明天上午九点去法国巴黎的机票，她收拾好行李。晚上爸爸出去了，她陪妈妈说说话，她知道这一走三年以后才能回来，真的舍不得走，想起常枫她必须离开，有一天她会让常枫知道她白蝶是一个什么样的人，也告诉他自己是个能拿得起放得下的人。他的想法就玷污了他们的感情，也玷污了她。

"妈，爸去哪了？"白蝶问妈妈。

"他说有点小事，可能是因为枫儿的电话总是打不通，他也许去枫儿那看看，你和枫儿是不是闹别扭了？"

“没有，妈妈，我这一段日子很累，想静一静，可是明天又要走了，妈你要照顾好自己，还有爸。”

“小蝶，你一个女孩在外，一定要小心，一切都要靠你自己，做任何事都要多个心眼。经常打电话回来告诉我们你的情况。妈妈知道你心里难受，可是你又不愿说，妈妈真的舍不得你走，出去也好，看看外面的世界就什么都忘了。妈妈流下了眼泪。”

“我会的，妈，你放心，我现在已是成年人了，我一定会处处小心，不会让你和爸担心的。”

白蝶陪着妈妈，将近十二点爸爸才回来。她看到爸爸很不开心的样子，也不想多问，就回自己房间了。

白蝶心里很不是滋味，她知道爸去找常枫了，常枫的态度让爸恼火，她可以想象出来。这一周多他一个信息都没有就像消失了一样，白蝶认为自己没有做对不起他常枫的事，他这么绝情再去想他没有任何意义，不值得再去苦恼了，离开是最好的选择。本来白蝶还在犹豫，这时没有什么再让她犹豫了，她轻轻地擦干脸颊的泪水。

白蝶把陪常枫期间给他写的诗交给了爸爸。

“爸，把这交给他，以后我在哪还有我的电话我希望爸爸给我保密。”

“好的，孩子，爸爸会尊重你的意思。”

常枫这几天都在折磨自己，他太爱白蝶了，可是那个男主角韩冰也爱上了白蝶，在电影中的拥抱，亲吻的镜头常常浮现在他脑海，这是他无法接受的。白蝶把这当戏而韩冰当真，并且韩冰从北京追白蝶到这里来，向他亲口说他爱白蝶，常枫越想心越像刀子一点点割一样，自己心爱的女孩子自己没有碰就让别人抱了亲了，这是对他常枫最大的嘲笑和侮辱，每想起这些，他的心就像在油里煎了一遍又一遍，他更怕白蝶随时都会被别人抢去，因为她太优秀、太美了，自己能守住她吗？想到这些他真的想放弃，这样他会受不了，会被折磨疯的，听爸说，他在医院的那些天，白蝶天天陪在他床前和他说话，给他唱歌，给他写诗，给他按摩，给他洗澡，这是一般女孩都做不到的，白蝶实在太招人爱了，她那么善良，那么温柔体贴而又那么有才华，哪一个男人能不动心呢。我能放弃她吗？不，我不能，我做不到，明天她就要走了，这一走可能我们就彻底地完了，我太伤她的心了，不，明天我一定要留住她，我不能没有她。可是我今天对爸爸说的话太绝情了。

“爸，你别再提白蝶，我不爱她！我们只是一般的朋友，她去哪儿和我没什么关系。我绝对不会看她！你回去吧！爸，是不是白蝶让你来的？”常枫冷冰冰地回答爸爸。

“你给我住口！常枫，谁都没让我来，我是想给你个机会，这样你会后悔的！你太小看小蝶了！”爸爸气呼呼地走了。

他知道爸爸对他们的感情也绝望了。

白蝶八点就赶到机场，爸爸妈妈送她到机场，千叮咛万嘱咐，妈妈攥着女儿的手舍不得松开。登机的时间就到了，她紧紧搂着妈妈的脖子，好像当年妈妈丢下她一样。她又扑到爸爸怀里，爸爸的眼泪出来了，她强抑着感情不让自己流泪，怕爸妈更难过。然后微笑着向爸妈挥了挥手，她在东张西望，希望能看到常枫突然出现，她失望了，彻底失望了，泪水模糊了眼睛。她一步一回头地望着，望着……

她找到座位坐好，拿出笔想给他写一首歌。

再给你写一首歌

独白：美好的一切都已随一片云而去，你的誓言，你的爱，此时只是我脸颊的那滴泪。

我心里一片空白，给你的诗在我们的距离里像秋叶一样飘零……

不想知道谁对谁错
此时你我都无话可说
你已走出我的世界
曾经永远是一首温馨的歌

不愿想你走得洒脱
往日像一阵清风而过
爱从此没了着落
我只想给你再写一首歌

再给你写一首歌
那里有你却没有我
望着窗外的新月
这首歌我一个人轻轻唱着

再给你写一首歌
那儿有花却没有果
躲在天涯的角落
这首歌从你窗前飘然而过

常枫第二天一觉醒来已是早上八点了，他一看时间，坏了，还有一个小时飞机就起飞了，他脸都没顾上洗，下楼开车直奔飞机场，越是急又逢上堵车耽误了半个小时，他到机场正是九点零两分，飞机已慢慢起飞了，他的心慢慢地变凉。飞机一转眼就化作一个小点点消失在云层里……

"白——蝶——我——爱——你——"他的这一声呼唤淹没在沸沸扬扬的人海里，呼喊是那么凄楚那么绝望。白蝶能听到吗？常枫仰望着蓝天，只有几片白云静静飘向远方，他无力靠在一根柱子上。

飞机起飞了，白蝶感觉自己和常枫的距离已是天上人间，再也没有相见的机会了。从此以后她白蝶又要像一棵浮萍草一样漂泊，在异国他乡将会怎样她不敢去想，但是有一点她相信自己学习可以忘了一切。飞机上的一些人好像都像她一样心里装满了心事，一个个都迷茫地望着窗外的白云，心也就这么飞了。

不知不觉飞机就到达机场了，飞机在慢慢降落，这一颗颗心也开始降落，每一个人都有一种不安的神态。终于降到了地面。白蝶提着行李走下飞机，感觉脚下好像踩着云一样，有点轻飘飘的，坐了这么久的飞机有点晕。

"小蝶，小蝶……"

白蝶不敢相信自己的耳朵在这谁会喊的名字，一回头，她看到小明拉着箱子向她匆匆走来……她很吃惊，站在那呆呆地望着小明，她不知道为什么命运这么捉弄她，在异国他乡为什么又遇到这个曾经伤害她的人。

"小蝶，你也来这了啊？真是山不转水转，我们又相遇了，真是太意外了！"

"我是来进修的，也没想到会遇到你。"白蝶说得很淡。

"小蝶这是缘分也是命运，从一开始就让我们一起长大，后来分开又相遇，又分开，直到今天的相遇这都是命中注定的。"他们一边走一边说。

"小明哥，你永远只是我的哥哥，别多想了好吗？我没有心思再去想什么，就是来学习的，学完我就会回到爸妈身边，你的理想很远大，你应该珍惜自己赢得的每一个机会。我相信有一天你会成功的。"

"小蝶，以前我太不知道珍惜了，从现在开始我会珍惜我们在一起的分分秒秒。"

"你误会了，小明哥，我是说你应该珍惜学习的机会。"

"是的，但我更珍惜我们的再次相遇，给我一个弥补的机会好吗？"

"小明哥，曾经的小蝶已死了，现在的我不想再谈感情的事，我已没感情了！"

"小蝶，我有信心一定会让你冰冷的心温暖起来。"

"小明哥，我走了，再见！"

"小蝶，告诉我你的电话好吗？"

"不必了，多保重。"小蝶拦了一辆出租车上车走了，留下小明傻傻地在那站着。

"小蝶，我一定会去找你，再也不和你分开。"小蝶坐的车消失在车流中。

巴黎不仅是艺术之都也是花之都，马路边、阳台上、商店门前街头巷尾处处都是鲜花锦簇，花香怡人，艺术馆里各种艺术品琳琅满目，来到这里才感觉到自己的浅薄和无知，白蝶感觉自己好像井底之蛙跳出来突然见到天了，心里的那一点痛算得了什么。

白蝶走了，像一只蝴蝶一样地飞走了。常枫来到河边拿出白蝶给他写的诗，每一首诗都蓄满她的深情她的爱，每一个字每一句都在揪着常枫的心，泪水模糊了他眼睛……我怎么那么浑，那么不可理喻，就这样把你气走了。白蝶，你在哪？回来吧，回来吧……

远处传来了一首歌：

飞去的蝴蝶

在一个早春的季节
你化蛹来到这个世界
风雨里慢慢长大
你飞过了骨肉离别
在一片辽阔的田野
你是飞来飞去的蝴蝶
旅途上没有了家
你飞过了花开花谢
蝴蝶，美丽的蝴蝶
前方再也没有停歇
抛下身后一个雨夜
你的未来有谁重写
蝴蝶，忧伤的蝴蝶
飞去的路上你含着泪
想要飞向下一个季节
春寒却把你的纯真泯灭

三十二

三年后

三年学业终于结束了，登上回国的飞机，白蝶的心早已在祖国的那片蓝天，早已飞回到父母的身边。下了飞机，第一眼就看到了爸妈，她含着泪向他们奔去："爸爸……妈妈……我回来了，我回来了。"

"小蝶，我的小蝶，你终于回来了！终于回来了！"白蝶和爸爸妈妈紧紧搂在一起，“爸爸，妈妈，我现在好幸福，又回到你们身边了！”

“我们的小蝶是我们的骄傲也是最可爱的女孩，答应爸爸，以后别再离开我们这么久了好吗？”

“好的，爸爸，我答应，今后决不分开了，我也不想离开你们啊！”白蝶又流下了眼泪。

他们上了自己的车，一路上有说不完的话，白蝶依在妈妈的怀里，妈妈抚摸着她的脸，她们娘俩在一起的时间太少太少了，想起这些她们都默默地流着泪，女儿长这么大第一次这么依在自己怀里，没有给她擦过眼泪，没有送她上过学，早晨晚上没有听她喊一声妈妈。摔倒时没有拉过她一把……想起这些婉莹有太多的内疚，特别她养父母去世后，可以想到这个孩子是多么的无助……一个人在茫茫人海中寻找亲人……想到这些她紧紧搂着女儿，她感觉女儿的身子还在发抖……

常青从反光镜里看到了婉莹的眼泪和紧紧搂着女儿的神态，他感觉到了她的内心也感觉到女儿那落不下来的泪滴。心里好不是滋味，他想把她们搂在怀里，给予她们自己的力量，都是自己犯下的错，不然她们也不会吃这么多的苦，小蝶也不会这么坎坷，在今后的生活中他会用全部的身心去爱他的女人他的女儿，给女儿一个温暖的家。

到家了，张妈乐呵呵地迎出大门：“小蝶回来了，终于盼回来了，我们的小蝶变得越来越可爱越漂亮了，把董事长和夫人想坏了！”张妈也好喜欢这个可爱的女孩。

“张妈你还好吧？”白蝶亲热地握着张妈的手。

“好，好啊，就是想我们的小蝶了。”

他们开开心心进了客厅，客厅里其他都没变，就是那一双可爱的宝宝的照片不见了，换上了小蝶的一张放大的照片。白蝶知道爸爸怕妈妈难过才换下来的。

“小蝶你看看，你和妈妈是不是太像了！”爸爸望着女儿。

“嗯……是的，的确太像了，不知道会以为是一个人。妈妈太漂亮了！”

“我们的女儿才是真正的漂亮！”

“小蝶，到你卧室看看。”婉莹拉着女儿。

推开卧室的门，一片淡淡的玫瑰色扑面而来，床和墙壁都是淡淡的玫瑰色，还有墙壁上一只只飞舞的白蝴蝶，白蝶高兴得跳了起来，“太漂亮了！妈妈，这是你的杰作吧？”

“呵呵，不是，是你爸爸。”婉莹微笑着望着女儿。

“爸爸太棒了！他怎么知道我喜欢这种色彩？”

“你是他宝贝女儿当然知道了，你爸爸是个很细心的人，为了给你设计房间他可是费了很大的心思，呵呵！”

“谢谢爸爸！他真是个好爸爸！妈妈，你好幸福的，呵呵。我也是。”

“小蝶，我们去吃饭了，今天你爸爸亲自下的厨，看把他高兴的，昨天就准备了，呵呵。”

她们来到餐厅，一桌子的色香味俱全的菜。

“谢谢爸爸！你太棒了！看了就让人嘴馋，张妈你也坐下我们一起吃。”白蝶拉过张妈。

“张嫂，其他事吃过再做，就坐下来和我们一起吃吧，今天小蝶回来，大家都高兴共同喝一杯。”

“好的，谢谢董事长和夫人！谢谢我们的小蝶！”

笑声，碰杯声，让今天的午餐气氛非常浓。

“哦，小蝶。小蝶下周末我们回你的老家参加建校两周年，校长一再要求你能回去。”

“好啊，爸，我一定回去！”白蝶深深感觉到太久没去看望爸妈了，他们一定在期盼着我回去。对不起！爸爸妈妈，女儿不好，不该离你们这么久，我也不得已，为了做你们最好的女儿，爸爸妈妈你们会理解我的，再过几天我就去看你们了，爸妈。白蝶又想起了养父养母。

一周的时间转眼就过去了，他们坐公司的专车八个小时就到了，离开会还有两个小时他们先去看望白蝶的养父母，把车停到田边的路上。两个土堆因为没人再培土，上面长了茂密的荒草，让人感觉很凄凉。白蝶慢慢跪了下来：“爸，妈，我回来了，来看你了！对不起！对不起！我不该这么久不来看你，你一定怪我了，一定想我了！爸，妈，看看我吧，我好想你们！为什么那么早就离开我，你们那么疼爱我，却不给我一个孝敬你们的机会。”

“孩子，别难过了，是我们对不起你，他们看到你了也很高兴，孩子，我们得走了，开会时间快到了。”白蝶擦干眼泪，拍拍腿上的土。依依不舍地离开了。

他们没有时间休息直奔学校，两排两层的教学楼出现在他们面前，大门口拉一个大红的横幅：欢迎白蝶同学归来！

他们下了车，老师和同学都站起来用热烈的掌声欢迎他们的到来。他们到主席台就座。校长给他们一一介绍：这位是李县长，这位是宣传部肖部长，这位是乡党委王书记，这是张乡长……这是我们的学生白蝶同学，是我们的骄傲，她现在是个作家，前阶段看到的电影《芦花飞去的方向》就是她写的，也是她主演的，并且她把这个电影所得的费用二十万元全部捐给我们的学校，她刚从法国留学回来。还有她的爸爸，就是天涯报社的董事长常青，他也为我们捐了八十万元今天的这个学校是他们资助建起来的。这位是白蝶的妈妈洪婉莹。在此我代表全校师生和家长对白蝶及她的一家表示深深的感谢！

台上，台下掌声不断，还有很多家长，他们都激动地含着眼泪使劲地鼓掌。

校长主持大会。欢迎常董事长给大家讲话。

啪啪啪，啪啪啪……

各位领导，各位老师，各位同学，各位家长好，这里是我女儿长大的地方，是这片土地哺育了我的女儿，是各位老师教育了我的女儿，我十分感激，尽我微薄之力为这个学校做点事也是我应该做的，我希望各位老师今后更能尽心尽责地做好你们的本职工作，也希望能培养出更多的有才能的人！

谢谢常董事长对我们的厚爱和期望，我们会努力的，来这里的每一个学生都是我们的孩子，家长的希望也是我们的希望！欢迎李县长给我们讲话！

呵呵，在此很惭愧，没能给学校尽一点力，欢迎常董事长的到来也感激他的大爱之心！还有白蝶同学，她不仅是你们学校的骄傲，也是我们县里的骄傲，更是我们省里的骄傲，更可贵的是她有一颗金子般的心，把自己心血钱全部捐给了母校，她的做法感动了家乡的老少，更感动了我们！因为她的爱心，希望各位老师和同学们深深记在心里，我的希望也就是常董事长的希望！

……

最后一个是白蝶讲话。她说："我从法国刚归来就到这来了，希望今后能为这个生我养我的地方做一点事，我的第二部作品《永不褪色的红裙子》也即将拍成电影了。"

台下掌声此起彼伏，叫好声不断："白蝶，白蝶，我们的骄傲！我们的骄傲！"

"最后我就给大家唱一首《芦花飞去的方向》的主题歌吧：

陪你
这片天空是不是缺了点温情
让你感觉很冷逃进了梦中
哭过了还觉得痛
梦过了还没有清醒
秋叶凌乱了你的天空
一个人的路途有太多冷风

这个冬天没了他是不是很冷
让你心里结冰失去了曾经
爱过了还是不懂
失去了还流连其中
雪花飘满了你的行程
一个人怎么能走过寒冬

如果你想哭
我会陪在你身边听你的心声
这个冬天特别冷

怎能拉着你的手给你一点温情
月儿还挂在远空
我会陪着你一直到天明”

这时小明和常枫各拿着一束玫瑰向白蝶走来……所有人的目光都集中在他们身上

白蝶转身在人群簇拥下和爸妈上了车，在欢呼中慢慢离开了，人群也慢慢散去，小明和常枫还傻傻地站着，手中的花轻轻地落在地上……

爱的色彩

AIDESECAI

主要内容

苏音和汪洋是一对青梅竹马的恋人，一同长大，一同上学，一同工作。汪洋受不了贫穷的困惑就辞了工作去下海，在走之前他拥有了苏音的全部，一走就没了消息。

苏音在思念的日子里焦熬，而又怀了汪洋的孩子，她孤独无助几近绝望，她的同事屈阳陪着她照顾着她，屈阳已深深爱上了这个美丽而充满忧伤的女孩。苏音的心里只有汪洋，她这个样子也怕面对同事和亲邻，也只好南下离开。她是个理智而自强不息的女孩，在昆山的苏绣坊找了份工作，生下了女儿千千，也把妈妈接去了，屈阳也追了来，和她一起工作并且照顾她和孩子。因为她的努力和出奇的天赋，老板很重视她，因为她的作品苏绣坊扬名很远，因为她这个名字大江南北知道了苏绣坊。

汪洋在广州遇到了昆山吴千寒这个诗一样的女孩，坠进了爱河，他认为和苏音的感情是亲情，而和吴千寒之间才是真正的爱。他们爱得天昏地暗，难舍难分，在汪洋的梦里梦外全是吴千寒，汪洋心里的苏音已模糊甚至于陌生。吴千寒怀孕了，他们回昆山办婚事，在超市遇到了苏音和屈阳抱着千千，汪洋把她已视如陌路，苏音无法接受这个事实，所有的期待和付出都是那么的不值，她的心一下空了，但还是战胜了自己，把希望寄托在了事业上。

吴千寒难产，她走了也带走了刚出世的孩子。汪洋整个人几乎奔溃。为了生存找了份工作又突然出了车祸，屈阳细心照顾着他，苏音知道后也常来看他，苏音已经原谅了他的绝情，还把汪洋当成朋友。

汪洋恢复后，又查出心脏病，他舍不得千千，舍不得苏音，也舍不得屈阳这样的朋友。屈阳得了肾衰，汪洋决定把肾移植给屈阳，也成全屈阳和苏音，因为苏音不会再接受他，他只有把一切希望寄托在屈阳身上，让他代替自己去照顾苏音和孩子，汪洋没下手术台就离开了人世。三年后苏音和屈阳结婚了，他们带着千千去汪洋的坟上去看望他……

一

难忘
你在我生命里出现，不是偶然
痴情调着浪漫的和弦
也许是时间的惨淡，错过相约
花开时，你却在我的天边
天涯海角，雨打湿无言
守着一句承诺，指尖的命运拨乱了琴弦

海里藏着一片蓝天，谁懂深浅
你是我心海飘走的云帆
不知是命运的捉弄，还是无缘
一刹那，美丽就被风吹散
坎坷旅途，爱已被搁浅
捧着你的诗卷，拥有的美丽已落满雪片

忘不了，一个个片段
抹不去，初识的情感
时光匆匆，沧海桑田
回首，哪里还有我停留的地点

汪洋和苏音静静地走着听着这首歌，心里有说不出的惆怅，此时他们有很多话要说可是又怕一句无关紧要的话会破坏他们此时的感觉，也怕说出那句离开的话，都会心痛。初夏的晚风轻轻吹着他们，苏音的白裙子在月下飘飘的就像一片云，不知道将被风吹向哪里，月光下他们彼此都看不到眼里含着的泪，他们默默地往前走，这个月下的路谁都看不清楚，也不知道会在哪止步，头顶上哗哗的树叶让他们更迷茫，汪洋转身站在苏音面前不容分说一下搂住她，用嘴堵住了她的嘴，呼吸和眼泪搅和在一起，苏音轻轻推开了他。

“汪洋，不要这样，你想告诉我什么，就说吧。”

“苏音，我把工作辞掉了，明天我去广州，将来会如何我也不清楚。我知道你接受不了，我自己也接受不了，没有你在身边，我的生活好像失去了重心，可是我要给你一个家，给你幸福，如果就在这小乡镇当个受气的职员每月拿二百多元的工资，我是给不了你幸福的，即使给了你家，我怕你会后悔，所以我只有选择暂时离开，苏音，你懂吗？”

苏音不敢相信汪洋说的是真的，她不是接受不了他的辞职而是接受不了他的离开，接受不了没有他的日子。她沉默了很久，但是她也懂汪洋的心。

“汪洋，如果你想走就走吧，我不知道怎么挽留你，不要解释那么多好吗？”

汪洋深深感觉到这句话给苏音的伤害，心像刀割一样。

“苏音，我虽然暂时离开了你，等我在那站住脚，挣着钱买了房子一定会回来接你的，相信我，苏音，我爱你！生活中我不能没有你。”

“汪洋，你知道我要的是什么吗？要的是和你朝夕相伴，哪怕一天喝三顿稀饭我也会幸福的。”

“苏音，不，我不想要我心爱的人和我受苦，那样我对不起你，也对不起我们的爱。你看看我家现在只有两间小房子，就是把家卖了也不值三百元钱，我爸妈辛辛苦苦供我上学，大学毕业了我要去做一番事业，不能再让爸妈受苦，他们已经很苦了。可是我现在什么都给予不了，所以我必须出去闯。你懂吗？”

“我懂，汪洋，那你就走吧，我来照顾你爸妈。”

“谢谢你！苏音，其实我一千个一万个舍不得，但是我必须这样做。”

“你的父母就是我的父母，其实我也想走，可是我们都走了四个老人谁来照顾，你走吧，我留下来。”

汪洋再一次搂住了苏音，把她抱了起来，轻轻地放在草坪上，他们相爱八年了，他从来没有发现苏音今晚这么美，像一朵云飘飘的那么真又那么虚幻，飘着少女淡淡的体香，那么诱惑那么让人陶醉，他轻轻地拉开了苏音裙子的拉链，轻轻地脱下来，那胸罩里的坚挺和三角裤衩里遮掩的谜。他发疯一样地撕下那些，这玉一样无瑕的胴体完全暴露在他面前，一个男人本能的欲望让他再也无法控制，他疯狂地吻着她的长发、她的耳际、她的唇、她的鼻子、她的乳房……直到那像火一样燎着他的心的部位，他慌乱地压了上去……

苏音的眼泪慢慢滑了下来，她就这样从一个完美无瑕的女孩一瞬间变成了一个女人，虽然她很爱他，可是这一刻来得太早了，让她没有准备，没法躲避，突然间就失去了自己，她没有爱情最高点的幸福，没有圣洁的美好。月亮不知什么时候藏进了云层，眼前瞬间昏昏沉沉的，也许是梦吧，这一切绝对不是真的，汪洋那么理智怎么可能就这样把她的女儿身拿走了，她不信，她不信，一定是梦。当下面阵阵地在痛，她一下崩溃了，慌乱穿好衣服奔跑着消失在夜色中……

“苏音，苏音，你怎么啦？苏音……”汪洋被苏音突然的反应弄得不知如何是好，知道自己做错了，不该就这样把苏音少女的美好就这样轻易拿走了，他狠狠地抽了自己几个耳光。

第二天一大早汪洋背着行李包就走了，昨晚的事他不敢去面对苏音，他怕苏音不能原谅他，一步一回头地离开了生他养他的村子，远远地他看到了苏音还是穿着昨晚的白裙子走来，他没有停留，加快了脚步。如果面对苏音他怕自己没有勇气再走，更怕看到苏音的眼泪。从小到现在他从来就没有离开过苏音，一起上小学初中高中大学，又在一起工作，本来苏音可以在城里不回来的，因为他还是回来了。这次下海，他想了很久很久才下决心这么做的，为了他心爱的女孩，为了将来，为了父母，不得不如此。

苏音去汪洋家，他爸妈说刚走一会儿，她的心一下沉到了水底，这么多年的感情为什么就不告个别，她一路奔跑在后面追着汪洋，她看到了汪洋，她知道汪洋也看到了她，可是汪洋没有因为她停住脚步，慢慢地，他的身影消失在路的那头，苏音再也控制不住自己的感情，她大声地喊着：

“汪……洋……汪……洋……”她的呼唤被风吹散在远处。靠在一棵树干上很无力，眼泪像断了线的珠子大颗大颗地落下来。

在单位，苏音面对着电脑眼前一片空白，满脑子都是汪洋的背影还有昨晚的一幕……她真有点恨他太狠心，连一句安慰的话都没有说就不声不响地走了，为什么，难道最后就留给我这些？

“苏音，你怎么啦？”同事屈阳见苏音气色很不好，给她递上一杯茶。

“谢谢你！屈阳，没什么，昨晚没睡好。”

“听说你男朋友汪洋辞职了，是真的吗？”

“是的，他去广州了，今天刚走。”苏音说到这再也说不下去了。

“对不起！苏音，我不该问你这些，其实他下海是件好事，我很欣赏他的胆识敢于放弃铁饭碗去闯，而我就没这勇气，你也不必难过，他只是去创业，你应该高兴，应该支持他。”

“谢谢你！屈阳，你这么说我就想开了。”

“我们是同事，是好朋友，今后有什么事尽管说，我一定会尽力帮忙。你状态不太好今天的台账我来做，你休息会。”

“不了，没事，谢谢你，屈阳，你忙吧，我做好再休息会。”

“那好吧，我也忙会，中午请你吃饭，行吗？”

“不了，我中午得回去，爸爸身体不太好，改天好吗？”

“好的，你不要太累了，等你有时间我再请你。”

这几天老苏总觉得身体不适，吃不下饭，但他还一直坚持着干着地里的活，老伴林萍多次劝他要他去查查身体。

“她爸啊，你去医院看看吧，如果没事更好，这些日子眼见着你瘦，真让人担心啊，苏音成天忙着上班，要么等星期天让女儿带你去？”

“别瞎说，女儿那么忙，我帮不上她也不能拖累她，知道吗？不许你和苏音提这事，等我这阵子忙过去自己去看看，没什么，别担心，我自己的身体我清楚。”

“好吧，忙完这几天你赶紧去。”老伴还是不放心。

地里活刚忙完，老苏感觉身体真的出了问题，到医院一查是肺癌晚期，他拿着化验单呆呆地坐在医院大厅的长椅上身上没有一点力气，他不相信他老苏才过六十本来很棒的身体就这样倒下来了，他舍不得老伴和女儿，女儿还没出嫁他不能就这样走了，医生让他住院治疗，他笑笑说住不住都一样，还不如在家活动活动也许可以多活一天，也给孩子和老伴省点钱。他把化验单藏进装旱烟叶的烟口袋里，脑子很乱，他怕女儿和老伴接受不了，女儿将来会有自己的家，可是留下老伴孤苦伶仃一个人，他不敢再往下想，稳了稳神慢慢站起来骑着破旧的自行车回家了。

“她爸，今天检查的怎么样？没有啥吧？”还没等老苏下自行车老伴就急着问。

“啊，没，没有啥，你看我这哪会有啥，就是有点感冒，吃点小药就好了。”老苏强装笑脸生怕被看出什么。

苏音下班骑着自行车也到家了。

“爸，你去医院了吗？怎么不和我说一声我好请假陪你去，这些天县里人口普查我太忙了，也没问你一下。没有啥吧，爸？”

“没啥，闺女，爸知道你工作忙，感冒我自己看看就行了，别担心哈，闺女，你成天风里来雨里去的，爸很心疼，可是爸爸也帮不上你。”他真的很心疼女儿，又想到自己不久将离开人世，他要珍惜在她们身边的每一天。

“没啥就好，爸，拿药了吗？我看看。”

“哦，吃过午饭我去村里的诊所拿点药就行，不吃也行，几乎好了。”老苏一分钱都不想浪费。

“如果好了不吃也行，是药都有毒。爸爸，你想吃啥就和我说下班时我买回来。”

“爸爸吃粗茶淡饭习惯了，大鱼大肉反而会把我身体吃出毛病。女儿，你如果想吃就买别问我和你妈，我们年龄大了，不想吃那些东西。”女儿就是他老两口的命根子，长这么大从没有打骂过一次，她也懂事又很听话。所以老两口倍加疼爱。

“女儿啊，汪洋好好的工作为什么要放弃去下海？”老苏多想女儿和汪洋能早点结婚，他就放心了。

“爸，他出去闯闯也好，上班每个月就那么三百多元，怎么盖房子结婚啊？”苏音也不想要爸担心，其实她爱汪洋并不在乎其他。

“他走将近两个月了吧，给你电话了吗？在那找到工作了吗？”今天老苏的话很多。

“哦，今天还打呢，他在那的工作很好，每月一千多元，比在这边强多了。”爸爸这么一问苏音心里很不是滋味，是啊，他在那怎么样了也该打个电话告知一下，可是一个电话都没有，她怕爸爸多想只好撒谎。“哦，爸爸，吃完饭我去汪洋家和他爸妈说说省得他们担心。”

“好的，去和他们说说，他们可能比我们还要挂念。”

苏音才吃一口妈妈做的萝卜丸子就很反胃，想吐又吐不出来。

“孩子，你怎么啦？”妈妈很担心地望着女儿。

“没什么，昨晚没盖好被子有点着凉了。”

放下碗苏音来到汪洋家。

“大妈在家吗？”

汪洋的爸妈听出是苏音的声音急急忙忙都从屋里出来。

“苏音呐，快来屋里坐，我们都在，都在，你吃吗？没吃大妈给你做。”

“别忙了，大妈，我吃过了，来和你们说个事，汪洋来电话让我告诉你们他在那已找到一个很好的工作，怕你们担心。”苏音知道他们很担心儿子她只好对他们撒谎。

汪洋爸爸只是吧嗒吧嗒地抽旱烟，皱着眉头一句话不说。

“孩子啊，你这么一说我们就放心了。唉！大妈感觉对不起你，如果有房子就可以把你们的事给办了，可是……唉！汪洋又走了，对不住你啊，孩子。”汪洋的妈妈拉着苏音的手有说不完的话。

“别这么说，大妈，其实我不在乎那些，不过现在我们都还很年轻，我和汪洋说好了等几年再结婚。大妈，大叔我得上班去了，你们有事到我家找我，我有时间再来看你们，我走了，大妈，大叔。”

“好的，孩子，去吧，路上小心。”汪洋的妈妈真舍不得她走。

“好的，大妈，没事，我走了。”

苏音有点害怕，一个多月没来月经了，上次同事放她这里的碱性试纸，她接点小便一看吓一大跳，她怀孕了。怎么办？汪洋一点消息都没有，可是身体等不得的，很快就会被人看出来，流掉她舍不得，这是她和汪洋爱的结晶，汪洋知道也不会答应的，可是怎么办？乡亲们知道会被耻笑的，以前苏音一直是他们的佳话，万一这事露了她有何脸面见爸妈。爸妈的脸就被她丢完了，也会成为同事的笑柄的，她很怕别人在背后指指点点。这样让她怎么还能活下去。怎么办？怎么办？往日很阳光的她慢慢消沉了。她多么希望汪洋能来个电话啊。

“苏音，你怎么啦？心事重重的，这段时间你很憔悴，是不是因为汪洋？能告诉我吗？我们是好朋友，希望我可以为你分担一点。”苏音的一举一动屈阳都在关注。

“没什么，屈阳，最近工作压力大，睡眠不好。”她真怕别人看到她的内心。

“苏音，今天中午我请你吃饭，不要拒绝，如果你把我当朋友。”屈阳知道苏音有心事不愿说。

“屈阳，我，这样不好吧。”她知道屈阳想问个究竟。

“有什么，同事间不可以吃顿饭吗？并且我们是好朋友。”屈阳不容苏音解释。

“那好吧，先谢谢你！”苏音只好答应。

在乡政府附近一个饭店他们找了个小包间坐下，屈阳让苏音点了几个菜，苏音心不在焉地随意点了四个菜。屈阳盯着苏音的脸，他知道苏音心里有说不出的苦衷，可是他不好强人所难既然她不愿说。

“苏音，笑笑好不好？有些事总会成为过去，太在意了伤害的是我们自己，一切都会好起来的。”屈阳看到苏音这个样子不知道如何安慰她。

“谢谢你！屈阳。”一切会过去，怎么过去？苏音低下了头，眼泪都要出来了。

“你到底怎么啦？我可以帮帮你吗？”屈阳的心像被揪着了似的。

“我，我，我……我怎么说，没法说。”苏音不敢看屈阳怕被他看穿了内心。

“你不是说过我们是好朋友吗？苏音，让我帮帮你好吗？你这个样子让人太难受了！”屈阳心好痛。

“屈阳，过几天再说好吗？我真的把你当成我的好朋友了。”苏音能感觉到屈阳对她的关心。不仅仅是友情。所以她更不愿说了。

“好吧，吃饭，苏音，尝尝这荷花炒蛋，多吃点，这段时间你瘦了。”屈阳给苏音往碗里夹菜。

苏音刚吃一口又很恶心，可又吐不出来，很难受。她站起来匆匆地去一下洗手间。她看到镜子里自己的脸好心酸。她漱漱口平静一下心才又回到座位上。

“不好意思，有点受凉。”她躲开屈阳的眼神。

“你太不会照顾自己了，以后要多注意身体，身体第一工作第二，一会我陪你去医院看看好吗？”屈阳真的不放心这个让人怜惜的女孩。

“不用了，已看过了，谢谢你！”苏音匆匆吃完立刻离开，她想一个人安安静静地待着，什么也不想什么也不做。

老苏的病越来越严重，终于倒下了，苏音哭得死去活来，她对不住爸爸，因为自己的事竟然没有关心爸爸，她总是认为爸爸就像铁塔不会倒下的，可是爸爸就这样不声不响地倒下了。她感觉自己没有了依靠，她有好多话要和爸爸说，请爸爸原谅她犯下的错，可是一切还没来得及爸爸就走了，她不能原谅自己对爸爸的冷漠。妈妈怕她太难过了一直在安慰女儿。

“孩子啊，你爸早知道自己这个病，他怕我们娘俩担心也怕花钱，所以一直都瞒着。孩子就别难过了，你爸很心疼很理解你，他不会怪你的。”

“妈妈，我心里好难过……”苏音心里的事和谁都不能说。

“孩子，妈知道你舍不得爸爸，可是他已走了，我们还得生活下去，别难过了，孩子。”妈妈搂着女儿泪水一直在流。

二

汪洋走五个月了一直还没有音信，苏音担心得睡不好觉吃不下饭，肚子渐渐大起来了。她每天都穿着肥胖的衣服怕被人发现，可是越来越掩饰不住了。

她呆呆地坐在电脑前，望着电脑屏幕，什么都没看眼里空空的一片空白。

“苏音，喝杯热牛奶，你成天这样呆呆地怎么啦？”屈阳轻轻地走过来递上一杯热牛奶。

“啊，屈阳，爸爸刚去世，我一时还转不过来。”苏音还是呆呆地。

“苏音，我是你的好朋友，大叔去世了为什么不告诉我一声，让我也送他老人家一程。”苏音请三天假原来是她爸爸去世了，屈阳恨自己太大意了。

“谢谢你！我不想要别人知道，你很忙，不用了。”苏音说得淡淡的。

听着苏音沙哑的声音，看着她悲伤的表情，屈阳真想把她搂在怀里给她一点温暖。

“今天中午别回去了，你这几天身体透支，我陪你吃顿饭。”他很心疼苏音，不知道该为她做点什么才能不让她这么伤心。

“不了，妈妈一个人在家我不放心，在路上我的心情会好些。”苏音拒绝了屈阳。

“我可以送你回家吗？苏音，我怕你身体受不了。”

“没事，我没那么娇贵的，谢谢你的好意。”下了班苏音骑上自行车走了，屈阳远远地望着心里很不是滋味。

苏音妈妈感觉女儿不仅有失去父亲的痛苦，好像还有很重的心事，饭桌上她轻轻地问女儿：“孩子啊，你爸爸不在了，我们母女相依为命，你心里有事，可以告诉妈妈吗？”

“没什么，妈，我就是有点累。”苏音不敢看妈妈的眼睛。

“孩子，你有事不和妈妈说，憋在心里会憋坏的，无论什么事妈都会和你一起去面对。”妈妈疼爱地看着女儿的脸。

“妈，我，我对不起你和爸爸……”苏音话没说完眼泪就下来了。

“怎么啦？孩子，没事，慢慢说。”妈妈更担心了。

“妈，我……”苏音就把和汪洋发生关系的事说了。“可是我已怀孕五个多月了，汪洋一去一点音信都没有，不知道他到底怎么样了。可是我这怎么办？”

“啊？你太傻了，孩子。怎么能做这样的事啊。现在的男人花心的很多，汪洋如果真的爱你为什么一个电话都没有，自己做的事他能不清楚吗？也许他在外面又……”妈妈实在不敢往下想。

“不会的，妈，汪洋不会的，我相信他这个人也相信他对我是真心的。”苏音说这些话没有一点底气了，妈妈说的外面的世界之大也许他另有新欢。不，不会，绝对不会。

“苏音，这事不能再拖下去了，你打算打掉还是留着？妈妈希望你做个了断，不然会毁了你的。”妈妈真的很难过。

苏音沉了很久，抬头坚定地看着妈妈；“妈，我打算把孩子留着。”

“傻孩子，万一汪洋在外面已有了其他的女孩，你怎么办？”妈妈很反对，她心疼的是女儿。

“我就带着孩子和你一起生活。”妈妈这么一说她心里已没有底。

“女儿啊，你怎么还不懂，将来这个孩子怎么抬头生活下去，会被别人耻笑一辈子的。我活着可以帮你照顾你们，等我死了，你们怎么办？你就不嫁人了，你觉得值得吗？”妈妈耐心地劝慰苏音。

“如果汪洋真的喜欢其他人了我也就不嫁了。”苏音低下了头。

“你知道带一个私生子在别人的唾沫星里生活，这种滋味会让你生不能死不能的。孩子，别太天真了，好好想想吧，妈妈我尊重你的选择。”

“不用想了，我已经决定。妈，对不起，我要留着这个孩子。”泪在苏音眼里转来转去她没让它流出来。

“要不要和汪洋的爸妈说说这事？”妈妈很痛心地征求女儿的意见。

“不说了，我怕他们会多想。在汪洋走了怀的孩子，有些事说不清楚的。”苏音很痛苦。

妈妈也无话可说，她知道女儿决定的事不会改变，她比女儿更明白今后将面对的耻笑和艰辛。可是她心疼女儿啊，没有办法，只有依着女儿。

苏音心事重重的下午又去上班。刚进办公室就晕了过去。恰好屈阳在旁边，把她及时送进附近的医院。

医生从急救室出来；“恭喜！你老婆怀孕了。”

“啊？！医生，她真的怀孕了吗？！”屈阳不敢相信自己的耳朵。

“你真傻啊，老婆怀孕已经五个多月了，你还不知道？没见过你这样当丈夫的，难怪她身体这么虚弱，唉！好好照顾她吧，你已是当爸爸的人了。”医生把屈阳说了一通。

“我，我，对不起！我太粗心了，太粗心了。”屈阳一头雾水。感觉自己像一头撞在墙上，他不明白更不懂为什么苏音这个在他心里那么完美的女孩怎么会……他不信，绝不信。很久他才回过神来。

他坐在苏音的病床前，拉着她的手，心里很不是滋味，既心疼又埋怨，他知道一定是汪洋的孩子。

苏音慢慢醒来，欠了欠身。

“别动，苏音，你看看把自己折磨成什么样子了？”他轻声地埋怨着。

“没什么，屈阳，我回单位，今天还有好多事没完成呢。”她不敢看屈阳，她知道屈阳可能已知道她怀孕了。

“告诉我，孩子是不是汪洋的？”屈阳强压着内心的气愤，他怕刺激苏音。

苏音不想骗他，“是的。”

“汪洋知道吗？我感觉他好像从这个地球上消失了似的。”屈阳继续往下问。

苏音只有默默流泪一言不发。

“这个没良心的浑蛋！我恨不得狠狠揍他一顿，那你怎么办？苏音，你告诉我。”他希望苏音回答他的话。

“我不知道，真的不知道，你别问了好吗？求求你！”苏音几乎要崩溃了。

“你安静下，对不起，我不该问你这么多，苏音你嫁给我吧！”屈阳紧紧抓住苏音的手。

苏音不敢相信自己的耳朵。她愣愣地盯着屈阳。

“苏音，我一直在爱着你，我想你应该能感觉到，你没给过我一点机会，汪洋走了，我才敢接近你，想照顾你，帮助你，只要你开开心心的，可是自从汪洋走后，你没有开心过一天。你不要再想那么多，我会把这个孩子当成自己的孩子一样地疼爱，请你相信我。”屈阳终于说出了心里话。

“不，不行，这对你太不公平，汪洋会回来的。”苏音还充满着幻想。

“别傻了，苏音，如果他是真心爱你的不可能一个电话都不给，或者在网上和你打个招呼，再忙也不可能，谁会相信！”屈阳希望苏音不要再抱幻想。

“屈阳，你别说了，我的心已经碎了。”苏音的泪打湿了枕头。

屈阳多想把这个可怜的女孩紧紧搂在怀里，给她温暖和依靠，为她承担一切，她是那么脆弱那么无助。屈阳看在眼里疼在心里。不再说话，不知道如何才能宽慰苏音，只是这么默默地守着她。

打完三瓶点滴，医生对屈阳说：“好好照顾她，如果这样下去孩子是保不住的，真不知道你这丈夫是怎么当的。”

“谢谢你！我以后会好好照顾她。”屈阳心里很难受，多想真能照顾苏音，给一个爱她的机会。

下班了，苏音一个人坐在办公桌前不想动，因为身上没有一点力气，到家七八里的路她不知道怎么才能到家。她感觉很多人的眼睛都在看着她，都在对她指指点点：一个女孩子家家挺着这么个大肚子，肚子里的孩子是谁的啊？苏音真的受不了了。她在办公室里不敢出去，等到天黑才推着自行车出了大门。

“等等，苏音，苏音……屈阳没骑车赶上来。我送你吧，天黑了，你这样我不放心。”

苏音的泪下来了，她背过脸擦去泪水。“没事，你回吧，我一会就到家了。”

“不行，就让我送你吧。”屈阳接过苏音的自行车，“坐上来吧，苏音，我慢慢地骑。”

苏音坐上了去，她多么希望他就是汪洋啊。可是，可是，汪洋你在哪啊？

屈阳骑得很慢很慢，他在感受带着自己心爱女孩的惬意，可是她在想着别人，而又那么无助。他不能给予她更多的爱，只能默默地陪着她守着她。

他们到家，苏音的妈妈正在大门口张望，以往苏音早就到家了，今天天都黑了还不见苏音，妈妈很担心。就在这时苏音回来了。

“你可算回来了，孩子，今天怎么回来这么晚啊？”妈妈有点责怪。

“妈，今天下班晚了。妈，这是我的同事屈阳。”

“阿姨好。”屈阳把车子停下来。“天太晚了，我把她送回来。”

“你好，谢谢你送苏音回来了，我正担心着呢。”妈妈微笑着看着眼前这个很帅的小伙子。“快进屋，我去烧饭，你们坐着说话。”妈妈很高兴。

“不了，阿姨，我回去了，明天一大早我再来接苏音上班。”屈阳掉转车头。

“屈阳，就吃完饭再回去吧。”苏音感觉这样很过意不去。“如果你不能在这吃饭就回吧，明天就不麻烦你了。”

“不了，苏音，我一会就到家了，明天我来接你。”屈阳骑上车恋恋不舍地消失在夜的黑里。

“苏音，屈阳是个多好的小伙子啊，又这么知道体贴人。”妈妈注意着女儿的表情。

“妈妈，你别多想啊，今天因为太晚了他只是送送我没有其他意思。”苏音怕妈妈多心。

“呵呵，我没多想，没多想。”妈妈笑着摇了摇头。

第二天苏音还没吃过饭，屈阳就来到了。苏音坐上了他的自行车出了村子。很多人都在小声嘀咕；这汪洋一走苏音就和别人好上了，现在女孩子啊，不敢想。

什么，也许是他的同事，不要背后瞎议论别人，苏音是个好女孩。

你看看，你看看，他们贴得多紧，现在都变得快。

你们注没注意苏音好像怀孕了？

嗯，是的，虽然她总是穿着肥胖的衣服，我们是过来人，是瞒不住我们的，看来已经好几个月了。

苏音以前是个多好的女孩，怎么会，怎么会，不敢相信。

你们在说啥啊？谁变得快？谁怀孕了？老汪走过来。

你自己瞧瞧你的未来儿媳妇让别的小伙子带走了，那人歪歪嘴又用手指了指他们的背影。

老汪看到这一幕，呆了，嘴动了动一句话也没说出来，长长叹了一口气走开了。他回到家还长吁短叹。

“怎么啦，他爸。”汪洋妈妈不知道怎么回事。

“儿子也不知道在外怎么样了，也没有一个电话。他女朋友马上成为别人的了。”老汪愁眉苦脸。

“他爸，别瞎说，苏音不会的，她和汪洋这么多年的感情，怎么会，我不信。”汪洋妈妈狐疑地瞅着老伴。

“如果其他人说的我绝对不信，可是我亲眼见到一个小伙子骑着自行车带着他的。”老汪不耐烦地回答老伴。

“这，这，我还是不信，苏音是个多好的女孩，我们看着她长大的。”汪洋妈妈沉默了。

她装作闲串门来苏音家想知道个究竟。

“大妹子，在家吗？”她在大门外喊了两声。

“哦，姐姐啊，快进来坐坐。苏音妈妈笑着拉着汪洋妈妈的手。”姐姐今天哪阵风把你吹来了？

“看看妹子说的，我们已是亲家，常来看看是应该的。”

“姐姐请喝茶。”苏音妈妈给汪洋妈妈倒杯热茶。

“别忙了，妹子你坐下我们说说话。妹子啊，汪洋给苏音打电话了吗？我也想知道儿子在那的情况。这孩子一直没有给我们来过电话，所以我很不放心。”汪洋的妈妈一眼不眨地望着苏音妈妈的脸，想从她脸上看到什么。

“啊，这个……苏音和你们说过什么吗？”苏音的妈妈不知道怎么说，也怕汪洋妈妈担心。

“哦，苏音说过一次，说汪洋在那很好找了个很好的工作，因为太忙所以没有打电话回来。”汪洋的妈妈现在有点不太相信苏音的话。

“这样啊，这样啊，也许是吧。”苏音妈妈躲开汪洋妈妈的目光。

“大妹子，你就说实话吧，我知道苏音怕我们担心才这么说的。”汪洋妈妈的心一下提到嗓子眼。

“姐姐那我就不瞒你了，汪洋从走那天起从来就没和我们家苏音联系过，请原谅苏音是为了不让你们担心才骗你们的，她没有恶意。”苏音妈妈就把知道的全说了，但女儿怀了汪洋的孩子她没有说，她有她的想法。

“啊？我的汪洋到底怎么啦？为什么没有消息。”汪洋妈妈的眼泪流下来了。

“姐姐你也不要难过，汪洋不会有事的，或许真的很忙，我相信他会给你们电话的。”苏音妈妈在安慰她。

“啊，啊，汪洋妈妈擦干眼泪。”我也相信我儿子会没事的，因为我们两口子从没做过缺德事，一定会有好的报应的。

“是的，你和大哥都是好人，也包括汪洋是多好的孩子。”她继续安慰汪洋妈妈。

“大妹子，”汪洋妈妈拧了一下鼻涕一甩，又在衣襟下擦了擦。“今天来接苏音上班的人是谁啊？”终于进入了正题。

“哦，苏音这两天身体不大舒服，那是他的同事。”

“哦，他们处多久了？”汪洋妈妈步步紧逼。

“他第一次来，连一口茶也没喝过，自从苏音上班可能他们就认识了吧。”她故意这么说，因为这时苏音的身体迫在眉睫。

“他对苏音好吗？你认为他怎么样？”汪洋妈妈就想听苏音妈妈的结论了。

“他是个好孩子，对苏音很好的。”苏音妈妈故意不想让她再往下问。

“哦，知道了，知道了，那我走了，大妹子，你忙。”汪洋的妈妈像泄了气的皮球走出了苏音家门。

苏音心里很乱，她知道屈阳的心事，但她爱的是汪洋，再也装不下其他男人。屈阳是个好人，他应该找个全身心爱他的人。所以她必须离开，远远地离开，她不能伤害他，伤害了他，她会一辈子受到良心的谴责。中午下班她不想回去，她怕屈阳再送她，更怕别人多心。

“苏音，我知道你中午不会再回去，你休息会等着我，一会儿我就来。”说完他转身走了。

十分钟后他提了一个保温饭盒，还有几个馒头回来。

“我十来点时就告诉前面一个饭店老板，让他们给熬了点鸡汤，趁热吃吧。”屈阳开心地看着苏音。“想请你去饭店吃怕你不去，所以……呵呵。”

“屈阳，你这样不好，我不需要你这么照顾我，一个人习惯了。”苏音内心真的很感激。

“你别见外好吗？我们是好朋友，因为你不舒服，照顾你一下是应该的，别多想，吃饭，凉了就不好吃了。”屈阳给苏音盛一小碗汤递到她手里。苏音接过来心里暖暖的，除了妈妈谁也没有这样照顾过她。她和汪洋在一起都是她照顾汪洋，所以她第一次感觉到一种被男孩子照顾的温暖。

下午下班，苏音无论如何也不让屈阳送她，屈阳只好望着她的背影远去。

苏音晚上翻来覆去睡不着，到底该怎么办，身体状况不能容她再犹豫了，如果辞职远离家乡，可是妈妈怎么办，不，不能在这儿待下去了，这样妈妈没法抬头，自已也一样。明天把辞职报告递上去，再和同村的表姐说一下，让他们多照顾一下妈妈。她一定要离开了。

安排好之后，她告诉妈妈，汪洋让她去，他们在那结婚。

“孩子，你不会骗妈妈吧？”妈妈有点不相信。

“是真的，妈，我到那边就给你打电话。”

三

第三天，苏音把一切安排好就坐上了南下的列车。本来她想去找汪洋的，又想想汪洋也许已经不在乎她了，不然不会这么久不和她联系，去找他又有什么意思，见到他也许更伤心，所以确定了去江苏的昆山，因为她一直很喜欢那个美丽的地方，孩子在肚子里动了动，她很难受，生下这个孩子怎么生活下去，在别人眼里一个未婚女子带着一个孩子她也会抬不起头。可是她不忍心打掉这个小生命，这也是她和汪洋爱的见证，可是汪洋做过了事可能自己都已忘记。过了长江大桥，她感觉离家已经很远了，窗外的美景依然让她含着泪。

屈阳不见苏音来上班，一问才知道她辞职了。下了班他就骑着自行车匆匆赶到苏音家。恰好苏音妈妈在大门口。

“阿姨，苏音呢？为什么辞职？”屈阳满头大汗下车急着问。

“哦，小伙子，苏音没和你说吗？她去广州找汪洋去了。”苏音的妈妈很心疼屈阳。进屋坐，吃完饭再走吧。

“啊……不了，阿姨，我走了。”屈阳非常失望，返回的路好长，自行车就像轮胎没了气，他吃力地蹬着。他不能理解苏音为什么就这么走了，并且一个招呼都不打，他那么爱她，那么在乎她，为什么她就没有一点点的感动，为什么他的爱就留不住她，他知道苏音是个善解人意的女孩，为了她屈阳可以付出一切，他愿意接受汪洋的孩子、接受她，可是她心里只有汪洋。苏音走了，也许今生今世再也找不到她了。

下午两点多就到昆山火车站了，下了车苏音很茫然，不知该往哪儿去，她有点晕车，出了车站迎着秋风，这儿看不到明显的秋色，都是绿化树，如果在家乡一定会有很多树叶在飞舞了。

她会捡起一片夹进书页，记住这个秋天，而在这自己就像家乡的树叶，不知道会在风中飘向哪里。她在车站徘徊了一个多小时，看看地图，确定去昆山公园附近租房子住下来，然后再找份工作。

有个五十平方米的小套房，可以两个人合租，已经住了一个，她让房东带她去看看。房东敲开门，开门的是一个和苏音年龄差不多的短发女孩子，今天周末没去上班。

“你们好，有事吗？”留着短发的女孩惺忪的样子，懒洋洋地问。

“哦，司微，她也是来租房子的，我想你们俩年龄差不多好相处，所以让她和你合租这个房子。”房东给她介绍。

“哦，你好，我叫司微，山东人。”司微是个很爽快、很阳光的女孩。

“你好，我叫苏音，安徽人。”苏音第一眼就很喜欢这个女孩，虽然她们的性格不一样。

“那你们慢慢聊，我走了。”房东给她们带上了门。

司微忙帮着苏音收拾房间。“今后我们就像亲姐妹一样，有什么事会相互帮助，你不要和我客气。”

“好的，会的，司微。”苏音微笑着。

“你今年多大了？我二十三岁，大学是在这上的，我很喜欢这个地方，所以毕业了不打算回老家了。”司微的声音很甜很靓，她说话就像在唱歌，听着是一种享受。

“哦，我二十二，安徽师范大学毕业的。我也喜欢这个地方，所以我也来了。”苏音瞬间忘了她的烦恼。

“呵呵，你还是妹妹呢，你好厉害，看上去你斯斯文文的很女孩子，而我就太大大咧咧了，我爸妈都说我就是个男孩子，呵呵，没办法，也许山东人都是这样的。”司微的笑声不断。

“我很喜欢你的性格，很能放得开，成天开开心心的，很羡慕你。”

“别羡慕我，我倒喜欢你，温柔斯文，男孩子都喜欢你这样的。”

“不是的，男孩子都喜欢阳光女孩，而我自己都不喜欢，和你在一起很轻松。”苏音也被司微吸引着。

“苏音，你先歇歇，明天我问问我们老板要不要人，如果要我们就可以一起上下班了，那该多好。”司微突然想起了工作的事。

“哦，谢谢你！司微，你干的是什么工作，适合我吗？”苏音很感激司微的热心。

“太适合你了，苏绣坊，可是不适合我，但是我又特别喜欢这份工作，你喜欢吗？”司微歪头看着苏音。

“太喜欢了，司微，以前我在政府单位上班很乏味，迫不得已。能做自己喜欢的工作是一件很美的事。我学的是美术专业的。”苏音非常高兴。

“那太好了！你一定行。”第二天司微上班带着苏音的简介和照片去找老板。

“这个女孩很恬静，非常适合这个工作，我们这美女如云，你们出手的绣品一定像你们的人一样既美又耐人寻味。明天让她来上班吧。”老板婉儿一笑就这么答应了。

“谢谢你！老板，太谢谢你了！”司微高兴得不知说什么好了。

下午，司微带苏音去见老板。

“好好工作吧，我相信你的内心一定会有更美更出奇的一幅画，在你千丝万缕的思绪中款款而出，每个女人都是一幅画，也是一朵花，就看你是什么样的画了，从你的眼神中我看到了唯美而伤感的一幅画。”

“谢谢老板，我一定会努力工作。”苏音听老板的说话简直就是一首精美的小诗，无形中把你会带到梦幻般的美景中。

“我相信你会喜欢这份工作，充满诗意而又爱美的女孩都会喜欢的，善于注意你身边的一人一物的变化。用心聆听大自然中的声音，树叶发芽的声音，花开花落的声音，风声雨声，各种动物的声音，脚步声，喜怒哀乐悲欢离合的声音，把它们融化在你心里，然后用感情的五颜六色再把它以另一种方式诠释出来，要独特有个性，美得人让人震撼，美得飘逸又让人心痛。呵呵，不多说了，你们工作吧，苏音下周一把你的第一份作业交上来，让我看看你的悟性和审美。”老板用鼓励的眼神望了一眼苏音转身走了。

“好的，谢谢老板。”今天苏音在美学上上了一课。她先翻看着绣好的作品，又细心地看着那些绣娘专注地穿针走线，她们每一个动作是那么轻巧而又很柔美。

“苏音，快过来，你看我绣的这幅荷塘月色，你说圆月好还是半月好，还有水要不要一点波纹，还有这花和叶的颜色对不对？”

苏音细心地品味着。

“还是圆月好，我们要的就是一种安静，水就不要波纹了，花的颜色要暗淡点，荷叶色要重，最好还要一个长发少女的背影。我认为这样加深画面的层次和深度会更好。你说呢？”苏音毫不掩饰地说出了自己的看法。

“谢谢你苏音，你就是比我强，我相信你的第一幅图的创意一定不错。”

“不知道，虽然我很喜欢但现在心里一片空白，不知道如何着手，你看看她们手指都很柔，画出的每一个弧线都很美的。”苏音确实感觉是一个难题，第一个作品很重要，她清楚这一关过不了这份工作有可能会泡汤。

“我相信你，苏音，你一定行！”司微在鼓励她。

苏音下班回去吃完晚饭，在灯下她首先用铅笔在纸上勾勾点点，琢磨一个什么主题《倾城琵琶》，亭子里一个衣带飘飘的美女在轻抚琵琶，旁边站着一个侍女，亭子外的柔柳随风摆动。有个画家隔着荷塘与她相望。他在画布上笔墨挥洒，一幅活生生的仕女图出来了。这里很耐人寻味的是美女抚琴而眼神迷离地望着对岸的画家又好像不是望着对岸，而画家在落笔处却画了执笔的手在滴血，洇红画布的一角。苏音把这些勾勒出来，开始选丝线的色彩，用心地走纹，因为每一个细节都代表一种情感和情节。她小时候见过妈妈绣花，虽然只是简单的花朵，她知道了套针、单针、穿针和纹路。

这幅图很复杂，含义也很深，不仅要给人美感，还要人看到美之外的残酷。她选好了八米的淡蓝色绣布每天晚上她都绣到十二点，周六晚上终于完成了，看着自己绣的这幅图长长舒了口气。自己还算满意，她就先拿给司微看看。

“哇！太美了！苏音，你真的太厉害了！不敢想象你是如何构思出来的！明天老板见了一定很吃惊！这画面，针法，颜色，搭配得太和谐了！”司微瞪大了眼睛看着苏音，她简直不敢相信自己的眼睛。

老板见了她不敢相信这是出自一个新手的作品。

“这是你绣的吗？”老板疑惑地望着苏音。

“是我绣的，老板，请你提意见。”苏音很谦虚。

“太绝了！苏音，画面构思的多元化，色彩很柔和，很唯美又很耐人寻味，手法很娴熟。我要的就是这样的人才，苏音，今后你专管图案设计。”

“谢谢老板的鼓励，我一定会努力的。”苏音得到老板的赏识很开心。

“你以前学过吗？不像生手的作品。”老板看出了苏音在绣功上还是有一定功底的。

“我妈妈会，我是和妈妈学的，只是绣一些花啊草啊的，很少绣。”苏音说的很低调。

这幅绣品在苏绣大赛上得了金奖。苏绣坊的绣品一幅一幅都很精彩，外地来订货的人越来越多，老板不断地给苏音加工资，目前她是这儿工资最高的。苏音虽然才来不久，但是大家都记住了这个安徽女孩。可是苏音的身体也掩饰不住了。

“苏音，你怀孕有七个月了吧？你出来打工你老公能放心吗？”司微很不解。

“唉！一言难尽……”苏音告诉了司微。“认命了，我留着这个孩子，今后不嫁了。”

“这个浑蛋！什么东西！苏音你这样做值得吗？一个人带着孩子怎么生活？”司微觉得苏音太傻了。

“什么值不值得，这就是我的命，愿意做就值得。”苏音很无奈。

老板也知道了苏音的情况，很佩服苏音的执着和爱情，更佩服她的才华，她希望能帮助这个女孩。每天只让她上半天的班，怕她的身体支持不了。苏音很感激老板，她还是不停地构思，不停地工作，老板非常欣赏她。

四

汪洋到了广州开始心里很茫然，不知道怎么才能融进这陌生的人海。他不给苏音电话是因为很愧疚自己的鲁莽给苏音造成的伤害。不敢面对她，不敢听她的声音。这儿虽然很繁华但工作不是容易找的，一个月就是白白耗着，手里带来的钱本来就不多，每天就是买几个馒头凑合着。

找了一份卸货的工，大多都是一百斤重的袋子，扛一天一般人都受不了，何况他长这么大很少干出力的活，一天下来人就像散了架子一样，肩膀肿了，手指也抓出了血泡，狼吞虎咽吃点东西，一身臭汗有时都不洗往床上一歪就睡着了，他感觉自己就像个劳改犯为了挣一点辛苦钱。真不敢想这就是他汪洋，一个大学生，现在如此的狼狈。但没办法，回去已不可能了，他也不想让苏音看不起他，一个男人这点苦算什么，只要累不死咬咬牙一天就会过去。这个工作他干了两个月后，通过广告找了一家广告公司做设计，也是他的专业，活虽然轻松了许多，可是一个月只是一千元的工资，勉强维持生活。多少次他想打苏音单位的电话，可是号码都按出来了却没有勇气拨出去。他每天都很晚下班才回住处，一个人在异乡又处处不如意，很怕那种无名的孤独。所以他拼命地工作，尽量让自己不再多想，他强迫苏音的那一幕总会在他一个人的时候出现，他多么希望苏音能来到他身旁。他面对电脑胡思乱想，这里的会计吴千寒走来。

“汪洋，早就下班了，你怎么没走啊？”吴千寒对他微微一笑。

“哦，还有一个设计图没完成，你也没走啊。”汪洋瞟了一眼吴千寒，这个昆山女孩，斯文，含蓄，声音柔柔的，有双会说话的眼睛，脸上总是一直挂着笑容，所以同事们都喜欢她，是几个小伙子追的目标，可是看上去她很亲切，但当你走近一步时她又会拒你于千里之外，就像她的名字千寒。总是让人难猜透她的心思。

“我也是一笔账目没算好，现在好了，你好了吗？九点多了，我们出去吃点饭，我请你。”吴千寒依然微笑着。

汪洋不相信，以前很多人想请她吃饭，她总是委婉拒绝，可是今天……哦，“好了，我请你吧，走。”今天他的心情很不好，和吴千寒出去吃顿饭正好放松一下。

他们到一个不大的饭馆“蓝之幻”，但环境很温馨，就像走进梦幻的淡紫色，紫色的墙壁，紫色的灯光，紫色的桌子，紫色的窗帘，服务员的服装都是紫色的。他们找了一个靠窗的小包间，桌上的花瓶里插着紫色的小花。他们坐下。音乐在飘着，好像也带着淡淡的紫色轻轻地弥漫在每个人的心上。

“我每个周末都会来这里，在这我可以静静地想家，想我妈妈……”吴千寒轻柔地说着。

是啊，这儿是个想家的好地方，也是一个梦幻而浪漫的地方。在紫色中他今天才发现吴千寒长发流泻那么美，美得像一首小诗，美得像一朵小花，美得有点不现实。他呆呆地望着眼前这个女孩。

吴千寒也望着他，眼神是那么缥缈。他们默默望着，好像被这儿的紫色迷惑，内心深处藏着的如同这紫色的美好都在慢慢释放……

“请问二位要点什么？”服务员走过来，一声轻轻的招呼把他们惊到现实中，不好意思地互相微微一笑。

“你点吧，吴千寒，我随意，你吃什么我吃什么。”汪洋有点不好意思。

吴千寒一笑，“那我点了，两份皮蛋瘦肉粥，两份羊排，一份土豆丝，好了，谢谢！”

“好的，稍等，一会就来。”服务员轻轻拉上雕花推门。

一会饭菜都上了，他们慢慢地品味着，偶尔相视一笑，但谁都不说话，怕破坏这种气氛。十点多，汪洋送吴千寒回住处，他们并肩走着，今晚的月亮很圆，淡淡的月光洒在他们之间的空隙，晚风轻轻吹起吴千寒的长发，轻轻抚着汪洋的脸和肩膀，让任何男人都无法抗拒地抚摸。汪洋撩去她的发丝，好想抱一抱她，这时突然苏音好像就站在他面前，他一惊赶紧拉开了和吴千寒的距离。

“我们快点走吧，明天还要上班。”汪洋加快了脚步。汪洋的突然变化，吴千寒感觉到了什么，让他留步，离家已不远了。汪洋转身逃离似的消失在夜色中。他感觉这样太对不起苏音，好像自己背叛了苏音一样，充满了负罪感。

周一上班，吴千寒依然面带微笑，而汪洋总是低着头，好像做了什么对不起人的事，不敢面对同事，更不敢面对吴千寒。

“千寒，你昨天和汪洋去‘蓝之幻’吃饭我也在，没去打扰你们。”刘思压低声音。

“干吗那么神秘，是的，同事间很正常。”吴千寒抿嘴一笑。

“不是吧，你和哪个男孩去吃过饭，从实招来，是不是对他？”刘思坏坏地做了个鬼脸。

“忙你的，别瞎说，看看你的片花又做坏了，还调皮，呵呵。”吴千寒指着她的电脑图。

“坏了，坏了，就怪你，千寒，就怪你。”刘思娇嗔着。

“好了，是我不好，你好好工作吧。”吴千寒冲刘思甜甜一笑。

汪洋偷偷地瞟了吴千寒一眼，还是被她的笑迷住了，他不得不承认在她身上找到了他很渴求的东西，让他感动，让他无法逃避，给他一种积极向上的精神，看到她就像看到初升的太阳，让你很轻松，她的微笑会很快感染你，让你忘掉所有的烦恼。

汪洋知道自从来到这个广告公司他变了很多，就是因为吴千寒，脑子里经常想的是她，她的微笑，她的小嘴，她的长发，她的一切的一切。偶尔也会把苏音想起，他是有时间给苏音电话的，不知道为什么他不想打，也许因为吴千寒吧，渐渐地他觉得已离不开吴千寒，所以他们每到周末都会一块去“蓝之幻”享受一下那儿的诗情画意，慢慢地他们都融入蓝之幻中。

时间可以用闪电形容快得神速，可是对于苏音却感觉每一天都那么漫长，孩子预产期快到了，就在三天后，她很害怕，虽然司微和她亲如姐妹，老板也很关心她，可是没有老人在身边，她怕，并且常常做噩梦，醒来总是怕得流泪。此时多么希望妈妈能在身边啊，可是又怕妈妈知道她的现状会很伤心。汪洋你在哪儿啊，我们的孩子就快出世了，你不想看看孩子初来的样子吗？我好怕，希望你能在我身边紧紧抓住我的手。

明天就到预产期了，司微一步不离地陪着苏音，也是老板安排的，她也不放心苏音。

“苏音，明天我们就去医院，不要怕，没事，放心吧。”司微总是对苏音又说又笑的，故意让她轻松。

到医院刚安排好，苏音见红了，做了个检查胎位正常，但是自己生还是很困难的，医生建议剖腹产。苏音不愿意手术，她不怕疼，相信自己会安全地生下孩子。医生没办法只好让她在走廊上来回走动，如果两个小时孩子还生不下来就必须手术。司微扶着苏音不停地走着，她心里很紧张也很害怕，因为她也是第一次见人生孩子，她抹着脸上的汗，看到苏音也是满脸是汗。她知道苏音更紧张。

“苏音你的脸色好难看，出这么多汗，是不是很疼啊，这将近两个小时了，你感觉怎么样？”司微非常担心。

“啊，好痛，下面坠得厉害，肯怕要生了，快喊一声。”苏音几乎说不出话了。

司微赶紧喊来医生，医生飞速用手术床把苏音推进产房。关上门。

司微怕得在发抖，因为一个女孩子家怎么见过这些。这时老板也赶来了。见司微脸色发白。

“苏音怎么样了？司微。”老板神经一下绷紧了。

“你来了，老板，苏音刚进手术室一会。我怕……”司微声音都在颤抖。

“不怕，女人生孩子都这样，生下来就没事了。”老板轻轻拍了一下司微的肩膀，又给她捋了捋因为害怕而有点乱的短发。

半个小时后，手术的门就开了。

“哪位是苏音的家属？”医生笑眯眯地抱着孩子出来了，好漂亮的女孩。

“我就是，”老板左右看看了看，迎上去接过孩子。“太谢谢你们，你们辛苦了。”

“孩子的爸爸呢？”医生有点吃惊。

“哦，他在外出差，我是她姐姐。”老板解释着。

“真是，哪有这样的爸爸，真没人味。”医生没好气地回一声就走了。

她们把孩子送进苏音的病房。

“苏音，你看看这孩子多可爱啊，这鼻子这小嘴太像你了。”老板把孩子放在苏音身边。

苏音闭着眼，泪水慢慢滑下。

“苏音，你别难过，既然都生下来了，说明这个孩子和你有缘，别想那么多好吗？月子里不能流泪，到老了眼睛不能见风还会疼。听话，你是个很了不起的母亲。我很欣赏你！苏音，如果是我都做不到。你休息吧，司微就在这照顾你，我回去，明天再来看你，想吃什么让人直接送来。”

“谢谢你！老板，你去忙吧，我没事。”苏音擦干眼泪。

老板走后，司微在逗着孩子。

“苏音，你看孩子会笑了，你看啊，苏音，她笑得多可爱。”

苏音看了孩子一眼又把眼睛闭上。

出院回到住处，苏音不想再耽误司微的工作，虽然老板照样发她工资，但是这样让她会承受不了她们的这份情，她不知道如何才能偿还得了。

“司微，你明天就去上班，我可以照顾自己了，这样只拿工资不工作不好，我也不能让你们这样为我付出。”苏音终于在说出了心里话。

“你别想多了，苏音，我们都是好朋友，这是应该的，老板给我一个月的假期。等你满月我就去上班，”司微怕苏音多想。

“绝对不行！司微，如果所有人都这样那绣坊还不垮掉啊。我没事的，我给妈妈打个电话，让她过来吧，你年龄小很多事都不懂，我妈自己在家我也不放心，她来了帮我带孩子我就可以上班了。”

“行啊，把阿姨接来是好事，对于孩子我确实啥都不懂。”司微嘟着可爱的小嘴。

苏音给表姐打个电话，让她把地址记下来给妈妈，拿着地址去买车票就行了到了有人接她。苏音的妈妈拿着地址高兴得眼泪都掉下来了，终于有女儿的消息了，她正在屋里收拾东西听到外面自行车的声音，出来一看是屈阳。

“你来了，孩子。”苏音的妈妈很亲热地把屈阳让进屋里。

“你这是？阿姨。”屈阳见苏音妈妈大一包小一包的行李。

“啊，苏音，有消息了，她在昆山，让我收拾下去她那，你看这就是地址。”苏音的妈妈把地址给屈阳看。

屈阳一下来了精神，“是吗？她终于有消息了，”他在手机里记下苏音的地址和电话。“明天我送你去火车站，阿姨。”

“不用了，孩子，谢谢你！我外甥女送我去，没事的，以后我们就很难见面了，真有点舍不得。在这吃完晚饭再走吧。”苏音妈妈很感激这个孩子，苏音不在家，他常来看她，并且还帮她做一些地里活，可是一口水都没喝过她的，她从心眼里喜欢这个小伙子，比汪洋体贴人比他懂事。

“不了，阿姨，那好，你早点休息，明天还要赶路，我们会见面的，一定会。”屈阳说完就走了。

五点多一点，天还不太亮，火车站已是人头攒动，屈阳身上背着一个大包，手里又拉一个箱子匆匆赶到售票处买了两张上午十点的票等在售票的门口在东张西望。八点半时，他看到苏音的妈妈和一个女的走过来，他赶紧迎上去。

“阿姨，你们来了啊。”屈阳上前帮她提行李。

“你？屈阳？你怎么在这？你去哪？”苏音妈妈一脸疑惑。

“我也去昆山啊，和你一道，怕你没出过门一个人不行，所以我想陪你去，票已买好了。”

“那你不耽误工作吗？”苏音妈妈感觉过意不去。

“没什么，我已辞职，也想像苏音一样下海做自己喜欢做的事业，一切都处理好了。”屈阳很轻松的样子。

“你辞职了？为啥？”苏音妈妈更不解。

“哦，我也想和苏音一样做个自由人，很好的，阿姨。我们去候车室吧。”

“忘了介绍，这是我的外甥女，他是苏音的同事屈阳。”苏音妈妈给他们介绍。他们很客气地点头相互一笑。

“外甥女，你家里事多就回去吧。我这有屈阳，你就放心吧。”苏音妈妈让外甥女回去。

“好的，小姨，那我就回了，屈阳，小姨就交给你了。”

“没事，你放心，姐姐。”屈阳和她挥挥手。

下午四点火车才到站，司微来接的，她等在出站口根据苏音的描述在人群中找到老太太。屈阳到了出站口也在找来接的人。他一眼就看出来了，走上前去。

“你好，是来接苏音妈妈的吗？”屈阳礼貌地打招呼。

“你是？”司微有点怀疑，苏音没说还有其他人啊。

“哦，我是苏音的同事屈阳。”屈阳自我介绍。

司微到一边给苏音打个电话核实后，又回来。“哦，谢谢你！这是阿姨吧？”

“是的，闺女，我是苏音的妈妈。苏音呢？”苏音妈妈问到最后一句时感觉失言，她已知道苏音现在的情况，不该问。

“那我们走吧，都累坏了吧？”司微见帮着提行李。他们打的十多分钟就到了。

屈阳和妈妈突然出现在门口，苏音不知道如何说话，感觉愧对母亲不敢看妈妈的脸，她想起来给他们倒杯茶。

“你不能起来，苏音。”见到苏音，屈阳不知道是什么滋味，心里酸酸的，但还是很开心因为他终于又找到苏音了，又可以陪着她照顾她了。

妈妈眼泪汪汪地望着女儿，又埋怨又心疼。“傻孩子你值得吗？我知道你离家是为了顾及妈妈的面子，孩子，你这样妈妈心疼啊，你是妈妈的命根子，为了你，妈妈可以什么都不顾。”

苏音低着头一言不发。

“阿姨，你喝点茶，别再埋怨苏音了，她有自己的难处，事已至此什么都别说了。她比你心里还苦。刚生过孩子，不能太伤心，苏音，你别想那么多，没什么，你是个重情重义的好女孩。”

“屈阳，阿姨知道，我希望她能开开心心的，孩子，你也别这样，我们会熬过去的，不管将来如何妈妈都会一直陪着你，帮你把孩子带大。汪洋，还是没和你联系吗？”

“没有，我不想再提他，没有他我照样把女儿养大。”苏音的眼泪下来了。

“苏音，你别流眼泪好吗？对你身体不好，我也会一直陪着你，我会把这个孩子当成自己的孩子。”屈阳见苏音伤心的样子很心疼。

“谢谢你！屈阳，你不要对我这么好，我没有什么报答你。”苏音更难过了。

“苏音，别说那么见外的话，我不要你的报答，只要我能看到你，能照顾你，能再看到你往日的笑脸就是对我最好的报答。”

“孩子，我替苏音打心里感激你，你是个好孩子。”苏音的妈妈很感动。

“阿姨，我很爱苏音，不管她接不接受我，我都不会改变。”他好想把苏音瘦弱的身子搂在怀里给她一个男人的依靠。

“我们看看孩子。”苏音妈妈把话题转开。

“多可爱的孩子，阿姨，她长得好像苏音，将来一定和苏音一样聪明漂亮。”屈阳轻轻抚摸这孩子的小脸。孩子甜甜地笑了。

“这孩子太可爱了，她笑了，知道我们来了，见到姥姥高兴的。”苏音妈妈看到外孙女就像看到女儿小时候。

“苏音，你陪着阿姨说话我来做饭。”屈阳很兴奋。

“你歇着我来做，司微一会买菜就回来了。”苏音不让屈阳做。

“苏音，你刚生过孩子不能辛苦，就给我点机会照顾你好吗？”屈阳挽挽袖子去厨房，“告诉我你想吃什么？”

“我回来了，买的有鲫鱼，有排骨，有羊肉，有鸡蛋，有青菜，番茄。还有一只老母鸡，明天给苏音炖汤喝，今天我来做，谁也别和我抢。”司微调皮地笑着。

“那我给你帮忙。”屈阳闲不住。

“不用，别越帮越忙。呵呵，”司微摆摆手。

“好吧，今天就辛苦司微了。”司微这个山东妹子，她的热情热心又善良时刻感动着苏音。

四菜一汤一会就做好了，咸淡可口，香气扑鼻。

“你这闺女真是心灵手脚，又这么麻利，真是个好孩子，这些日子苏音多亏你照顾。”苏音妈妈很感激司微。

“阿姨，我和苏音是好姐妹，应该的，如果是我，她也会这么做的。”司微呵呵笑着。

“阿姨你吃，苏音，你多喝点鱼汤。”屈阳给苏音盛鱼汤给阿姨加菜，也给司微加菜。“司微今天你太辛苦了，多吃点。”

“呵呵，不辛苦，我做得不好，你们就将就着吃。”司微很谦虚。

“太好吃了，孩子，没想到你年轻轻的这么能干，能烧得一手好菜，阿姨今天有好口福了。”

“司微，你明天去上班吧，这有我和阿姨照顾。”屈阳不想再耽误司微的工作。

“那好吧，有你们我就放心了。”

“屈阳你什么时间回去，这儿我一个人就行了。”苏音妈妈想要屈阳回去。总是打扰别人不好。

“阿姨，我不回去了，就在这找份工作，我明天出去找工作，这儿有你我也放心。”屈阳知道自己不能闲着，得吃饭，还得挣钱照顾苏音母女。

“屈阳，你工作也辞了？”苏音心里不是滋味，她知道屈阳是为了她，可是自己拿什么给他，而汪洋又在哪啊，苏音不敢往下想。

“是的，我和你一样不喜欢那份工作，出来闯闯。”屈阳说得很轻松。

“哦，屈阳，我们绣坊的采购员走了，你愿不愿意去？如愿意我给你问问。”司微的热心又来了。

“好啊，谢谢你！”司微，屈阳很开心，因为又可以和苏音一起工作了。

苏音露出了笑脸，他们都很久没见到苏音笑了，所以这顿晚饭吃得很开心。

第二天，司微上班去老板办公室。

“老板今天我开始上班了。”司微甜甜地一笑。

“不是放你一个月假吗？苏音谁来照顾？不行！”老板打断司微的话。

“老板，你先听我说完，苏音的妈妈来了，还有她的男朋友，所以我可以回来了，不是我不愿意照顾她。”司微有点急，知道老板误会她了。

“哦，这样啊，那行，你可以上班了，苏音和孩子还好吧？”老板的口气温和下来。

“都很好，哦，对了，老板，我还有件事，你看苏音的男朋友是个大学生，和苏音一样辞职了，想找个工作，我知道我们这的采购员走了，可不可以让他干？”司微一口气说完。

“哦，那让他来试试看能否胜任，采购员很辛苦的。”老板看着眼前这个可爱的女孩，不好拒绝，只好让他来试试。

“谢谢你！老板，谢谢你！他一定行！我明天就让他来。”司微好开心。

屈阳就在苏音他们住的附近租了两室一厅的房间住下来，这样一边工作一边可以照顾到苏音她们。

老板见到屈阳是个阳光又很有内涵的帅哥，很喜欢。屈阳在这就开始了他的工作，下班回来总是先买菜给苏音送去，看看她们，见到苏音和孩子他心里很踏实很幸福。时间过得真快，一晃屈阳已来两周了，星期六上午老板让他去她办公室。

“屈阳，你的工作干得不错，下周一去杭州去出差，一是采购些杭州的丝，一是和那儿一个老板谈一笔生意。我相信你能胜任。”老板信任地望着他。

“谢谢老板给我这个机会，我一定尽心尽力。”屈阳知道这次一定要做好，不然只有另寻工作。

屈阳下班回来，买了点精肉和香菜，他想在出差前给苏音包顿饺子，他喜欢看苏音吃饭的样子，真想让她躺在床上给她一口一口喂饭，那是他多幸福的事啊。

“阿姨，你什么都不要做，今天尝尝我的手艺，给你们包饺子，呵呵，我做得不差的，相信我，呵呵。”屈阳把东西拎进厨房开始忙碌，先洗，然后轻轻地剁怕惊了孩子。

“呵呵，屈阳啊，你干吗？”司微回来就听到厨房里的声音。

“呵呵，给你们包饺子，今天让我露一手绝对不比你差。”

“也不一定，吃了才知道，只要还能让我们想着下次就行，呵呵。”司微故意逗他，然后就去看孩子了。

屈阳做好用盘子端出来，把醋和碗筷都放好，大家都香喷喷地吃着。

“屈阳，我认为你和我们瞎吹，想看看你出洋相，也没看到，真有点失望，呵呵。”司微做着鬼脸狼吞虎咽地吃着。

“真不错，比阿姨做得好吃，你真行，屈阳。”苏音妈妈打心眼里喜欢屈阳。

“我做得不好，阿姨，还请你多教教我。”屈阳很谦虚。

“阿姨，屈阳不行，哪能和我比，我做的那才叫好吃，呵呵，可是我不会轻易露出来的。不像屈阳善于表现自己，哈哈。”司微在总是会笑声不断。

“那是，司微多厉害啊，常常会把米饭做成稀饭，呵呵。”苏音故意揭司微的底。

“这你就不懂了，因为我怕烧汤所以就这么做了，我能像你不动脑子吗？”司微强词夺理。

“呵呵，还是司微聪明，向你学习。”屈阳打趣地附和着。

“我们多开心像一家人，我从没有这么高兴过，这里有我的好闺女司微，还有好儿子屈阳。”苏音妈妈呵呵地笑着。

“阿姨，你在这我们觉得有得靠，就像我们的妈妈。”司微、屈阳都很感动。有个慈祥的妈妈在身边做什么都很踏实。

“明天我去杭州出差，可能得一周才能回来，就有劳司微和阿姨了，有你们在我很放心，苏音，你也要懂得自己照顾自己。幸好奶水够孩子吃的。哦，苏音，还没给孩子起名字呢，你就给孩子起个名字吧。”其实屈阳想给孩子起名字。

苏音看出他的心思，屈阳，你就给孩子取个名字吧。

“嗯，其实，其实我早给孩子名字取好了。”屈阳满足地笑着。

“你就说出来吧，真磨叽，快说，我性子急。”司微不喜欢绕弯子。

“就叫千千，千万的千，暗意是牵挂的牵，可以吗？”屈阳征求大家的意见。

“好，不错，我赞成。”司微不假思索地表决。

“屈阳，谢谢你给孩子一个名字，我很喜欢。”苏音懂屈阳的心。

“千千，好，多好的名字，还是有文化人会取名字。”苏音妈妈虽然没文化可是她知道孩子们的心是怎么想的。

屈阳进卧室抱起孩子，“你们看千千在对我笑呢。”屈阳激动地让大家来看。

“喂，你才知道孩子会笑啊，那是她喜欢你给她取的名字，刚生下来就对我笑了，呵呵，”司微总是抢话。

“那是，当然喜欢她小姨喽，还用说吗？”屈阳把孩子抱给苏音看。

苏音接过孩子，打算给孩子喂奶，她轻轻搂起衣服，露出一个奶水胀得鼓鼓的乳房，屈阳，无意识地看到，真想轻轻摸一下，再把它送给孩子嘴里，那甜丝丝的奶水味很陶醉人，屈阳怕她们发现他的眼神，赶紧扭过头，望着窗外。“我回去了，你们早点休息。”说完匆匆走出房门，在外面流连很久，他的心跳动得很厉害，他想让自己在月下平静下来，面对心爱的女人露出的乳房他能不动心吗？他还在美美地回味着苏音那白嫩而丰满的乳房，他好羡慕千千那么幸福的叼着苏音的乳头幸福地吮吸着，他也好想……哪怕轻轻地亲一下也很知足，他望着天上的月亮想入非非……

五

汪洋和吴千寒几乎如影随形，下班依依不舍，上班谁早来到都会在公司门前等对方，公司的人都很羡慕他们爱得这么深这么痴情。汪洋的心里已全部是吴千寒，他已不知道把苏音丢在哪里了，也许自从他离开那个村子就永远把苏音留在了那儿。想着吴千寒的柔声细语，她的眼神，她飘飘的背影和飘飘的长发，简直是一幅画，更像是一首美丽的小诗，那份美想拥有而又抓不住，总是想读懂她，却如云似雾那么朦胧。吴千寒的一言一行都会牵动着他的每根神经，她的一切都让他爱的心痛。

今天汪洋来得早些，在公司大门前望着吴千寒来的方向，可是到上班的时间了，还是不见吴千寒，他拨通吴千寒的手机。

千寒，你怎么啦？为什么没来上班？还没等吴千寒说话。

“哦，汪洋，我今天好难受，去不了了，你给我请个假吧。”吴千寒声音很无力。

“千寒，是不是生病了，你别动，我去请假一会就到。”汪洋挂了电话请了假就打的匆匆赶到吴千寒的住处，急促地敲门。

“千寒，千寒……”

吴千寒穿着睡裙披散着长发，把门打开。

“不好意思，汪洋，我今天不舒服，到现在还没起床。你坐，我梳洗一下。”吴千寒懒洋洋的。

汪洋看着桌子上吴千寒的照片，哪一张都美得让人陶醉。吴千寒洗漱好，在汪洋身边轻轻坐下。

“我带你去看看医生吧，你在发烧。”汪洋把吴千寒搂在怀里，和吴千寒脸贴着脸，感觉她好烫。

“好些了，刚吃过药，没事，躺会就好了。”吴千寒淡淡一笑。

“我扶你到床上躺下，再给你熬点粥喝。”汪洋抱起吴千寒把她轻轻放在床上，盖好被子，要去厨房给她熬粥。

“你别走，汪洋，就这样抱着我。”吴千寒拉着汪洋的手感觉自己柔弱无骨。

“好，我不走，就这样搂着你，你闭上眼。”汪洋靠在一边，把她搂在怀里，嗅着她迷人的体香。感觉她是那么柔弱，那么需要一个怀抱。

“汪洋，不好意思今天你也没上班，来陪我，谢谢你！”吴千寒的气息柔柔地在汪洋胸前，让汪洋的心在激动着。

“千寒，照顾你是我的责任，为了你什么我都可以放弃。”汪洋紧紧地搂着她。

“汪洋，告诉我，你爱我什么？”虽然她知道汪洋很爱她，往往越是深爱越是不敢相信。

“傻瓜，我爱你的笑，你的长发，你的背影，你的内在，你的言谈举止，你的所有所有我都爱，爱得让我难以释怀，让我心疼，因为怕你在我的爱里有一丝丝不快乐。”汪洋说得如痴如醉。

“汪洋，我爱你！我爱你！汪洋……”吴千寒梦幻般地喊着汪洋。

“千寒……千寒……”汪洋再也无法控制自己那颗躁动的心，他粗鲁地撕去吴千寒身上的所有衣服，疯狂地吻着……揉着……千寒……我受不了了，千寒……不要怪我，你的美太诱惑我了，我爱你爱得再也不能自抑……在他的疯狂里不容反抗，想要把吴千寒吃了似的，吴千寒柔柔的像一只乖巧的小羊羔，就这样汪洋把一个女孩子最珍贵的身子给了她爱的这个男人，他们在床上滚来滚去，最后汪洋终于累了，软软地躺着，吴千寒也软软地躺在他怀里。

“我们结婚吧，千寒，你把什么都给了我，我不能再等了，我们结婚好吗？”汪洋真的很渴望完全拥有吴千寒，很怕失去她，因为他爱得太深太深。

“汪洋，我还没准备好，给我点时间好吗？今年春节你和我一道去见我爸妈。”吴千寒还不想结婚，因为她觉得自己还是个孩子，还做不好一个妻子一个母亲，还需要一段时间慎重考虑这些，虽然她很爱汪洋，甚至一时一刻都离不开汪洋，可是这样离组成一个家庭还是有点距离。

难道我们这么相爱还不够吗？春节我一定和你去看望伯父伯母，希望他们能接受我。汪洋心里还是有点伤心，他知道吴千寒对他的爱还没到组成家庭的地步。还不知道他父母能否接受，凭吴千寒的条件他父母也会很挑剔的，他不想再往下想。此时他知道吴千寒对他还是真心的，不然不会把女儿身给他，他真的很感动，他相信他对吴千寒的爱一定会打动她的家人。他把吴千寒紧紧地搂着，好像一松手她会跑了似的。

汪洋让吴千寒躺着他去熬点粥。

熬好了，汪洋一口一口地喂她，她就像是孩子，汪洋感觉好幸福，能为自己心爱的女孩做这些好满足好欣慰。

屈阳出差回来，把行李放到住处就匆匆去看望苏音，这一周虽然他们电话信息不断可是还是像隔了很久很久，久得让他难以忍受，他深深知道自己已经离不开苏音了，他没有嫌弃过苏音给汪洋生了孩子，反而更爱苏音作为一个母亲的那种情感，虽然苏音现在还不能接受他，他相信他的爱一定会打动苏音。

“我回来了，苏音，阿姨。”屈阳激动地站在她们面前，他好想一下就抱着苏音，因为太思念她了，他强压着自己的感情，接过苏音怀里的孩子，手触到苏音的身体就像触电一般，一下就穿透他的心，真想这种碰触多停留一会，手都有点发颤，他极力压抑着自己的感情装作很无事的样子，把孩子接过来抱着亲了又亲就像亲苏音一样。

苏音感觉到了屈阳的心情，他是个好男人，可是自己已不是个完美的女人，配不上他，她希望屈阳能找到心仪的女孩，她真心地祝福他能幸福，司微是个很优秀的女孩，希望他们能相爱。

“屈阳，你歇着我做饭，吃完你和司微去超市给我买点东西，好吗？”苏音想给他们创造单独相处的机会。

“好的，苏音，还是你抱着孩子，我来做饭，不行你还没有满月，不能让你做活。”屈阳没多想就答应了，他把孩子又给了苏音准备去厨房做饭。

“司微下午不上班吗？我自己去就可以了。去买点东西没必要再麻烦司微。”

屈阳没明白苏音的意思。

“哦，她下午休息，生活上的用品你买不好，你只是帮她提着就可以了。”苏音冲他一笑。

“好的，我也确实不行，还是你们女孩子细心。我们就不行，不承认也不行，呵呵。哦，我给你们带的礼物，这是阿姨的针线盒，这是千千的布娃娃，这是你的牛角梳子，这是司微的发卡。”屈阳把礼物一件件拿出来。

“谢谢你！屈阳，你太客气了。”苏音很感激屈阳的心意。

“这算什么，一点小小的心意。”屈阳很开心。

“谢谢你！孩子，阿姨不知道说什么好，我们也不知道怎么回报你。”苏音妈妈有点愧疚，从内心来说她很希望他和苏音能走到一起。

“阿姨，你太见外了，我们在外就要互相关心和照顾，我不需要任何报答，只要……只要……”屈阳低下了头。

“孩子，你说，只要什么？”苏音妈妈不明白还在追问。

“阿姨，只要我能天天看到苏音就是对我最好的报答。”屈阳深情地望着苏音。

苏音妈妈沉默了，她去厨房做饭。想让他和苏音说说话。

“屈阳，你不要这样好吗？我们是不可能的，我不想要你后悔。”苏音眼圈都红了。

“苏音，我绝不会后悔，你知道自从见到你我就爱上你了，从来就没改变过，苏音，我不敢有过高奢望，只要能让我看到你照顾你我就知足了。”屈阳的每一句话都让苏音感动而又心痛，她不知道怎么，她真的怕伤害这个痴情的男人。

“你们，你们怎么啦？”司微回来看到他们严肃的样子。

“哦，司微，你看这是屈阳给你带的发卡，喜欢吗？”苏音赶紧把话题岔开。

“呵呵，屈阳，你真是太细心了，是女孩子喜欢的例行，也是我喜欢的，这发卡好漂亮，谢谢你！屈阳。”司微很开心。

“一点点心意，你们喜欢就好。”屈阳有点不好意思没有钱买其他东西，只有这点小小礼物表示一下心情。

他们开开心心吃过中午饭，苏音让司微和屈阳去买东西，他们都不知道这是苏音故意安排的。他们搭公交车出去了。

“屈阳，可以看出来你很爱苏音，她的孩子你也能接受，我真的很佩服你是一个真正的男人。”司微很好奇想知道他们之间的故事。

“爱一个人就会接受她的一切，为她愿意付出自己的一切，从不想她的回报，只要天天能看着她陪着她，让她开心幸福就足够了。”屈阳微笑着望着远方。

“她以前的男朋友你们认识吗？”

“认识，我们都在一个单位工作，他们是青梅竹马的感情，可是没想到他一走就没了消息，这个没良心的，我真想狠狠揍他一顿！”说到这屈阳很气愤。

“他真没良心！苏音是多好的女孩啊，就这么让他给糟蹋了，我真替苏音鸣不平，可是苏音从来就不提这事，我知道她心里很苦，又不想要别人知道，害苦她了。”司微很同情苏音。

“所以我要用我的爱抚平她心头的伤口，给她幸福给她快乐，我相信她会慢慢走出那个阴影。”屈阳很自信。

“但愿吧，我真的希望你们能走到一起，苏音是个非常优秀的女孩，她一定会幸福的。”司微很喜欢苏音这个朋友也会祝福她。

他们走进一家大型超市买一些生活用品，这些都是司微的事，他只是跟在后面推着推车。司微就像个活泼的孩子，看啥都想买，一会推车就满了。

“屈阳，你看还缺什么？”司微问屈阳。

“天凉了，我想给苏音买一条丝巾，我知道她喜欢丝巾。”他们走到卖丝巾的货架前，屈阳见这丝巾很漂亮，想给苏音买一条。

“那你给她选一条吧，我不知道她喜欢什么颜色的。”司微让屈阳自己选。

“嗯，我知道，她喜欢亮颜色，就给她选这条淡绿色的吧。”屈阳看中一条桑蚕丝淡绿色的，两端还绣着几朵小花。

“呵呵，你眼光真好，好漂亮，苏音一定喜欢。”司微也看中了这条。

他们大包小包买了好多回来。

“呵呵，你们买这么多啊！”苏音看到他们开开心心地回来也很高兴，感觉他们才是真正的一对。

“苏音，你看这条丝巾漂亮吗？”司微把丝巾拿给苏音看。

“好漂亮！你试给我看看，和你皮肤很相衬的。”苏音认为是屈阳给司微买的。

“是漂亮，这是屈阳给你买的，来试给我看看。”司微把丝巾挂在苏音脖子上比画一下，太漂亮了！

苏音傻了，她不知道怎么说，屈阳深深地望着她。

司微悄悄撤进自己的房间忙自己的事去了，她很羡慕苏音，屈阳这么优秀的男人这么深地爱着她，真让人嫉妒。她是个开朗单纯的女孩，拿出苏音最近的创作在慢慢品味。

苏音转身去哄孩子，屈阳轻轻把门关上，伸手紧紧抓住苏音的手。

“苏音，我爱你！就让我照顾你好吗？”屈阳很冲动。

“不，不要，我们不可能，我是一个孩子的妈妈，是一个不干净的女孩，没有资格接受你的爱。”苏音挣脱屈阳的手。

“苏音，我爱你这个人，你这颗纯真的心，爱你的孩子，不在乎你的过去，在乎的是我们的现在和未来，我知道你怕而不敢爱，不要怕好吗？我不需要给你承诺，只想在你身边照顾你让你开心每一天，孩子能健康成长，用我全部的爱和我的一切，苏音，别逃避了好吗？”屈阳懂得苏音内心的苦和怕。

“不，屈阳，你听我说，我们只是好朋友，你理智点，我真心地希望你能喜欢司微。”苏音挑明自己的态度。

“我知道了，今天你是有心安排的，这是不可能的，司微是我们的好朋友，她很纯真很优秀，但是她不是我要的女孩，而你是。”屈阳知道苏音想撮合他和司微，他深深知道这是不可能的，不是司微不好，而是感情的事很难说，苏音的一举一动都会牵动他的心，她高兴自己就开心，她伤心自己就会很难过。自从见到她那一刻开始就已无法改变。

“苏音，我不会逼你，但也相信有一天你会接受我的，我会等，直到你接受的那一天，我回去了，苏音，有什么事打电话给我。”屈阳说完就走了。

六

吴千寒和汪洋已住在了一起。还有二十天就到春节了，他们开始准备回家过年的礼物。周末他们出去买东西，转了半天也没买多少，吴千寒已感觉很累，他们打的回去，到了住处，汪洋让她歇着自己去做饭，两个菜一个汤一会就做好了，吴千寒才吃一点就恶心呕吐。

“千寒，你怎么啦？着凉了吗？”汪洋很担心，给她倒了杯水。

“没事，可能，可能我……”吴千寒知道自己可能怀孕了。

“可能怎么啦？”汪洋不明白。

“你真傻！我们有孩子了。”吴千寒温柔地倚在汪洋怀里。

“什么？！什么？！我们有孩子啦？我们有孩子了啦？！我太高兴了！谢谢你！千寒！谢谢你！千寒！”汪洋激动地横着抱起了她转了几圈。

“放下我，汪洋，放下我，看把你高兴的。”吴千寒娇声娇气的。

“我们有孩子我能不高兴吗？！我就要做爸爸了，就要做爸爸了！千寒，我们结婚吧。”汪洋想给吴千寒一个真正的家。

“春节快到了，我们回家就把事办了。看把你急的。”吴千寒搂着汪洋的脖子。

“是啊，我怕孩子说我这个爸爸不称职，呵呵。”汪洋狠狠地亲着吴千寒。

“那我什么时间去你家？”吴千寒有点不明白，汪洋从来没说过要回家。

“先到你家，然后再回我家，可以吗？”汪洋第一次说要回家。

“我们家的风俗，嫁女儿男方家长也得到场。”吴千寒望着汪洋。

“哦，我们那没有，更何况我爸妈晕车来不了。”汪洋不想要他爸妈来。

“那好吧，等我们办过事再去看望你爸妈。”吴千寒小鸟依人地在汪洋怀里。

“我们结婚，可能爸妈就不要我们再出来了，当初他们就很反对我出来做事，何况我怀孕他们更不会让我再出来。你说呢？”

“如果他二老不让我们出来，我们就在身边陪着他们。”汪洋也想去吴千寒的家乡因为他知道昆山是个好地方。

“谢谢你！汪洋，我替爸妈谢谢你！那你爸妈同意吗？”吴千寒怕汪洋的爸妈不同意。

“没事，我爸妈不会阻拦的，你放心吧。”汪洋了解自己的父母从来不会反对儿子的选择。

吴千寒的爸妈见到汪洋很满意，女儿喜欢他们也没意见，春节期间给他们的事办了，也了了他们的一件心事，因为女儿身体一直很弱。女儿终于有了归宿，他们很高兴，就这一个宝贝女儿一直担心找不到和女儿般配的女婿。

大年初六，请来了亲戚朋友，热热闹闹办了几桌，亲戚朋友都夸是郎才女貌，吴千寒的爸妈乐得合不拢嘴。汪洋和吴千寒相依着一一去敬酒，吴千寒今天更漂亮更温柔，汪洋握着她的手一直舍不得放下，客人们好羡慕这对新人。年轻人想将来也能找到这样的心上人，老年人希望自己的孩子也都能像他们一样幸福美满。

初九汪洋和吴千寒去逛超市买些东西准备初十回老家看望父母，去两天就回来。

千千一百天了，屈阳抱着她和苏音一块去超市买东西，在超市里迎面遇到汪洋和吴千寒。见到他们亲热地搂着，苏音傻了，她一直在等的人，一直爱的人，并为他不顾一切生孩子的人竟然怀里搂着别的女孩！苏音当时无法接受，可是她只是呆呆地站在那一动不动，泪水模糊了她的眼睛。汪洋扫了他们一眼，有点惊诧瞬间就平息了，轻轻从他们旁边走过去头也没回，屈阳看到这些真想上前狠狠揍汪洋一顿，可是怀里抱着千千，他怕吓着孩子，赶紧上前搂着苏音，苏音无力地依在屈阳怀里泪水滚滚而下，屈阳掏出纸巾给苏音擦着眼泪，低头附在她耳边轻轻地安慰她。

“苏音，别难过了，好吗？为这样的人不值得，我今天真想揍他，可是觉得脏了我的手，那个女孩真是瞎了眼，我们回去吧，改天我再陪你出来，好吗？”屈阳这时心都在流血。

“嗯，我们回去。”苏音觉得今天自己太失态了，也没心情再买什么。

汪洋走过去，心里很纳闷，苏音居然和屈阳都有孩子了，没想到苏音是这么一个女孩，自己才走一年多一点，他们的孩子都几个月了。现在看看他也没必要再对苏音有愧疚感了。

苏音和屈阳回到住处，苏音无力地坐在沙发上。苏音的妈妈不知道出了什么事。

“你们这是？刚出去还没买什么就回来了，苏音，你脸色怎么这么难看，是不是哪儿不舒服？”妈妈着急地抚摸着女儿的额头。

“没什么，妈，我有点累。”苏音也怕妈妈担心她。

“阿姨，没事，她也许最近没休息好，苏音，进屋休息会儿吧，我带着孩子，去吧，睡一觉一切都会过去。”屈阳理解苏音此时痛苦的心情。也不想多说什么，任何安慰此时都没有意义，只有她自己去想通，才能自我解脱出来。

“那就麻烦你帮我照顾一下孩子，我去休息一会。”苏音整个身体都虚脱了，她感觉太累了，就想好好睡一觉。

苏音把门扣上，躺在床上。她不敢相信今天能见到汪洋，不敢相信他会爱上其他人，更不敢相信他已把她当成了陌生人。这就是她苏音青梅竹马的恋人，就是她把宝贵的女儿身给予的心上人，就是她一直想着念着等着盼着的人，就是她愿意给他生孩子的男人。想到这些苏音的心一阵阵地绞痛，一直坚强的苏音崩溃了，崩溃得让她自己也不相信。爱，恨，她都不知道怎么恨他了，他的无情自私，他的冷酷，让苏音一时无法接受，想想他们从小一起长大一起上学，一起玩耍，一起的点点滴滴……在他们相处的十多年中，她苏音一直在帮助他，因为汪洋家太穷了，好吃的，苏音总是会留给汪洋吃，她平时攒的零花钱都给汪洋交学费。他最后离开家乡她又把女孩最珍贵的身子也给了他。十几年的朝夕相处瞬间化成了泡影，再也找不到一丝一毫的痕迹。在汪洋的无情里，苏音没有了眼泪，也没有睡意，只是呆呆地望着天花板，眼里空空的，心里空空的。这种空里她苏音在哪里，窗外射进来的阳光像一把利剑，淡淡地浮沉划过，那一粒粒尘埃在利剑上轻轻地飘来飘去，并不曾有过一点点的伤害。

苏音不知道自己在床上躺了多久，当她反应过来时房间里一团漆黑，窗外也黑黑的，她才知道自己已躺了一天，她坐起来头昏昏的身体软得就像面条，她还是挣扎着下了床打开门。

“你起来了，苏音，孩子喂过奶粉刚睡着，我已给你把饭做好，没敢喊你想让你多睡一会。”屈阳见苏音打开了门，心里一块石头落了地，他知道苏音战胜了自己。

“谢谢你！屈阳，麻烦你，让你担心了，没事了，你回去吧，不好意思，耽误你一天时间。”苏音装作没事的样子。

“苏音，一切都会过去的，有我在你身边，别多想，今晚就让我陪你说说话好吗？”屈阳还是不放心苏音。

“谢谢你！屈阳。”苏音的眼泪又下来了，她好想扑进屈阳怀里痛痛快快哭一场，她还是控制了自己的感情。

屈阳抚着苏音的肩头，“要哭你就哭吧，我知道你太难受了。”

苏音再也控制不住自己扑进屈阳怀里还是没有哭出声，她怕房间里的妈妈听到难过，屈阳紧紧地搂着苏音，心里比苏音还痛。他们就这么紧紧地搂着，苏音感觉从没有过的温暖，她渴望的肩膀终于可以靠一会，让她疲惫的身心得到一点放松和慰藉。她多么希望这个肩能扛起她的一切，她感觉到这颗心在为她跳动得那么强烈，于是她没有了眼泪没有了无助，她没有失去什么，而是得到了一种生命中最需要的东西，她要紧紧抓住不放弃。

屈阳想就这么搂着，他一直朝思暮想的女孩，今天终于投入他的怀抱了，他还真得感谢汪洋，如果不是他们当初的相恋他不会见到苏音，不是他的无情和今天的出现，苏音不会今天靠在他怀里。不，他没什么感激他的，他伤了他心爱的女孩也就是伤了他屈阳，他太无情了，看到苏音和他如同陌路，真没想到他是这样的人，苏音能不伤心吗？他屈阳都伤心。

"都过去了，苏音，我相信你会走出过去，你坐下我再给你重新做饭。相信我做的一定你爱吃。"

"谢谢你！屈阳。"苏音很感动，在她最脆弱的时候能陪着她。

千千醒了，妈妈抱着她出来，她知道女儿内心的苦，但是她不问，因为她怕女儿更难过。

苏音接过千千心里就像针扎一样，但没有让自己流泪，女儿对她甜甜地笑着，给了她希望和力量。

屈阳把饭菜一一端上来，"阿姨今晚司微回不回来吃饭？"

"哦，她晚上有事，吃完回来。"苏音妈妈才想起来司微说的话。

"那行，我们吃吧，苏音，把孩子给我。"屈阳不容分说接过千千开心地逗着孩子。

苏音默默地品尝着屈阳做的饭菜，不咸不淡，特别是鱼汤放些羊肉，她从没喝过这么鲜美的汤。

"好喝吗？"屈阳怕她们不爱喝。

"好喝，太好喝了！屈阳，你手艺太好了。"苏音妈妈赞不绝口。

"我喜欢瞎琢磨，你想想啊，鱼和羊两个字合并不就是一个鲜字吗？呵呵。"屈阳很开心。

"识字人真的太会琢磨了，非常好喝！我吃好了，你赶紧吃，凉了就不好吃了。"苏音妈妈抱过孩子。

"以后我一有时间就给你们做我的拿手好菜，保准你们没有吃过。"

"我们太有口福了，谢谢你哈，你太忙了，就教给我做就行了。"

"不行，阿姨，你做不出那种味来。没事，就让我多孝敬你们一下，我很开心。"

苏音一直无声地吃着，心里很乱很乱。屈阳让自己很感动，可是自己已不是个清纯女孩还有个孩子，这样对他太不公平了。

吃完饭，屈阳要回住处。

苏音是送屈阳去，"千千睡了，我收拾一下。"苏音妈妈希望给他们多留下时间和空间。

"好的，妈，一会我就回。"苏音和屈阳出去了。

今天是正月初九，天气不错，就是有点冷，屈阳揽着苏音的肩想给她一点温暖，苏音轻轻地拿下他的手。

"苏音，我爱你！非常爱！埋藏了这么久。"屈阳很激动。

"屈阳，不要这样，我不配接受你的爱，你很优秀，会有比我好的女孩爱上你。"苏音希望和屈阳只是好朋友。

“不，苏音，你是我唯一爱的女孩，并且爱得那么深，我知道你心里也有我，只是还没从过去走出来，没关系，我会等，苏音，你记住除了你我不会爱任何女孩。你上楼吧，我回去了。”屈阳转身消失在月色中。

苏音呆呆地望着，她心里很痛，让汪洋伤得太深了，她怎么办？怎么办？她不停地问自己，对于感情她真的怕了，因为她受伤的心再也经不起折腾了。她回到房间还是一句话不说。

“苏音，屈阳这孩子对你这么好，你对他就没一丝感动吗？他比汪洋强太多了。”妈妈再也沉不住气了。

“妈，你别说了，我自己的事会处理好的。”苏音不想要妈妈知道那么多，“妈，你睡吧，我今天有点累。”

“那好吧，早点睡吧，别想那么多。”妈妈知道女儿心里很苦，很想听女儿倾诉一下，可是女儿把一切都埋在心里。

七

苏音假期还没结束提前去上班她有意避开屈阳，希望他能冷静下来想想，也给自己些时间，此时她不想触碰感情，因为她已伤痕累累，她只想好好工作，好好照顾孩子和妈妈，公交车上每个人脸上的表情都很淡漠，小心地找准自己该坐的位置，一个扎马尾辫的女孩给一个孕妇让座，苏音看到这一幕，对那女孩微微一笑，那女孩也笑笑，她感觉到了人与人之间那种微妙的相依相存和关怀。那女孩到站下车向她挥挥手，她也轻轻挥挥手，女孩微笑着远去。苏音也到站了，那个孕妇也下车，她上前扶着她，孕妇不住地说着谢谢，这个谢字温暖了苏音也温暖了孕妇自己。

到绣坊，老板把她找到办公室。

“苏音，你假期还没满又来上班了，身体行吗？”老板关心地望着她。

“没问题，一个多月没见绣房的姐妹们很想念她们的，也想早点为绣房做点工作。”苏音的气色很好。

“那好，苏音，你这两天动脑子好好琢磨一下三个月后参加四秀（苏绣、湘绣、粤绣、蜀绣）大赛，把其他的事都放下，我这事就交给你了，没问题吧，苏音，我相信你！”老板坚定地望着苏音。

“我？既然老板这么相信，我一定努力不让你失望。”苏音很开心但是压力也很大。老板的信任和看重给了她很大勇气。

“给你一周的时间想到哪就到哪去看看，感受一下，寻找一下灵感，开销全报销。让屈阳陪你一块出去。”老板也看出来她和屈阳之间的情感。

“谢谢老板！”苏音这段时间神经几乎都要绷断了，出去走走让自己遗忘一些事。

屈阳太意想不到了，没想过能陪着苏音出去旅游，是他梦里都期盼的。

屈阳激动得一夜没睡，第二天一大早就和苏音出发了，他们只到留园停留一天，周庄玩了两天，苏音非常喜欢周庄这个地方，那些小商铺上的字画、绣品、玲珑剔透的玉器、玉石、手工制作、角质品，这些精美艺术品让苏音流连忘返。屈阳见苏音高兴的样子真想把她搂在怀里，她买了好多自己喜欢的，每一样都爱不释手。屈阳帮她提了一大包。

在一个小码头喊来穿着蓝花上衣、头系蓝花三角巾的船娘，他们上了小船，小船晃晃悠悠顺着不宽的水道轻轻地过了一道道小桥，两岸古色古香的小屋门前都挂着红灯笼，船娘轻轻唱着船歌。

“喂，你好，请问，为什么这家家门前都挂着红灯笼？”苏音很好奇，打断了船娘的歌声。

“哦，我们这以前男的常在外做生意，早出晚归，也有的很久才会回来，挂着灯笼就是家里人在等着他们回来的意思。”船娘不时回头笑盈盈地望着他们，津津有味地说着，“时间久了，就成了一种风俗和习惯。”

“这样啊，真好，期待的那盏灯。”苏音美美地想着。

“苏音，你现在就是一个诗人，很美、很梦幻。”屈阳幸福地看着苏音。“请问，你们这有什么特色的食品吗？”

“有啊，很多，我们这的毛蟹很有名，并且有个风俗，男孩子第一次去丈母娘家必须带九只毛蟹，意思是毛脚女婿。九是长长久久的意思。”

“这么多讲究啊，真有趣，还有呢？”屈阳感觉太有趣了。

“还有苏州饼，我们这每个女人都会做，有玫瑰花、桂花、荷花、玉兰花做的鲜花饼很好吃的，你们可以尝尝，也可以带些回去给亲戚朋友尝尝。还有万山蹄这道菜，每个游客来了都会品尝这道菜，因为它有个传说的故事，明朝有个红顶！商人沈万山很有钱，他曾资助了朱元璋很多钱，明朝修的一段长城就是沈万山出的钱，都传说沈万山有个聚宝盆，朱元璋就逼着沈万山交出聚宝盆，可是沈万山哪里有啊，他就是凭着自己的智慧和能力经商赚的钱，有一次朱元璋来这，他们吃饭时，上了一只猪蹄，朱元璋就问沈万山，这是什么蹄子，沈万山知道是猪蹄，如果他说猪蹄就犯了大忌，因为谐音朱，他知道朱元璋在找碴，他嘿嘿一笑说这是我的蹄子，沈万山机智地逃过一难，后来还是被朱元璋杀了，于是就留下了‘万山蹄’这道菜。”船娘说着摇着船他们不知过了多少码头多少桥，最后付了钱依依不舍和船娘告别。

吃过饭，他们回到宾馆，苏音洗漱好穿上睡衣往床上一躺，逛了一天太累了。她听到有轻轻的敲门声，知道可能是屈阳，犹豫了一会还是打开了门。

“不好意思，苏音，我来和你说几句话就走，可以吗？”屈阳不知道说什么好。

“进来吧，今天是有点累，你纯粹是陪我逛，我知道你们大男人谁都不喜欢逛那些小商铺，我应该说不好意思，让你陪我累了一天。”苏音给屈阳倒了杯茶让他坐下。

“陪你是我最幸福的事，希望天天都能陪着你，今天看到你笑了，你不知道我有多开心，苏音，我希望以后每天你都快快乐乐的。”屈阳望着苏音有点泛红的脸。

“屈阳，我会好起来的，也希望你能找到自己喜欢的女孩。”苏音怕屈阳再往深处说。

“苏音，我爱你！你不要再把我往外推好吗？你这样让我很心痛，我说过除了你我谁都不会爱，我的心你难道不懂吗？”屈阳知道苏音拒绝他的原因。

“不，屈阳，你是个很值得爱的男孩，会有很多好的女孩喜欢你，而我已不是个清纯女孩了，我的一切都被彻底毁掉，你明白吗？”苏音很难过。

“你在我心里是最美最优秀最纯洁的女孩，也最值得我爱的女孩，”屈阳越说越激动。

“屈阳，今天我真的累了，你也很累，回去休息吧。”苏音要送客了。

屈阳只好恋恋不舍地道声晚安回自己的房间了。

苏音把头蒙在被子里放声地哭了很久，她不知道自己该怎么做，屈阳是个值得托付终身的男人，可是她怕屈阳将来会后悔，而自己到时就再没有勇气生活下去，她真的再也伤不起，所以她情愿现在这么孤独下去。

一周的时间一闪而过，屈阳多想陪苏音在外多玩两天，他也知道苏音出来不是玩的，她是出来找灵感，找一些物体的原型和美的内在，然后把它们融合在一起形成自己的东西，表面她是沉浸在风景里，是对那些精品艺术的欣赏，事实是在融化一些东西，是情感在和它们碰撞纠结。屈阳很佩服苏音的艺术境界，淡然自若而又唯美，那种似有似无的飘逸，像云影，像花落，飘飘然似梦境。这就是一种清纯的艺术，没有世间的一点尘埃，可以随雨落随风飘。

回去的路上苏音一直在沉默，若有所思，在火车上好像这车厢里就她一个人，这列车没有终点就这么沿着一条路一直往前行驶……

“顾客朋友们，昆山站就要到了，请带好你的行李准备下车。”

苏音才突然从深沉的思索中醒过来，屈阳提着行李。他们就这样结束了一周的行程。

“你们没多玩几天这么快就回来了，快歇会儿，我去做饭，千千刚睡。”苏音妈妈见他们回来很高兴，她虽然想要女儿出去散散心，可是女儿这一走她心里空落落的，所以他们刚走她就盼着他们回来。

“苏音还有老板交给的任务，她哪有心情玩啊，所以就匆匆回来了，阿姨，我来帮你，让苏音休息一会儿。”屈阳放下行李去厨房帮苏音妈妈做饭。

苏音有点晕车，到卧室躺着，还在回味着这七天所见到的一切，找一个什么样的主题，又该如何入手，她脑子的画面一幅幅地来来去去而又重叠着，她想好好睡一觉，这几天一直没睡好，躺下一会儿就迷迷糊糊睡着了。

一觉醒来，香喷喷的饭菜已端上桌子了。

苏音的精神好多了，“辛苦你们了，妈，屈阳，不好意思，晕车又感觉很累，所以就睡着了。”

“别客气了，看到你疲惫的样子，阿姨好心疼，都是我没照顾好你，说对不起的应该是我。”屈阳给苏音盛番茄蛋汤，也给苏音妈妈盛一碗。

“屈阳，别这么说，谢谢你这几天陪我，你其实比我还累，赶紧吃饭，吃完了你回去早点休息。”苏音真的很感动。

“没事，这算什么啊，这几天对于我来说就是休息。呵呵，我真的希望多陪你几天，可是你还有任务，我知道，有机会我再陪你出去好好玩玩。”屈阳说得好轻松。

“屈阳，我有个设想，你给指点一下。”苏音想把自己突然的想法和屈阳沟通一下。

“你说，呵呵。”屈阳知道苏音想进入创作状态。

“我想绣十米长一米宽的巨幅，画面是一个整体的故事，一幕幕展现出来，三个月的时间完成非常紧张，你看行吗？”苏音问屈阳。

“十米长一米宽？三个月？这个想法非常好，但是我怕把你累坏了。”屈阳很吃惊，这个创作一个人至少得一年，苏音要三个月，太不可思议了。

“没事，不过还需要你帮忙，你下班常过来帮我照顾一下孩子，可以吗？”苏音征求屈阳的意见。

“帮你照顾孩子没问题，可是我怕你身体支持不了。可不可以让绣坊的姐妹一块帮你？”屈阳最担心苏音的身体。

“没事，屈阳，我一定可以完成。”苏音很自信。

“那好，你的衣食住行，还有孩子都包在我身上。”苏音这种不服输的精神让屈阳佩服。

苏音开始创作了，拟定《梁祝》总共十个画面，每一个画面都充满了诗情画意，采用浪漫的手法，虚实相套画面的层次感很强。第一幅相遇关老爷庙，第二幅尼山书院种桃树。画面间是淡淡的云烟陪衬，二三幅受老师惩罚后，英台一旁照顾，是青青的竹叶为主色，四五幅十八里相送桃花几枝，是柳丝飘飘为底，六七是流水为底，英台回家后等着山伯，撑着伞，河面漂来一只只红色的小船，七八幅是泪，英台父母拒绝了山伯，山伯英台的绝望，九幅是祭奠，十幅的前后都是落花，然后蝴蝶双双飞去。每一幅画面都构思好，用铅笔勾勒了出来，而且想好怎么配丝线。苏音好开心，因为这个巨幅出来绝对是个很美的画卷。选好底色的材料，她打算每五天完成一幅画面，再用五天绣每两幅画面间的衬图。她知道很多人只绣单纯的物和人，她不能和大家走一样的路子，在同样的绣功上一定要以画面和真情打动别人。

苏音第二天开始进入画幅的刺绣中，情在每一针每一线中，深深浅浅的色彩，浓中有雅，淡中飘逸，独到的画面，独到的针法，她忘了吃饭，忘了睡觉，忘了痛苦，也忘了屈阳一直在默默地照顾着她。第一幅绣好，她走出自己的房间，妈妈和屈阳都很吃惊。

“苏音，你瘦了，这几天时间累坏了吧，你这样很伤身体，歇歇好吗？”屈阳见到苏音憔悴的样子心里很心疼。

“孩子，就听屈阳的吧，不要太累了。”妈妈也很心疼。

“没事，因为时间太紧张了，老板对我一直都那么好，她交给我的事我能不用心做吗？”苏音知道只有尽心工作才能报答老板对她的关爱和帮助。

屈阳看了苏音的整个构思和第一幅画面，简直不敢相信，太让人震撼了，美得让你有点飘飘然。

“苏音，你的构思太奇特，这画面太美了，你当初没白学美术。”屈阳对苏音的创作非常感慨。

“但愿能过老板那一关，不管如何我都会认真地把它完成。”苏音内心还是很自信的。

“老板一定会震惊，苏音。”屈阳在鼓励苏音。

“你去上班不要对任何人透露我的创作，绣品完成才给她们看。”在没完成之前苏音要求屈阳为她保密。

“你放心，我不欣赏千遍万遍绝对不会让任何人知道，因为它是我心爱的人三个月的心血。”屈阳好想把苏音抱在怀里。

苏音装作没听到，去妈妈房间看看女儿，千千见到妈妈高兴得手舞足蹈，苏音把孩子紧紧抱在怀里，然后递给妈妈又进入自己的房间又开始工作了。

就这样没日没夜地创作了三个月，绣品终于完成了。苏音把巨幅拿出来，司微和屈阳把它展开。

“哇！绝了，太绝了，苏音，我都不敢想象，你是怎么构思怎么绣的，这每一针每一线，这套针的巧妙，细节的柔和，美得让人无话可说，老板一定非常喜欢！并且我相信这次你一定会拿到一等奖，我从没见过这么绝的活呢！”司微简直不敢相信自己的眼睛。

“苏音，你太了不起了！我们为你骄傲！”屈阳终于盼到苏音的任务完成了，这三个月苏音不分白天晚上地工作，屈阳太心疼，不好说什么，也不敢打扰她，只是默默地陪着她帮着她。

他们三个吃过早饭一块去上班，苏音这三个月太累了，终于可以轻轻松松地和大家开开心心地走在路上坐公交去上班了。已是四月的天了，天还不是太热，还是春天的感觉，春天就这样等苏音发现时已经错过了。

他们到了绣坊。

“苏音，你终于来上班了，我们都好想你！”姐妹们见到苏音都特别高兴。

“姐妹们快过来看，苏音给你们带来了什么。”司微和苏音把巨幅在长案上展开。

大家都惊得不知道用什么语言来形容这幅绣品，都争着欣赏。这时老板来了，大家让开。

“苏音，这，这，这是你三个月绣的？！”老板瞪大了眼睛。

“是的，老板，你交给的任务我很努力地去做，但不知道老板满不满意。”苏音很谦虚。

“满意！满意！太满意了！这次参赛我有信心了！太谢谢你了苏音！”老板高兴得不知说什么好。

“这是我应尽的责任，是我非常热爱的工作，我想挑战一下自己，所以就绣了这幅。”见到老板这么满意，苏音有种成就感。

八

吴千寒已怀孕八个月了，可是因为血压突然变低住进了医院，医生明示大人孩子只能保一个。

“医生，救救我女儿吧，救救我女儿吧，我们老两口就这么一个孩子，求你了，医生。”吴千寒的爸妈给医生跪下了。

“你们快起来，老人家，不是我们不救，而是大人孩子只能保住一个，而是你女儿支持不了啊，她是先天性贫血引发的，本来就不能生孩子。”医生让他们考虑考虑。

汪洋无力地坐在那一句话也不说。

“汪洋啊，你说话，该怎么办啊，你说话啊，我女儿无论如何不能有事。”吴千寒的爸爸已明白告诉汪洋放弃孩子。

“爸妈，你们别难过了，我知道怎么做。”汪洋擦干眼泪，去签了字，保大人。

最终还是大人孩子都没保住，吴千寒就这么走了，他的爸妈经不起失去女儿的痛都病倒了。汪洋的天突然塌了，他心爱的人和孩子就这样没了，留下了孤零零的他，他收拾行李想回家看看。

苏音的《梁祝》拿了个特等奖，老板陪着她去领的奖，在颁奖会上，组委会的人包括记者及观众都很吃惊，没想到是出自这么一个年轻漂亮的女孩之手，于是大家都记住了苏绣坊里这个叫苏音的姑娘。会议还没结束就有好多商人来找她们签合同，都被她们的绣品深深吸引住了。老板非常高兴，她打算把绣坊的全部设计都交给苏音，工资从原来的一千八涨到八千，并且让她搬到绣坊住，苏音太感激老板了，老板对她的关爱她深深记在心里，只有努力地工作才能报答这份厚爱。在全国的绣品大赛上这个作品又拿个特等奖，在绣品上苏音的名字不翼而飞，很多人都想高薪把她挖走，但是苏音不会走的，老板对她那么好，这份感情比金钱更重要，所以她哪儿也不会去，苏绣坊就是她的家，在这她可以自由发挥自己的才能，这儿的姐妹亲如一家人，她一边在工作一边在享受这份工作的美。

苏音搬进了苏绣坊。

“司微和我一块搬过去吧，你一个人在这我不放心。”苏音也想让司微一块过来。

“不了，苏音，谢谢你的好意，你没来我就住这习惯了，这儿安静也安全，我们天天都可以见面的。看你好像不见了似的，呵呵。”司微不想去，一个人很好的。

“那你中午去我那吃饭，可以吗？司微。”苏音最后让司微答应一个要求。

“好，好，好，只要你不嫌我这个懒虫就行了，每天又要麻烦阿姨多做些饭菜了。”司微嬉闹着。

“看你这孩子说的，给你们做饭我乐意，每天见不到你我心里就空落落的。”苏音妈妈也希望司微去。

“好的，阿姨，每天我又要和千千闹腾你了，呵呵。”司微好开心。

“有你，千千也不闹气了，给我省了不少心。”苏音妈妈知道千千每次见到司微就像小燕子一样咯咯笑着要司微抱。

屈阳帮苏音搬了半天家，苏音搬到苏绣坊，屈阳不知道为什么有点失落，在那离他住得很近，他随时都可以去，来这不那么方便了。

“屈阳，你午饭也来这吃好吗？”苏音希望屈阳也来这大家一块开开心心共进午餐。

“好的，苏音，我一定来，一定来。”苏音的这句话让屈阳感觉好温暖，因为他想每天多陪陪苏音。也怕有其他人追苏音，因为苏音是他的，很怕被别人抢走。

中午吃饭时，千千咿咿呀呀说着，逗得大家很开心。她却喊着爸爸。

屈阳赶紧从学步车上抱起千千，一声又一声地应着。

“哎，哎，宝宝，你太棒了，太棒了！会喊爸爸了，爸爸在这，爸爸在这。”屈阳高兴地不知道说什么。

苏音妈妈和司微望着苏音，她低下了头默默吃着饭。

“小千千，为什么不叫阿姨，只记得爸爸啊，喊阿姨，喊阿姨，阿姨给买好吃的。”司微逗着千千。

“哈哈，千千，叫爸爸，叫爸爸。”屈阳在和司微抢。

“爸……爸……爸爸……爸……咯咯，咯咯……”千千笑着不停地叫爸爸。

屈阳紧紧搂着千千，亲了一下又一下。

在苏绣坊的第一顿午餐屈阳太开心太激动了，因为小千千喊他爸爸，这一天是他人生最快乐的一天。

汪洋回到家，一句话也不愿说，有种欲哭无泪的感觉，妈妈感觉儿子不对头。

“儿子，你回来，千寒怎么没回来，哦，你打电话说她怀孕了，是不是快生了？”汪洋妈妈很小心地问着儿子。

“妈，没了，千寒没了，孩子没了，全都没了！”汪洋像一块木头似的回答妈妈。

“怎么啦？！儿子，好好的，怎么就没了？！怎么就没了？！”妈妈被儿子的话吓住了。

“别问了，妈，千寒和孩子都去了，只剩下我一个人。妈，我也不想活了！”汪洋很绝望。

“你说什么，千寒和儿子都去了，这，这，这怎么回事……”爸爸像当头挨了一棒。

“孩子，别犯傻，你还年轻，以后的路还长着呢，我们前世作了什么孽，为什么要这么惩罚我们……”妈妈心痛得再也说不下去了。

“儿子，一切都会好的，我们都这把年纪了，也帮不了你什么，但爸爸相信你会熬过去的。”爸爸不知道如何安慰儿子。

“爸妈，儿子对不起你们，从没孝敬过你们一天，又要你们这么伤心，儿子是个没本事的人，也很难让你们过上好日子了。”汪洋低着头流着眼泪。

“孩子，别想那么多，只要你好好的，就是爸妈最大的幸福，我们过得很好的。”爸妈一起宽慰儿子。

“儿子，我一直没问你，苏音不是说去找你了吗？”妈妈转移话题。

“她在昆山，我见到她了，可是我们没说话，她已和我以前的同事屈阳有孩子了。”汪洋擦干眼泪。

“哦，怎么会是这样？人心难测啊，真没想到会这样，我一直认为苏音是个没人能比的好女孩，唉！不敢相信！”妈妈唉声叹气。

“妈，这也不怪她，因为我也爱上了别的女孩，还有什么权利让她等我，是我先背叛她的。”汪洋这时才感觉愧对苏音，走之前的晚上的那一幕幕浮现在眼前，他感觉自己真是个畜生，强暴了苏音然后一走就没一点音信，苏音爱上别人没有什么不对的。

晚上，汪洋一个人出来走走，这时他想到了苏音，在这条林荫路上苏音陪他走过了多少年，他们随心所欲地谈天说地，谈理想，争论一个问题，最后他常常败下阵，一直到他们参加工作，苏音本来可以留在大城市的，因为他她又回到了家乡……过去的一切都一幕幕浮现在眼前。他对不起苏音，苏音为了他付出自己的一切，包括女儿身，而自己背叛了她，今天的一切也许是老天爷对自己的惩罚。苏音找屈阳会比和他在一起幸福，他了解屈阳，不仅人品好，有责任心，而且做事又认真谨慎，总是喜欢为别人想，不像他那么自私，他也知道屈阳爱苏音，从他的眼神中就可以看出来，自己离开并且又没音信也给了屈阳一个好机会，这也许就是上天注定的。他轻轻叹息着，都是过去的事了，为什么还要想起。今晚的夜色特别黑，这黑就像他现在的生活让他窒息，没有一丝光亮给予他希望，他不知道自己能否走出这种黑，晚风吹到身上很凉爽，田里虫子的叫声更显得安静。孤独寂寞和夜色一样，他转身往回走，村子里稀疏的灯火影影绰绰，他向着灯火慢慢走回。

老板非常器重苏音和屈阳，特别欣赏苏音的才华，她知道苏音将来前途无量。所以她打算把苏绣坊交给苏音，自己这么多年太累了，她知道苏绣坊在自己手里不会有大的发展，如果交给苏音就不一样了，她把苏音叫到办公室。

“苏音，坐，我们成天都在忙碌，很想坐下来闲聊聊，这也是一种享受，今天下午我有点时间，所以就想到了你。”老板给苏音倒了杯茶和她对面而坐。

“苏音，在这儿住还习惯吗？”老板很关心苏音。

“习惯！就是你给我的待遇太好了，我很惭愧。谢谢你！老板。”苏音很谦虚。

“和我还客气啊，我们是很好的朋友，不必要客气，你需要什么只管说。”

“很好了，我已很知足，老板，太麻烦你了。”

“苏音啊，你是个很有才华的女孩，有情有义，这一点是我最欣赏的。我想把苏绣坊交给你管理，我相信你能把它做得很出色。”老板说出了心里话。

“不行的，老板，我喜欢艺术，但是管理上是不行的，请老板三思。”苏音担心自己的能力。

“没事的，我会把你扶上路的，凭你的聪明才智很快会接受的，我的思想已跟不上时代了，你年轻充满朝气，事业就需要你们这些年轻人去闯出新路子，苏音，要相信自己一定行！”老板在鼓励苏音。

“我……我……可能不行，老板。”苏音不敢接受。

“苏音，相信我的眼光不会差的，你一定行，还有我做你的后盾，怕什么。”老板已下定了决心。

“老板，那我就试试吧，有你我就不怕了。”苏音只好接受。

“苏音，准备一下，下个月全国绣品展销会就在我们昆山市举行，但愿我们的绣品又能领先。”老板很信任地望着苏音。

“知道了，老板，我好好准备一下，不会让你失望的，这两天我在设计一个新作品，争取在展销会上露面。”有老板的支持她也很自信。

“那好，苏音，你就抓紧时间动手吧，我相信你一出手就精彩，苏音，给，这是给孩子买奶粉的，不多，但是我的一点心意，你成天这么辛苦工作也很难，我对你的关心不够，真的不好意思。”老板给苏音一万元钱。

“不，老板，我不能要，你已经对我很照顾了，忙着工作是我应该做的，老板你这样我真的太过意不去。”苏音说什么也不接受。

“苏音，我如果是你的好朋友、好姐姐你就接受，如果不是那就不接受。”老板让苏音不得不接受。

“这，这，这，老板，我接受，我接受！谢谢你！老板。”苏音无法拒绝。

汪洋又回到昆山，不知是恋着吴千寒还是因为苏音，他自己都不明白，但是他深深知道苏音再也不会回到他身边了，因为他深深伤害了她，他租了间房子又找了份工作打算长久在这儿待下去。

一个星期三的下午，他下班刚回到租的房子楼下，恰好遇到屈阳也正在锁自行车准备上楼。

“屈阳……”汪洋不由自主喊了一声。

“你，汪洋，你怎么在这？”屈阳扭头看到汪洋，疑惑地看着他。

“哦，我就住在三楼三零二。”汪洋很怕面对屈阳。

“这么巧啊，我也住在三楼，在三零八。”屈阳有点冷漠。

“我们住得很近，我可以去你那和你聊聊吗？”汪洋想了解一些有关他和苏音的事。

“很抱歉，我忙，等有时间再说吧。”屈阳知道汪洋的心思，头也不回地回自己房间了。他不想理这个无情无义的人，更不想知道他的过去和现在。

面对屈阳的冷漠，他也无语了。回到自己房间躺在床上，一屋子的孤独一屋子的死气沉沉。他静静回味着和吴千寒甜蜜的过去。他脸上浮现幸福的微笑，泪水也慢慢滚落下来。

千千已经八个月了，特别乖，一些简单的话她成天咿咿呀呀说个不停，逗得苏音和妈妈笑得合不拢嘴。晚上，苏音把孩子哄睡着就在灯下搞她的设计，她是个好强而又追求完美的人，每一次出手都想出彩。所以她常常工作到深夜，她好像已忘记汪洋对她的伤害，在同事面前她很阳光，一个人时除了工作就是照顾孩子，屈阳在她面前来来去去她感觉很自然，但也没多想，她的生活和思想是那么简单而纯净，屈阳也习惯了苏音的这个样子，每天他总是细心地帮助和照顾着苏音和孩子，生活就是这么平静而又温馨，屈阳很知足，因为他能在苏音身边，他能感觉到苏音的一言一行、喜怒哀乐。

九

屈阳一个人住在这，汪洋就知道他和苏音还没结婚，可是那孩子是谁的，如果是屈阳的，为什么他们还分开住，难道是……汪洋不敢往下想，有这种可能，可是为什么父母都不知道呢，她瞒别人不可能不告诉我妈妈，汪洋真的不明白了。现在想这些有什么意义。都是过去的事了，他清楚和苏音再也不可能了。

汪洋去上班在楼下又遇到屈阳。

“早，屈阳。”汪洋和屈阳打招呼。

“早。”屈阳应一声骑上车就走。

“停一下，屈阳，把你的手机号告诉我一下好吗？”

“好吧，你还知道我们是老乡，上次遇到你，感觉我们好像是陌生人。”屈阳斜眼看了他一下就告诉了他。

“谢谢你！屈阳。”汪洋和以前判若两人。

屈阳骑上车就走不再理会他。

汪洋望着屈阳的背影有种说不出的难受。以前屈阳和他关系很好的。可是为什么现在这么冷漠，他没有什么对不住屈阳的啊。

屈阳也很纳闷怎么汪洋会一个人在这住，看到那天的样子像是结过婚，从那个女的脸上可以看出像怀孕了，因为她脸上有妊娠斑。他们一定出问题了，不然他不会一个人在这住的。屈阳不想去了解这个无情无义的人，也不想和他多说话。更不会告诉苏音，苏音现在生活得很好，不能让他再打扰苏音的生活。他不明白苏音现在还爱不爱汪洋，好像对谁她都不会有那种感情了，她的全部精力就是工作，如果不告诉苏音，有一天苏音知道她会不会怪他，过后再说吧。

苏音还想出一个新作品，再把以往的也拿出去就行了，但是这个新作品一定要超越以前的作品，她想创作一幅巨幅《孔雀东南飞》，二十四幅图组成一个完整的故事，第一幅是两只孔雀交叉地炫飞，第二幅是故事的开始，最后一幅一前一后飞去，各落下一滴晶亮的泪珠，每一幅之间都是飘动的音符。这样想好了，苏音一晚上把这幅巨画大致勾勒出来了，完成后心里有种说不出的美感，再勾勒几幅简单的作品让姐妹们绣。看看手机已经是凌晨三点了，关上灯才感觉好累。

汪洋在办公室翻看报纸无意中看到一个广告，下个月五号在昆山国贸三楼全国绣品展销会，一幅照片和下面的几句话吸引住他了，苏音，就是苏音，几次绣品夺冠的苏绣坊绣女苏音将亲临现场再次展示她惊人的作品。看到这些，汪洋很激动，他没想到苏音会在绣品上这么出色，他一定要去看看，一定要去。

五号很快就到了，国贸三楼的展销厅琳琅满目，每个展厅都拿出自己的绝活，在各色的彩灯下每一件绣品像披上一层朦胧梦幻般的色彩，苏音的更特别。淡蓝色的灯光，《倾城琵琶》、《梁祝》（这两幅是绣坊的其他姐妹共同绣的，原作珍藏在绣坊内）、《孔雀东南飞》这三件巨幅，再点缀一下很精致的其他作品，她们一律都穿镶着淡蓝色边的纯白色旗袍，披着淡蓝色的丝巾，吸引来成群结队的观众赞不绝口，有几位很有派头的客商在争着买作品，最后在三幅巨幅上互不相让，价格一直往上抬，《倾城琵琶》四十万被张老板抢去，《梁祝》五十五万被刘老板拿走，《孔雀东南飞》六十三万被赵老板拿走，他们都要求和苏音合影留念，展销会红红火火地进行着。屈阳看到苏音今天特别漂亮，还有她脸上的微笑是那么迷人，她的人就像绣品一样耐人寻味，像一朵带露的梨花，更像一杯香茗，飘着淡淡的醇香，屈阳真想紧紧抱着她，这个一直让他痴心爱着的女孩，他一转身发现汪洋也在旁边，欣赏着苏音的作品，更是在欣赏苏音，汪洋被苏音的作品和现在的苏音震撼住了，她的作品她的人像是不沾一点尘埃，那么清纯那么美那么高雅。

“你怎么来了，为什要来？”屈阳语气不太好。

“你能来，为什么我不可以？屈阳，你要知道今天的展销会不是只为你屈阳展销的。”汪洋毫不含糊地回应屈阳。

“你还来干什么难道对苏音伤得还不够狠？我希望你离她远点，她也不想见到你，并且她现在是我的，你如果赶再骚扰她小心我对你不客气。”屈阳狠狠地瞪着汪洋。

“呵呵，屈阳，没自信了吧，我说过要和你抢苏音了吗？今天我只不过来这浏览一下，何必那么凶，注意场合和你的形象。”汪洋说完走进人群不再理屈阳。

“你……”屈阳气得真想揍他一顿才解他心头的狠。

汪洋只是远远地望着苏音，他没有勇气再站在苏音面前，他也明白自己已伤透了她的心，苏音不会原谅他的。当初的无情无义已把他们的缘分彻底扯断，现在只是很歉疚，他不敢再奢望什么。他知道屈阳深深爱着苏音，今天屈阳出言不逊，他能理解，因为嫉妒，自己也很过分，他苦笑了笑走出熙熙攘攘的展销场，漫无目的地在大街上走着……背后飞过来一辆无牌照的小车一下就把汪洋撞飞了，然后就逃之夭夭，他重重地摔在地上，一会血染红了他躺的地面，旁观的人都吓晕了，瞬间围拢了很多人，好心人打了120急救电话，一辆急救车来就把他拉走了。

屈阳在帮着展销，给顾客介绍，谈价格，想签合同的留联系方式，屈阳忙得团团转，手机响了，他一看是汪洋的，想都没想就挂了，又打来了，只好漫不经心地到一边接一下。

“喂，你干吗？我在忙，没事我就挂了。”屈阳还没等对方应一声就没好气地甩了几句。

“你好，我们是昆山市第一医院的医生，这个手机是出车祸人的手机，他伤得很重必须马上手术，所以在他的手机上找到你的号码，希望你立刻到医院来。”电话另一头说完就挂了。屈阳吓傻了，半天没有反应过来，虽然他恨汪洋，但是此时他出事了，毕竟他们曾经是朋友，并且这他没其他熟人，他必须马上过去。

“苏音，你暂时给我支两万元钱，我有急事！”屈阳吓得汗珠大颗大颗地往下滚。

“怎么啦？告诉我！”苏音把钱给屈阳时被他的表情吓坏了。

“别问了，回来再告诉你。”屈阳拿着钱飞奔似的冲了出去。苏音望着屈阳失态的背影忐忑不安。

屈阳打的赶到医院，他拨了汪洋的电话，是个护士接的。

“告诉我汪洋在哪？！”屈阳火急火燎地问。

“哦，他在三楼急救室。一会你来三楼医务室把他的手机拿去。”

屈阳飞奔到三楼的急救室。

“你好，你就是屈阳吧？这是伤者的手机，你收好。”那个护士把手机递给屈阳。

“谢谢你！谢谢你！”屈阳用手抹着脸上的汗。

“不客气，你不要太难过了，他会没事的。”护士安慰屈阳几句就走开了。

来来往往的家属和医生，脸上都带着一片阴云，谁都不会多说一句话，心里也许都在祈祷，就像此时的屈阳，他在默默为汪洋祈祷，求求老天爷，汪洋千万别有事，他的手机又响了，是苏音的。

“屈阳，你在哪？发生什么事了？”苏音也很焦急。

“没什么事，一个朋友急需一点钱，事办好我才能回去，你照顾好孩子，这几天早点睡你太累了，知道吗？”屈阳怕苏音担心就撒了个谎。

他去给汪洋的手术费交上，然后就在手术室外焦急地等着，他真的很同情汪洋，在命悬一线时只有他这个不是朋友的朋友陪着他，心里真不是滋味，所以他一定会付出自己的一切挽救汪洋的生命。

一个小时过去了，两个小时过去了，五个小时后，手术室的门终于开了。

“医生，汪洋如何？”屈阳忙迎上去，看着手术床上汪洋苍白的脸。

“手术很成功，左腿小腿骨折，肋骨断了两根，其他没什么，放心吧。”医生很疲惫地回答屈阳。

屈阳守着汪洋等着他醒来，天已经黑了，他给苏音打了个电话，说明天再回去。

苏音知道屈阳一定有什么事瞒着她不想让她知道，她也不好过度追问，可是心里一直不安，想给屈阳打电话，好几次号已拨了都没打，既然屈阳不愿说就有他不愿说的理由。苏音一夜翻来覆去睡不着，第二天一大早就起来构思她的作品，可是怎么也静不下心来，只好翻开一本书看会。

第二天屈阳电话向老板请了十天的假，然后就关机了。苏音还是一直不放心，屈阳的电话关机，她更不放心了。从老板那知道屈阳请了十天的假。她意识到了事情的严重性，可是她却没办法联系上屈阳。

第二天汪洋醒过来，第一眼就看到了屈阳，才知道自己躺在医院里，身上腿上疼痛难忍。

“你醒了，汪洋，没大问题，很快就好了，别担心。”屈阳安慰汪洋。

“屈阳，是你把我送来的吗？谢谢你！谢谢你！”汪洋这时很愧疚。

“不是，我来之前已有人把你送来了，因为你存了我的电话，所以就打电话把我叫来了，没事，因为咱们是老乡是朋友，”屈阳微微笑笑。

“谢谢你！屈阳，不管以前我做得对还是错，希望你原谅。”汪洋有气无力地说着。

“你没什么对不起我的，你对不起的是苏音，也因为这样我很讨厌你。”说着说着屈阳气又来了，他强压着心头的怒火。

“我对不起苏音，我也知道你很喜欢苏音，真心希望你们能走到一起。苏音是个难得好女孩，我和她已不可能了，但愿你能好好爱她，能让她幸福。”汪洋说到这些眼泪下来了。他对汪洋说出了自己的故事。

“你放心，我会用我的生命去爱苏音，不让她再受一点伤害。你也不要沉浸在痛苦中，一切都会好起来，我相信你汪洋是个爷们。”屈阳担心汪洋会被这一切打倒。

“谢谢你！屈阳，我会好起来的，就像你说的要像个爷们。屈阳，你能告诉我那次遇到你们，你们抱的孩子是谁的？”汪洋突然想起了什么。

“她是……她是……别问了好吗？”屈阳不想要汪洋知道。

“我都这样了，屈阳，我们是老乡又是朋友，有什么不好说的吗？”

“她是你的女儿……”屈阳不想再说下去。

“我的女儿？我的女儿？”汪洋不敢相信自己的耳朵。

一提到这屈阳火气又上来了，“你知道苏音为了这个孩子遭受多大委屈和痛苦吗？你做过事竟然一去了之，苏音没办法在家待了，只好辞了工作说是来找你，其实就是她想一个人躲起来想把孩子生下来，你真是没良心！”屈阳指着汪洋真想狠狠揍他一顿。

“我不是人，我是畜生！苏音不会原谅我，我也不能原谅自己，我这个人太混蛋了，不是东西！”汪洋很懊恼地骂着自己。

“好了，都过去了，苏音也没怪你，更没恨你，她现在生活得很好，老板很重视她，她的绣品及设计在全国都有了一定的知名度的，所以她把一切心思都放在工作上，你给她的伤害她已慢慢淡忘了。汪洋，我警告你，不要再去打扰她平静的生活，她现在是我的。”屈阳狠狠地瞪着汪洋。

“屈阳，你放心，我不会再去打扰她，只要你让她幸福，我也就不会那么愧疚了，我也希望你好好疼爱我的女儿。”汪洋的心像刀割一样。

“我一定会，现在千千已会说话了，见我就喊爸爸，我真的开心极了。”屈阳脸上洋溢着幸福。

汪洋感觉好累，他闭上眼睛，任泪水慢慢滑落。

屈阳在医院陪了汪洋十天，这十天他几乎没和苏音联系，他想了很多，将近两年了他看不出苏音是否喜欢自己，难道她心里还想着汪洋，可是自己是那么爱她，如果苏音真的还爱着汪洋，他是否该成全他们，何况他们已经有了一个女儿，应该怎么办？他问了自己千遍万遍。

他要让自己冷静地想想，他知道苏音现在担心他，他还是忍住不去联系她。

汪洋出院了，屈阳把他送回住处，还得照顾他。安排好他的一切才能去上班。

他刚到办公室，苏音就来了。

“屈阳，你这些天去哪了？为什么手机一直关机？”苏音疑惑地看着屈阳。

“我，我，我有事……”屈阳很矛盾不知道该不该说。

“如果你不能说我就不必问了。”苏音有点生气了，转身就走。

“苏音……我……我……”屈阳还是没说。

苏音头也不回地走了。以前中午他都会到苏音那吃饭，可是现在下了班就匆匆地往住处赶。苏音不解，司微也不明白到底是怎么回事。

“苏音，你说屈阳这些日子怎么啦？”司微很困惑。

“不知道，我问了他吞吞吐吐地不说，当时我真的生气，后来想想也许是他的隐私，所以我就不生气了。”苏音淡淡一笑。

“对你都不愿说，那就不必再问了。”司微伸一下舌头做个鬼脸。但是她还是很好奇的，想去看看到底有什么事，中午下班她默默跟在屈阳后面。

屈阳匆匆赶回来，先去汪洋那给他做饭，给他洗脸喂饭这一切司微都看得一清二楚。然后默默离开，她不知道那个男的是谁，为什么他会那么照顾而又隐瞒，司微真的不明白。

司微回来把看到的一五一十都和苏音说了。

“苏音，你说那个男的能是谁？像伤得很重。”司微问苏音。

“哦，他长得什么样？”苏音想从相貌看看自己是否认识。

“人长得很帅，他嘴角下方有颗很大的黑痣。”司微慢慢回忆着。

“哦，我知道了，是他。”苏音一惊，怎么会是他？

“是谁啊？你认识？”司微盯着苏音。

“以前一个同事，别说了，赶紧吃饭吧。”

“妈妈，妈妈……抱抱……抱抱……”千千向苏音撒娇。

“好的，让妈妈抱抱宝贝，这些天妈妈太忙了，宝贝最乖。”苏音很少抱千千，因为成天忙得很多事都忽略了，多亏妈妈在这照顾着孩子。

“千千，来，让阿姨亲亲。”司微特别疼爱千千。

“阿姨，抱……抱。”千千伸着小手要司微抱。

吃过午饭进房间想继续自己的创作，可是心怎么也静不下来，汪洋是不是出事了？伤那么重为什么他老婆不在他身边？为什么他会一个人去租房子？这些苏音都感觉是个谜，回头想想他和自己现在已成陌生人了，干吗去想他的事，她把电脑打开选了首舞曲，希望能赶走脑子里那些不该想的琐事。

第二天上班苏音遇到屈阳和他打招呼，感觉他有点躲躲闪闪的。

“屈阳，你怎么啦？身体不舒服吗？”苏音看到屈阳很憔悴。

“没什么，就是有点累，好好睡一觉就好了。”屈阳不敢看苏音的眼睛。

“屈阳，你没和我撒过谎，你看着我，告诉我到底发生什么事了？！”苏音眼睛一眨不眨地看着屈阳。

“我，我，我告诉你吧，汪洋出了车祸，这些天我一直在照顾他。你别担心，他现在好多了。”屈阳知道再隐瞒就没意思了。

“哦，这样啊，那你为什么要瞒着我？”苏音不解。

“我，我是怕你会多想，对不起！”屈阳说出了心里话。

“那是你多想了，我还会对他有什么感情吗？你不知道他是怎么伤害我的？从那天起我就彻底忘了他。你太不懂我了！屈阳。”苏音很难过。

“对不起！苏音，是我多想了，对不起！”屈阳感觉自己太小心眼了。

“屈阳，我对你如何你不明白吗？我怎么可能辜负你？！你真的不懂我，我和他仅仅是认识的人而已。”苏音很伤心屈阳还是不懂自己。

“对不起！苏音，我知道你对我的感情，可是因为我太在乎你怕失去你，所以……我错了，不生气好吗？苏音。”此时屈阳才知道苏音已爱上他了，他很激动也很懊恼自己有点小肚鸡肠。

“中午下班我和你一块去看看他，他毕竟和我们是同乡，在这除了我们两个他再没有其他熟人了。”苏音还想征求屈阳的意见。

“好的，我们一块去看看他，他现在的确很可怜。”说出了这些屈阳心里轻松多了。

十

汪洋一个人望着窗外胡思乱想，屈阳和苏音推开门进来。

汪洋不相信苏音回来看他。

“汪洋，苏音来看看你，你们先聊着我给你做饭去。”屈阳去厨房做饭让他们说说话。

“好些了吗？汪洋，我刚听说，所以就来了。”苏音说话很平静，就像面对一般的朋友，以前的事好像从没发生过。

“好多了，谢谢你！苏音。”汪洋很激动他不敢看苏音，因为他无法面对这个曾经爱过而又深深伤害过的女孩。他低着头不知道该说什么。

“汪洋，过去的事就让它过去吧，我都忘了，其实我很感谢你，没有你我不会走出来，也不会有今天的我，也是你让我看清了很多事和很多人。”看到汪洋这个样子很让人心酸，她只希望汪洋早日康复。

“对不起！苏音，我真的没脸见你，我不想求得你的原谅。”汪洋很痛苦。

“汪洋，你错了我也错了，其实我们根本不是一路人，你走后就没了音信，我怀了你的孩子，那时我是很痛苦很恨你。当我离开家乡来到这，才深深感觉到你从没爱过我，所以才会那样，当我抱着我们的孩子看到你搂着另一个女孩在逛超市时却把我当成了陌生人，我几乎都崩溃了，但也看清了也明白了，你曾经对我的并不是爱情只是男人的一种占有欲。”苏音说到这时眼泪几乎都下来了。她尽量让自己平静下来微笑着。

“苏音，那个孩子是我们的？！真的吗？”汪洋太激动了。

“那个孩子虽然是你的，但现在和你没任何关系了，也不需要你负责，她现在已会说话了，喊屈阳爸爸，他们就像对亲生父女。过一段时间我就和屈阳结婚了。”苏音不要汪洋再多想。

“哦，但愿屈阳能疼爱她，祝福你们。”汪洋一下像泄了气的皮球。

“他非常疼爱千千，对我也非常好，一直在照顾我和孩子，没有他我真的很难走过来。你和那女孩如何了？”苏音转移话题。

“哦，千寒生孩子时突发急病去了，孩子也没了。”汪洋轻轻叹了一声，这时的心情低落到了极点。

“对不起，我不该问这些，过去的都让他过去吧，沉浸在痛苦中没有任何意义，就像我走出来感觉自己很了不起的，今后你的路还长着呢，一切都会好起来的。”苏音不愿看到他的低落。

屈阳在厨房做饭他们的说话他听得一清二楚，特别是苏音说很快就要和他结婚的事，他激动得锅铲都掉在了地上。终于感动苏音了，他怎么会不高兴呢？

汪洋心里很不是滋味，他知道自己内心深处还是很在乎苏音的，他多么希望能回到过去，可是美好的一切真正成了过去，面前的苏音离自己好远好远，她的声音也变得像在梦中，他不敢看苏音的眼睛，也不敢面对屈阳，他很感激屈阳对自己的照顾，也很感激他对苏音和孩子那么好，可是心里却是酸酸的。他多想能握一下苏音的手，多想能抱抱女儿，再听孩子甜甜地喊一声爸爸，但这只是一种奢望，多么不可能的奢望。表面上汪洋装得很平静，吃过饭，目送苏音和屈阳离去。

“苏音，你说的话是真的吗？”屈阳送苏音回去，很激动。

“什么话啊？”苏音不解地望着屈阳。

“刚才你说的，很快就和我结婚了。”屈阳盯着苏音的眼睛。

“哦，那是我不想要汪洋再多想才这么说的，你不要在意啊，屈阳。”苏音已不想再谈及个人的事，事业可以让她忘记痛苦，忘记过去，忘记一切的一切，沉浸在艺术里，一切都变得那么美好，那么充满诗情画意。

“苏音，对不起，我会等，等你接受我的那一天。”屈阳沸腾的心突然降温了。他骑着自行车不再说话，苏音贴着他的背，他能感觉到苏音的心跳和体温，屈阳真希望就这么一直下去，他是个多么幸福的人。

苏音每天都沉浸在自己的创作中，偶尔有点时间就会和屈阳一道去看望汪洋。屈阳很不希望苏音去，但是又怕苏音说他小气，不过这样也很好，他可以骑自行车带着苏音近距离地接触，感受她的心跳和体温，甚至苏音的气息轻轻地拂过他的脖子和脸颊，这对于屈阳就是最大的享受。

“真不好意思，屈阳，苏音，你们工作那么忙还来照顾我，谢谢你们！这谢字太轻了，但是我还是发至内心地谢谢你们！”汪洋真感觉对不住他们。以前做了那么多错事，特别是苏音……真感觉无言面对她，他认为苏音不会原谅他，真没想到苏音那么大度，但是他很难过，说明苏音已不在乎他，已放弃了他们的感情。

“没什么，作为朋友和老乡我们应该的，希望你早日康复。”苏音好像把过去的一切全都忘了，把汪洋只是当作朋友和老乡。

“汪洋，你很快就会好起来的，和我们说谢谢就见外了，有事只管打电话找我。”屈阳很真诚。

“谢谢苏音！谢谢屈阳！你们对我的这份情今生我都难还上。”汪洋感动得眼眶湿润了。

“屈阳，你们聊我做饭。”苏音感觉没什么话再说下去。

“苏音，冰箱里我昨天给熬的排骨汤，你给热一下，把馒头放在上面也热一下就行了。”屈阳告诉苏音怎么做。

“好的，一会就好，你们聊。”苏音去厨房。

“屈阳，你可不可以让我看看女儿？”汪洋知道有点过分了，但是他真的希望看看自己的女儿。

“不行！汪洋，我当不了家，你和苏音说。”屈阳立刻就拒绝了，他不想做苏音不喜欢的事。

“我知道，苏音不会答应所以就和你商量，不行，我就不强迫你了。”汪洋很失望。

“嗯，你知道就别说了，好好养伤，伤好了你还得工作。”屈阳把话题岔开。

“屈阳，我已经可以照顾自己了，不想再麻烦你们，因为你们都很忙，我的伤没有大碍了。”汪洋不想再拖累他们。

“那好，你就好好照顾自己，有事就打电话给我。”屈阳给汪洋收拾一下桌子。

第二天，屈阳接到妈妈的电话，说爸爸病危在医院，让他速回。屈阳挂了电话，请了假，把这事告诉苏音，就坐上回家的火车。

还是回来晚了，爸爸已经去世了。屈阳拉着爸爸的手痛不欲生，再也感觉不到爸爸手的温度，他对不起爸爸。

“孩子，别太难过了，你爸爸前几天每天都在念叨你，谁知他就这么突然地走了。”妈妈见到儿子回来心里不知道是啥滋味，还是安慰儿子，不忍心看到儿子太伤心太自责。

“爸爸，你为什么不等我回来，我知道你有好多话要和我说，我回来了，你说话啊，爸爸，我在听，你说吧，爸爸，你说话啊……”屈阳把爸爸冰凉的手放在自己脸上。

“弟弟，别哭了，爸爸走了哭不活了……”姐姐见弟弟这么伤心给他擦着眼泪，又搂着弟弟痛苦。

屈阳把爸爸送下地，感觉家突然间空了，好像一切都让爸爸带走了，包括房间里的温暖，满屋子阴冷阴冷的，他怀里还抱着爸爸的照片不愿放下，他太久没有这么陪着爸爸了。

这时苏音打电话来，姐姐把爸爸的照片夺过来放在桌子上，轻轻地摸着他的脸。

“屈阳，叔叔的病情如何？这两天千千生病，没顾上问你。”苏音急切地问。

“谢谢你！苏音，我爸爸他，他已走了。”屈阳多想苏音此时能在他身边啊。

“啊！叔叔走了！你为什么不告诉我，让我也送他老人家一程。”苏音有点不相信自己的耳朵。

“对不起苏音，你有这份心我就很感激了，太突然了，我无法接受，也没来得及和你说。”屈阳只顾伤心，真的都忘了。

“屈阳，人死不能复生，你也不要太难过了，在家多待一天好好照顾阿姨。”苏音安慰着屈阳，也很牵挂他。

“谢谢你！苏音，你也要照顾好自己，我等到过了五七再回去，有什么事你一定要告诉我，知道吗？”屈阳很牵挂苏音。

“我会照顾好自己，孩子还有妈妈，你就在家好好陪陪阿姨吧，你也记住照顾好自己。”没有屈阳在身边苏音好像心里很不安，这段时间依赖屈阳已成了习惯，苏音知道这样不好，她希望屈阳能够幸福，虽然她知道屈阳爱她，可是自己配不上她，他应该找个女孩，她会默默地祝福他们。

“谢谢你！苏音，我会的，好想听到千千的声音，听她喊声爸爸。”屈阳默默告诉苏音，他已是孩子的爸爸，并且很爱这个孩子。

苏音挂了电话。她不想再说下去，心里明白屈阳的意思。

儿子啊，你女朋友谈好没有？屈阳的妈妈望着儿子。

“妈，我还没慎重考虑这个问题。”屈阳现在还不能说他已深深爱上了一个带着孩子的女孩，他怕妈妈接受不了。

“儿子，你已不小了，其他比你小的也都有了孩子，你的事没办你爸死不瞑目啊，我们一直没有强求你做过什么事，你成家了我也就放心了。”妈妈真希望儿子能早点成家。

“妈，不急的，我一定给你找一个你满意的儿媳妇。”屈阳感觉很对不住爸爸的。

自从屈阳回家后，苏音就没再去看汪洋，他已可以照顾自己了，没有屈阳陪着去他感觉不合适，也怕汪洋多想，他们不可能再重归于好，她的心早已死了，所以不必要再去找多余的烦恼，她静下心又投入到工作中了，只有创作才是她的快乐，她可以把自己的含蓄、唯美、飘逸融进作品中去，那就是她的情她的爱。可以让她忘记所有的烦恼，可以找到真实的自己。她会就这样一直走下去。

星期五下午苏音下班到家，推门见汪洋正哄着千千在玩，她愣在那不知所措。

“苏音，对不起，没和你打招呼我就来了，想看看婶子和孩子，我没别的意思，请原谅我这么冒昧。”汪洋也觉得自己这样有点过了。

“哦，没事，你的伤全好了吗？我很忙没顾得上去看你。”苏音淡淡地说了这些。

“叔叔，抱抱我，抱抱我，叔叔，”不知为什么千千有点黏汪洋。

“下来，千千，乖，来姥姥抱抱，叔叔生病还没好呢。”苏音的妈妈硬把千千抱过来。

“我不，我不，我要叔叔，我要叔叔。”千千在撒娇。

“千千，好孩子，叔叔好了再抱好吗？千千是个听话的孩子，你和姥姥陪着叔叔，妈妈做饭。”苏音感觉自己没什么话可说，又怕很尴尬，所以就让妈妈陪着自己去做饭。

“苏音，不麻烦你了，我就走，下次再来看你们，婶子再见，千千，叔叔走了。”汪洋很不舍，但是他也看出苏音的冷漠，再坐下去就没意思了。

“下次再来，汪洋。”苏音的妈妈也看出他们之间的别扭，所以也不强留。

“叔叔，拜拜，拜拜。”千千挥着小手。

汪洋是多么不想走啊，他们本来是一家人，一个温馨美好的家，现在已不属于自己，自己现在仅仅是一个客人。

“苏音你不该这样，过去的就让它过去吧，还记恨那些有什么意思啊，孩子，该放下的就放下吧。毕竟我们都是在外漂流的人。”苏音妈妈把门关上。

“妈，其实我已放下了，在他受伤期间我和屈阳已看过他几次了，只是我不想要他来见千千。他没资格。”苏音怕汪洋会有其他居心，怕他会抢走女儿。

“其实妈妈也不想见他，我怕会给你再招来烦恼，妈妈知道你内心很苦很委屈，妈妈不能帮上你什么，只想守着你和千千。”

“妈，我懂，他最好下次别再来，我们现在过得很好。”想到过去的一切，苏音真的不愿再见到汪洋。

“好的，孩子，下次见到我就和他直说，不要来打扰我们。”苏音的妈妈理解女儿的心。

汪洋离开苏音的家，感觉到了苏音的冷漠，他知道自己对苏音伤害太深了，她不可能再接受他，所以以后他再去也没有意思了，虽然他想见女儿，那也只能远远地看一眼了。知道自己不该再去打扰苏音和女儿的生活，有屈阳他们很幸福。他只有默默地祝福他们。

十一

屈阳最近腰疼得越来越厉害，他一直认为是自己太累了，有一天疼得直不起腰，只好去医院，检查结果是尿毒症，医生说必须立刻住院治疗，如果有合适的肾源很有希望治好的。屈阳不知道如何是好，不能让苏音知道，他去找汪洋。

“屈阳，你脸色那么差，怎么啦？生病了吗？”汪洋感觉屈阳脸色不对头。

“汪洋，我，我……唉！不说了。”屈阳心里很难受，他知道自己无法再照顾苏音娘三个了。“汪洋，你答应我一件事可以吗？”

“什么事？你说，今天怎么啦？吞吞吐吐的。”汪洋感觉到屈阳真的有事。

“我，我得了尿毒症，可能不会坚持多久了，我希望你和苏音重新和好，好好照顾她和孩子，不要再做对不起她的事了，你们其实本来是一个很美满的家庭。”屈阳的心在流血。

“什么？！什么？！怎么可能？一定是误诊，你身体一直很好的。”汪洋不敢相信自己的耳朵。

“是真的，你看这是病历。”屈阳把病历给汪洋看。

汪洋接过病历，傻了。“屈阳，你别灰心一定可以治好的！我们想办法，一定可以治好的。”汪洋知道这种情况只有做肾移植。

他知道自己和苏音已经不可能了，只有屈阳能给苏音幸福，小千千也离不开屈阳，所以他一定要想办法帮助他们。

先安排屈阳住院，再去找医生看看自己的血型是否合适，结果很幸运。他把苏音约出来。

“你找我有事吗？”苏音就像对普通朋友一样。

“是这样的，苏音，是屈阳的事，也是我的事。”汪洋也怕苏音误会。

“哦，你说吧，屈阳有什么事？”

“屈阳，病了，在住院。”汪洋真不愿意说。

“屈阳病了？在住院？不会吧，昨天我还看见他呢，我已和他商量好五一我们就结婚了。你说他病了，什么病？”苏音不太信。

“是真的，就在第一人民医院二楼四房二床，尿毒症。”汪洋很吃力地说了这些。

“不，不会的，绝对不会的！”苏音像当头挨了一棒差点晕过去。

汪洋轻轻扶住了她，“苏音，你也不必要太难过，这也不是绝症，可以换肾，就是医疗费得二十万。”汪洋在经济上是无能为力了，他知道苏音可以。

“我一定要把他治好，他不能倒下，汪洋，你带我去看他，现在就去。”苏音傻了一样，将要得到的幸福眼看要化为泡影。

他们匆匆来到医院。

才一天没见面，屈阳憔悴了好多。

“屈阳，你怎么啦？告诉我，你怎么啦？是不是为我们娘几个累坏了？是不是叔叔去世你太伤心了？”苏音扑倒屈阳的病床前，紧紧拉着曲阳的手，好像怕他走掉似的。

“你怎么来了，没事，我就是有点累，歇歇就好了。”屈阳强作笑脸。

“你别瞒我好吗？汪洋已和我说了，屈阳，你放心，你一定没事，只要有我在。”苏音把屈阳的手放在自己的胸口上。

苏音和汪洋走出病房，到院子里。

“苏音，我已检查过，我可以把肾移植给屈阳，他很快就会好起来的。”汪洋安慰苏音，可是内心说不出的滋味，因为自己得了心脏病也没希望了，他希望把自己的肾给屈阳，让屈阳好好陪着苏音，今生自己是没有希望了，只有这样才能给苏音一点帮助，才会给自己一点安慰，并且告诉医生帮助隐瞒。

“可是对你身体影响也很大，你还没有安家，这样不行啊。”苏音没想到汪洋会这样做，可是自己也很矛盾，她知道汪洋是为了她。

“没事，苏音，为了你和孩子就是要我的命我都给，何况仅仅只是一个肾呢。”汪洋很激动，他希望苏音理解他的心，装作没事的样子。

他们来到主治医生的办公室确定手术的时间。

“你好，医生，我是屈阳病人的家属，我想听听你怎么安排治疗。”苏音还是不想用汪洋的肾，她怕欠汪洋的情无法还。

“哦，昨天这位汪洋先生身体已检查过，他的肾可以移植给患者，你把手术费准备好我们尽早手术，早一天手术就多一点希望也减少病人的痛苦，晚了即使换了也没意义了，请你放心我们的技术，这种手术现在已不是难题了。”医生充满希望地望着他们。

“医生，你看什么时间手术合适，就像你说的尽早。”汪洋也想早一天手术，虽然手术后自己又可能下不了手术台，这就是命，他无怨无悔。

“那就一周后，你们做好一切准备。”

苏音准备费用，可是自己仅仅不到十万元钱，在这向谁借钱啊，她想到了老板。

她给老板打了个电话：“老板，我想麻烦你一下，不知你可不可以帮我，因为除了你再没有人能帮我了。”

老板：“苏音啊，你说吧，什么事，只要我能做到的。”

苏音：“我男朋友屈阳得了尿毒症得做移植手术肾，需要二十万元手术费，我只能凑够十万，你可不可以借我十万，我把在家绣的一幅长卷给你，你看能值多少钱，不够我会尽快还你的。”

老板：“说哪去了，苏音，没问题，我一会儿就找人给你送去。苏音，你是我最看重的人，这点小事算不了什么，你的那幅长卷自己好好保存，我相信你将来会有大出息。今后有什么事你尽管说。”

苏音：“谢谢你老板！！！谢谢你！”苏音不知道如何感激老板，只有好好地工作，给绣坊出更多的好作品才能对得起老板。

汪洋和屈阳同时被推进了手术室，苏音紧紧抓住他们的手给予他们鼓励的微笑，屈阳也微笑着，而汪洋的泪水再也不能控制住，他知道这是他和苏音的诀别，无声的诀别，他此时才觉得生命是多么的美好，可以看到爱的人及这个多彩的世界，一会他就会坠入黑暗的深渊，再也看不到苏音和孩子，再也看不到这阳光，他多想清清楚楚看清苏音的脸，好让他在另一个世界不那么孤独，虽然苏音已不再爱他了，但是他也想把她的样子带走。泪水还是模糊了一切，模糊了苏音……

手术室外苏音默默为他们祈祷，曾经对汪洋的恨一点都不存在了，他此时只是自己生命里的一个亲人，还有屈阳，这个现在爱着的男人，这两个人都在揪着她的心，希望上天能保佑他们都平安无事。时间一分一秒地过去，每一秒都太漫长，长得让她喘不过气来，让她就像溺水的人，随时都可能停止呼吸。她的每一根神经在一点点地拉紧……

手术室的门终于开了，苏音一下扑了上去：“医生，医生，他们怎样？”

医生摘下口罩：“肾移植很成功，可是捐肾者已经走了，我们也尽力了！”

苏音不敢相信自己的耳朵：“你说什么，汪洋，汪洋他走了？这怎么会？他不是好好的吗？怎么就走了？”

医生：“也许你还不知道，捐肾者有心脏病，他自己也清楚自己下不了手术台。”

苏音傻了，她不知道是高兴还是难过，屈阳得救了，而汪洋走了，为什么会这样，为什么？这难道就是命？

三年后，屈阳完全恢复，苏音和他结了婚，他们带着千千回老家到汪洋坟上送纸钱。屈阳把四碟小菜摆好，倒上酒。

屈阳：“汪洋，我的兄弟，是你给了我第二次生命，为了我你就这样无声地走了，我不会原谅你，如果我知道你也是在病危，我绝不会要你的捐赠，我太浑，就应该拒绝你！现在说什么都晚了。汪洋我把你的千千带来了，她是个好孩子，现在已经上幼儿园了，见到千千你高兴吗？来，我陪你喝一杯，我的生命有你的一半，兄弟，我们两个的生命会好好爱苏音和千千，你放心吧，汪洋。千千，给爸爸跪下磕两个头。”

千千：“爸爸，我来了，你听到千千叫你吗？虽然我见过你，但是不知道你是我爸爸，原谅我，爸爸，你放心，我会好好上学，会好好照顾妈妈。爸爸你放心吧。”

苏音：“汪洋，我们都来看你了，对不起，我不该不让女儿认你，我知道你也很爱她，因为以前我太恨你的无情，都是过去的事了，一切都过去了，可是你也走了，我早已经原谅你了，我知道我不是你真正爱的人，真正爱你的人走了，现在你可以去找她了，你放心，我会把我们的女儿培养成才，将来一定比我们有出息。”

他们又去看望汪洋的父母，他们虽然才六十多岁可是已白发苍苍，老眼昏花，身体佝偻成一张弓，他们走进了这破败不堪的院子。

苏音：“叔叔婶婶在家啊，我们来看你了。”

两位老人陌生地看着他们：“你们是？”

苏音：“我是苏音，这是我爱人，这是你的孙女千千，千千，叫爷爷奶奶。”

千千：“爷爷，奶奶……”

两个老人顿时流下眼泪：“我的好孙女，我的好孙女，自从你爸爸告诉我们说你是我们的孙女，我们天天盼着能见到你。爷爷奶奶，可算见到你了，我们以为在有生之年再也见不到我的孙女了，见到了，老天爷还是让我们见到了，让爷爷奶奶好好看看，好好看看。两个老人搂着孙女舍不得松开，从头细细看到脚，摸摸她的头，摸摸她的脸，摸摸她的小手。孩子可不可以在爷爷奶奶这多待一天啊？”

苏音：“叔叔婶婶，孩子后天就开学了，放假时我再带她回来看你，你们也可以去昆山啊那儿也是你们的家。”

屈阳：“是啊，叔叔婶婶，那儿也是你们的家，过几天你们把这安排好，我来把你们都接去，好吗？”

两个老人用袖子擦干眼泪：“孩子，谢谢你们这份孝心，我们在这习惯了，这儿也是你们的家，只要你不嫌我们这苦，我们随时欢迎你们回来。”

苏音：“好的，一定，我们一定会常来的，叔叔你们多保重，我们得走了。”

两个老人：“吃完午饭再走吧，孩子们，你们只是回来站一会儿，我们心里难受啊。”他们嗓子哽得说不下去了。

苏音：“吃完饭就赶不上车了，叔叔婶婶，见到你们就成了，我们走了，多保重。”

两个老人把他们送到村外，还在望着，苏音回头向他们挥了挥手：“回去吧，叔叔婶婶。”

千千：“回去吧爷爷奶奶，放假我就回来了，爷爷奶奶，回去吧。”

风扬起两个老人破旧的衣衫，他们像两棵冬天里的树在风中……

记着我们的约定

JIZHEWOMENDEYUEDING

人　物

单欣：一个二十岁安徽师范中文科的大二女学生，多愁善感，文静，一双大眼睛里总是在沉思一些东西。她不仅文采好，诗歌、散文诗、歌词、小说、剧本写得都非常棒，是他们科的美女才女，也是校花，更是学校小有名气的校园作家，老师关注的对象，也是男生心目中的偶像，她无论在哪都是一道亮丽的风景。她和工大的朝阳相爱了，却突然查出了白血病，这给她年轻的生命好像要画一个叹号，他们的爱情也是致命的打击，她开始无法接受，很快就平静下来，人生老病死天命不可违，但是在她离去之前一定在完成一部作品。她必须得离开这个给她梦想给她快乐的校园，就向学校休学一年。她相信这一年与死亡的搏斗她会是赢家，因为她是个顽强而生命力旺盛的女孩。她怕朝阳受不了如此打击，没有告诉他真实原因，就撒了个谎，约定一年后的今天再相见，不要任何联系。这样虽然很残酷，但是没办法，只有这样，无须解释：记着我们的约定。

朝阳：一个帅小伙，安徽工业大学大三学生，二十二岁，多愁善感，不善言辞，也写得一首好诗，常在一些文学刊物刊发。

李程：朝阳的同学，性格开朗。

王云、石雨、李平：单欣的同学，单纯的女孩。

刘会：单欣的母亲，五十二岁，农民。

单强：单欣的父亲，五十六岁，建筑工人，老实憨厚，农民。

韩淑：朝阳的母亲，五十四岁，小学数学老师，很精细的知识分子。

朝向东：朝阳的父亲，五十六岁，建设局局长，肥头大耳。

许尘：单欣的班主任，三十六岁，一个很潇洒、充满诗情画意的男老师，校园画家。

其他人物：大伯单理六十岁。
大妈吴仪五十多岁。
叔叔四十多岁。
大哥单华三十岁。
小哥单一二十五。
朝阳姥姥七十二岁。
王医生，校长，校主任。

主要内容

单欣，安师大大学生和安工大的大学生朝阳恋爱了。朝阳几乎每周都来看望单欣。这天他又来看单欣，单欣感觉他们这么频繁交往会影响学习，他朝阳是合肥市人，家境又好，而她不能，因为她是个农村女孩，父母为了她上学省吃俭用。她是他们村出来的唯一一个大学生。为了前途，为了父母和家乡的亲人，她不能这么浪费时间，因为她还小，必须把一切精力都放在学习上才能对得起父母。也打算把这份感情冷却一段时间，更能看出朝阳的真心，也可以衡量这份爱的真伪。所以她就提出一年后再见，并且不打电话不发信息。一年后在镜湖边再相见。这是他们的约定。

没想到单欣突然得了白血病，她几乎绝望，一直暗恋她的班主任许尘全身心地帮助了她，为了她卖了房子，还请半年的假天天陪着她。他怕，怕她心爱的女孩会被病魔夺走，所以他不分白天黑夜地守在她的病床前，单欣被病折磨着也苦苦折磨着他。接着单欣的父母相继去世，他真怕单欣会倒下去，他和单欣也有个约定，明年暑假开学单欣一定要回到校园。在他的帮助和鼓励下单欣的病慢慢好起来。

新的学期来到了，单欣想把在治病期间写的剧本当面送给朝阳，在他们约定的时间在镜湖边见面了，而朝阳已不认识她了，因为她的头上还没长出一根头发，一身极朴素的衣着，憔悴得变了样。她只好离去。回到校园，在开学典礼上和一家电视剧公司签了这个剧本的合约。把所得的费用捐给老家修了一条马路。和许老师的约定没有失约，她又回到了校园和老师同学们在一起。爱让她有了新的生命，让她战胜了病魔，也开始了她新的一天，她也把爱给了别人。

片头曲

青春岁月

激情澎湃的岁月，
给年轻的旅途洒下一片色彩，
它像一列火车隆隆开过，
路旁的美景并没让我们停下来。

青春里有太多冲动，
让镜中花水中月难以释怀，
爱像微风掠过清纯心田，
一种抉择又让我们悄悄地离开。

青春里有太多梦幻，
也有缤纷的无奈，
当我们唱着歌走来，
远处别有一番风景在等待。

青春里有太多雨季，
也有晴空的青睐，
当一首诗渐渐饱满，
我们又匆匆奔向下一个季节。

片尾曲

走　开

你看不到我的走来
也不懂我的离开
梦想美好，现实太无奈
你陌生的眼神把爱掩埋
我只好一步步后退
离开你的世界

你不明白我的现在
也不懂我的未来
幻想太远，添不上色彩
这个春天花还在为谁开
我把往日丢在风中
也丢弃那份爱

当真情已不存在
我只好走开
在自己的路上
留下一处风景，一路风采

主题曲

青春无恙
狂风暴雨袭击着花蕾
欲绽放的生命任风劲吹
摇摇欲坠迂回多少悲伤
是脸颊不能流下的泪
停不下的脚步，知道自己是谁
梦在前方，爱在路上

睁开眼屋里一片阳光
那是爸妈望着我的目光
轻轻地拂去我心头的迷茫
走出去迎着早春的微凉
停留的瞬间，明白应该怎样
生命可贵，青春无恙

青春无恙，花儿绽放
春风里，春雨中
生命发出璀璨光芒
热血沸腾，卷起青春的痴狂
那是诗，那是歌，那是成长

第一集

这是一个秋季开学的第一天清晨，在镜湖边，朝阳约单欣到湖边走走，他从合肥赶来早早就到了，单欣还没到，他一个人望着微波涟涟的湖面，好久没见单欣了，很想她的。

单欣（轻轻地走到朝阳背后）：对不起，朝阳，让你久等了。

朝阳（一回头）：单欣，你来了，没事，等你是我很美的事。

单欣（微笑着）：朝阳，别这么说，你大老远赶来，我应该先到，是我太没礼貌了。下不为例。

朝阳（很动情地）：单欣，和我别这么见外好不好，我们已经相识两年了，我知道你的时间很宝贵所以很少去打扰你，在闲暇的时间就想静静地想着你，想着你的笑、你的长发、你的背影、你的眼神、你的诗，唱着你写的歌，这一切的一切好美好美的。

单欣：呵呵，别这样好不好，我可没你想的那么美，也难怪你是个诗人，所以把很多的东西都美化了。

朝阳：呵呵，这是我的感觉，感觉一个真正的诗人。

他们慢慢往前走，迎着水面吹来丝丝凉的风。

单欣：我们有多久没见了？我记不得了。

朝阳：两周，这两周好漫长，长得让人无法忍耐，假如我们在一个校园多好，每天都可以见到你，哪怕是远远地看一眼也知足。

单欣（很平静）：别这样，我们还年轻，还是个学生，我们身上都寄托着父母对我们极大的希望，我们没有理由过多浪费时间。

朝阳（站在单欣面前）：单欣，你看着我，看着我的眼睛，我爱你！深深地爱你！你不该这么冷漠，这样我会很心痛！很痛！

单欣（一直望着远方）：我知道，朝阳，但是我不会忘记自己还是个学生，也许对于这个字我还不太懂，因为我们都还小，还没踏入社会，再给彼此一些时间和空间好吗？

朝阳：你告诉我，爱我吗？告诉我，每次我的满腔热血总是被你的冷静击溃。

单欣（依然平静）：爱！你还用我说吗？不爱你，我会一次次见你吗？会和你去吃饭吗？会和你这么浪费时间吗？会把你的事告诉我爸妈吗？（说到最后有点激动）

他们继续往前走。

朝阳：对不起！单欣，是我太在乎你，所以你的平静让我有点受不了。我知道你爱我，在你的诗里，你的小说里都有我的影子，我知道你不爱说话一切都在心里，在文字里。

单欣：没什么，朝阳，我知道你想我想得太多太多了，以后多想想学业和你的爱好。

朝阳：我无法控制自己不想你，你让我发疯发狂，甚至忘记我自己的存在，你相信我的学业不会受到影响，诗歌也会一直写下去。可是我管不住自己不想你。

单欣：朝阳，我没你那么浪漫，因为我生在农村长在农村，我深深知道爸妈为了我上学省吃俭用，那么辛苦，我怎么可能现在把心思放在恋爱上，因为我还学业未成事业更是未知数。

朝阳：单欣，别这么说好吗？我不敢要求你那么多，只要你心里有我就行了，不生气好吗？

单欣（又望着远方）：你不懂，不懂穷人的苦衷，更不懂我。

朝阳（着急了）：不，不，不，单欣，不是，我懂，我是最懂你的人！

单欣：朝阳，你还是好好考虑一下，我们两个家庭差距很大，你爸妈不会同意的。

朝阳：单欣，你别这么说可以吗？爱讲究门当户对吗？我的感情我自己做主，我认为爸妈都不会干涉。

他们就这样沿着湖畔走着，单欣时而望着湖面时而望着天空那飘着的几片白云，朝阳在一旁感觉着她的表情变化，他们都沉默了。

单欣：朝阳我们去小饭馆吃点青菜面条，好吗？

单欣终于说话了。他们相视一笑。

朝阳：好啊，五点十分了，我们就去麦当劳吃点吧。

单欣：不去，那里东西太贵了，我可吃不起。

朝阳：我请你可以吗？

单欣：不去，那就不吃了，你走吧。

朝阳：别，不生气好吗？我们还去以前的那个拉面馆行不行？

单欣（心里很不是滋味，她突然感觉到他们之间的距离，这种距离无法改变）：嗯，走吧。

他们保持微妙的距离朝那个面馆走去。

找个位置坐下，要了两碗青菜面。

朝阳：再来一盘鸡肉，一盘红烧鲫鱼。

单欣看了一眼朝阳没说话。朝阳笑了笑。

朝阳（知道单欣一直很节省，他很心疼她的身体，怕她吃不消）：你太瘦了，多吃点荤菜。

他们低头默默吃着，朝阳不停地给单欣夹菜，想让她多吃点，单欣也一声不吭给他夹着菜。

朝阳送单欣去学校。

单欣（一边走一边突然这么问）：朝阳，你真心地爱我吗？

朝阳：爱你！我敢到你学校对所有人说：我爱你！单欣，我爱你！

单欣：发神经了不是？那好，我们来个约定，明年的今天再见，不打电话，不发信息。行吗？

朝阳（很吃惊的样子）：为什么？！为什么？！告诉我！是不是想和我分手？这一年，太漫长了！不行！我受不了！

单欣：别激动好吗？不为什么，你别多想了，我的时间很少，没有那么多时间陪你，我也很想你，但是不得不如此，因为我还有好多事要做，你也一样，如果你真心爱我，明年的今天到这镜湖边来找我，到时都要拿出自己努力的结果给对方看，彼此也是一种鼓励，可以吗？

一下握住单欣的手，处两年了这也是第一次，单欣后退了两步，把手抽了回去。

朝阳：单欣，我会听你的，和你一起努力，不见面，如果一个电话一个信息都没有，我很难做到。不见面，信息、电话可以偶尔一下吧？

单欣：不，都没有！

朝阳：单欣，我受不了！

不知不觉他们走到安师大的大门口。

单欣：就一年，你走吧，我到学校了。记住我们的约定（说完，向朝阳挥挥手向着学校头也不回地走去）。

朝阳傻傻地望着单欣的背影渐渐走远，转了一个弯就看不见了。

第二集

单欣刚到寝室鼻子突然出血，晕倒了，同学王云、石雨、李平吓坏了，打急救电话急救车把她送进医院，同时也通知了班主任许尘。

单欣被送进急救室，她们三位焦急地在外面等着。

许尘（风风火火赶来，满头大汗喘着粗气）：单欣怎么啦？怎么啦？

王云：我们也不知道怎么啦，她从外面刚进寝室鼻子流血不止，然后就晕过去了。我们就把她送来了。

许尘（失魂落魄的）：哦，单欣不会有事，不会有事的。

石雨：是的，单欣不会有事的，许老师你坐下休息一会儿，我们等检查结果。

许尘坐在长椅上，心被提到了嗓子眼，他太喜欢这个美丽而学习又非常出色的学生，她的一举一动都会牵动他的心。她们几个紧张地站着，这时都不再说话了，都在默默为单欣祈祷着。

时间一秒一秒地过去，他们在焦虑的等待着。急救室的门终于开了，医生走了出来。

王医生（摘掉口罩）：哪位是病人家属？

许尘：我，我是她的班主任许尘，她家属在老家。

医生：那好，你随我来一下。

许老师和几位同学心里都有一种很恐惧的感觉突然袭来。许老师随医生进了他的办公室。

王医生（很平静地让许老师坐下）：许老师，见病人的症状我可以断定她是得了白血病并且像是中期，一个小时后检查结果就出来了。孩子还年轻，应该有希望。

许尘（瞪大了眼睛，不敢相信医生的话）：不，不会，绝不会的，她气色那么好，那么年轻怎么可能得这病，你判断错了，结果还没出来！我相信检查的结果。

王医生：别激动，也许我判断错了。那就等结果出来再说吧。

许尘呆呆地坐着，他的心好痛，三十多岁了才爱上一个女孩，因为是他的学生所以把这份爱深深藏在心里，从看到单欣第一眼起他就爱上了这个很特别的女孩，喜欢她迷人的身影和微笑，喜欢她的清纯朴素，喜欢她的淡雅，喜欢她的马尾辫在脑后晃来晃去。还有她走过身边那种淡淡的香味。她笔下的诗句、小说都让他很敬佩，一个农村出来的女孩居然这么脱俗这么有才华，太少见了。他不相信单欣会得这种病，也许是医生的误诊，他绝不信，他只相信化验的结果。单欣一定会没事的，一定会健健康康的。

王医生：病人必须现在住院治疗，早治疗就会争取一点希望。

许尘：好的，我去办住院手续。

单欣还没醒过来，许老师把住院手续办好，他们和护士把单欣推进病房，许老师让几个同学回去休息，他留下来照顾，并告诉她们要保密不许和任何人说。给单欣家里已打了电话，他在这守着单欣等他们来。

单欣（慢慢醒了，坐了起来）：我这是在哪儿？（看到许老师很吃惊）许老师，你怎么也在这，我这是在哪儿？

许尘（微笑着）：在医院，没什么，你晕过去了。是王云、石雨、李平她们三个送你来的，我让她们回去了。

单欣：许老师，我就是有点头晕，前一段总是流鼻血，可能心火大引起的，我就不在这儿住了好吗？晚上我还要写东西。

许尘（看了看手表一个小时到了）：单欣，你躺会儿，我一会儿就来。

许尘拿到单欣的化验单，一看就傻了：白血病中期。他感觉自己眼前一片漆黑，他靠着墙站了一会儿，现在只是中期还有希望，他一定要救她，哪怕倾家荡产，因为她是自己唯一的精神支柱，是他的爱他的心，虽然单欣还不知道这份感情，他一定要抓住她的手和病魔作斗争。不能让她走，绝不！

许尘拿着化验单去找王医生。

许尘（虽说这有空调，不热，他脸上却流着汗）：王医生，求求你！救救单欣，她才二十岁，还是个孩子，又是个非常优秀的大学生！求求你！救救她！救救她！

王医生（看了看化验单）：这种病现在唯一可以医治的办法就是骨髓移植。但不能百分之百的成功，就看她的体质和毅力了。费用是很高的，她的家庭能否承受得了，另外还得有合适的骨髓。

许尘：我相信单欣的毅力和体质一定行，费用不成问题，我来想办法。他爸妈都在，骨髓也没问题。

王医生：那好，手术越早希望越大，你筹集费用做好一切准备工作，我安排专家两个月后手术。

许尘：好的，王医生，太谢谢你。

许尘调整好状态，他像没事一样，又回到病房。

单欣：许老师你去哪儿了，我可以回学校了吗?

许尘（依然微笑着）：我们听医生的，你学习太累了，先好好在这休息一下。今晚老师好好陪你说说话，平时我很忙，你学习也没时间，今晚我们海阔天空谈谈好不好?

单欣（笑笑）：谢谢老师！我知道你事很多，你还是回去吧，许老师，我一个人看看书，没事的。

许尘：单欣，你笑得好可爱，就像在对别人说着一个很美很美的故事。

单欣（故意把话题岔开）：许老师，你今晚有事吗?

许尘：没事，其实我一周就两节课很清闲的，其余时间都在画画。

单欣：许老师，你还是回去吧，我一个人在这没事，这样耽搁你的宝贵时间真的不好意思。

许尘：说什么啊，我愿意给你我所有的时间（话一出口就暴露了内心的感情，赶紧改口），不是，我画画也就是打发闲暇时间而已。能陪着我得意的学生是件很好的事。也是我应该做的，不是吗?

单欣若有所思笑了笑只是听老师说，但不知道他说些什么，呆呆的。

许尘说话很轻松，心却如刀割，他知道单欣的家境不好，可是却得了这个花钱的病。她还不知道自己的病，不知道知道会后她该如何接受。此时她还笑得那么甜那么可爱。多想此时把这个女孩紧紧搂在怀里给她点温暖。

下午，爸爸单强妈妈刘会匆匆赶来，爸爸干活的衣服都没换满是石灰水泥一绺一道的，头发白了一大半，脸上的皱纹被太阳晒得黝黑发光，妈妈衣服朴素干净，短发有点凌乱。他们问了医院咨询台，又到住院部问了好几个人，一个个门找，终于找到了。

爸爸妈妈（冲进来）：小欣！小欣！你怎么啦？孩子，你怎么啦？！

单欣（见到爸妈又惊又喜）：爸，妈，你们怎么来了？我没事。爸、妈，这是我的班主任许老师。

许尘：阿姨，叔叔好！

爸妈：许老师，谢谢你！谢谢你这么关心我们小欣。

许尘：应该的，不必客气，叔叔，阿姨。

单欣：许老师，谢谢你这一天为我跑前跑后的，你已很累了，我爸妈来了，你回去休息一下吧。

许尘：我也不累，那好，我回学校看看，安排好我再来。

单欣的爸爸单强把许老师送到医院大门口，站住了。

单强（心在悬着，他知道小欣一定不是一般的病，不然不会让他们都来）：许老师，你告诉我小欣怎么啦？！说实话吧。

许尘（很沉重）：叔叔，我不能瞒你，单欣她得的是白血病！

单强（靠着大门的柱子慢慢蹲下，抓着自己的头发，眼泪在眼里转了一圈又一圈，从衣袋里掏出半包揉得发皱的廉价烟，颤抖的手抽出一根却送不到嘴边）：不，不会，小欣怎么可能得这病！不会是，不会……（他的声音越来越小，最后一点声音没有了，只是呆呆的）

许尘：不要这样，叔叔，虽然这病以前是绝症，但现在医学很发达，是可以治疗的。只要做骨质移植一定会好的。

单强（突然站起来抓住许尘的手，扔掉没有点着的那支烟）：真的吗？真的吗？许老师？小欣有救吗？！小欣有救吗？！

许尘：是的，是的，我不骗你。

单强：许老师，你知道得多少费用吗？

许尘：至少得五十万。

单强（身子晃了晃再次靠在柱子上）：这么多啊，这么多，我，我一定想办法，一定有办法。

许尘（深深知道他们这辈子不吃不喝也挣不了这么多钱）：叔叔，你别担心，钱的事我来想办法。

单强：谢谢你！许老师，不麻烦你了，我会有办法的。骨髓能找到吗？

许尘：用你和阿姨哪一位的都可以，别人一般难以有合适的，父母亲兄弟姐妹的都可以。

单强：哦，那就用我的，用我的，只要能救活我的小欣，要命我都给！

许尘：好的，叔叔，明天你去化验一下血，听医生的。

单强：好的，许老师，你回去歇会儿吧，麻烦你啦！

许尘：别这么说，叔叔，那我先回去安排一下，你们好好照顾单欣。

第三集

单强慢慢走回病房，用袖子擦了擦脸和眼睛，想把脸上的愁容擦去，不能让女儿和老婆看出来，心却沉进谷底。

单欣（感觉爸爸的气色不对）：爸爸你怎么啦？
单强（故作没事的样子）：哦，今天有点晕车，一会就好了，一会就好了。
刘会：他爸，你脸色很难看，坐下来歇歇吧，孩子没事的别担心。
单强：我，我知道小欣没事，你在这陪着小欣，一会我就回去了，过两天再来。
单欣：爸，你歇一晚上明天回去，今天再返回会更晕车的。
单强：没事的，小欣，家里两头猪还有小鸡小鸭子，没人不行。
刘会：小欣，就让你爸爸回去吧，家里没人不行的。
单欣：那好吧，爸，路上小心。

单强又坐上了回家的车，他整个人感觉一下垮了，想着宝贝女儿如果没有钱救治就会没了，这是要他的命。他呆呆地望着车窗外瞬息远去的风景，他很怕很怕……

第二天单强就把两头肥猪卖了，这些年没积攒下一点钱，他干泥瓦活挣的钱只够女儿上学和家庭开支，把三十多只小鸡鸭子也都卖了，若不是为了救女儿他是舍不得卖的。总共才凑两千三百元，他把这些钱数了一遍又一遍，数到最后一张只是一声叹息。

去大哥单理家，推门无力地进去。大哥、大嫂吴仪都在家。

单理：老二呀，怎么啦？昨天听说你两口子都去芜湖市里了，上午见你又卖猪又卖鸡鸭，一脸的愁容，到底怎么啦？
单强（抽噎着再也控制不住了自己，想着女儿得的病他非常怕）：大哥，小欣，小欣她得了白血病啊！
单理：啊？！怎么会？！不会弄错吧？
单强：是的，已经确诊了！千真万确！千真万确啊！大哥。
吴仪：什么？！这孩子怎么得这个病啊！是绝症啊！

单强（擦了擦眼泪）：大嫂，这病以前是绝症，现在医学发达已经可以治愈，不过费用太高，五十万元手术费。

吴仪：我的妈！那么多费用，没有钱还是等于绝症啊！到哪去凑这么多钱啊？！

单强：大嫂，我会想尽一切办法！

单理：对！我们一定要想办法！只要有希望我们就不能放弃！他妈，去把我们那两万元给二弟。

吴仪：好的，老二，我们一起想办法，别急。（转身进里屋）

单强：谢谢大哥大嫂！我一定会还你们的！

吴仪翻遍了箱子可连十元钱都找不到了，只有裹钱的手绢还在。急急走出内屋。

吴仪：他爸，钱怎么没有了？是不是你用了？

单理（瞪大了眼睛）：什么？！没有了？不是给你保管的吗？单华呢？！

单华一脸酒气，晃晃悠悠地进来。

单理：你这个不争气的畜生！又去赌钱喝酒了！我咋生你这样一个孽障！

吴仪：不争气的东西！我问你。我箱子里的两万元钱呢？！

单华（口齿不清）：钱，哦，你手绢里包着的那些钱啊，这两天让我全输了。

单理（随手抄起一个翻红薯藤的木棍子劈头盖脸地打）：我打死你这个畜生！打死你这个畜生！

吴仪（恨得直跺脚）：要你这个败家子，不如打死了好！狠狠地打！狠狠地打！

单强（忙起来夺下大哥手里的棍子，把单华推了出去）：别打了！别打了！大哥。单华，还不滚出去！大哥，打死他也输了！

吴仪：不是你来借钱我们还不知道呢！

单理（喘着粗气）：气死我了！早晚我会被他气死！老二啊，你看看我养的这个儿子！我前世作的什么孽啊！

单强：消消气，大哥，大嫂，别气坏了身子。

单理：我能不气吗？生了这么一个不争气的儿子！老二啊，大哥想帮你啊，可是怎么帮啊，我对不住你两口子，对不住小欣啊！她是多么好的孩子啊！如果是这个孽障得了这个病我一毛钱都不会浪费，死了我也轻松了。你怎么就不替单欣得这个病呢。

吴仪在一边抹着眼泪一边唠叨。

单强：大哥、大嫂，你们的心情我领了，别再生气了，我回去了。

单强到几个亲戚那走了一遍，最后到妹妹单英家，把事情和妹妹都说了。

单强：妹妹啊，你侄女小欣得了白血病，医生说骨髓移植可以医治好，但是这笔费用太高，五十万啊，一时半时我凑不齐，但下个月手术。我得急着凑啊，你帮帮哥，我不能眼睁睁看着女儿死掉，有一点点的希望我都会紧紧抓住。

单英：没想到小欣会得这个病，哥，你别难过也别急，我把这几年的积蓄都给你，不到十万元，我现在也不用，你拿去。

单强：谢谢你！妹妹，你帮了哥大忙了！

单英：哥，和我还客气，你是我哥，小欣是我的亲侄女，豁出去也是应该的。

小欣的病很快左邻右舍都知道了，晚上邻居你一千他三百的不约而同地都来了。

邻居们：我们就是少了点但也是我们的心情，希望小欣能早日康复！

单强：谢谢你们！谢谢！

最后一个来的是宋爷爷，磕磕绊绊地，他怀里抱着一个布袋子。

单强：宋大叔，天这么黑了，你怎么也来了，快进屋坐。

宋爷爷：单强啊，大叔攒了这么多年，就这些都是零钱（把布袋子里的钱抖在桌子上，一沓一元，一沓十元的都有，总共一万四千一百二十一元两角）

单强：我不能要你的钱，大叔，你太不容易了！

宋爷爷：单强，你这就见外了，小欣是我们村第一个大学生，给我们大家争光，我这老脸也有光啊，孩子有病需要钱，你说我们能不帮吗？她也是我们大家的孩子，多好多争气的孩子啊！

单强：谢谢大叔！我收下！我收下！等我有钱一定先还你的。

宋爷爷：别这么说，单强，可惜大叔就这点，想多帮也没有。

单强：大叔，我已很感激了，我们一家三口都不会忘了大叔你这份情意。

宋爷爷：那我回去了，想开点，孩子会好的，一定会好的！我会为我们的小欣祈祷，求上天保佑我们的小欣！

送走宋爷爷，单强把钱数了数，总共十五万零一百二十一元。他紧紧地搂着这些钱，就像搂着女儿一样怕它飞了。他正想说脱衣睡觉，又听到村支书叫门。

单强（开门）：王书记、李村长你们快进来坐。

王书记：我们也是下午听说小欣生病的事，这不，和李村长、赵妇女主任我们几个凑了六千元钱，这也是我们对孩子的一点心意，就是少了点。

单强：谢谢王书记！谢谢李村长！谢谢赵主任！我不知道如何感谢你们！你们的

这份情我单强死了也不会忘！我替我女儿再次谢谢你们！

李村长、赵主任：不客气，这是我们应该做的，她也是我们大家的孩子。

王书记：单强啊，你不要太难过，我们都会想办法，为了孩子。你早点休息吧，我们走。

单强：谢谢各位！你们慢走。

王书记、李村长、赵主任：留步，多注意身体，孩子还需要你！

第四天他又赶到医院，这时他有了点精神把钱交给老婆保管。

单欣：爸、妈，我还是出院吧，就是有点头晕，其实我很好的，干吗在这住着。

单强：小欣，我们听医生的，好吗？

单欣：在这我的心总是惶惶地静不下来，我还要上课还得写东西呢。

刘会：孩子，给你请假了，等好了再补上，东西以后慢慢写，再住几天。

许尘（把学校的事安排好又赶来）：单欣，你很快就会好的。阿姨、叔叔你们去吃午饭吧，我在这看着单欣吊水，我已吃过了。

刘会、单强：谢谢许老师！那我们出去吃点饭。

刘会、单强出去了。

单欣：许老师，你告诉我，我到底是什么病？为什么几天了还不出院？

许尘（望着这个可爱的女孩，眼神在躲闪着）：没什么，没什么，不久就会好了。

单欣（单欣的眼神突然黯淡了下来）：我不问，也知道了，一定很严重，是不是绝症？不然你不会不说，爸爸不会那么忧愁，爸妈更不可能待在这。

许尘：不是的，不是的，单欣，不是的，绝不是的。

单欣：说吧，许老师，我不是个脆弱的女孩，人的生老病死很正常。

许尘：单欣，我告诉你，你得了白血病。

单欣动了动嘴，一个字也没说出口，闭上眼睛泪水慢慢流了出来。

许尘：单欣，你别难过，这也不是不治之症，主治医生已和我谈了，现在骨质移植可以治好的。只要我们坚强坚信就一定有希望。

单欣睁大了眼睛望着天花板，感觉一切都离自己越来越远，远得空了。

许尘（抓住单欣的手，用力地抓住。这双手好冷，冷得发抖）：单欣，坚强些，让我们一起和病魔作斗争，我会一直守着你，还有你的爸妈，你不能退缩，为了你自己为了两位老人，你不能倒下！我相信你的坚强！相信你！单欣，听到了吗？听到了吗？

单欣还是一句话也不说，任泪水一滴滴滑落。

许尘：如果你有三长两短，你的爸爸妈妈怎么办？他们就你一个孩子能接受得了吗？我不相信你会被病魔击垮，我不相信！那个天真烂漫又阳光的女孩哪去了？！

单欣的眼睛一眨不眨像望什么又像什么都没望，许老师的话一字一句在撞击着她。

许尘：你放弃自己的理想了吗？不是想成为一个作家吗？你的文笔那么好，全校的同学都很崇拜你，你是我们校园的作家，我相信你会成为全国有名的作家，难道你就这么懦弱地倒下了吗？

单强、刘会回来了，许尘和单欣看到刘会像是哭过了，眼睛红红的。

刘会（强控制自己的感情）：小欣，怎么啦！小欣！怎么啦？
单强：孩子，你是不是知道了？没什么的，现在医术这么高，一定可以治好的！
许老师：单欣，相信医学，一定可以的。

单欣一句话也不说，任泪水流淌，许尘的话她好像一句也没听见，这一直以来的拼搏没想到就这样倒下了，她感觉自己的世界慢慢变黑，慢慢地离爸妈、离许老师、离朝阳、离同学们越来越远，远得像两个世界。

刘会：孩子，就吃点饭吧，妈妈求你了！
单强：小欣，你这样，好好的人也会饿坏的。

就这样三天她一口水没喝，也一句话没说，晚上趁爸妈没注意她摇摇晃晃到楼顶上想结束自己。

刘会（从外面进来）：小欣呢，她爸？
单强（去打瓶热水进来）：刚才还在呢，赶紧找找，她妈，孩子是不是想不开，快！我们分头找！
刘会（往外跑迎面碰到隔壁的病人家属）：你看到我们家小欣吗？
病人家属：没有啊，赶紧找，我也帮你，我们赶紧找！
许尘（刚到住院部门口看到急匆匆的单强，跑上几步）：大叔，怎么啦？
单强（像丢了魂）：小欣不见了！小欣不见了！怎么办？小欣不见了！

许尘（差点晕倒）：多长时间了，大叔？

单强：我就灌一瓶开水的时间，就不见了，她会不会想不开？

许尘疯一样往五楼楼顶上奔，灯影里他看到了单欣。

许尘：单欣！不能啊！单欣！

单欣：你别过来！我不想活了，你就别管我了！许老师！

单强、刘会也上气不接下气地赶了上来。

刘会：小欣，不能啊，你不要妈妈了吗？

单强：孩子，不能啊，不能啊！你去了，我和你妈还能活下去吗？你是我们老两口的全部希望啊，孩子，你的病一定能治好的，我们相信科学。孩子，听到吗？

单欣：爸、妈，我对不起你们，我现在活着就是拖累你们，本来家里因为我上学就很穷，你们受那么多苦，我不能再这样拖累你们了，爸、妈，对不起！

刘会、单强：小欣，小欣，你别慌跳，让我们先跳！

单欣（扑通跪了下来）：爸！妈！

单强、刘会、许尘冲上去把单欣扶进病房。

许尘：大叔，婶子你们去吃点东西，我和单欣说说话。

刘会、单强：谢谢你！许老师，我们出去一下，你们好好谈谈。（他们感觉像被吓傻了）

许尘（抚摸着单欣的头，心里略微平静了点）：单欣，你把我们吓死了，你看看你的爸妈有多可怜，你难道忍心就这样撒手不再管他们了吗？你是他们全部的希望，你去了他们能活下去吗？你能对得起他们对你的养育吗？

单欣闭着眼一句也不回答。

许尘：我知道这病给你的打击有多大，放在任何人身上都难接受，现实以摆在面前，轻生是最懦弱的，也是最容易的，你还这么年轻，又这么有才，你自己不感觉可惜吗？每个人的一生都会经历很多，那些名人、伟人所经历的不仅是生死，有的是生不如死，世人为什么能记得他们，不仅是他的成绩，也因为他们有顽强的生存能力，像张海迪、郭辉、爱迪生、拜伦，他们震惊了世界，就因为他们的毅力。单欣，我不相信你会是个懦弱的人，更不相信你会放弃自己的作家梦，抱着希望就会有希望！

单欣（擦干了眼泪，把头扭过来，冲许老师笑了笑）：许老师，我会记住你的每一句话，一定要活着！为了我自己，为了爸妈，也为了许老师你，为了我的梦想！对不起！许老师，让你担心了。

许尘（抚摸着单欣的头）：好单欣，你终于明白了，终于笑了（紧紧抓住单欣的手给予她力量）加油！加油！单欣，我们一起加油！

单欣（抿抿嘴）：加油！许老师，加油！

许尘：记住我们的约定，明年的今天你一定回到学校，和我们在一起！一定！

单欣：好！记着我们的约定！明年的今天我一定回到学校！一定！

爸妈走进来，脸上还挂着泪，单欣冲他们笑笑。

单欣：爸妈，对不起！我饿了。我要吃水饺，肉馅的。

许尘（见到单欣这样，他被这个女孩的表现感动得有点失常）：我去给你弄吃的，我这就去。

许尘去买饭了，单强、刘会望着窗外不敢看女儿，也怕女儿看到他们眼底的泪。

单欣（很平静地）：爸、妈，你们也不要难过了，现在医学发达，可以治好的，没事，爸、妈。（她知道希望只有百分之八十，万一……不想那么多了，相信自己相信医学）

妈妈的眼泪最终还是流出来了，一句话也说不出。

单强：是的，孩子，一定会治好的，我们要有信心！

单欣：是的，爸，我们要有信心，妈妈你不要难过，没什么的。

医生带单强查身体验血，抽完血重新回到病房。

单强：一会我还要回去，这次过几天才能来，你妈妈在这陪着你，我和许老师在筹集手术费，我去工地把这个月的工资结结就来，下个月一号手术。

许尘提着一盒饺子回来，吊水也吊完了，单欣很开心地吃着。

许尘送单强边走边聊。

单强：许老师你就多费心，我这几天再去筹钱。

许尘：叔叔，费用的事你就别着急了，我已把房子卖了，就这两天人家就来付款了，卖了六十万，够了。

单强：许老师，你这么忙里忙外的，我们已很感激了，绝不能用你的钱，你怎么能卖房子呢？你没了房子住哪？

许尘（淡淡一笑）：为了给单欣治病要命我都给，更别说房子了，房子卖了我住学校宿舍，没事，以后有钱再买。

单强不知说什么好，他感觉这个老师对单欣不光是师生情……他不敢想也不去多想，救孩子要紧。

单强：我去工地再干几天，把这几个月的工资结结。这里还需要许老师你多费心。

许尘：你放心，叔叔，没问题。

单强回到工地不分白天黑夜的干，还有十天就够一个月了，可以多结点钱，他一点也不觉得累。在三楼脚手架上他有点头晕，一脚踏空……就像一片枯叶从高空飘下来……

工友大喊：不好了！不好了！单强摔下来了！单强摔下来了！

单强倒在血泊里，嘴鼻孔都往外流血，工友陆续赶来，叫了救护车把他送医院，摔得太重，进急救室就没出来。

家里的两个兄弟四个侄子把他用一辆三轮车拖回家了，小侄子单一给婶子打了个电话让她及时赶回来说家中有事。

刘会匆匆赶回来，见院子里很多人，大家的脸上都很阴沉，她心里一沉，扒开人群见堂屋的地上躺着一个人，伸手揭去掩盖着的旧衣服，她一下晕了过去。

邻居们连呼带叫，有的掐她人中，有的捶着她的背，她终于醒过来了。

刘会：你个天杀的，怎么办啊？我们的小欣还躺在医院不知生死，你就这么狠心走了，你让我怎么活啊，单强啊，你睁开眼啊，你不会死的，你说去结工资给女儿治病的，你不会死！不会死！（刘会趴在单强身上拼命地晃着推着，希望他有回声）

单伟（哽咽着，用手抹着眼泪）：嫂子，哥已走了，你就节哀吧，你哭坏了身体小欣怎么办？

单华：婶子别难过了，叔叔也不想走啊，可是已走了，小欣还在医院等你呢。

刘会已没有了眼泪，呆呆地给单强拂去额角带血的头发。端一盆清水清洗他脸上的血垢。

亲戚朋友陆续赶来都忙里忙外地张罗，搭灵棚，点纸钱，买棺材，买菜，做饭。没有儿子根据乡里风俗不能扎那些社物（就是彩纸做的纸人纸马及电视机等家里常用的东西，是给死去的人到那边用的）。只买了两个花圈。每个人脸上都布满了阴云，因为家境不大好，一些响手喇叭之类全免了。虽然乡亲亲戚朋友来了不少，但还是感觉很冷清，仅有的一个女儿躺在医院连个哭的人都没有，众人都很同情这家人的不幸遭遇。

单理（一边烧着纸钱一边流着眼泪）：兄弟啊，太委屈你了，累了一辈子没吃过好的没穿过像样的衣服，你去了却还这么寒酸，连个像样的棺材都没有，大哥没本事，对不住你！你就好好走吧，保佑我们的小欣早日康复！兄弟，记住一定保佑我们的小欣！她是个有出息的好孩子！

第二天一大早就出殡下地了。

办完丧事，人陆续都走了，这个家冷清了下来，死寂一般，刘会望着单强的遗像，她感觉天已经塌了，压得她喘不过气来，该怎么面对女儿，怎么对她说，不能让女儿知道，女儿接受不了这个事实，她怕，怕女儿也会离她而去。

工地的老板知道他家的情况，赶来了。

工地老板：大嫂，对不起！单强是在我工地去世的，是我的责任。

刘会：不怪你，因为女儿的病他的压力太重了，所以才会……（无法控制自己）

工地老板：别难过了，孩子还在医院，你得多保重啊！这是五十万的支票，给孩子治病的。

妈妈刘会：谢谢你！老板，虽然单强在你的工地出事，也不能怪你们，我们虽然穷但也得讲理，这钱我不能收！

工地老板：大嫂，其他我们什么也不说，这是我给孩子治病的，你就收下吧！

单理：收下吧，他二婶，这是老板的爱心，咱不能辜负的，救孩子要紧。

刘会：这不是有点像讹诈人吗？

工地老板：不，不，不是！大嫂，不是你们硬要的，是我给的，单强是个好人，你们夫妇都是好人，我能眼睁睁看着你们的孩子没钱治病不管吗？那我还是人吗？

单伟、单华：婶子你就收下吧，为了小欣，这也是老板的一片好心。

刘会（一下跪倒在老板面前）：谢谢你！大兄弟，谢谢你！

工地老板（忙扶起刘会）：大嫂你快起来！是我对不住你们。

家里活着的东西都没了，牲畜都已卖了，刘会收拾一下，把亲戚朋友吊丧给的钱及支票全装进包了，又拿了几件换洗的旧衣服擦干眼泪赶往医院。

第四集

单欣心里有说不出的不安，又像压了块大石头，许尘默默守着她输水，她迷迷糊糊睡着了。

在梦中，爸爸从很高的脚手架上掉了下来，就像天上飘下一件衣服……

单欣（大喊着）：爸……爸……不要！不要啊！

许尘：怎么啦？单欣，怎么啦？是不是做噩梦了？

单欣（一脸冷汗，怕得发抖）：爸爸，爸爸，我梦见爸爸从脚手架上掉下来了！

许尘（用纸巾给单欣轻轻擦着脸上的冷汗，望着她这个样子太让人心疼了）：不怕，不怕，做梦都是假的。你爸爸是个细心的人，怎么会呢？

单欣：爸爸好几天没来，妈妈也回家四天了，许老师，你说会不会有事，我有个不好的预感。

许尘（也是有点不安，感觉有什么不好的事发生，还是安慰单欣）：啊，没事的，他们可能是在凑钱呢，你别想那么多，睡吧，我在这，不怕。

单欣再也没有一点睡意，望着窗外，不知道为什么心里很难过，眼泪慢慢流了出来。

许尘：上次你爸爸凑了十多万，你妈妈保管着，其实我已凑齐，就等下个月手术了。

单欣（眼泪一直在流）：谢谢你许老师！这个钱将来我一定还你。可是，可是我该如何报答你……

许尘：什么也不要说，只要你安心治病。我不需要你的报答，只要你健健康康开开心心的就是对我的报答。

刘会这几天像变了一个人，非常憔悴，头发几乎全白了，她强打精神，必须坚强起来不能倒下，为了女儿！

单欣（见到妈妈这个憔悴的样子吓了一跳）：妈妈，你可来了！怎么啦？你的头发怎么全白了？！

刘会（笑了笑）：这几天我没睡好，你爸爸去外地的一个工地了，得四五个月才能回来（怕女儿在问爸爸，只好撒谎，泪往心里流）。

单欣：我手术他也不回来吗？

刘会：他想多挣点钱，就不回来了，一切有我呢。小欣，我出去方便一下（心里太难过怕女儿看出来）。

许尘跟了出来。

许尘：阿姨，你说吧，叔叔他怎么啦，别瞒我了，我看得出来。

刘会（哽咽着）：你叔叔他去了，三天前在工地上从脚手架掉下来当场就……他太累了……

许尘（扶着刘会的肩膀，她这瘦弱的肩膀怎么能扛得起眼前的一切）：阿姨，人死不能复生，你就别难过了，眼前我们得放下一切为了单欣。

刘会：谢谢你！许老师，不是你我真不知道怎么办了，我知道，为了小欣，我可以豁出一切。

许尘：阿姨，你的健康也很重要，单欣只有用你的骨髓了，我们去主治医生那一趟。

他们来到主治医生的办公室。

王医生：请坐！

许尘：王医生，单欣就用她妈妈的骨髓，你看还需要什么？

王医生：一会你带她妈妈去化验一下血，再体检，献骨髓的人必须加强营养。

许尘：好的，我们知道了，谢谢王医生。

许尘带着刘会血检，又查查身体，一切都正常。开始他担心阿姨的身体，这下放心了。就等着下个月手术了，他必须全身心地保证阿姨的身体不出任何意外，单欣才会有希望。他不让阿姨走出医院大门，什么他都安排得好好的。

刘会（从衣袋里掏出个手绢包的东西，打开）：许老师，这五十万元的支票是工地老板给的，你拿去把手术费交上吧。

许尘：我已交过了，这些钱阿姨你保存着吧。

刘会：不，许老师，这些钱放我这没有用，还给你把房子赎回来吧。

许尘：阿姨，你别想那么多，把支票保存好，我们回病房吧，在外待时间久了，单欣会多想。

一个月时间一晃就过去了，今天就要手术了，许尘、刘会、单欣他们的心都在提着，但是都保持着很平静的状态，王云、石雨、李平三位同学都前一天就来了，她们都在鼓励单欣，都在给她加油。

充满希望的一天终于来到了，王云、石雨、李平早早赶来，单欣的叔叔哥哥们也都来了，宋爷爷也赶来了，他们脸上都带着笑，心却提到了嗓子眼。

单欣（微笑着）：你们别担心，没什么。

王云，石雨，李平：加油！单欣，加油！

单理：小欣，好孩子，你最勇敢！

单华：小妹！你是最棒的！我们在这等着你！

宋爷爷（抚摸着单欣的脸）：好孩子！爷爷在，不怕，你会好的！一定会好的！

许尘（紧紧攥住单欣的手给她力量）：单欣，你不会辜负我，你一定会好的！

单欣看到这一张张亲人的脸，可是没有爸爸，也没有朝阳，这两个她非常想见的人，她真的不知道将来会怎样。

刘会躺在手术床上闭着眼睛在祈求上天能够保佑她的宝贝女儿，哪怕自己下不了手术台，只要手术成功，她都会含笑而去。

单欣和妈妈刘会被慢慢推进手术室。手术室的门紧紧关上了。

手术室外的每一个人都不安地走来走去，最后都很疲惫地坐下来耐心而又焦急地等待着，等待着……

时间一分一秒地过去一分一秒地过去，又一个小时一个小时地过去……

漫长的两个小时终于过去了，手术室的门终于开了。

许尘：王医生！王医生！怎么样？！

王医生（疲惫地笑了笑）：很成功！很成功啊！病人送进无菌室一周你们才能见。

成功了！成功了！终于成功了，大家欢呼着，但是都流下了眼泪。

朝阳强忍着一个多月没有给单欣电话也没给信息，他实在忍受不住了，就拨了单欣的手机号，可是对方却是停机。他不明白单欣为什么会这样，为什么手机也停了。也许是因为他们的约定，说这一年不再联系，所以手机也不用了。但是他不会去单欣学校找她，他记住了他们的约定，一年后再见，这样虽然很煎熬但也很浪漫。他一定坚持再坚持，他每天都会给她写一首诗，一直写，直到那一天，把这些都送给她。

朝阳（他把第一首诗写完很深情地朗诵着）：

那些天

一

记得第一天的相识
淡淡的就像一阵风
从我身边而过
我却感觉你的存在，你的沉默

我收藏你一袭的惆怅
和回首的一个眼神
让我停在原地，那一个夜的深处
找到梦的去向，还有你丢下的一小片身影
很淡，很凉，在你每次的抬头
轻轻推开我那扇虚掩的心窗

这一天的开始，我知道了你的名字
这一天的结束，及那些抹不去的记忆
找一个春天把它放下
或许是一枝垂柳，一朵春花
不是，不是，只是一个雨滴
轻轻落尽一片土里，无法找到

有些心语一直没说
我不知如何倾诉，有一句话
一直藏在心里
多少年，多少年
今天，站在你离去的地方
还是没说出口
因为你听不见

听风吹过身边
那却不是你
不是你向我走来
一次次写下你的名字
在呼唤的间隙坠进夜的黑

一遍又一遍，这就是他的心声，他希望这风能把他朗诵的声音送到单欣耳边。

第五集

这一周单欣在无菌室，许尘只能透过玻璃默默地看着她、想着她、祝福着她，这个透明的玻璃的阻隔就像把他们隔在两个世界，不能说话，不能走近半步，这不远的距离让他感觉很远很远，远得让他喘不过气来，让他想哭而没有眼泪，但是充满了希望，他知道这一周很快就过去了，他又可以陪在她身边悉心得照顾她、守着她，看着她甜甜的笑，看着她若有所思的眼睛，喂她饭，给她削苹果。这些对于他来说是多么幸福的事，因为他可以为自己心爱的女孩做点事，心甘情愿的。他忘了刮胡子，忘了换衣服，很狼狈，因为单欣在无菌室躺着，好像突然把他推远了，好远好远，远得让他痛心。远远地望着，望着她流下了眼泪。

护士：你应该休息一下了，病人在里面，你可不能倒下，病人还得你照顾呢。

许尘（迷迷糊糊）：谢谢你！我不会倒下，不会！

护士：那你就好好睡一觉，你看看你一双眼睛红红的，都睁不开了。（护士说完就走开了）

朝阳周末晚上回到家，见妈妈韩淑愁眉苦脸地在沙发上坐着。

朝阳：妈妈怎么啦？

韩淑：唉！你爸爸出事了！

朝阳：我爸爸出事了？！出什么事了？

韩淑：受贿，贪污……被查了出来。

朝阳：啊？！不会吧？我爸爸他怎么会？我不信，不信！

韩淑：都是真的，我也让自己不信，可是这是千真万确的，我比任何人都清楚。

朝阳：那怎么办？妈妈，怎么样才能救爸爸？妈妈，你想想办法啊！

韩淑：我有什么办法？自作自受，唯一能帮他的就是给他把贪污的钱交上去，可是他给我们的仅仅只是这套房子，他贪的那么多钱都让他挥霍了。

朝阳：把这房子卖了交上去吧，妈妈。

韩淑：我知道，不是交出来就能解决的事。等开庭一切都成定局了，睡吧，阳阳，明天不许睡懒觉，八点要去看守所看看。

朝阳（心情很沉重、很乱）：好吧，妈妈，晚安。

坐三轮车到看守所门口下来。去看守所办公室。

韩淑：所长，我们可以看看朝向东吗？
所长（一脸的严肃）：不好意思，不允许！你们回吧！这是上边的指示。
韩淑：隔着玻璃看一眼行吗？
所长：不可能的，他是重刑犯！任何人都不许靠近他！
朝阳：所长，远远地看一眼都不行吗？
所长：不行！你们回去吧，我还有事。

韩淑和儿子朝阳失望地离开。

因为贪污五百多万金额较大，并且包二奶生活不检点，失去一个官员的道德标准，贪得无厌，造成极坏的影响，两个月后，朝向东被判处有期徒刑十八年，剥夺政治权利终身。

韩淑含着眼泪，她知道朝向东的今天有她很大的责任，她应该经常给他敲敲警钟，但是她没有，并且有时还替他收礼，认为没经人眼珠子的事不会暴露，也认为是自己丈夫辛苦所得。也因为丈夫常常夜不归家，她知道他外面有人并且还给二奶买了房子买了车，有时她恨，随他去，天作孽，不可违；自作孽，不可活。出事是迟早的事，但还是来得有点早了。不知道为什么她感觉一种从未有过的轻松，好像身上背的一块大石头突然放下了。他进去了，不仅葬送了自己的前途也葬送这个家，这个家空了，就连房子都要卖了，今后她和儿子将怎么过？她又恨又难过。

朝阳把自己关在房间不吃不喝，他没想到爸爸是这样的一个人，他把与爸爸的合影狠狠地摔倒地上，玻璃碎了一地，他又捡起，把照片拿在手里抚摸着，爸爸的这双眼睛望着他充满了爱。泪水模糊了眼睛。

关了三天，朝阳终于想开了，他怕妈妈受不了这个打击，这对妈妈的伤害也太大了，他懂得妈妈此时的心情几乎要崩溃了，她的一切都没有了，除了儿子，他是妈妈唯一的希望。

妈妈坐在沙发上，嘴唇干裂，眼里布满了血丝，她空空地望着窗外……

朝阳（走到妈妈身边坐下）：妈妈，想开点吧，我们还得生活下去，你还有我，妈，别再折磨自己了。虽然我们以后的生活会很苦，但我们会过得很幸福很踏实。
韩淑（搂住儿子）：阳阳，好孩子，你是妈妈生活的勇气和力量，有你我什么都不再想了。我不会再折磨自己，不会沉沦，因为你，阳阳，我们还得生活下去，好好地生活下去。
朝阳：我不怕苦，这也是给我的锻炼，是权力害了爸爸，也告诫我们人不能太贪，人错一次不能一味地错下去到无法挽回的地步，好好做人，这是爸爸血的教训。

韩淑：阳阳，你长大了。明天我们就搬到你姥姥家住了。

朝阳：知道了，妈。不难过，一切都会好起来的。

一辆车把所有的东西都搬到姥姥家。

姥姥：小淑，别想那么多了，你回到妈妈身边，我真的很开心，还有我的阳阳，我每天都可以看到你们了。

韩淑（难过得低下头）：妈，我回来了！

姥姥：女儿，不难过，回来好，回来好。

朝阳：姥姥，打扰你了！

姥姥：怎么这么说啊，阳阳？姥姥这也是你们的家，姥姥有你们陪着就不会孤独了。

朝阳回到学校，有些同学用异样的目光望着他，本来就少言寡语的他话更少了，他总是一个人默默走在操场的跑道上，脑子很乱很乱。

李程（快步走来）：朝阳开心一点，别想那么多了，你家的事我们从新闻上都知道了，我知道你很难受，和我说说好吗？别一个人憋着。

朝阳：没什么，这就是人生，也让我懂得了社会中的一些事，懂得如何做人如何做事。

李程：我知道以后你会很艰难，我们是好朋友，只要能帮上你的，你尽管说。

朝阳：谢谢你！有你这句话我已很感激，李程，一切都会过去，我是个男子汉必须给妈妈一个家，再苦再累我都不怕，只要妈妈好好的。

李程：我知道你是好样的，也懂你的心。哦，差点忘了，有个好消息，你的一个设计被一家大型的门窗公司看中，他们老总在校长那等你呢，快走！

朝阳（淡淡的）：哦，那是年前给卷闸门设计的，以前的有手动的也有电动的，手动的有点落后；电动的，万一停电门也打不开，所以我就设计了双控的。

朝阳，李程快步进了校长办公室。

校长：朝阳，来我给你介绍，这是广州门窗公司的赵耀赵总。

朝阳：你好，赵总。

校长：这是我们的发明家朝阳。

赵总：你好，朝阳。

校长：坐，李程，你也坐。

赵总：朝阳，很感谢你这个设计，我这次亲自来就是想和你签约你那个设计，下

个月我们就投入生产。你先看看合同。（把合同书递给朝阳）

朝阳：嗯……（细细看完，三十五万，可以给妈妈买一套小的房子啦）没问题。

校长：朝阳，你成小财主了，呵呵。

赵总：朝阳是个人才，将来前途无量，继续努力。

朝阳：谢谢赵总的鼓励，我会努力的。

他们把合同签好，然后赵总又请他们吃了饭。

朝阳（回到家把这些钱交给妈妈）：给，妈妈。

韩淑（既吃惊又生气）：阳阳，你哪来这么多钱？！告诉妈妈，你千万不要做坏事！

朝阳：你放心，妈妈，这是我一个设计得的费用。我绝对不会做坏事。

韩淑（露出幸福的笑）：好孩子，真的吗？！真的吗？！妈妈我好开心！

朝阳：妈妈，相信我，我们会有自己的家的。

姥姥：什么事啊？看把你们高兴的。

韩淑：妈妈，阳阳搞的一个设计得了三十五万的费用，不是因为钱，而是我的阳阳替我争气，我高兴啊。

姥姥：阳阳，我的宝贝，姥姥太开心了，好孩子！好孩子！

朝阳再一次拨了单欣的电话，还是空号，一时的欣喜心又突然沉了下去。他多想把这件开心的事告诉单欣，可是他失望了，他在安慰自己，这一年很快就可以过去，他会把积攒的一切都告诉她。

他不会去学校找单欣，他不想让单欣知道他此时的处境，选个周日的时间他来到他们经常约会的镜湖边，沿着他们曾走过的地方一个人默默走着想着，他多么希望单欣会迎面走来，哪怕她认不出来擦肩而过，他是那么渴望。一个个陌生的身影走过，他没有搜寻到单欣的身影，望着她学校的方向，很久很久……

第六集

许尘请了半年的假一刻不离地陪着单欣，见到单欣的病情恢复得不错，他看到了希望，脸上总是洋溢着胜利的微笑。单欣无意中拂了一下头发，发现一缕一缕落下来，她不敢照镜子，这美丽的一头秀发就这么一缕缕脱光了，她有点接受不了。泪水默默流了下来。她多么希望朝阳能来看看她哪怕一秒钟心里也知足，如果朝阳见到她这个样子不知会如何，她不敢往下想，生命的脆弱，情感的脆弱，谁都不知道将会发生什么，她怕……

许尘（看着秀发从单欣指间轻轻飘落，他也接受不了，但还是在安慰着她）：单欣，这是很正常的，过一段时间头发就会慢慢地又长出来了，不难过好吗？

单欣只是沉默地任泪水流淌，许尘轻轻地给她擦拭着眼泪。

许尘：乖，不哭了，你在我心中是那么坚强那么有韧性的女孩，是我从来没遇到过的，单欣，因为你的勇气和坚强，很快你就会恢复的，你没有忘记我们的约定，好样的！

单欣（擦去泪水，淡淡笑了笑）：谢谢许老师！我不会忘记我们的约定，不会的！

刘会：好孩子，见到你越来越好了，妈妈的心才放在肚子里。

单欣：妈妈，我想爸爸了，可以让他回来看看我吗？妈妈，让他回来就待半天好吗？妈妈，就半天！

刘会（强忍着眼泪）：孩子，他，他，他现在回不来，老板不让回，他也想你啊，孩子，你好好养病你爸爸才会……才会安心。

单欣：我知道了，不知道爸爸他怎么样了，妈妈，为什么一想到爸爸我心里就很难受？

刘会：啊，他很好的，孩子，他打电话来说不要你挂念他，要好好治病，他很快就回来了。

单欣：对了，给爸打个电话，哪怕听听他声音也可以。妈，可以吗？我太想爸了！

刘会：嗯……孩子啊，他没有手机啊，你知道的，他是用公用电话打的。

单欣：那好吧，妈妈。

三个月后单欣感觉身体好多了，她要开始自己的创作——《约定》。因为她和朝阳约定一年后相见，她得有所作为，不仅要养好身体，还要把作品写出来。

许尘：单欣，你在干吗？

单欣：我想写点东西，几个月没拿笔了，呵呵，手痒痒的。

许尘：你身体很虚弱还在恢复中不能过于劳累，知道吗？

单欣：知道，每天我就写两个小时，就两个小时，可以吗？

许尘：不行，一个小时，一个月后才能两个小时。

单欣：那好吧，听你的，你好像我爸爸一样。（调皮地笑笑）

许尘：你，你这傻孩子，听话哈。

半年后，小说初稿几乎完成了。

单欣：妈妈，你不是说爸爸半年就回来了吗？为什么还没有回来。

刘会：他，他，他应该快回来了。

单欣：应该？妈妈，我感觉你在骗我！

刘会：不，不是，妈妈我，我……

单欣（好紧张）：说吧，爸爸他怎么啦？！去哪了？！

刘会：他，他已经走了，孩子。（瞒不住了）

单欣（没有了眼泪，只是呆呆的）：其实我早已感觉到了。妈妈，我要去爸坟前看看，一定要去！因为我太想爸了！

刘会：这，孩子，你现在身体还不行，天气又很冷，再等等吧，听话。妈妈不是有心骗你的，因为妈妈怕你太伤心！

单欣：不！还有几天就到春节了，我一定要去！爸他也想我了！

许尘：好吧，你得听我的。到坟地看一眼就回。

单欣：嗯，许老师，谢谢你！！！

腊月的天气外面是很冷的，寒风刺骨，单欣戴上帽子，戴着口罩在妈妈和许尘的搀扶下坐上了车，许尘开得很慢很慢，他怕一点微弱的颠簸都会让单欣不舒服，不时从反光镜里看着单欣只露一双大眼睛的样子，那双眼睛里满是泪水，好让人心疼，真想把她紧紧地搂在怀里。

到了坟地，单欣被搀着慢慢下车。

单欣（挣脱了搀扶，奔向坟堆）：爸……爸……我来了……爸……爸……（扑到爸爸的坟上，就像扑进爸爸的怀里，晕了过去）

刘会，许尘：小欣！单欣！你不能这样！小欣！单欣！

许尘：阿姨，快，我们送她回医院。

刘会（紧紧搂着单欣，吓得脸色苍白）：孩子，快醒醒，看看妈妈啊，你也不要妈妈了吗？孩子，你醒醒啊！

单欣被送进急救室，刘会几乎要瘫了，许尘强撑着在安慰刘会。

许尘：阿姨，你不要太难过了，没事的，单欣，主要是太伤心了，她不会有事的。

刘会：都怪我，就不该让她来，现在她的身体这么差怎么能受得了……

许尘：阿姨，别自责了，不让她去行吗？给她的打击太大了，是谁都无法承受的。也好，以后她会慢慢平静下来。

急救室的门开了。

王医生：现在没大碍，她还没醒，高烧，就怕这高烧不退！你们为什么不和我打个招呼就把病人带出去，虽然这个孩子意志很坚强，但是你们知道这样有多危险吗？也许一切都会前功尽弃！看这两天能否退烧了！

刘会（跪在王医生面前）：求求你！求求你啦！王医生，救救我的孩子吧，救救她！

王医生：你快起来，我们会尽力的！

许尘：王医生，她不会有事的！告诉我！她不会有事！

王医生：你放心，我们会尽全力！就看她自己的造化了。

单欣又被送进了无菌室。刘会几乎要崩溃了，许尘默默地在为单欣祈祷，希望她能闯过去，他相信单欣的生命很顽强，一定会闯过去，她不会忘了我们的约定，不会忘！

一天过去了，两天过去，第三天过去，第四天终于从无菌室出来了。

王医生：真是奇迹！病人脱离了危险！开始没敢告诉你们，红血胞在开始繁殖时就怕发烧，这样会把那些新生的小生命杀死。奇迹！奇迹啊！居然没事了！

刘会：谢天谢地！我的小欣没事了！没事了！（用手抹着眼泪）

许尘：单欣，好样的！你终于挺过来了！

妈妈和许尘守在单欣的病床前，望着单欣苍白的脸，满嘴的水泡，她在微笑着，笑得那么微弱、那么甜，那么坚强而又那么让人心酸。他们都感动得流下了眼泪，单欣伸出手给妈妈轻轻擦着泪水。

王云，石雨，李平（今天打许老师的电话知道单欣又度过一次危险期。她们一大早赶来）：单欣，你是好样的！我们相信你很快就会好了！加油！（抓住单欣的手）

单欣（很微弱）：谢谢！谢谢！下学期开学一定要和你们在一起！

王云，石雨，李平：一定！我们在学校等你！你好好休息，改天我们再来看你！

单欣：你们回吧，谢谢你们！

他们走后，家里的亲人又来了一群，医生不让她们这样打扰病人也怕病人身体弱，会传染他们身上带来的病菌。他们站了一会儿都就走了。

第七集

单欣的身体恢复得很快，许尘的假期也满了，但每晚他还是会来陪单欣，周末总会带着单欣出去在院子里晒晒太阳，走走。

单欣：许老师，我生病这段时间你一直陪着我、鼓励着我，谢谢你！许老师，你对我的一点一滴我永远都不会忘记，如果不是你我不可能活到现在。

许尘：我应该做的，心甘情愿这么做，只要你健健康康的开开心心的，我就很幸福，别想太多，别忘了，我们的约定！

单欣：我，我不知道怎么感谢你，我的第二次生命是你给的。我……

许尘：我不要你感谢，只要你记住我们的约定，等到开学的第一天让我在校园见到你就是对我的回报，懂吗，单欣？

单欣：我会的，那是我们的约定！

许尘：你的小说怎么样了？

单欣：哦，我带来了，请许老师给我看看，看后给我提出一些意见和建议，我再修改。

许尘：啊？！你已完成了？你呀，太执着了！你还是个病人啊，真是个傻孩子！

单欣：许老师，你看今天的天好蓝，还有那几片白云，好美啊，站在阳光下呼吸着新鲜的空气真是好幸福的事（一只白色蝴蝶翩翩飞过去轻轻落在一朵红花上），许老师，你看那只蝴蝶……

许尘：别动，我给你捉（许尘轻手轻脚走过去，一下捉到），我捉到了，单欣，给……（放在单欣的手心上）

单欣（甜甜地笑着）：蝴蝶，对不起，你飞吧，这无边的天地属于你，那些花儿在向你招手，去吧……（蝴蝶翩翩飞了，盘旋在花丛）

许尘：单欣，你知道吗？你这个样子简直是个天使，太美了，这一幕就是一个童话。

单欣：许老师，现在我身体基本没问题了，我可以出院了吧，想回家静养一段，下学期开学我就可以上学了。

许尘：那好吧，我问一下医生。

他们回到病房，去问王医生。

许尘：王医生，单欣可以出院了吗？她可不可以回家静养？

王医生：可以了，昨天查过一切都很好，基本正常了，回去一定要注意休息，不要感冒，不要让她受刺激，注意营养和服药。

许尘：好的，记住了，明天我们就办理出院手续。

第二天办理完出院手续，许尘送她们回家。

单欣（回头看看这个她待了大半年的医院，终于可以走了，可以呼吸外面的新鲜空气了，虽然外面的风还是很冷，但是走出医院才知道生命的存在，看到一个个陌生的脸上都带着微笑她感觉好亲切）：妈妈，今天天晴得多好啊，一片云都没有，天蓝的欲滴，呵呵！

刘会：看把我的小欣乐得，我们回家喽，妈妈可以亲手给你做你最爱吃的肉丝面了。

单欣：妈妈，你这一说，我真的好想吃，很久没吃了。

刘会：今天就给你做，看把你馋的。

许尘：也有我的份哈，阿姨，听你们这么一说我也好想尝尝。

刘会：有你的，今天让你们好好吃一顿家里的饭菜。呵呵。

许尘见到单欣和阿姨这么开心，他感觉突然见到了阳光，全身轻轻松松的。一个半小时就到家了。他们下了车，亲戚邻居都欢声笑语地围拢来。

人群：他婶子回来了！小欣回来了！

刘会：谢谢！嫂子，大哥，大兄弟！谢谢孩子们！我们回来了！

单欣（含着眼泪）：娘，伯伯，叔叔，哥哥，姐姐，你们好，终于又和你们见面了！

刘会：大家快进屋坐，进屋坐！外面有风。

人群：不了，不了，你忙吧，我们会再来看你们的，刚到家收拾一下，又要做午饭了。

刘会：好吧，你们慢走，明天再来，明天再来啊！

人群：好的，一定会常来的，回屋吧。

单理（笑着，一直盯着心爱的侄女）：小欣啊，你可算出院了，我们都一直很担心，但也知道你一定会好的，见到你好的这个样子，小脸有点红润了。大伯我，我有多高兴，有多高兴……（他想起了二弟，一阵辛酸，但没说出口怕小欣难过）。

单欣：大伯，能再次回到你们身边真的很幸福，如果我爸爸能活着多好……（单欣说不下去了，怕眼泪会掉下来）

单理：你爸爸见到你今天这个样子会很高兴的，他也放心了。

妈妈在洗刷厨房里的锅碗瓢盆，许尘一边也帮着忙。

刘会（把手上的水用身上的围裙擦了又擦）：他大伯，你中午就在这吃吧，我这就做饭。

单理：不了，小欣妈，我还有点事下次再来，你有事就喊我哈。

邻居嫂子（端了一盆鸡蛋走来）：二婶，这些鸡蛋是自家的鸡生的，给小欣补补身体吧。

刘会（听到声音从厨房迎出来）：侄媳妇啊，干吗这么客气，来看看就行了，鸡蛋留给孩子吃吧。

邻居嫂子：我们家还有呢，这是我的一点心意，就是少了点，请二婶收下！

刘会：好吧，谢谢侄媳妇啦！

单欣：嫂子，你坐会儿。

邻居嫂子：见到我们的小欣好起来，我们甭提多高兴了，多好的女孩，多好的一个大学生，是我们村里的骄傲，也是孩子们学习的榜样。

单欣：嫂子，你过奖了，今后我们村会出来更多的大学生。

邻居嫂子：那是，那是，你给他们带了个好头啊。

单欣：嫂子就在我们这吃午饭吧。

邻居嫂子：不了，你哥和你小侄子小侄女还在等着我做饭呢。我回了，回头再来看你们。

单欣，刘会：走好，走好啊嫂子，侄媳妇，走好。

送走单理和邻居嫂子，妈妈和许尘在厨房忙得不亦乐乎，单欣只在一边看着帮不上忙。一会儿香喷喷的肉丝面就端上来了。

单欣：妈妈，好香啊，还没吃我就流口水了。

许尘：哈哈，看把你馋的，这也有我的功劳呦。

单欣：呵呵，是啊，不然怎么会这么香呢？

刘会：好吃，你们就多吃点，趁热吃吧。呵呵！

吃完饭，许尘就要回学校了，还是有太多不放心。

许尘：单欣，你每天要按时用药，按时吃饭睡觉，常出去走走，有什么事给我电话，我会每个周末都来看你，你一定要一天比一天好起来，记住我们的约定！

单欣：放心吧，许老师，我一切都会照办，会很听话，记住我们的约定！

许尘抚了抚单欣瘦弱的双肩，挥挥手上车走了。单欣不知道为什么那么不舍，因为这几个月的朝夕相处，因为许尘一点一滴的悉心照顾，他们之间已经有一种割舍不断的感情，是一种父亲般的爱，是男女之情，她弄不懂。此时他想起了朝阳，他们有个一年后相见的约定，不知道他现在如何，她已经不用手机了，医生说有辐射，对她身体有影响。这么久没有朝阳的消息，她真的有点不放心。他应该很好，他有个当官的爸爸有个有知识的妈妈，其实她没必要去担心他，还有三个月就是他们约定的时间了，也是她和许老师的约定，她一定会是以前那个朝气蓬勃的单欣，走进校园，站在朝阳的面前。

第八集

许尘在宿舍拿出单欣的《约定》书稿，仔仔细细地读了个通宵，被单欣的文笔和感情深深打动了，多么坚强，多么理智和自我的女孩，捧着这个剧本就像捧着单欣的一颗心，那么让人爱惜和感动，他哭了，哭得那么痛，他一个男人从来没有过的痛哭。这大半年和单欣的朝夕相伴，见她与病魔作斗争的勇气和力量让他震撼和怜惜，也让他和单欣的生命紧紧地连在了一起。他把这部书稿打印出来给北京的一个电视剧组寄过去了，应该有希望，因为写得太好了！

晚上。

刘会（把一张银行卡递给单欣）：小欣，这里有五十万元钱，你保存着，手术费都是许尘老师给的。我们积攒够了再还给他，或者先把这些还给他，剩下的我们再想办法还。

单欣：把欠亲戚邻居的钱给还了吧，他们都不容易，许老师的再等一些天吧。

刘会：你爸爸在工地出事，老板知道我们家困难就给了五十万，亲戚的钱都还上了，剩下的都在卡里，你保存吧，因为我好忘事。

单欣想好好歇几天，把身体尽量调养好，六月的天气有点热了，每天早晨她都在六点就起床出去晨跑，出一身汗洗个澡一身轻松地看会书，再美美地吃个早饭。然后戴上太阳帽出去走走，她不是怕太阳晒，而是头上还没有长出头发。在她以前晨读的路上，路旁的大叶杨已长成大树，太阳透过树叶的缝隙把光轻轻洒在地上，洒在单欣的身上并不热，而是暖暖的让人感觉好温馨。

邻居嫂子（戴个草帽，肩上搭条红毛巾）：小欣妹妹，你的气色真好，出来走走啊。

单欣：是啊，嫂子，你下地去啊。

邻居嫂子：是的，麦子收上来了，又开始种玉米了，我们这些人总是围着这片田地转，你看看嫂子被太阳晒得都成非洲人了，哈哈。妹子啊，再看看你白白嫩嫩的，你将来成城里人不会再受这个苦了。

单欣：呵呵，嫂子，真会说笑话，在哪都一样，很好的。

邻居嫂子：呵呵，你闲走走妹子，我得下地干活啦，一会就热了。

望着嫂子远去的背影，她虽然很累，一身的阳光是那么健康和开朗，朴实而真诚，这是农村人特有的本质。

宋爷爷（笑呵呵地拉着架子车，车上放着两篮子刚摘下的香瓜，刚下过雨，架子车前进一点都很困难就像蜗牛往前爬。一阵风吹来，远远就能闻到浓浓的瓜香。到单欣面前停下来擦着汗水，上衣汗湿紧紧贴在身上）：呵，小欣啊，快来，吃个瓜。

单欣：宋爷爷好，香瓜熟了啊。

宋爷爷：小欣啊，宋爷爷知道你回来，还没来得及去看你呢。是啊，这瓜是大棚里的，你有好几年都没吃到爷爷的瓜喽。（用肩上的蓝毛巾擦了擦汗，他找了一个最大感觉最好的在鼻子上闻了闻递给单欣）孩子，你闻闻好香，再拿一个给你妈妈尝尝。

单欣：真的好香的，宋爷爷，这一个够了，我只能吃一半的，呵呵！

宋爷爷（硬是又塞一个给单欣）：好孩子，我真希望你年年都能回来吃爷爷种的瓜！

单欣：宋爷爷，以后每年这个季节我都会回来，会去你种的瓜地帮你摘瓜。

宋爷爷：好啊，孩子，你是我们村出来唯一的一个大学生，是我们的骄傲，我们的骄傲啊！爷爷会年年种瓜等着我们的小欣回来。

单欣：谢谢爷爷！谢谢爷爷！

一个八九岁的小孩一边跑一边喊：小欣姐姐……小欣姐姐……快回家，你妈妈晕过去了！

单欣转身就往家跑，手里的瓜掉在地上摔成好几瓣，一口气跑到家满脸大汗，院里围了好多邻居。

单欣：妈妈！妈妈！你怎么啦？！妈妈！你怎么啦？！别吓我啊！妈妈！

单理：快！打急救中心的电话。

单华：喂，急救中心吗？我这是九里镇大王村，单华家，刘会家有个病人！快来！

急救中心：二十分钟就到！

邻居，亲戚都帮忙把病人弄上车，大伯大哥一起都上了车。车往医院疾驶。刘会被推进急救室。

医生（一会就出来了，摇了摇头）：我们尽力了！她已走了！

单欣（呆呆地走到妈妈身边）：妈妈，你是不是累了？你睡会吧，我守着你，妈妈，你累了，你太累了！

单理（扶着单欣，怕她病刚好无法承受这些）：小欣，你要注意身体，你妈妈她已走了！我们带你妈回家吧！

单欣：好，好，带妈妈回家，她累了，回家休息。妈妈累了！

单理：好孩子，别这样，我们回家吧！

回到家，单欣一阵清醒一阵迷糊，大家都很担心这个可怜的孩子自愿地帮着张罗丧事，第二天就出殡下地了。单欣趴在棺材上不让抬走，在场的没一个不流泪的，哭声一片。

单欣：不要啊！我不要！妈妈在睡觉，她在睡觉！你们不能带她走！她刚才还喊我呢，你们听，她又在喊我了，妈妈又在喊我了！

婶子（流着眼泪给单欣擦泪水）：孩子，你妈妈丢下你不管了，就别难过了！她都舍得你了，你还有啥舍不得的？

单欣：不！不！妈妈不会不要我的，不会的！妈妈！看看我吧，妈妈！我在这啊，你的小欣在喊你，你听不见吗，妈妈？

嫂子：小欣，别哭了，好吗？你的病刚好，不能这样伤心啊！你这样，二婶会很难过的，你就让她放心走吧，小欣。

几个人架住了小欣，棺材才被抬走了。单欣晕了过去。大家千呼万唤，单欣恍恍惚惚地不知道自己在哪，看到一双双泪眼焦急地望着她，又慢慢闭上了眼睛。

嫂子：赶紧把她弄到床上休息！

大家把单欣抬到床上，她整个人就像软面条一样，出气都那么微弱。

许尘这两天坐卧不安，感觉像有什么事似的，他想到了单欣突然心跳得很厉害，因为有一幅画还没有完成，他本想周日再去看她的，因为单欣现在一切都很平稳了，不会有什么事，他可以放松一下把这一幅画完成了，但是现在他很迫切想去看单欣。他风风火火开车直奔单欣的家。

他把车停到单欣的大门口，被眼前的一切吓傻了，地上凌乱的纸钱，还有其他垃圾，一些女人头上缠着孝布，他几乎要瘫了，跌跌撞撞闯到屋里，见到单欣躺在床上，他的心才放下来。可是这……

许尘：单欣！单欣！你怎么啦！

单欣（这才又无力地睁开眼睛）：妈妈走了，她也不要我了！都不要我了！

许尘（心一下又被揪住了）：阿姨她？她走了？怎么会，前几天还好好的，怎么说走就走了！！！

单欣（终于哭出了声）：我再没有妈妈了！再也没有了！妈妈！妈妈！

嫂子：小欣，人已下地就不能在家哭了，一会去坟地孪火（地方风俗，就是人死了埋下土三天称为三天孪火），你再好好哭。

许尘（心都被单欣哭碎了）：不难过了，人死不能复生，就节哀吧，单欣！

人埋好，大哥端着一碗米饭里面埋着一片肥猪肉，从坟地回来，一边走一边吃着吐着，最后剩下的倒进麦穴子里，这是当地的风俗，应该是死者儿子做的，没儿子就侄子做，意思是死者的家产都给这个人，肉片是象征猪羊的肥壮。这时女眷可以去坟地了，坟地又是哭声一片。

几个人架着单欣慢慢走向坟地。

单欣（用手拼命扒土）：妈妈，他们怎么把你埋进土里！你睡着了！我给你扶起来！我给你扶起来！妈……妈……（单欣再次晕了过去）

许尘（抱起单欣）：各位，这里希望你们给料理好，我必须送单欣去医院，她这个样子怕有危险！

单理：许老师，那就拜托你啦！你放心去吧，这有我呢！

许尘把单欣轻轻放进车里，飞速奔往医院。

第九集

王医生：她没其他问题，主要是伤心过度，身体又很虚弱。在这住几天再观察一下吧。

许尘：谢谢你！王医生。

单欣（慢慢醒来，她知道又进医院了，声音微弱）：妈妈，不要啊，妈妈睡着了！

许尘：又做噩梦了，别说话了！你太虚弱了，休息几天就好了，阿姨已走了，你就别再难过了，你的身体不允许，你的学业不允许，去世的叔叔阿姨不允许，我也不允许！

单欣不再说话，任泪水不住地流淌……许尘给她轻轻擦着泪水。

整整两天单欣没说一句话，也没喝一口水，许尘都不知道怎么办了，他知道单欣心里不仅伤心还绝望，她没有了爸爸，没有了妈妈，也没有了家，学业还没有完成，病还没好，这对一个女孩无疑是个致命的打击，是谁都承受不了。

许尘：单欣，这也是你的命，也是上天对你的考验，你必须敢于去面对，逃避和眼泪只是懦弱的表现，而你单欣不是！你是一个农村走出来的佼佼者，虽然你没有了亲人，但是你还有很多爱着你牵挂着你的人，你还有那些父老乡亲，他们都在看着你，看着他们唯一的大学生，你是他们的希望，也是村里那些孩子的榜样！

单欣：许老师，你别说了，我懂！

许尘：你终于说话了！单欣，你是我见到的最优秀最坚强的女孩，也是最美丽的！

单欣：对不起！许老师，让你担心了！我生病以来耽误了你太多的时间。我会很快好起来的！

许尘：你终于想明白了！单欣，你的剧本我认真读完了！真的好感动，我一个大男人被你写的故事感动得哭了，单欣，你这个傻女孩！太让我……（他想说爱字，但又咽回去了）

单欣：谢谢许老师的鼓励！我写得太稚嫩了！

许尘：不，你写得很清纯，故事的环节一环扣一环，语言、情节、逻辑都很到位，特别传递给读者的就是坚强可以战胜你意想不到的东西！我都被你折服了！我帮你投给北京一个电视剧组了，等着好消息吧！

单欣：我必须很快好起来！许老师，还有很多的事等着我去做，我们的约定还有两个多月就到了。

许尘：是的，你一直记得我们的约定，暑假开学后我们就要兑现了！

单欣：我会的，许老师。

她也想到了和朝阳的约定，他不知现在如何了。到了约定的时间就是站在他面前，他也不一定认识了，自己现在的样子自己都认不出了。

大伯、小叔和几个哥哥都来看单欣。

单理：孩子啊，你要坚强，虽然你爸妈都走了，你还有我们啊！

小叔：是的，你还有我们，你是我们的孩子，是你哥哥们的小妹妹。

单欣（含着眼泪）：大伯、小叔、哥哥们，你们放心，我会慢慢好起来的。谢谢你们……

他们千嘱咐万叮咛，依依不舍地离去。

王云，石雨，李平：单欣，单欣，我们来了，你现在好吗？
单欣（笑了）：我好多了，开学又和你们在一起了。
王云，石雨，李平：是吗？我们太开心了！太开心了！
许尘：你们陪她一会我给她弄点鸡汤去。
王云，石雨，李平：好的，许老师，我们都有好多话要和单欣说，你去吧。
单欣：有没有一个男孩子去学校找我？
王云，石雨，李平（她们不解地相互望了望）：没有啊。
单欣：哦，随便问问，没事。
石雨：自从你生病了，我们也好没意思，没有你一点也开心不起来。
单欣：我也好想你们！躺在病床上常常想起我们在一起的欢乐，好怀念！（这句话只有单欣自己真正懂得。在死神面前打了个滚又回来了）
王云：听许老师说你在这段时间写了部电视剧，太佩服你了！可我们谁都不能和你相比。
单欣：也没什么，主要是我在这时间多。
李平：我们比你的时间更多，可是什么也写不出来，时间都白白溜走了。
单欣：我没人说话，就和文字倾诉喽。
石雨：听说叔叔和阿姨都去世了，单欣，你还有我们这几个铁哥们儿呢，还有许老师。以后有什么事只管和我们说！我们就是你的亲人。
单欣：谢谢你们！有你们我真的好幸运，还是感谢老天对我的厚爱，虽然我没有了爸妈，但是我还有你们。（眼里满是泪，但是没有流下来，眼泪是不属于她单欣的）
王云（从包里掏出一个很厚的大信封）：给，你的信，这谁太老土了吧，谁还寄信啊，什么年代了，真有意思。
单欣：没办法，这段日子我不用手机，也不上网，不用信件无法联系啊。
王云：我怎么糊涂了，不这样是找不到你的。

单欣打开信封：单欣你好，这漫长的等待真让人无法忍受，但是我会忍，因为我们有个约定。我只想送一首诗给你：

时间一点点远去
一点点焦灼着我
茫茫人海
我在寻找那个让我心仪的身影

一个个陌生的回头，都有我一丝叹息

凌乱的思绪，无法收拾
就像外面的雨
雨里走来了没有撑伞的你
我不顾一切，撑一把伞迎上去
你停住脚步，微微一笑，而又走开
我站在雨中，伞丢在地上
远了，又远了
我不知如何才能追上你
只有那微微一笑的拥有

美好的东西总想能重现
哪怕是在梦中
我学会了回味，和寻找
在过去的空间，及未来的一瞬
也许会有你遗失的一抹足迹

空了而又填满的心
你的那些诗句，那一首歌
都会让我慢慢走近
又很难走出，太多的幽怨
和眼泪，都让我置身在你的世界，怅然
却不能抓住你一双冰凉的手
给予一点点温暖

想说，没有语言
想喊，没有声音
任风吹着我的空落
走在无人的路上，我轻轻呼唤你
身边只有风吹着一望无际的麦田
起伏的绿浪拨动着一颗心的和弦

时间可以走远
花可以谢，而你不可以从我世界走远
不可以，我知道你就在不远处
我可以找到的地方

我会很幸福地等着我们再会的那一天，不要忘记我们的约定。

读完信，单欣只是微微一笑。

石雨：单欣，这是你男朋友写的吗？

单欣：不是，一个文友写的。

王云：我可以看看吗？

单欣：你别看了，呵呵。

李萍（伸手抢了过来）：哈哈，单欣啊，我看看。

单欣红着脸笑了。

李萍：哇！这家伙，好浪漫啊！不会说情话，诗歌写得还是蛮让人感动的。

王云：我也看看，咱也浪漫浪漫。

单欣：你们太强盗了，呵呵。

石雨：这个强盗不包括我哈，她们两个啥素质！哈哈！

第十集

一周后基本稳定下来，医生允许单欣出院。

单欣：许老师我可以回家了，你忙就别送我了。

许尘：单欣，你这样一个人在家怎么能行？绝不可以，你是个聪明的人不需要我解释，我给你在学校附近租间房子住下，再听我一次行吗？

单欣：不，许老师，我耽误你的时间太多了，这一切已经让我无法偿还，我不能再拖累你！

许尘：我是为你付出了点，但是没想要你偿还，只要你的病能好快快乐乐的，我就很知足。如果你一个人孤苦伶仃地在家不要说照顾自己了就连饭可能都不怎么会做，面对家的状况你会伤心，没有一个好心情你的病如何能好，想想这些比杀了我还难受你懂吗，单欣？

单欣：许老师，你看这样如何，我自己租房子，在学校附近，可以吗？

许尘：你哪有钱啊？单欣，我对你的一切希望是你不要多想，我是心甘情愿的，首先说不是同情看重的是支持是欣赏是感动！

单欣：许老师，租房子的钱我还是有的，就这样吧，别让我思想有太多压力好吗？

许尘：好的，我答应你。我们的约定两个多月就到了，知道吗？

单欣：一直记着！许老师。

办理完出院手续，就在学校附近找了一间房子住了下来。许尘走后，单欣洗个澡躺在床上望着天花板，感觉现在她真的一无所有了，就是一个没有父母没有姐妹没有家的人。这将近一年来发生了太多的事，她失去了父母，自己在死神面前走了一趟。她已经感觉到了许老师对她的感情，许老师是个好人并且非常优秀又为自己付出了这么多，但是他们只是师生关系，还有种父亲般的亲情，可是她怎么对许老师说，她喜欢朝阳也只是淡淡的，因为她现在不会真正陷进情感的旋涡，她还是个学生还在拼搏，此时她更懂得生命的意义和时间的宝贵。不知道朝阳现在怎么样了。越想越乱，她不愿再给自己增加烦恼，她真的承受不起了，怕自己弱小的身体会被感情压垮。

朝阳闲下来总是在想单欣，不知寄的信笺收到没有，打电话依然是空号，是不是她想和我分手怕伤了我所以才说要一年后再见，朝阳很困惑，一个人在校园的小路上默默走着。

李程（轻轻走来）：朝阳，是不是有什么不开心的事？

朝阳（轻轻叹息）：唉！没什么。

李程：别骗我了，说吧，看我能不能帮你。

朝阳：你帮不了的，我自寻烦恼。

李程：我看也是，刚发了一笔大财，如果是我高兴还来不及呢。

朝阳：呵呵，有些东西你是不懂的。

李程：别自作高深好不好，我认为为了学业及将来的前途没有什么放不下的。我猜你在恋爱了。

朝阳：是啊，为了未来我们可以放下一切烦恼，做一个真正的自我。也许吧。

李程：这才是我眼里的朝阳！真正的男子汉！我就欣赏你这点，能拿起能放下。什么是也许？我能看出你爱上一个女孩，但也很困惑。

朝阳：我是爱一个女孩，一年多来我们相处得很好，可是她突然说我们都还小，现在恋爱太浪费时间，就约定一年后再见。我实在太爱她无时无刻不在想她，也因为我爸爸出事时我才那么轻松地走过来，可是我实在无法忍受思念的折磨，给她打了几次电话却都是空号，她怎么能停机了呢？你给我解释解释怎么回事。

李程：哦，这样啊，我觉得那个女孩说得对，现在恋爱的确太早会影响学业的。她很理智，你应该遵守你们的约定。停机，我也不懂什么意思。

朝阳：还有两周就开学了，也就是我们约定的时间到了。我真的有点不踏实。

李程：她是不是对你无所谓？

朝阳：不是的，她也爱我，我能感觉到。她是个很朴实很真诚的女孩，因为是农村出来的很珍惜大学的时间，并且她的诗歌、歌词、小说都写得非常好，是校园很有名气的作家。

李程：我知道了她是谁了，安师大的单欣，谁不知道她啊，美女才女赫赫有名的校花。你们相爱了啊！你太有福气了！你知道有多少男孩子追她吗？就连未婚的老师也在追她之列。

朝阳：你也知道她啊，她的确很优秀，谁见了都会喜欢她。

李程：呵呵，我想如果不是你的女朋友我也会追她，现在为了朋友我只好后退喽。

朝阳：你小子！呵呵。

许尘买了两条鲫鱼和排骨，他知道单欣喜欢吃这些。他拍了拍单欣的门。

单欣：许老师，你来了，还买菜干吗？

许尘：我知道你身体不好不想出门买，所以我就买了，你坐着别动看看我的手艺。

单欣：这样不好，许老师，还是我来吧，我什么都会做的。

许尘：我知道你会，但现在不行，就让我露一手吧。

单欣在一边看着许尘有条不紊地做着，一会香喷喷的鱼汤和红烧排骨还有土豆丝就端上来了。

许尘：单欣啊，多吃点，你现在的脸色不错，还有两周就到我们约定的时间了。

单欣：许老师你做得真好吃，当然要多吃点了。我知道还有两周，你看看我现在真的好精神。可是我的头发才长出一点点。

许尘：没事的，要么到时买个假发，头发会慢慢长出来的。明天我带你再去最后复查一次。

单欣：嗯，好的。

他们这顿饭吃得非常开心，单欣很久不知道饭菜的香味了，今天的饭菜是她从没吃过的味道。

第二天他们到医院复查。

王医生：真的很奇迹，患者完全好了！祝贺你们！只是身体还很虚弱，要加强营养。

单欣（扑进许尘的怀里眼里含着泪像个孩子）：我好了！我好了！

许尘（紧紧搂着单欣）：我们太高兴了！真的没想到！单欣，你终于好了！终于好了！

他们牵着手笑着奔跑着，就像两个孩子一样。

第十一集

许尘开着车大声地唱着单欣写的歌：

等待的蝴蝶

牵着阳光来到你身旁
掬捧花香撒在你前方
我是你那只等待的蝴蝶
和你一起浪漫一段时光

乘着风儿来到你身旁
借着梦儿和你去远方
我是你那只等待的蝴蝶
和你飞向一个美丽的地方

我是那只等待的蝴蝶
飞来飞去寻找一片春光
和你飞过月光　飞过荷塘
飞进谁缠绵的诗行

我是那只等待的蝴蝶
飞来飞去追逐阵阵花香
和你飞过忧伤　飞过彷徨
飞进谁甜甜的歌唱

他们下了车，在一片草地上蹦着跳着，笑着闹着，好像判了死刑的犯人突然被释放，是那么轻松那么奔放，蓝天白云，一草一木都那么亲切，那么有活力。

许尘追上单欣一下把她紧紧搂在怀里，他不能够控制的呼吸热热地触到单欣的脸。

单欣（突然推开了许尘）：不要！不要！许老师，我们不能这样！不能！
许尘（不知所措）：单欣，对不起！我太激动了！太激动了！

单欣沉默了，默默地往前走望着远方，这个世界好像就她一个人，身边只有树，脚下只有草地。

许尘：对不起！单欣，别生气了好吗？是我没有控制好自己，原谅我好吗？
单欣：许老师，我很感激你为我付出了一切，也懂你。可是我还小，不想想那么多，也没资格想。
许尘：对不起！单欣，以后再也不会这样了！都是我不好！
单欣：许老师，是我对不起你！你为我做了那么多，可是我……
许尘：你别多想，这都是我心甘情愿做的，也从不后悔！

单欣又沉默了，低着头望着脚下的绿草。

许尘：不管将来如何，我都会一如既往地帮你，只要你能记得我这个老师就知足了。
单欣：许老师，我永远都不会忘的，你的一点一滴都深深烙在我的心里，这一年不是你可能我已经不在了，是你给了我第二次生命。
许尘：单欣，别想那么多好吗？见到你今天这个样子我按捺不住自己喜悦的心情，我只要你健健康康开开心地把学业搞好我就很开心了。
单欣：许老师，你放心，我不会辜负你的，此时我只有以我的学习来报答你。
许尘：我相信你是个很出色的女孩！我们回去吧。

朝阳望着单欣学校的方向，轻轻吟诵着他刚写的一首诗：

你一直在我的远方
那个只有梦才能去的地方
我拥有了梦，是否拥有了你
梦中的走来和转身，一样
会击溃我的脆弱

想把自己的碎片掩埋
但是在三尺的地下，依然
能听到你的脚步，和瞬间的停留
我还会在你的背后

和你走着同样的路

在喧嚣的大街，在僻静的小径
我都会踏着你的余音，定位自己的高低
那儿有你云间的飘逸，有我草叶的低吟
这个世界，这片天空，我们的存在
让这个季节无法理解
那一场风雨是不是最好的诠释

混沌清晰，清晰混沌
我总是不明白你的走来，和离去
丢下的一路迷雾，和冷漠
夜深时，月亮会告诉我
那些苍白的邈远，无法触及

捡起飘落的花瓣
绿色涂满空旷
也抹去你的痕迹
我知道你已经离去
在春天走的时候

他此时感觉单欣离自己太远太远了，远得会让他再也找不到。他们约定的时间还有十来天就到了，不知道单欣会不会来。下学期他就踏入社会工作了，在工作中想继续再读研，他深深知道单欣将来一定会成为一个作家。所以他还需要继续学习，不然真的会再也找不到她了。

李程：朝阳，是不是又在想她啊？
朝阳（转身见李程向他走来）：呵呵，你小子。
李程：让我说准了吧。
朝阳：如果你爱上一个人就懂得了，现在你还不懂。
李程：也许吧，我除了学习就是吃饭睡觉。其他都是空白。
朝阳：爱上一个人，除了忙碌时不想她，闲下来就会很想很想，想着她的一言一行，她的微笑，她的长发，她的衣着，她美丽的回首，她的一切的一切占满我的空间，随时可见。
李程：啊？朝阳，不会那么肉麻吧？爱的魔力有那么大吗？你整个思想都在围着她转啊！
朝阳：呵呵，是的。我们更会为了一个目标共同努力，相互鼓励相互支持！
李程：太神奇了！不敢想，你朝阳会是这么痴情的人？！

朝阳：等你恋爱时就知道了，现在和你说就是对牛弹琴。呵呵。

李程：你才是牛呢，我只不过不懂得爱情而已。朝阳，我来个假设……

朝阳：什么假设？

李程：你不是说单欣是个非常漂亮的女孩吗？假设她突然变丑了，也不是太丑，只不过比原来丑多了，你还会这么爱她吗？

朝阳（迟疑了一下笑笑）：不可能的，那是绝不可能的！

李程：打住！别说绝不可能，回答我的假设。

朝阳：我，我想我还会爱她。

李程：从你迟疑的语言我明白了，你最爱的是她的外貌，而不是她的才华。

朝阳：那假如你是我会如何？

李程：假若是我，我会爱她一生一世。一个人的相貌会衰老，而她内心的美永远不会变。

沉默了一会，慢慢往前走。

朝阳：我和她没有假设，因为她很美，这是事实，不会变的。

李程：我感觉你还不够爱她，还没有达到那种容纳她一切的地步。

朝阳：你的理论倒不错，不切合实际，到你恋爱时你这些理论再套着用吧。

李程：嗨，嗨，什么叫套着用，你太刻板了。

朝阳：我也问过自己多少回，到底会不会为了她付出我的一切，可能我做不到。这一切你不懂，因为我很多事得为妈妈着想，我现在是妈妈唯一的希望和支柱。

李程：你们将来不会走到一起的，我的预感。

又在沉默中。只见蓝天上一朵白云慢慢飘远……

第十二集

还有三天就开学了，也是他们约定的时间到了，单欣很激动，她做到了，这一个剧本是她见朝阳的礼物，她又可以很阳光地走在校园的林荫道上了，虽然她还瘦弱，头发还没长出来，以前的样子很快会恢复。

许尘（拿着单欣的书稿。推开单欣的门高兴得手舞足蹈）：单欣！祝贺你！祝贺你！你的剧本被北京向阳剧组选中了，开学的那天来和你签合同。

单欣：是吗？！是吗？！许老师，我太激动了！

许尘：我已和校长汇报了，校长安排在开学典礼上签这个合同，这是我们建校以来第一次有这样的喜事，校长能不重视吗？他高兴坏了，说剧组给你多少经费，学校也给你多少！

单欣：这个作品很感谢你！许老师，没有你，就没有现在的我，也不会有这个作品。

许尘：不，单欣，这是你的才华，你的坚强，你的勇气，你创造了一个奇迹！

单欣：不，这一切都是因为你，给予我的太多太多，今生我怕还不清了。

许尘：单欣，我，我，这是我应该做的，心甘情愿的，不要你的偿还！

单欣（扑进许尘怀里抽噎着）：许老师！谢谢！谢谢你！

许尘（眼睛也湿润了，轻轻拍着单欣的背）：像个小孩子了，呵呵，见到你今天这样，我真的没想到，当初我真的怕你倒下！你没有，没有忘记我们的约定！你是最优秀的！最美丽的！

单欣：许老师……

许尘：准备好一切，后天校园见，单欣。

单欣：知道了，我不会让你失望的，许老师。

王云，石雨，李平她们几个来看单欣。

单欣：很感谢你们几个一直牵挂着我。

王云：单欣，我们也很惭愧，在生死攸关的时候我们也没有给你什么帮助。

石雨：是的，单欣，我们都没做到。

单欣：别那么说，有你们的精神支持我已经很感激了。

李平：单欣，见到今天你恢复得这么好，我们太开心了，开学我们又可以在一块疯了，又可以在你左右烦你了。

单欣：呵呵，欢迎你们烦我，我还是喜欢听石雨怪声怪气的诗歌朗诵。

一阵哄笑。

单欣：还有王云那总是跑调的歌声，把树上的鸟都吓飞了，你们说神不神奇？

石雨，李平：神奇，那也是本事，我们的才女啊，哈哈！

单欣：还有你李平给王云配的舞，我们总是怀疑你身上在瘙痒，呵呵……

石雨，王云：是瘙痒，并且痒得还很厉害！哈哈……

李平：你们评评我们几个谁最坏？

石雨，王云，李平：单欣！

单欣：呵呵，嫌我刚才夸你们不到位吗？呵呵……

石雨，王云，李平：坏坏的单欣，太坏！极坏！

单欣：所以说你们几个吧，那叫有才。呵呵……

石雨，王云，李平：是有才，我们的作家当然有才喽，今天我们让你好好表现一下，中午你得好好发挥一下做饭给我们吃，我们今天就吃你了！

单欣：那还不容易，你们知道吗？在家我很会喂猪的。

石雨，王云，李平：任你怎么说，今天中午我们就是不走了。就当一回猪，我们是幸福的小猪猪很不错的。

晚上单欣躺在床上翻来覆去睡不着，想到了爸爸妈妈，她真的太想他们了！她已没有一个亲人了，明天回去给爸爸妈妈上坟，把这个喜事告诉他们，让他们也高兴高兴。不知道什么时候睡着了，爸爸妈妈笑着向她走来……

爸爸妈妈：小欣，我的好孩子，你终于好了，恭喜你！小欣，我们真的很开心！很开心……（说完像云一样慢慢飘散了）

单欣：爸……妈……爸爸……妈妈……你们别走！别走……别走……（她哭醒了喊着……从床上滚倒地上……爬起来再也无法入睡）

第十三集

第二天她早早起来，收拾好，背起书包坐上了回家的大巴车。路边一眼望不到边的玉米熟了已掰下，只有玉米秸绿中泛黄还站在田里被风吹得沙沙响，偶尔还有些农民戴着草帽在火火的阳光下砍着玉米秸。单欣戴着太阳帽，别人看不到她光光的头，她真的很怕那些好奇的目光会深深刺伤她。她一直望着车窗外，这些熟悉的风景飞快地向后退去，退到她走过的路边。身旁大叔抽着旱烟，浓浓的烟雾飘过来，呛得她不住的咳嗽。眼泪都咳出来了。

大叔：不好意思，孩子，看把你呛成这样，我不抽了，不抽了。

单欣（擦着咳出来的眼泪）：没事的。咳！咳咳！咳咳咳……大叔。

乘客：大叔，刚才我想说你的，看把这个女学生呛得咳个不停。公共场所你最好别抽烟，这样对别人不好。

大叔：呵呵，大叔知道了，以后再也不这样了，真的不好意思哈。

一个半小时的路程很快就到了。单欣往村里走去，迎面走来会种瓜的宋爷爷。

单欣：宋爷爷，宋爷爷，你这是干吗去？

宋爷爷（几步走到单欣的面前）：你是小欣啊！我的孩子，你好了吗？见到你真好！真好！（哽咽了）

单欣（心里酸酸的，想起他拿出自己多年的积蓄，虽然没有用又还给他了，但是这样的老人多么可亲可敬。又想起了母亲去世前宋爷爷给的香瓜掉到了地上摔了一地）：宋爷爷谢谢你！我好了！

宋爷爷（用脖子上还是上次的那张毛巾脏兮兮的，擦了擦眼睛）：小欣啊，虽然你爸妈都不在了，希望你能常回来，你还有大伯、叔叔和哥哥，还有我这个宋爷爷，我们都是你的亲人。孩子，你等会爷爷给你去摘瓜去，上次你都没吃一口。

单欣：不了，宋爷爷，我先去给爸妈送点纸钱，回来再去大伯叔叔家看看，明天就开学了。

宋爷爷：那好，孩子，我给你摘瓜去，留你带学校吃。

风扬起宋爷爷破旧的衣衫渐渐远去。她来到爸妈的坟前，把纸钱一点点散开，点上火，挑选的四个又大又红的苹果放在爸妈的坟土前。静静地看着火苗慢慢吞噬着纸钱，最后化成一堆灰。

单欣（跪下来，磕头）：爸妈，把钱收起来吧，秋天到了，你们买几件衣服好挡挡寒。爸妈你们为了我上学省吃俭用，平时连苹果都没吃过，这是我给你们选的最好的，吃吧，爸，吃吧，妈。你们在那边好吗？我不怪你们丢下我，因为我知道我就是你们的命根子，你们是一万个舍不得，可是老天却要了你们的命。爸，妈，我有两个好消息要告诉你们，一是我的病全好了又可以上学了；二是我生病期间写的剧本被剧组采用了，就将拍成电视剧了。爸妈，你们高兴吗？

一阵风吹来，扬起纸灰，单欣知道这是爸妈在高兴得手舞足蹈。她在坟前和爸妈说了很多话，然后又默默坐了很长一段时间，才站起来看看太阳已是晌午了。

单欣：爸妈，我走了，我会常来看你们的，你们想我可以托梦给我，好吗？爸，妈，别忘了，一定托梦给我！

单欣走进村子，邻居都热情地打着招呼。

嫂子：小欣，回来了，中午到我们家，尝尝嫂子的手艺，好吗？

单欣：不了，嫂子，改天再去看望你和哥哥，我去大伯家还有点事。

婶子：小欣回来了，到我们家吧，孩子！

单欣：不了，婶子，下午我赶回去，明天就开学了。

单理：小欣啊，你可回来了，大伯一直想去看你，这农活太多，大伯也帮不上你什么，所以就一直没去。孩子，别怪大伯，赶紧进屋，让你大妈给你做点好吃的。

单欣：大伯，我知道你忙，怎么能怪呢，我有时间回来看望你们，这不回来了嘛。

吴仪（端来一盆凉水放在地上）：孩子，快洗把脸，看把你热的，你坐下歇歇我做饭去。

大妈炒了四样菜，两荤两素香气扑鼻。大哥大嫂侄子，大伯都围在一桌吃饭。

吴仪：孩子你以后怎么打算？

单欣：我会继续读书，不辜负父老乡亲对我的厚望，我是咱村第一个大学生，一定要有出息！

单理：你这孩子太要强，当初真怕你挺不过去，没想到，你真的挺过来了，真是咱们单家好样的，单华，你看看那你妹妹一个女孩子经历了那么多，依然那么有志气，你看看你就知道喝酒赌博，老婆孩子还得靠我这把老骨头养着，你还是个男人吗？！

单华：和妹妹说话怎么又扯到我身上了，真是的，你们能不能不再唠叨！吃饭都不让人肃静。烦不烦人啊？！

吴仪：你这孩子也老大不小了，咋说话啊，你就得向你妹妹学着点。你就知道输了钱喝醉酒打老婆，我儿媳妇是多好的人啊，换了别人早丢下你和孩子跑了。

大嫂：爸妈说的不对吗？你还有理了。

单华：咋啦？！有你说话的份吗？爸妈唠叨，你年轻轻的也唠叨，烦死了！

单欣：大哥，你别急，大妈大伯年纪都大了，你也有要吃的了，成天还这样鬼混，能对得起谁啊？没有两个老人家你连饭都吃不上啊，醒醒吧，大哥，别再这样下去了，你会毁了自己毁了孩子，毁了这个家的！

单华：小妹，我，我能干啥，没有文化没有技术的。

单欣：只要有双手，做啥弄不上一碗饭吃，大伯不也和你一样吗？他成天去拎泥斗子不也照样养活一家吗？你家的孩子也到上学的年龄了，你想让他将来像你一样吗？

单华：小妹，我，我知道了，以后再也不赌了，我就跟着爸爸去干活，孩子得上学，不能像我，不能像我！

吃完饭大伯一家把单欣送到村外马路边等大巴车。

单理、吴仪：小欣，注意身体，多回来看看。
单欣：我会的，大伯大妈，你们回吧，天太热了。
大哥大嫂：小妹，一路小心啊。
单欣（抚摸着侄儿亮亮的头）：你们回吧，车一会就来了，大哥好好干，将来也培养亮亮上大学。
大哥：大哥知道了，那我们回了，小欣。

等了十来分钟大巴缓缓而来，她刚要上车宋爷爷背了半口袋瓜小跑着，累得满头大汗上气不接下气。

宋爷爷：等等，等等，小欣，把这瓜带上。
单欣（眼泪都要出来了）：宋爷爷，你留着换钱吧！
宋爷爷：傻孩子，这是宋爷爷的一点心意，爷爷再穷就差这几个瓜钱吗？
单欣：谢谢宋爷爷！你回吧，我会常来看你的，再见宋爷爷！

车启动了，宋爷爷还站在太阳底下，用手遮在眼上望着车渐渐走远。宋爷爷渐渐变成一个黑点还在原地。

第十四集

单欣在许老师给打印的书稿上写上自己的名字，心里感觉甜丝丝的，但是她还是流下了眼泪，因为这里有她和朝阳的约定，有她和病魔作斗争的挣扎，有他父母离去的心痛，有许尘老师不顾一切的付出和守护，有她坚强的泪水。她感觉这部书稿好沉好沉。她想把它送给朝阳。现在这个样子朝阳不一定认出来，也许他见了从前一切美好的瞬间就会消失。单欣望着镜子里这个陌生的自己，头上才长出还掩不住头皮的头发，极其消瘦的脸，只有一双大眼睛还是那样，加上面部淡淡的表情就像一个尼姑。

朝阳今天特别兴奋，因为这一年的思念折磨得他几乎窒息，现在立刻就想飞到单欣身旁。他收拾好坐上最早的一班大巴赶往芜湖。下车还不到八点，他吃了点早餐就匆匆赶到镜湖边等着单欣的到来。

单欣怀里抱着书稿，穿着已经褪色的牛仔装，向镜湖走来。她老远就看到了朝阳在那徘徊。轻轻地走到朝阳背后静静地站着。

朝阳焦急地等待着，一转身看到一个陌生人在默默地看着自己。

朝阳（被这个陌生人看得有点毛）：你认识我吗？

他这一句话就像一把刺刀直插入单欣的心脏，她没说话，只是点了一下头。

朝阳：你认错人了吧，我不认识你啊。
单欣（用一张纸写着）：你在等谁？
朝阳：呵呵，我在等我的女朋友。

单欣又写：你看到她了吗？她来了。

朝阳（左看看右看看）：呵呵，她没来。

单欣又写：她已走了，让我把这部书稿给你。

朝阳：为什么？她不见我？！她就这样对我！太无情无义了！你告诉我她在哪儿？我不要她的书稿。

单欣继续写：她永远不会再见你了！因为你不是真正爱她……

朝阳：我真没想到她这么捉弄我，真会找借口！

单欣不想再见到朝阳这个样子，她的心在流血，此时她深深知道朝阳没有真心爱过她，也看到了他的肤浅。她转身头也不回地走了，泪水像断了线的珠子一颗颗掉落。

校园里老师都在忙着布置会场，拉上条幅：开学典礼，庆祝单欣的剧本《记着我们的约定》签约。大门外也挂上。很多校友都用陌生的眼光看着她。

男生（在背后指着单欣）：这谁啊，好像有点面熟。
另一个男生：是的，我也觉得有点面熟。但是就想不起来是谁。
王云，石雨（牵着手跑来）：单欣，单欣，你终于回来了！我们又可以在一起了！
男生：啊？！单欣啊，是单欣啊！没想到，怎么成这个样子啊？
另一个男生：是啊，我们的校花，怎么，这是怎么回事？

单欣和王云、石雨匆匆走开了。教室里，同学们都围着她问寒问暖，他们都含着眼泪。单欣真的很感动。就在单欣到校前王云石雨李平已把她的遭遇告诉大家了。

十点开会的时间到了，这个典礼比往年隆重多了，掌声、欢呼声、笑声不断，电视剧组的领导、摄像师、记者纷纷而来。

校长：大家静一静，大会正式开始！点礼炮。

震耳欲聋的几声礼炮一下激起了大家的激情。

校主任：我做一下工作报告，过去的一年……新的一学期开始了……最后我要告诉大家一件事，它发生在我们学校，文学戏剧班的单欣同学，去年得了白血病，她是个农村孩子，是许尘老师把房子卖了给她把病治好了，并且请半年的假陪在单欣身边。许老师的这种爱学生如亲人的行为是一般人做不到的，希望我们每个老师都应像许老师这样。单欣虽说是个女孩子但是那种与病魔作斗争的坚强让我们震撼，在她病中，父母又相继去世，她强忍悲痛终于战胜了病魔！她有病时一直封锁消息，我们太疏忽了，她请了一年病假，许老师也请了半年假期。在这样的情况下我校没有给予一点帮助，我校领导都很愧疚！我们真不敢相信她在得病期间竟然完成了一部剧本，并且被剧组选中，今天在这个会上签约！

掌声如雷鸣一般久久停息不下来，很多女生都感动得流下了眼泪。校领导一一讲话。最后在掌声中单欣走上了主席台。

单欣：我没有什么好说的，感谢这个校园给予我的吸引力，感谢许老师为我付出的一切，我是无法用语言表达的，这份厚爱是语言不能形容的。当我脆弱时，许老师一直在鼓励我支持我！特别是我父母相继又去世（她哽咽着说不下去，平静一会儿）是许老师给予我力量和爱，他就像我的大哥我的父亲！没有许老师也许我再也回不到校园了！许老师。谢谢你！谢谢你！（她对着主席台上的许老师深深地鞠了个躬）。这部作品是我走过最艰辛最难忘的一段路，也是许老师不顾一切的付出，爸妈从这个作品里走远了，这里有我的执着我的拼搏我的挣扎和任性。让我懂得了怎么做人，做一个什么人，也告诉我，爱就在身边，在每个人身边，为了爱着你的人我们要好好地活着！

在掌声中签了合同，同学围拢来争着和单欣合影、签名，不是冲着她的作品而是她和病魔作斗争的勇气和坚强震撼了他们、激励着他们，在生命的历程中是他们永远的旗帜。

会场的人慢慢散尽，许老师还站在那里微笑着望着单欣……

单欣：许老师，谢谢你！谢谢你！

许尘：不，我成功了！你战胜了病魔就是我的成功！你知道吗？我从来没有这么开心过，你没有忘记我们的约定，因为这个约定你坚强地走过来了，你没有食言！我拥有了最大的快乐！谢谢你！单欣。

单欣（两张各三十万的支票）：这版权费还有学校的奖励我都给你，算我还了一笔债，许老师。

许尘：你干吗？我要你还吗？这些钱你存着要继续你的学业，懂吗？

单欣：不，许老师，我卡里的钱够了，今后我半工半读不需要这么多钱的。你一定要收下，不然债务会压得我喘不过气来，还上你我就轻松了。

许尘：那好，单欣，算还我了，把这钱捐给你们村修路，往你们村去的那段路太差了，你看这样行不行？

单欣（甜甜一笑）：当然可以，可是你现在住宿舍，我心里很难过。为那些爱我的乡亲们做一点事也是一种幸福。谢谢许老师你能这么想。

许尘：我知道你的内心，单欣，你是个懂得感恩的女孩！怎么能说谢我呢，这是你对你的那些亲人的回报。我非常欣赏你！单欣。就这么定了！

许尘轻轻拍了拍单欣的肩膀，单欣笑得像个孩子，他们肩并肩向镜湖畔走去……

卖花姑娘：先生，买朵花吧。

许尘：呵呵，谢谢你！要九十九朵。

卖花姑娘：呵呵，恰好就九十九朵（把花用粉色的丝带精心系好），给，祝你们幸福甜蜜！

许尘：送给你！单欣。

单欣（傻傻望着许尘）：不，许老师，这花很美我却承受不起。你留着送给那个她吧。（说完匆匆离去，回头笑了笑）

许尘：这……我……单欣，单欣……（望着单欣远去的背影，她回头的一笑好美）

一年后政府又拨了一部分款，一条宽敞的欣欣路修好了，宋爷爷拉着一车香瓜和乡亲们有说有笑地走在路上，往城里赶。

遗忘的古井

YIWANGDEGUJING

主题曲

古井的月亮

脚步打磨井沿的沧桑
水里漂着还是那个月亮
冷暖岁月从井边溜走
苔痕里积满多少惆怅

身影在这井水里摇晃
为何不能触到那个月亮
匆匆时光，深刻在脸上
古井里沉积多少过往

抬头望月亮低头思绪长
怎能留住你笑里的花香
古井的月亮
在井里在心上
多少苦涩都散成了星光

抬头看云裳低头月清凉
如何看懂你退却的情殇
古井的月亮
在井里在心上
多少夜晚都在和月亮相望

插 曲

情深缘浅
路途漫漫，有过多少亏欠
红尘中，你我无力炒作世事变幻
那份情深几多心酸，几多甜
留不住你的身影，化作云烟
多少等待在路口
陷进了这爱的深渊

人海茫茫，你我已看不见
风雨里，小船被无情瞬间打翻
那些爱恋几多辗转，几多召唤
守不住你的永远，飘到天边
多少徘徊谁知道
遥望却是天上人间

情深缘浅，寒霜一路落满
往事依依梦里还是出现
哭着笑，笑着哭
为何我只拥有一番空幻
在这一片云天，情深缘浅

主要内容

英子和强子恋爱了，在二十世纪七十年代这是不光彩的事，并且英子妈和强子的妈又是死对头，强行把他们拆开，强子娶了舅妈娘家的侄女云子，云子也是个知情达理的女孩，第二年就给他生了个儿子。

在第二年的一个夏天一场暴雨，英子到瓜棚躲雨，恰好强子也在，深深的思念和占有欲让强子无法自控，他强暴了英子。两个月之后英子知道自己怀孕了，她爱强子也恨他，可是她还是想把这个孩子生下来。她的好朋友月儿把她弄进一家套被厂，英子生了一个女儿叫汪诗，为了女儿考虑把她送给好友月儿，月儿两口子不能生育，有这个孩子像宝贝似的。

英子满月后回家去看望父母，遇到强子，可他连句话都不敢和她说，太让英子伤心了。英子生孩子的事又让爸妈知道了，被爸爸狠狠地打了一顿。她再次离开了家。也不再去被子厂上班了，就来到海边的一个城市，在一家酒店做了一个服务员。

到了城市才知道知识的重要性，英子每天除了工作就是看书学习，酒店的经理许世是个大学生，不仅人长得帅，也是很有内涵的一个男人，他第一眼就喜欢上了英子，英子不再相信爱情，所以一直逃避后来英子离开酒店自己租两间门面做起了服装生意，许世一直默默地在关注着英子。开始每天他都会在远处看着英子，后来每天都会去她店里停留片刻，就是为了看英子一眼。他们就这样像朋友一样处了十几年。

英子的女儿汪诗考上了大学，而汪诗却和强子的儿子王笑天已恋爱三年了，月儿没办法向汪诗说出了她的身世。汪诗无法接受，王笑天也一样，汪诗不相信，也不愿认英子这个妈妈。英子向许世说出了自己的故事，可是许世无法接受就和英子分手了。

一年后，英子在等女儿，在等许世回头，她失望了，而自己的父母也因车祸去世。她很绝望，回到老家投井自尽了。

当汪诗知道自己错误时，可是妈妈已走了。许世再来找英子时，只有一堆新坟，一切的后悔都来不及挽回，他在英子坟前吹着葫芦丝，泪水慢慢滑落，他希望英子能听到他内心绝望的痛……

人 物

英子：一个美丽清纯的女孩，执着，向往美好爱情
强子：身强力壮、性格内向的壮小伙
甜甜：一个爱笑的女孩，英子的好朋友
天天：热情奔放的帅小伙，是甜甜男友，强子的弟弟
英子妈：朴实封建的年过半百的妇女
英子爸：成天叼着一个大烟枪的五十多岁的老农
强子妈：霸道泼辣的五十多岁的女人
强子爸：一个老实巴交少言寡语的人
杏子嫂：爱找事，爱凑热闹，快嘴快舌的人，三十多岁
杏子男人：憨厚，怕老婆
队长李大手：村长，天天嘴里叼着一根大烟袋
舒欣，姜可：被子厂的同事、室友
月儿：善良亲切，英子同学
汪冬：朴实善良，月儿丈夫
汪诗：优雅可爱的大学生，英子的女儿，月儿和汪冬的养女
还有其他一些村里的男男女女
许世：英子后来的男朋友，英俊潇洒的一个酒店经理
张怡：英子广告公司的会计，刚毕业的大学生

第一集

七月的天干燥炎热，十点多钟，男男女女都扛着锄头陆续从地里回来聚集在老井旁的树荫下乘凉，这儿无论多热的天都很阴凉，所以夏季是大伙聚集的场地，在这说说笑笑。他们之间很少相互喊名字大多都叫外号。英子和强子一前一后从他们旁边经过往家里走。

杏子嫂（阴阳怪气地拿眼睛瞟着英子和强子的背影，凑到强子妈身边）： 婶子啊，你儿媳妇快进家门了哈，好福气呦，婶子。

强子妈（不解地望着杏子）： 你说什么啊，杏子，没什么媒婆提亲啊。

杏子嫂： 呦呦，你看这滋润人都这样哈。（笑着把嘴凑到强子妈耳边又指着英子的背影）你这么明白的人看不出来那档子事？我总不信。强子好福气，我们村最漂亮的姑娘让他看上了，呵呵，婶子你美都来不及哈。

强子妈和英子妈一直就是死对头。

强子妈（白了一眼杏子）： 哼！我以为你说谁呢，绝对不可能，我最看不惯她妈，她妈以前认为自己是我们村最妖艳的女人，她女儿也好不到哪去，并且从没有人提，他们就……别丢人了！我绝对不同意！我们老祖宗丢不起这个脸。

杏子嫂： 你老封建了不是，婶子。我看他们八成有那意思，你没发现他们看彼此的眼神都是直勾勾笑眯眯的，然后英子会红着脸低下头。要不我给他们当介绍人？

强子妈： 你给我打住！你少操心，说什么啊甭瞎扯哈，我儿子还得找儿媳妇呢。

杏子嫂： 哈哈……看看你，哈哈……不说了还不成？

二信： 快嘴（杏子嫂的外号），啥事把你乐成这样，说给我们也乐呵乐呵。

杏子嫂： 二信啊，我……

强子妈： 你给我闭嘴！我最讨厌别人胡嘞！

杏子被强子妈一句话呛回去，脸憋得通红，瞪着眼望着强子妈，只好闭嘴。

二信：婶子，怎么啦？

强子妈：叫你二信真没白叫，她能有什么好事，还脖子伸的像腊鹅一样打听。瞧瞧你那样。

二信缩了缩脖子没敢再言语，他和杏子相互望了望，尴尬地笑笑。

强子妈扛起锄头走了甩下脸子给他们，就是怕他们还继续说。其他的人见强子妈有点生气的样子，都莫名其妙。

队长李大手（嘴里叼着一根长烟管用半个嘴在讲话，口水滴滴溜溜不小心就往下掉，还不时地吸溜着）：我说哈这好多天没下雨，又该淘井了，每年这样都得求天爷帮忙，现在地里没什么活了，明天男的都不要瞎转悠都来淘井，女的记住了还像以前一样三天不许到井边来，大家记住了吗？

大家声音不紧不慢的回应：记住了！

也不知道谁一个响屁比大家回应的声音还高，搞得大家哈哈大笑。

二信：这可能又是地雷干的吧，别人谁也没这本事。

大家：哈哈……哈哈……哈哈……

众人在笑声中散去，只有英子爸在抽着闷烟，烟雾掩盖了他脸上复杂的表情，因为他听到了杏子和强子妈的对话。心里堵得慌，抽完一袋烟把烟锅在地上磕了又磕，最后又在鞋底上磨蹭了几下，这才起身回家。

到家见英子已把饭菜弄好，和她妈妈在往桌子上端，一碗酱豆一碗老腌菜，红薯掺一点小麦面做的馒头。他洗洗手坐下来。英子妈和英子都坐下吃饭。

英子爸：英子，你也老大不小了该说个婆家了。

英子（噘起嘴巴）：我还小，我不同意！

英子妈：孩子，我们都是为你好，再大就捡不到好人家了。

英子：捡不到好的，就不嫁了。（她心里喜欢强子却不敢说，自由恋爱是伤风败俗的，很丢人的事）

英子爸：这事由不得你！我们做主，他妈，你打听打听看看谁家的小伙子不错，咱就定下了。

英子妈：嗯，好的，我会留心的。

英子（真的怕了，她没法面对其他男人，除了他的强子哥谁也不嫁，可是不到万不得已都不能说）：你们说什么啊，认为我吃闲饭吗？爸，妈，我干的活少吗？地里家里我少干一点吗？

英子爸：谁说你吃闲饭了！你这丫头越大越不懂事了！

英子妈（赶紧解围）：吃饭，不说了，不说了。

强子妈一边吃饭一边拿眼睛在儿子脸上看来看去。

强子（不解地望着妈）：妈，今天怎么啦？你为什么老是瞅我的脸？

强子爸已放下碗筷，又接着抽上旱烟吞云吐雾一般，强子这么一问他也盯着儿子的脸。

强子妈（寒着脸）：我问你，是不是和英子有那么回事？

强子（吓得一跳，他知道是“伤风败俗”的事，可是心里就是喜欢英子，每次见到她心跳得都要蹦出来了，他知道妈妈会坚决反对，不仅“伤风败俗”，妈还和英子妈不对头，她们要么谁不理谁，要么就是冷嘲热讽）：妈，别瞎说哈。

强子妈：但愿我是瞎说，我警告你，不许你瞎想，昨天你舅妈就和我说了，她的娘家侄女云子是个很好的女孩，就这两天你去相亲。

强子（把碗一推起身出去了）：不去，说不去就不去！

强子妈：你这小兔崽子，你敢！你敢不去！反了你！

强子爸：得，得，得，不是还没说好时间吗？急什么，真是的。

强子妈：好，好，都怪我絮叨嘴，不说了还不成？（白眼瞅了一眼烟雾中的丈夫，收拾碗筷）

晚上强子和英子又偷偷在村后的芦苇滩约会，这里晚上不会有人来，都说晚上芦苇丛是鬼活动的场所，所以他们来这里最安全。人说恋爱中的人是胆子最大的，如果单独他们俩谁都不敢来。

强子（已早早来到，看到不远处走来一个人影，知道就是英子，他压低声音）：英子，我在这，我在这。

英子（轻轻跑来，应了声）：哎，我来了。

强子迎上去一下就抓住了英子的手。

强子（想吻她）：你想死我了，英子，想死我了！

英子（轻轻推开他）：强子，不好了，我妈要找人给我介绍对象，怎么办？

强子：我妈也是要我相亲呢，她好像还知道了我们的事。

英子：那怎么办，你说啊。

强子：我不会去相亲的，除了你我谁都不要，看他们能怎么的。

英子：你会娶我吗？强子。

强子：会！一定会！我对你啥样你还不清楚吗？

英子：我们的事我妈和你妈都不会同意的。

强子：管它呢，大不了我带你跑。（私奔）

英子：不，不，不，强子，那不成为全村的笑柄吗？双方老人非气死不可，不，不能这样，那以后我再也不能进这个村再也见不到爸妈了，不行，绝对不行！

强子：我是说那是最坏的打算，也不会到那地步，我会尽量说服爸妈的。

英子：我也会，但愿能说服他们。

第二天吃过早饭，村长李大手亮开大嗓门喊。

李大手：大家都来了……都来了……昨天安排的带几个水桶，几根扁担，几根麻绳，都来了哈。

村里的男人有的提着水桶，有的拿麻绳，有的扛着扁担和铁锨陆陆续续有说有笑的赶来。先是用水桶把井里的水打上来倒进旁边的水塘里，你一桶我一桶热火朝天地忙着。一个多小时井里的水就没了，得有一个人坐在水桶里下井，把井底的淤泥用桶捞上来，清清底。

村长李大手（把大烟袋插在裤腰上，点燃一炷香插在一块泥巴上）：哪位下？这有一瓶二锅头，喝了下去不冷。

大家你看看我，我看看你，又看看那瓶酒，好像已闻到了酒香。都想喝可又不想下，个个馋得直流口水。

杏子男人（外号憨子，他傻傻脱去上衣）：村长，我来，我身体壮，井下阴冷，身体不好的下了容易感冒。

二信：还是我下吧。（他把扭开二锅头瓶盖子一扔，像胜利的公鸡，美美地品上两口晃了晃脑袋，酒香一下串到脑门）

二信站在木桶里双手抓着绳子被几个人拉着绳子慢慢送下井。淤泥一桶桶打捞上来倒在远一点的沟坎上。在说说笑笑中，井下淤泥一会就清理完了，二信又被拉上来，成了泥人，冻得直哆嗦。

地里皮（把酒送到二信嘴边）：好家伙，看把你冻的，赶紧来两口暖和暖和。

二信咕咚咕咚就是几口，心里暖和多了，赶紧跳到旁边的水塘里洗洗。上来蹲在火辣辣的太阳下晒着。

村长李大手： 我和大家说还是以前的老规矩，看好自家的老婆、女儿，三天之内不许到井边来，记住了，不然这次洗井就白费力气了，大家记住了吗？

大家都点了点头，纷纷离去。

第二集

甜甜是个初中三年级的学生，和天天是同班同学，放学上一路。周末甜甜回到家见水缸里没有水，担起两个木桶就去挑水。提了两半桶水刚想担起来走。

地里皮： 我的妈呦，坏事了，甜甜啊，你坏了我们的事了！
甜甜（咯咯一笑）： 地里皮大哥啊，我怎么啦？
地里皮： 你不知道昨天刚淘的井吗？
甜甜： 不知道，我刚放学回来。
地里皮： 这次求雨没希望了，看村长怎么惩罚你！
甜甜（笑笑）： 不知者不怪，还那么迷信，啥时代了。
地里皮： 迷信？哪年夏天干旱不都是求雨求的，这井下有龙。
甜甜： 迷信，那是巧合懂吗？哪有龙，你见过吗？
地里皮： 对你讲这些真是对牛弹琴，你小小年纪懂啥？不和你费口舌了，我敢打包票你回家准挨骂。
甜甜： 是牛对人弹琴，哈哈，下不下雨和我没关系。
地里皮（望着甜甜的背影直摇头）： 啥都不懂，读几天书都糊涂了，唉！

甜甜刚把水桶放下，就有几个邻居跟来了指着甜甜责骂。

邻居二婶： 甜甜你这丫头越来越不像话了，昨天刚淘的井，你今天就去打水，村里的规矩你不知道吗？如果不下雨，看你到秋吃什么！
甜甜（没好气地白了一眼）： 迷信！
杏子嫂： 我们这颗盼雨的心一下没了希望，你真是，还自以为有理！
甜甜（被他们一个个训得有点火了）： 有完没完？就是我得罪了龙王怎么的？那你们把我抬去求雨去！

杏子嫂，二婶（被呛得说不出话来）：你，你，你这丫头太过分了！还骂人。

甜甜妈老远就见他们和甜甜像是在吵架。一路小跑。

甜甜妈：怎么啦这？

二婶：你问问你家甜甜，昨天刚打的井这你知道，三天不许女人去井边，可是甜甜去打水了，还不许我说她几句！

甜甜妈（看这个样子不骂甜甜是收不了场）：甜甜，这就是你的错，还敢犟嘴！不知老少，白让你上学了！还不认错。

甜甜虽然不服气，但是怕妈，只好回屋不再说话，就是不认错。

甜甜妈：你们看这丫头多气人，不好意思哈，孩子不懂事，都怪我，晚上我再好好训她！

她们不好再说什么，气哼哼地散了。

甜甜妈：你们也不坐会儿，别生气哈，别生气，我女儿太不懂事了。对不住哈！

吃过晚饭，甜甜很郁闷去英子家找英子玩会儿。

甜甜（在院外喊）：英子姐，在家吗？

英子（应声出来）：哎，在家，哦，甜甜啊，来屋里玩。

甜甜：不了，英子姐，我们出去走走好吗？

英子：好啊，甜甜，走，我们出去，妈，我和甜甜出去玩会儿。

她们手牵手来到村外的林荫路上，月光透过树叶的缝隙静静洒在地上。晚风有点热乎乎地吹到身上。草间的虫子烦躁地不停地叫着。

英子：甜甜，告诉姐姐今天是不是有不开心的事？

甜甜：今天我放学回来就去挑水了，不知道刚洗过井，被好几个人责骂，他们真的太迷信了，姐，你信这种求雨吗？

英子：我是个中学毕业生能信吗，可是这是村里一直传下来的习俗，谁也改变不了，咱只有避开，不去理会。

甜甜：主要我们这太落后了，也不怪他们，因为他们没受到过什么教育，只会把一些巧合的事迷信为神的保佑。

英子：是的，他们只有这样解释。你好好读书走出这个穷地方。

甜甜：姐，你那么聪明当初为什么不继续上学？

英子：第一因为穷上不起，第二因为我是女孩，我目前已是村里唯一的初中毕业生已很幸运了。

甜甜：是啊，我们这不仅穷还不把女孩当回事，我上学因为我们家就我一个，也是哭着闹着要上的，不然也辍学了。

英子：姐没你命好，将来你可以走出农村，而姐姐我就注定了干一辈子农活。

甜甜：姐聪明长得又漂亮，真不应该受这样的苦。

英子：这就是命，不认命也不行，姐只希望你将来走出去了还能记得姐我就很开心了。

甜甜：你就像我的亲姐姐我怎么会忘，姐，我问你一件事，不许撒谎。

英子：说，什么事？

甜甜：你是不是喜欢强子哥？

英子（吓一跳）：你听谁说的？

甜甜：没听谁说，我感觉到的。

英子：我，我是喜欢他。你无论如何不能和别人说，我爸妈知道了会打死我的。

甜甜：你放心我谁都不会说，姐，我支持你，为了自己的幸福就得争取。

英子（有点茫然）：不知道会如何呢。不说这些了，甜甜你一定要好好学习，替我们村里的女孩子争口气。

甜甜：我会的，姐，上学真好。

英子：天不早了，你还得学习，我们回去吧，甜甜。

甜甜：好的姐，谢谢你今晚出来陪我。

英子：姐也谢谢你哈。

没想到第三天就下雨了，甜甜才算没事，不然她可就是全村的罪人了。

英子和强子总是会有心地遇到一块，即使不说一句话，彼此看上一眼也很幸福，这一天他们下地回来在村外的树荫下小心地说着话，东张西望怕别人看到。

强子：我可以向家里人说我们的事吗？英子。

英子：不行！千万别说！

强子：为什么？

英子：不为什么，我怕他们不同意，以后我们见面就难了。

强子：难道我们就这样下去？如果家里要我相亲怎么办？

英子（沉吟了一会儿，一丝不快）：你就相去呗，和我没关系。

强子：怎么和你没关系呢？你不喜欢我吗？

英子（有点生气）：谁喜欢你啊！

强子：你又生气了，对不起！我不该说相亲的事。

英子：强子，你真的喜欢我吗？

强子：喜欢啊，非常喜欢！我们从小一起长大，你难道还不清楚？

英子：知道，你说我们今后怎么办？

强子：等过一段时间我就和家里说，他们不同意我就带你私奔。
英子：我不知道怎么办，他们绝对不会同意的！爸妈知道会打断我的腿的。
强子：那我就带你私奔再也不回来。我一定会给你幸福，永远都会对你好。
英子：我知道你会对我好，可是……
强子：可是什么？

杏子嫂悄悄走来。

杏子嫂：呦，你们说什么呢，那么亲热。
强子：呵呵，杏子嫂啊，我们随便聊聊，在说你呢。
杏子嫂：呵呵，你们真有雅兴，说我什么呢？
英子：说你的好，说你善良，说你不爱背后说人闲话，说你不爱多事，说你……
杏子嫂：打住，打住，妹子啊，我是多嘴多事的人，你是夸我还是损我？
强子：夸你，夸你，嫂子，谁说咱杏子嫂不好，我都不答应。
杏子嫂：得，说不过你们，我走了，你们慢慢聊，慢慢聊我的好哈。
英子：嫂子等等我，我也走。

英子真的很犯愁，怕别人知道，怕爸妈知道，不然她就会被骂得出不了门了，她晚上躺在床上翻来覆去睡不着。

第三集

秋庄稼收完小麦种下地，一直到第二年三月都是清闲的日子。这群吃饱使横劲的男人们常常约好和本村和邻村的摔跤，有时就本村的男人发威。刚开春，土冻得酥酥的，往上面一躺面朝蓝天一种神仙一般的感觉。在村后一大片留的春地上（是春天栽红薯的地）女人们在一边欢呼助威，攒了一冬天的劲在女人的欢呼中更威风了，其实他们不是要强而是专表演给这些女人们看的，不管是不是自己的女人，只要她们高兴男人们自己也更兴奋，所以一个个像斗架的公牛一般。开始强子和邻村的一个小伙子，他们都强壮如牛谁都不服气谁，鼓着腮帮子喘着粗气，英子为强子捏把汗在心里为他加油，但又不敢吱声怕别人发现她的反常。

杏子嫂特意打扮了一番，脸上还擦了厚厚的香粉和胭脂，身上的香水浓得让人发晕。她用眼睛瞟着看哪位男人顺眼些，但是他们都不看她，只有二信笑嘻嘻的眼睛一眨不眨地瞅着她，气得她狠狠瞪了二信一眼，二信还是美美的好像杏子在他脸上甜甜地亲了一下似的。

强子胜了，本村的男女高兴地拍手欢呼，第一个出战就胜了，接下来连胜，最后一个二信非要上去显示一下，让女人们注意他多瞅他一眼，可是没撑一个回合就被摔个狗吃屎。

杏子嫂（声音又高又尖）：大家瞧瞧，二信怎么那么熊啊？没本事还瞎逞能。这不丢兄弟们的脸吗？

二信：我不服！再来！再来一次！

对方：不服啊，得了吧，怕会把你摔回炉了。哈哈……

全场：哈哈，哈哈，哈哈，二信应该去感觉一下女人就会窘了！哈哈……

就这么闹哄哄一天过去了，大家都很激动也非常开心，闹饿了晚上都多吃了两碗面条。

晚上，英子和强子又来到老地方。

英子：看你摔跤真来劲，强子，我真佩服你！

强子：还不是给你看的，我一看到你浑身就有使不完的劲，就像得胜的将军。呵呵……

英子：呵呵，我知道你心里怎么想的，想让我开心。

强子：嗯，英子，你让我亲一下好吗，算今天奖赏我的，行不行？

英子：不，绝对不行！

强子：为什么？

英子：听说亲一下嘴就会怀孕。

强子：怀孕了我就娶你！

英子：去，谁说要嫁你呢。

强子：你敢嫁给别人，即使嫁出去我也把你抢回来，你信不信？

英子：呵呵，我信了，信了还不成？

强子不容分说把英子紧紧搂在怀里，他粗鲁的嘴在英子脸上狠狠地亲着。英子拼命挣开飞快地跑了。

邻村，强子的舅妈来了，是给强子介绍对象的。

强子舅妈（刚到大门外就喊）：大姐在家吗？大姐在家吗？

强子妈（应声急急出来）：哎，弟媳来了哈，快请屋里坐，他爸，强子舅妈来了。

强子爸：弟媳来了，坐，快倒茶。
强子舅妈：别忙活了，坐下来说说话吧。
强子妈：呵呵，弟媳啊，我托你的事怎么样了？
强子舅妈：我的姐姐啊，你托我的事，我哪敢怠慢，这不就是为这事来的吗。
强子爸妈：让你费心了，弟媳，还是亲戚啊，别人谁管你的闲事啊。
强子舅妈：那是，为我外甥应该的，应该的。我提的是我娘家（一个村子）侄女云子，大姐认识的，不仅长得水灵能干还很懂事，这么好的女孩给别人家我都舍不得，我觉得他们俩很合适，哥哥嫂子都是实实在在人，和大姐姐夫一样都是好人，自从大姐和我说过我就一直惦记着，所以就介绍这门亲事，只要看中了没意见以后其他的事我都可以当满家。
强子爸妈：认识，很恬静的姑娘，我见她那时还小，几年没见了，现在应该出落得更水灵了。好啊，好啊，那就定个好日子让他们见见面。
强子舅妈：是啊，更水灵了，那行，就后天十月十六，在我家让他们见见。
强子妈：好，好，到时让强子去，又麻烦你了。
强子舅妈：为自己的孩子怎么能说麻烦呢。

强子从外面回来，听到屋里有说有笑的。进屋见过舅妈。

强子：舅妈来啦，你好久没来了。
强子舅妈：是吗？有几个月了，不是为了你的事我还是没时间来呢。
强子：为我的事？什么事？
强子舅妈：傻孩子，能有什么事，好事呗，你也老大不小啦，该考虑个人的事了。
强子（立刻明白了，脸上的笑容消失了）：舅妈，让你费心了。我现在不想谈个人的事。

舅妈不解地望望大姐两口子，又望着强子。

强子舅妈：你看这，你看这是……
强子妈：别理他，我们大人说了算，就订那个时间见了。
强子舅妈：那我回去了，家里还有事，改天我再来。
强子爸妈：不能走，大晌午的，你走了不怕惹人说闲话，大姐能烧得起稀饭给你喝。
强子舅妈：看大姐大姐夫说的，自家亲戚干吗那么客气，改天闲了我再来吧。

强子舅妈怎么也留不住，拉拉扯扯一会，还是走了。

强子妈：强子，你给我说清楚，为什么不想相亲？

强子（低着头沉默了好一会）：不见就是不见！没什么理由！
强子妈：你给我说实话，是不是因为英子？
强子（扬起头）：是又怎么样？我就是喜欢英子，并且要娶她！
强子妈：你妄想！我坚决不同意！
强子爸：强子，你反了！你不觉得丢人我们可丢不起这个人！
强子：找对象有什么丢人的？你们让我相亲不也是找对象吗？为什么你们介绍的不叫丢人，而我自己找的就丢人了？！
强子爸：妈的！反了！你敢和我犟嘴！我们说不行就是不行！看我不揍你！

强子爸脱掉一只鞋子没头没脸打下去。妈妈有点心疼了。

强子妈：好了，好了，别再打了，还嫌不够丢人吗？！看看你们父子两个烦不烦人。

强子气呼呼地任爸爸打，一动不动，妈妈只好把爸爸推出去，这事才暂停。

强子妈：你这孩子太不懂事了，我们还不是为了你好，哪有自己找对象的，这不是丢人现眼吗！何况是英子，换别人我还会考虑考虑就她不行！我和她妈是多年的死对头你不知道吗？
强子：我不管！那是你们的事！和我们下一代没关系。
强子妈：和你们没关系？那她英子就不可能进我家门！
强子：除了英子我谁都不要！
强子妈（见强子这样，她态度转了）：儿子啊，我们又不是要你现在就娶云子，而是为了应乎你舅妈的面子，这一点你都不懂吗？你和英子的事回来再说，给我一点考虑的时间，可以吗？
强子（感觉有点希望，语气也缓和了，舅妈的好心不去应酬一下也说不过去）：好吧，妈，后天我去。
强子妈：这才是我的好儿子，妈做饭去了。

强子不敢见英子，好像做了对不起她的事，三天的时间转眼过去了，强子犹犹豫豫换了件新衣服骑着新永久自行车带着他妈去舅舅家。

强子舅妈（乐呵呵地迎出来，亲热地拉着姐姐的手）：强子来啦，大姐来啦，快进屋坐。
舅舅：大姐来啦，强子来啦。
强子：舅舅，舅妈都在家哈。
强子妈：弟弟，弟妹都好啊。

他们说说笑笑进屋。强子舅妈出去一会儿带进来一个二十来岁眉清目秀的女孩子。强子，强子妈都礼貌地站起来。

强子舅妈：我给介绍一下，这是我外甥强子；这是他妈也就是我大姐。云子你应该认识的。
云子：阿姨你们好，见过。坐。（云子羞涩地低下头不敢看他们，拘束地坐下摆弄着衣角）
强子妈：闺女，多好的闺女，你坐（左一眼右一眼越看越喜欢）。我不常回来，没想到云子长成大姑娘了，又这么招人疼。

强子礼貌地笑了笑。

强子舅妈：这是云子，我最喜欢的侄女，是非常懂事的孩子。也是哥哥嫂子的掌上明珠。

大人东一句西一句说个没完，强子和云子不好意思地总是往门外看。

云子：阿姨，姑姑，你们聊吧，我还有事，先走了。
强子舅妈（追到外面）：云子，等等，你看强子怎么样？行不行？
云子（脸一红）：姑姑，你先问问他们吧，我回了。

强子舅妈嘿嘿笑着进屋。

强子舅妈：大姐，我侄女怎么样？我不是虚夸吧？
强子妈：呵呵，太招人喜欢的女孩子，好！好！太好了。
强子舅妈：强子你呢？

强子一声不吭。

强子妈（赶紧抢过话）：这孩子太腼腆了，没意见，没意见。呵呵。
强子（瞪了妈一眼）：妈！你……
强子妈：呵呵，这么大的人了，呵呵，弟媳啊，我们也回去了。改天我好好请请你！
强子舅妈：不能走，说什么也不能走！其他不说，你是走娘家，哪有不吃饭走的道理。
强子（站起来就走）：舅，舅妈我走了。

强子妈还是被留下了。

第四集

晚上，强子约英子老地方见。强子不知道怎么向英子解释。英子已经知道他今天去相亲了，也不说话。

强子（还是先开了口，好像犯了错）： 英子，今天，今天我去，去相亲了。
英子（很生气）： 好吧，那我回去了。今后我们不要这样见面了（说完转身就走）。
强子（紧紧抓住英子的手）： 英子，不要，你不要走！我对你的心难道你还不懂吗？我是为了应付妈妈他们才去的。
英子（站住）： 那个女孩好看吗？你喜欢她吗？
强子： 很好看的，但我只喜欢你！除了你我谁都不娶！
英子： 你今天可以屈服去相亲，明天就可能屈服于结婚。
强子： 不！绝不会！你相信我，英子，我只要你！我如果背叛你就不得好死！
英子（用手捂住他的嘴）： 不发誓好吗？我相信你！相信你！

强子把英子紧紧搂在怀里，英子胆怯地推开了他。

强子： 怎么啦？英子。
英子： 这样会怀孕的，我们不能这样，等你娶了我，我们才能这样。
强子： 嘿嘿，是的吗？我怎么没听说过。还是初中毕业生呢，什么都不懂，呵呵。
英子： 你知道啥，强子，今天你见的女孩，假若你爸妈看中了怎么办？
强子： 那我不管，他们如果不同意我们的事，我就带你走，你同意吗？
英子： 我，我，我怕。
强子： 有我，你怕什么？不怕，英子。

强子妈很满意云子，回来和强子爸一商量打算把他们的事给办了。订十一月初十的婚期，也就是下个月，一个来月的时间。他们不管强子如何反对，只管操办自己的，忙着请客和办彩礼（小五件，两个大红喜盒，每个盒子八碗菜，一只公鸡可以拐回来一只母鸡，一百个馒头，六十包果子，六十个手帕，六箱酒，一个猪蹄，他爷爷奶奶在得有猪心肺一挂，有姥姥还得一只羊腿）。

强子：爸，妈，你们别瞎忙活，我说过除了英子我谁都不娶！

强子爸：你敢！人家云子，要人有人要才有才哪点配不上你这个浑小子？！人家看上你是我们修来的福，别不识好歹！

强子：是你娶媳妇还是我娶媳妇？！

强子爸：你这个混蛋！还这样不知上下，我非揍你不可！

强子妈（向强子爸使个眼色）：别吵了好吗？还和孩子一般见识，真是，就不能少说两句吗。

强子妈把强子爸拉进里屋。

强子妈（小声）：你干吗这么和他吵，你不知道他的犟脾气吗？我们慢慢往前哄，哄成为算，别看他现在嘴犟，等把云子娶过门生米做成熟饭他就没劲了。

强子爸只是吧嗒吧嗒地抽烟。不再说话。下午，强子妈就去杏子家要杏子把她的话传给英子和他的家人。

强子妈：杏子啊，婶子托你带句话给英子，一个字都不要落下“你英子再好也绝不可能进我家门！我们强子已订好下个月初十就结婚了。没门槛子生的闺女，以后离我们家强子远点！”

杏子嫂：婶子，这样说是不是太狠了？

强子妈：我看还不够狠的，一个大姑娘家去勾引人家小伙子，还要不要脸！

杏子嫂：婶子，那我就给你帮这个忙，你的话我一定会给传到。

中午吃过饭，杏子就急匆匆来到英子家，英子一家人都在。

杏子嫂：哎哟，婶子，叔叔，英子妹妹都在哈。

英子妈：杏子，你是不是有什么事啊？

杏子嫂：可不是嘛（她用眼瞅了瞅英子爸，最后把眼神落在英子身上，英子有点害怕的和她对视着）。

英子妈：你说吧，杏子，有什么事？

杏子嫂（不好意思地笑笑）：婶子，叔叔，我是为英子的事，你们有没有听说英子和强子他们两个，说是在叫什么谈恋爱。也就是私自搞对象。

英子妈，英子爸（他们一下火上了头）：什么？！什么？！杏子你再说一遍！

杏子嫂：他们在搞对象，你不信问问英子。

英子被杏子的话吓蒙了，一声不吭。

英子妈：你这个死丫头！说说到底是怎么回事？！

英子：我……我……我……

英子爸：你，我什么，说，到底怎么回事？

英子红着脸低头一言不发。

英子妈（照女儿的脸就是一巴掌）：你这个不要脸的东西，你知不知道丢人？我们的脸都让你给丢尽了！是不是怕嫁不出去啊？

英子（流着眼泪）：我就是在和强子恋爱了，咋的？！我就是喜欢他！就是要嫁他！

英子爸（抄起一根竹竿没头没脸地打）：我要你嫁他，今天非打死你不可！不要脸的东西！打死你！打死你！

英子一动不动任他爸一竿子又一竿子打下来，妈妈还在一边骂个不停。英子也不知道疼了，麻木地站着。爸爸累得气喘吁吁。

杏子嫂：别打了，叔。别打了！都怪我多嘴！

英子妈：不怪你！你不说我们还在鼓里蒙着呢！怪不得见有些人在一边嘀嘀咕咕的，见了我就一哄而散了。

杏子嫂：我今天来是受强子妈之托。她让我告诉英子"你英子再好也绝不可能进我家门！我们强子已订好下个月初十就结婚了。没门槛子生的闺女，以后离我们家强子远点！"这是她的原话。

英子妈：我呸！癞蛤蟆想吃天鹅肉，妄想！怎么有脸这样说！我闺女瘸死都不会给他做媳妇，想得美！就他们那一家子人我一看就头疼，做她的美梦吧！还自我感觉良好，真没见过这么不要脸的人！

杏子嫂：婶子，你别生气，我太多事。你们消消气我走了。（这样一闹，杏子也感觉自己没趣，不该传这个话，就灰溜溜地离去）

英子爸：家里有绳子，村口有井，你给我死去！给我死去！我们没有你这样不要脸不争气的闺女！你听到没有，强子妈那说的叫人话吗？你气死我了！气死我了！

英子哭着把自己关进屋里。家里人时时都在看着她，她失去了自由。她和强子的事传遍了全村，三三两两的人都在谈论他们的事，他们成了村里的一大新闻。

二信：杏子，你等等，我问你一件事。

杏子（有点很讨厌地回头瞅一眼）：干吗？什么事？

二信（凑上前，压低声音，咧着一嘴黄牙，一股臭味直冲杏子的粉脸）：是不是强子和英子他们在那个？嘿嘿。

杏子嫂（皱着眉头，用手扇着他喷来的臭气）：是啊，瞧你的德行，绝对没有人和你那个！

二信：嘿嘿，你身上真香，香得让我犯晕，嘿嘿。

杏子嫂（气得眼一瞪）：滚一边去，香也不是给你闻的。真恶心，你。

二信：嘿嘿，不是给我闻的，我怎么知道你香的？呵呵。

地里皮（也凑上来）：嘿嘿，你们聊什么呢？这么有滋有味的？

杏子嫂：都给我滚一边去！什么东西！

二信：地里皮，你是不是也想闻一闻杏子嫂身上的香味啊，哈哈。

杏子不再理他们，就像一脚踢着个癞蛤蟆，头也不回地走开了。留下两个老杆在瞎白话。

地里皮：二信，你听说吗，强子和英子在搞那个。

二信：你没那个过，别说人家那个，人家强子有那本事，你有吗？

地里皮：嘿嘿，你也不行，咱俩一样，一样。

二信：谁和你一样？你没看到刚才，杏子嫂对咱多亲热，你有吗？

地里皮：没看到，我只听到她说"滚一边去！"

二信：那是说你，知道不？啥都不懂！悲哀！真悲哀！

地里皮：我呸！臭美吧，你！

二信：你呸谁你？啥都不懂，不和你说了，浪费时间！（二信扛着小脑袋，使劲也没挺直他的小身板，摇摇晃晃地走开了）

强子满怀心事地走过来。二信和地里皮嬉皮笑脸想听到强子亲口的描述，虽然强子不会理他们，但是他们还是很好奇。

二信（一脸哈喇子相）：老弟，看上去你很不痛快，怎么啦？

地里皮（急速地眨着眼睛）：是啊，你怎么啦？强子。

强子（没好气地看了他们一眼，走开了）：没什么，瞎操心！

二信和地里皮没趣的相互一笑。

周一，天天和甜甜一道去学校，甜甜很不开心。

天天：你怎么啦，甜甜？

甜甜：你知道你哥和英子姐的事吗？

天天：知道，就看他们是不是真心相爱，能否经得起考验了。

甜甜：你认为会怎样？

天天：我认为他们会妥协，我知道哥哥表面他很强，其实他很懦弱，可就苦了英子姐，她是个多好的女孩啊，不仅人长得漂亮还非常善解人意。可是爸妈那么反对。

甜甜：你这么说英子姐就不该爱他，英子姐是很坚强很理智有很有内涵的女孩，谁娶了她是他的福气，如果你哥哥妥协了，英子姐不知道会多伤心呢，昨天我想去看她没敢去，他爸妈很凶，已经把她看管起来了。

天天：一个人的个性注定他的人生，下个月哥哥就结婚了，这不是明摆着的事，他们不可能了吗？

甜甜：天天，假如有一天你爱上一个女孩，你父母一样反对，你会怎么做？也会妥协吗？

天天：哥哥是哥哥，我是我，我绝不会，首先我一定要考上大学挣脱那种封建礼教，有自己的一片天空，独立，不靠父母他们就不会那么反对了，也因为爸妈和英子父母不对头。最后会让我爱的女孩看到我爱的真挚，我认准的谁也阻拦不了。我会做给村里人看，也告诉村里的年轻人要如何选择自己的爱和婚姻，怎么才能获得真正的爱情。

甜甜：你是不是在做广告词啊，现在说都是空话，当面临时，事实会告诉我一切。

天天（淡淡一笑）：你一定会看到。

第五集

强子托弟弟天天去找甜甜帮他给英子传个口信，晚上九点在老地方他们见面有事。英子等爸妈都睡着了装作去屋子后的厕所悄悄溜出来。强子也溜了出来，他们好多天没见面了就像隔了几个世纪，有千言万语不知从何说起，两双手紧紧地握在一起，很怕再有人把他们分开。

强子：跟我走吧，英子，我会一辈子对你好的，不管再苦再累为了你我都不怕，只要能和你在一起。

英子：难道就没一点办法了吗？

强子：没办法，我爸妈死都不答应，我们只有这一条路。跟我走吧，英子，有我你不要怕！

英子：我爸妈也坚决不同意！你爸妈很讨厌我。我真的那么令人讨厌吗？

强子：不，英子，那是他们的事，我是一心一意地喜欢你，除了你我谁都不要！

英子哭了，她很矛盾，很怕，他爸妈就她一个女儿，如果她这么做，爸妈非气死不可，她很爱爸妈，爸妈会被气死的，她怎么会这么不孝，抛下他们一走了之，这样即使强子对她再好，她也不会快乐，一辈子会不安的。

英子：强子，我不能和你走，你走了还有弟弟天天，而我不能，我们慢慢做他们的工作，我想他们会被我们的感情打动的，逃避不是办法。

强子沉默了，不知道怎么对英子解释，所有的语言都很无力，他深深知道爸妈的，也知道英子的个性，所以很无奈。

强子（慢慢松开英子的手，感觉这夜会把他们吞噬掉，英子好像突然间像一片云被风吹走了，他伸手去抓，只抓住湿湿的一滴泪）：英子，我们……怎么办？你说。

英子（也很迷茫，轻轻叹息一声）：唉，我们回去吧，强子，你记住除了你我谁都不嫁！

他们在黑夜里走着自己的路，迷茫，无助，这夜的黑吞噬了他们的身影。

强子和英子都失去了自由，成天在村里人的唾沫星里度日，看到他俩的背影都会指指点点。

二婶：这英子以前是个多听话的孩子，没想到会……唉！儿大不由爷啊，她爹妈既然不同意，糊涂，干脆找个人家嫁了省得有那么多的事。这么水灵的姑娘嫁到谁家谁不疼啊。

大娘：也是，我不信他爹妈以前能看不出来，这在我们村真是头号新闻。丢人！

二婶：听说强子对象已找好了，结婚时间已定好了，还有二十来天就到期了。

大娘：是的。你没看到强子成天冷着个脸，谁都不愿理睬，心里难受着呢。英子也被爹妈时时刻刻看管着。

二婶：等强子结过婚，英子就死心了。其实英子这样的女孩干吗伤风败俗，啥样的对象找不到啊，真是不懂。

英子刚从她们身边走过，她们说的话英子都听到了。她心里不知道是什么滋味，强子就要结婚了。她知道强子很爱她就像她爱他一样，可是他会抗拒父母安排的婚姻吗？英子很茫然，她相信强子的爱但不相信他的坚强，从相亲就可以明白。她英子绝不会！

杏子嫂是个多嘴多事的人，这不，她来给英子介绍对象了。

英子妈：来了，杏子，你有事吗？

杏子嫂：呵呵，我的婶子，我是无事不登三宝殿，想给英子妹妹介绍个对象，婶子，你看中不中？

英子妈：好啊，杏子，让你操心了，快说说是哪家？

杏子嫂：应该的，就是我娘家堂弟大理，小伙子非常好，要人有人要家有家，我娘家婶子又是个很贤惠的人，英子过门了全家还不当宝贝一样的疼啊。也说明英子妹妹命好。

英子妈：那好，让他们见面英子绝对不会去，你把你堂弟的照片拿来我看看，把英子的照片也给他们看看，如果没问题就定下了。

杏子嫂：这样行吗？

英子妈：我说行就行！

杏子嫂：那好，就按婶子你说的办。

就这样，双方看了照片，英子妈很满意，大理一家也很满意，特别是大理看到英子照片那么俊俏，喜欢得晚上老是做美梦。英子知道了坚决不同意要自杀，她妈妈只好回绝。英子成天一个人闷闷不乐，走到哪都有很多双眼睛在盯着。想见强子很难又怕见，总怕是最后一面。强子也和英子一样都在煎熬着。强子的婚期终于到了。这一天亲戚朋友都来帮忙，而强子很难过，头天约英子出来想带她走，剩下的事他一概不管了，可是英子没出来。也许她认为没有必要再见面，她也不想让强子知道她的痛苦。她也深深知道，强子的爱不是那么深，如果真正爱她就不会答应这门婚事更不可能结婚。这也许就是命吧。

强子结婚了，响手喇叭吹得震天响，大家都欢天喜地，强子脸上挂着笑，心里在流泪，他恨世俗也恨自己懦弱，不知道英子怎么样了。

杏子嫂：呵呵，强子，你和云子新娘真是郎才女貌。多般配多美满的一对啊！

强子对她一笑没言语。

二信：强子你真好福气！令人羡慕啊！

杏子嫂：可惜你没福气了，谁家闺女看上你算瞎了眼！

二信：呵，呵，谁说的，别说大闺女了，就连那些结过婚的也会想着咱，就比如，比如你杏子嫂。哈哈！

杏子嫂：我呸！除非你回炉重做也许我会！

二信：回炉了，哪还有你的份，现在咱们才是弯刀对着瓢切菜，合适着呢，哈哈！

大家哄堂大笑。杏子狠狠瞪了二信一眼不再理他。

送走了客人，强子因为有心事喝得醉醺醺的，新娘云子默默地坐在床上等着强子，强子望着红蜡烛的泪慢慢往下淌，那好像是英子在流着泪望着他……他转过身看着云子，也许因为心里难过多喝点酒，眼前的云子在他的醉意中好像是英子在羞涩地望着他，强子再也无法控制自己，他把云子疯狂地抱上床，粗野地撕开云子的衣服，所有的心痛和醉意都在发泄中疯狂着……

英子一个人来到他们常约会过的地方，好像强子就在芦苇滩等她，她徘徊了好久，却找不到强子的影子，一串鞭炮声把她的梦炸醒了炸没了，她呆呆地望着芦花被风吹得轻轻飘着，漫无目的地飞去。她坐在水边一直哭到黑，她知道以后她不会再来这个伤心的地方了，从明天开始她将不能再去想强子，更不会再见他了，他们将如同陌路，已是两个世界的人。

生活恢复了平静，村里人也不再议论英子和强子，强子和云子很幸福，第二年就给强子生个大胖小子。而英子依然不愿考虑自己的事，他爸妈拿她没办法，她除了干农活就一个人躲在屋子里看书或者发呆，她不再让爸爸挑水，每次还有半缸水她就会去挑，因为强子每天都会去挑水，这样她可以默默看他一眼，感受他从自己身边走过。

夏末西瓜都快罢园了，这天英子去地里摘西瓜，突然就下起了大雨，瞬间就把她浇了个透，她匆匆躲进地头的看瓜棚。抬头一看强子也在里面，转身想再冲进雨里，被强子一把拉了回来。

强子：英子，淋坏了身子，要么我走。

英子（看了一眼就转身背对着强子，她怕强子看出她内心的伤）：不，躲一会吧。

他们站在棚子里，谁也不说一句话。强子站在英子旁边看到英子湿漉漉的衣服贴在身上，身体的轮廓清晰地勾勒了出来，起伏的胸，翘翘的臀部，几缕发丝散在脸部也盖不住一种诱惑，长长的睫毛，又厚又红的嘴唇。英子发现强子在盯着自己，不由得她胳膊交叉在一起想护住胸部，没想到在关键的地方却偏偏开了一个扣。那对又白又嫩的乳房露出了一部分。强子再也控制不住自己，突然抱住了英子。雨越下越大

强子（喘着粗气）：英子，我爱你！我爱你！你知道我想你想得多难熬！我成天都把云子当成你，你知道吗？英子，你知道我想你吗？

英子（被强子的突然举动吓傻了，想推开他，可是他力气太大）：强子，你不能这样！放开我！放开我！

强子（发疯一样撕去英子的衣服咬着她柔软坚挺的乳房吻着她的脖子，火烫的嘴一下捉住了这一直渴望的唇）：英子，给我吧！别让我再煎熬，我想你！想要你！你是我的！是我的！……

无论英子怎么挣扎，都是无能为力的，被强子疯狂地揉在地上，一阵钻心的疼传遍了她的全身，她的世界突然坍塌了下来，瞬间陷进无底的黑，英子在他的疯狂中成了木头人。泪水慢慢滑落。发泄后，强子狠狠地抽着自己的耳光，他知道自己深深伤害了他深爱的女孩。

强子（给呆呆的英子穿好衣服，把她紧紧搂在怀里感觉她整个身子都在颤抖）：对不起！英子，我太犯浑了！我不是人！我是畜生！你打我吧！英子，你打我吧。

英子还是呆呆的，眼睛空洞得可怕，眼泪大颗大颗地往下滚。

强子：英子，跟我走吧！我会一直爱你对你好！离开这里，再也不回来！

英子站起来，理了理凌乱的头发，甩开强子的手慢慢地走进暴雨中……

第六集

那事过后英子脸上再没了笑容，常常发呆像丢了魂似的，她知道自己已经不是一个纯洁的女孩子了，但是她不恨强子，因为她的身子给了她最爱的男人，即使现在就死了也已经知足。今后怎么办，她不敢想因为他没有明天，没有未来。她很怕，如果怀孕了她将怎么办。她在迷茫、失落、无助中度日。

强子一直为那天的粗野后悔，英子那天像没有了魂似的走进雨中的样子一直在他眼前挥之不去，他不敢见英子，怕看到她那双忧伤的眼睛更怕她会出事。

云子（傍晚，抱着儿子在院子里，见强子一直在发呆）：强子，你怎么啦，神不守舍的，是不是有心事？可以和我说说吗？

强子（才回过神来）：哦，没有，有点累。

云子：强子，你这样好多天了，并且还说梦话，说“对不起！英子”你怎么对不起英子妹妹了？

强子（惊讶地望着云子）：哦，我，我还说什么了吗？我可能做噩梦了，你别瞎想，来，我抱儿子，你帮着妈妈做饭去。

云子：没有。

云子知道强子有心事，他不说她也不想多问，她嫁来两年了也很了解强子，不仅是现在也包括过去，强子不愿透露他的内心，这说明他们夫妻还没达到无话不谈的地步，她很爱强子，也相信有一天强子会把整个心交给她。

英子两个月没来月经了，她妈妈是个细心人，感觉不对头，这天吃饭时英子刚吃两口突然呕吐，妈妈的心一下坠到谷底，饭桌上没吱声，饭后把英子拉进屋里关上门，怕他爸爸知道非打死女儿不可。

英子妈：英子，你，你给我说说怎么回事？

英子（因为她根本就不懂）：什么怎么回事？

英子妈（压低声音）：你不要在哄你妈，告诉我你怀的是谁的孩子？你给我照实说！

英子（被突然吓坏了，她也感觉自己这些日子不正常，知道坏事了）：我，我，我没有。

英子妈：你想把我气死吗？你爸爸知道非活埋你不可，说！

英子（不敢看妈妈那冒火的眼睛）：我，我，也许着凉了。

英子妈：你还跟我撒谎，我毕竟是过来人，什么不懂，你有两个月没来月经了，还敢骗我！

英子不再说话，任泪水像断了线的珠子往下滚，妈妈一切都明白了，还替自己解脱已没有意思。妈妈气呼呼地扛起锄头下地去了。

月儿是英子的同学，她们俩很幸运上了初中。月儿已经结婚了，小两口很恩爱，今天回娘家顺便来看看英子。

月儿：你怎么啦？英子，哭了？

英子（擦干脸上的泪）：没什么？你还好吗？月儿。

月儿：我很好，你有心事，可以和我说说吗？

英子：月儿，你也许听说了我和强子相爱，双方父母都不同意，现在强子也结婚了，就在两个月前一场雨我去瓜棚躲雨被他强暴了，现在怀孕了，妈妈已知道，月儿，我不想活了，为什么会这样，我追求的爱情难道就是这样的结果？！

月儿（抚摸着英子的肩膀）：强子怎么能这样？！告他去，这是强奸！

英子：不，那样我真的不能活了！哪还有脸见人。

月儿：他真混蛋！怎么这么欺负你！这是爱你吗？如果真爱你他会尊重你，如果真爱你怎么还要娶别人，而反过来糟蹋你！耍流氓不是？我见了绝不轻饶他！太欺负人了！

英子：月儿，我是真的喜欢他，也希望能够嫁给他，可是……我知道这只是一个梦，并且把自己弄得人不人鬼不鬼的。我真的不知道今后怎么活下去。

月儿：英子，你人长得这么水灵，什么样的男人找不到，你看上他算是瞎了眼！英子，听我的把孩子流掉！

英子：不，不，月儿，我想留着这个孩子。

月儿：你疯了？！留着孩子你今后怎么办？你不嫁人了？为这样的男人值得吗？

英子：不管他爱不爱我，我对他是真心的，生下这个孩子也许我还有生活下去的勇气，如果这个孩子打掉我真的不想活了！

月儿：我不想多说什么，你好好想想值不值得，今后你会很苦很苦，并且一辈子在别人面前抬不起头！孩子将来又怎么面对这个社会啊，你想过没有。

英子：我认了，如果孩子生下来我还活着的话，一定把孩子抚养成人，如果我死了，月儿，我想把孩子给你，因为你是我唯一的朋友，也是我值得信任的人。

月儿：别说那些没用的，我希望你能好好地活下去。我走了，下午我还要到我们附近的一个被子厂去干活，有时间一定来看你。英子，不要犯糊涂，苦自己没意思。

英子：被子厂？我可以去吗？

月儿：我还真忘了，就是来问你干不干的，我们俩又可以在一块了。

英子（好像一个死囚突然看到窗口照进来的一缕阳光）：干，我去干，明天我就去报名。

月儿：好的，带着行李，吃住都在厂里，我离得近晚上回去。

英子送走月儿，也想出了今后的路，只要走出家门她就可以把孩子生下来。晚上她和妈妈说了今天月儿来找她去被子厂干活的事。妈妈也同意了。

英子妈：英子，告诉妈，是不是怀孕了？（也不太相信女儿会干那事，自己的女儿自己了解）

英子：没有，我已说过了，想离开这儿，一切都会过去。

英子妈（脸上露出笑容）：我相信我的女儿什么都能想得开。死在一棵树上只有傻子才干，他强子嘴上说喜欢你可他已结婚了，而你还不明白。出去换换环境也好，你会明白的。

英子：妈，别说了，已过去的事了，再提也没有意思。

英子妈：你和月儿在一起我也放心，以后多为自己想想，也想想妈的话是对还是错。

英子：知道了，妈，知道你是为我好。我走了，你和爸多注意身体。

英子妈：只要你好好的我们就会很好，你是爸妈的希望。

英子心里很不是滋味，感觉对不起爸妈，此去她真的不知道将来会怎样。这孩子她要生下来养着，今后也不想再嫁人，看透了男女之间的感情。相信自己可以把给孩子养大，她英子是个坚强而独立的女孩。

第二天一大早英子提着行李走了，妈妈把她送出村子，千叮咛万嘱咐英子，很多话都埋在心里，面对妈妈愁容满面眼泪往肚里滚。此去真的不知道什么时间再回来，也许永远不会再回来，这里是她伤心的地方，这里毁了她的一切。她向妈妈挥挥手头也不回地走了。

到了被子厂，这儿都是些大姑娘小媳妇，大家说说笑笑很开心，而唯独她心事重重的，晚上一个房间住七八个人，睡不着时大家闲聊，而她却沉默寡言。

舒欣（同事室友，是个细心而真诚的女孩）：英子，你怎么啦，成天愁眉苦脸的，是不是遇到难事了？可以说说吗？看我能不能帮你。

英子：谢谢你！舒欣，没什么，我刚来不太熟，过段时间就好了。

舒欣：哦，其实没什么，大家在一起就像亲姐妹一样，很好的，你很快就会习惯了。

姜可（同事室友）：英子，你不要太见外了，我们都是姐妹，有什么事大家都会帮忙的，你不要跟我们太客气了。

英子：谢谢你们！我们就像亲姐妹，谁都不会客气，有你们真的好开心。

舒欣：英子，今天你做了几条被子？一条一元五角，计件的。

英子：十条。

姜可：英子你的手太快了！不会吧！我和舒欣一天只能做五六条。

舒欣：英子看上去就是一个巧手而又麻溜的人，你的手叫手我们的手慢得什么似的。我们的手是鸭爪子。

姜可：喂，喂，打住，你的手才是鸭爪子呢，不信伸出来给英子看看。

舒欣：你个死丫头够坏的，看我不揍你！

姜可：这是你自己说的，我只不过给你重复一下，哈哈。

她们闹了一会儿就躺在床上慢慢静下来，在默默地想着心事，想着家。

英子和她们混得越来越熟，大家在一起无话不谈，来了五六个月共往家里寄了三次钱，英子的肚子也越来越大，她总是穿着胖大的衣服怕别人看出来，现在八个月了，再笨的人都看得出来了。大家谁也不多问，只是关心她不要太累了，注意休息。中午吃饭时，月儿打好饭坐在英子旁边。

月儿（小声地）：英子，下个月你就要生产了，明天请半天假我陪你去医院看看，听见吗？

英子：没事，我感觉很正常。只是每天都好饿。

月儿：嗯，我也不懂，那就很好，就多吃点对孩子有好处。好羡慕了，我很喜欢孩子，可是生不了。

英子：怎么会呢。

月儿：我那口子没有生育能力。

英子：那怎么办？去找医生会有办法的。

月儿：已经去过了，医生说没办法。只有将来抱养一个了。

英子：那也行，抱养的自己一手带大和自己生的没什么两样。

月儿：也只有这样了。

第七集

很快英子到生产期了，她一直没休息，这天一大早她就感觉肚子往下坠得疼，刚下床就疼得站不起来，其他的室友都吓坏了。

姜可：英子要生了，舒欣赶紧找辆车把她送医院。

舒欣：不好了！出血了，出血了！我去找厂长，用他的车子，不然会出事的！

舒欣赶紧跑到厂长办公室。

舒欣（气喘吁吁）：厂长，快点，借你车子用一下，英子要生了，已经出血了，晚了怕会出事！厂长救救英子吧！

厂长：快，我去开车！

室友都慌里慌张地上来帮忙，其他工人也围了好多，英子出的血已染红了被角，厂长吓坏了。

厂长：快抬上车，出这么多血啊！

姜可、舒欣一边一个扶着英子。英子脸色苍白满头大汗，还不停地流血，车子已快得不能再快了，她们不停地催厂长车快点。半个小时赶到医院，英子被推进急救室，他们才舒了一口气。

医生：谁是他家属签字，大人、孩子可能只能保留一个。

厂长：我来签字吧，一定要保住大人！
医生：产妇出血过多我们不能保证。
厂长：求求你！救救她吧！
姜可，舒欣：求求你！医生救救她吧！救救她吧！
医生：我们会尽力的。

厂长、舒欣、姜可都提心吊胆地在为英子祈祷。希望老天保佑英子，保住这个年轻而美丽的生命。

月儿（风风火火地赶来）：英子怎么啦？

他们都低着头，谁也没回答。

月儿：到底怎么样了？！你们说话啊！
医生（打开急救室的门，怀里抱着孩子）：大人还在急救中，孩子没事。多可爱的女孩。

他们几个都吓得呆呆地望着医生和孩子，厂长从医生手里轻轻接过孩子。

月儿（接过孩子，哭得死去活来）：英子啊，你一定要醒过来！为了孩子为了我们这些姐妹，为了你爸妈，英子，我相信你不会那么狠心！老天保佑保佑英子吧！

姜可、舒欣让月儿坐下来歇会儿。

姜可，舒欣：月儿姐，英子会没事的，你歇会儿吧，这孩子多像英子啊。你看这小嘴小鼻子像极了。
月儿：英子啊，你太傻了，值得吗？！我真的想不开！想不开！

他们在走廊上揪心地等待着，等着急救室开门的那一刻，门终于又开了，他们围上去。

厂长：英子怎么样了？医生。
医生（去掉口罩）：产妇正在输血，还没脱离危险期，你们也不要那么紧张，就看她自己的造化了。
月儿：谢谢你医生！！！谢谢你！！我们可以进去看看她吗？
医生：现在就把她送进病房，去吧。

英子脸色苍白，还在昏迷中，月儿把孩子轻轻地放在她病床旁边。

月儿：厂长你们几个回去吧，忙了一天，并且你们都很忙，也很累了，我在这就行了。谢谢你厂长，舒欣、姜可，多亏你们，不然，英子就没命了，我替英子谢谢你们！

厂长，姜可，舒欣：我们都是好朋友，不必要这么客气，换在谁身上，大家都会这么做的。

英子醒过来，月儿紧紧地抓着她的手，好像怕一松手就再也抓不着似的。

月儿：英子，你终于醒了！吓死我了！（她又流下眼泪）

英子（气若游丝）：我怎么舍得你！还有那些姐妹。

月儿：别说话，你看你的女儿多可爱！

英子的眼泪下来了，她不知道带着孩子怎么去面对她的父母和乡邻，父母非气死不可，众人的唾沫也会把她淹死，可怜这个无辜的孩子……

月儿：我知道你心里很难过，也知道你无法去面对现实，英子，我和你商量个事，你能不能把女儿给我？我会比你还疼爱她。你随时都可以来看她。

英子：月儿，谢谢你！你抱去吧，我只希望她能健康成长，孩子给你我非常放心！（泪水还是止不住流，太对不起这个小生命，她不能尽一个母亲的责任，如果跟着自己，将来会害了孩子，她长大后会被别人歧视，孩子没法生活。只有狠狠心，孩子别怪妈妈）

月儿：给孩子起个名字吧。

英子：你老公姓汪，就叫汪诗吧。

月儿：好，多美的名字！宝宝你有名字了，小汪诗。

出院后，月儿辞了工作把汪诗抱回了家，一家人宝贝似的疼爱着。英子满月后回家去看望爸妈。

英子妈：你这没良心的死丫头一走就是将近一年，大了可以不要爹妈了。

英子：不是的，妈，我想多挣点钱啊，这不是回来了吗？

英子爸：回来能待几天啊？

英子：请一周假，下周一回去。

英子爸：嗯，这几天好好歇歇，你看你瘦得不成样子了，让你妈妈这几天给你做些好吃的补补。

英子（感觉到父母爱的温暖）：我不累，爸，这几天帮你们干干活。妈，我去菜园摘点青菜回来烧饭。

英子妈：呵呵，好好，你去吧，好久没回来了，再去看看我们的菜园。

英子包里还有住院生孩子的单据忘了扔，她把包放在桌子上出去了，英子妈好奇就把女儿的包翻个底朝天，把那些单据都翻出来了，她不识字就拿给英子爸看，英子爸看完一下就瘫在地上。

英子妈：他爸！你怎么啦？！他爸，你给我说说那上面写的是啥？

英子爸（被英子妈扶到椅子上气呼呼坐下）：这个不争气的死丫头，我说她为什么这一年不回来，原来是在外面生了孩子！丢人！丢人啊！我哪还有脸出去！

英子妈：啊？！英子她，她做出这么见不得人的事！怎么办？！怎么办？！

英子爸：我非打死她不可，我也没脸活了！

英子看到菜园，久违的亲切又回到眼前，似乎不太真实像梦一般。她流过多少眼泪，也在想那个负心的强子，一切都过去了，看到大白菜一棵棵卷起了心，还有绿油油的菠菜。她默默擦干泪水。拔了一颗大白菜和一些菠菜。不让自己再想那么多就往家回。这时强子从园子外经过一眼就看到了英子，先是一愣，接着东张西望看有没有别人，不远处走来杏子嫂。他扭过头装作没看见英子匆匆离去，这些都让英子看在眼里。这个背影像刀子一样插进她的心里，痛得她直发抖。她真正懂得了强子以前都是满嘴谎言这也许就是一个男人的本质，欺骗她的感情，时间证明了一切，她一直对他念念不忘，又给她生下了女儿差点送了命，太不值得了。英子心痛得几乎要晕过去。

英子刚进门她爸就拿起一条以前赶牛的鞭子没头没脸地抽，不容解释，英子被抽得晕了过去，爸爸还不停手，妈妈被爸爸吓得不知如何是好。最后她夺下英子爸手里的鞭子

英子妈：你真想打死她啊！你打吧，我也不想活了！

英子爸：你还有脸说，都是你教育的好女儿，死去吧！都死去吧！

英子爸气呼呼地一甩手把门关上，自己一个人到田里苦恼去了。

英子妈把英子搂在怀里又是心疼又是生气，母女连心啊，她一边唠叨一边用手绢给女儿擦着嘴角的血，英子的脖子被抽得一道道伤痕，她被身上的伤疼醒了，看到妈妈在流泪，她慢慢站起来用清水洗了下脸，进了自己的房间把门从里面扣上了，无论妈妈怎么喊她都没开门。

英子妈：英子啊，你别这样好吗？妈妈的心都碎了，你这样做事，我和你爸怎么能接受，别人知道了我们还有脸面对村里老少吗？你爸爸手是狠了，他是让你气得啊！你长这么大，他这是第一次打你，第一次气得这么厉害，你也要体谅体谅我们做长辈的心啊。

天黑的时候她把门打开了。

英子： 妈，对不起！我不该这么不争气，随你们怎么惩罚我也不会怨你们。

英子妈： 英子啊，事已过去了我们还惩罚你有用吗？你该清醒清醒了！值得吗？我知道是强子的孩子，本来想找他算账，可是如果那样我们没脸见人倒是小事，今后你还怎么嫁人啊！我们只能打掉门牙往肚子里咽啊！

英子不再说话，晚上做了顿晚饭勉强陪妈妈吃了点，爸爸没回来。

英子躺在床上，身上的伤火辣辣的疼，翻来覆去睡不着，想到和强子从前的亲密，一幕幕在芦苇滩，想到他强暴自己，她没有怨过，还是在爱着他，可是今天在他眼里还不如个陌生人，想到他那灰溜溜的样子就像个偷东西的小偷怕被别人看到。英子的心被彻底伤透了。今天把爸妈又气得死去活来。英子感觉这夜黑得让人可怕。她轻轻打开门往村口的老井走去。

她在井边哭干了眼泪，拿起包来到古井边，望着井里的天就一颗黯淡的星星在眨啊眨的，她感觉那颗星就是自己，生命来自这井水难道还要回去吗？不，这不是她英子，如果这样她对不起父母，最对不起的是她自己。想到这，她慢慢地走出了这个村子，也许不会再回来，或者十年二十年后，她不敢想也不再去想，就消失在这无月的黑夜，谁也不知道她去了哪里。

英子的离去除了父母没有任何人会在意，也没有人问起过，只是他们茶余饭后偶尔的闲谈，村子很快又恢复了原状，人们很快就遗忘了。强子还是很痛苦的，自从英子离去后，每晚他都会一个人来井边静静坐很久，他是太懦弱了，伤了并辜负了英子，可是云子也是个好女人，又为他生了儿子，强子不敢多看一眼希望英子能感觉到他，能知道他在默默陪着她。他没有眼泪没有一点生息，就像月光静静洒在井边

第八集

英子不想再回到被子厂，虽然她舍不得那儿的姐妹，因为她想到一个陌生的地方重新开始自己的生活，她相信自己无论到哪里都会生存下来，她最对不起的人是父母，因为她伤透了他们的心，她恨强子的无情无义，恨自己太天真。不该

相信一个男人的誓言，更不该让他毁了自己的女儿身，通过这件事她像死去了一回，看清了看透了，今后她不会再去相信任何男人的谎言。

英子来到海边的一个小县城因为自身条件不错，她在一个酒店当服务员，走出来才知道外面的世界很大，可是她更深刻地体会到知识的重要性，英子利用休息的时间到书店读书，书可以疗伤，也可以让她遗忘，除了工作，书店是她常去的地方，偶尔她也会去海边走走。她望着大海感觉自己是那么渺小，小得如一粒微不足道的沙，在这儿她可以静静地回忆，可以静静地放下一些烦恼。她不敢想刚生下来就抛弃的女儿，可是越是不敢想，那张粉嘟嘟的小脸却总是在眼前晃来晃去，晃得让她发晕，让她迷茫，让她没有自己。她不相信自己会这么狠心，这么残忍。可是这就是她就是她英子……爸爸的鞭子好像还在抽打她，抽打她的灵魂，她很痛，痛得不再有眼泪，不再发出一丝呻吟声，妈妈又心疼又恨的样子让她不敢再往下想。一排浪袭来湿了她的鞋和裙子。

许世（酒店经理）：英子，你在想什么？你好像很痛苦，可以和我说说吗？

英子（吃惊地望着他）：哦，没什么，许经理，今天你也出来走走哈。

许世：我已注意你很久了，你总是心事重重的，自从你来我还没见你真正开心笑过一次，书店和这海边是你唯一来的地方。

英子：谢谢你，许经理，我刚来也许不太习惯，时间久就会好了。

许世：我可以陪你走走吗？

英子：你事忙，我走走，一会儿就回了。

许世：我今天和你一样不忙，想面对大海放松一下。你去书店都爱看些什么书？

英子：古诗词，小说，散文，诗歌，历史，就是简单读读。

许世：你真厉害，喜欢这么多东西啊，真羡慕你能静下心来看看书，而我现在很浮躁，大学毕业后就很少再看书，人也变得俗不可耐。你来这一年多变化很大的，简直完全变了一个人，变得安静，变得一身书香味。

英子：许经理，你过奖了，我很羡慕你能受到高等教育，而我从农村走出来仅仅是个打工的，感觉到知识的重要，它可以改变一个人的命运，也可以改变一个人的内心和外在，所以这一年我拼命地读书学习，虽然很吃力，但我不会怯懦，读书也是一种享受。

许世：你和城里的女孩是不一样的，有追求有理想，不去依赖任何人，靠的是自己的努力和拼搏。如果我能帮上你，英子，希望你不要和我见外。

英子：谢谢许经理，你的心情我领了，我想读完高中大学的知识，再专攻文学，我很喜欢文学，它会给我安慰和鼓励，更会给我一个新的自我。

许世：英子，你不仅外表是个美丽女孩，内心更有魅力，支持你。我相信你会实现自己的追求。

英子：许经理，不好意思，我今天说了太多的话，你自己再走走，我回去了。

许世：今天能陪你这是我最开心的事，也让我真正认识了你，我也回去，还有一段路，就坐我的车回去吧。

英子晚上下班回来看会书，躺在床上翻来覆去睡不着，女儿汪诗一岁多了该会喊爸爸妈妈了，她多想女儿能喊她一声妈妈，明天她要给月儿寄点钱去，今后只有用金钱来默默弥补母爱了，再苦再累她一定挣钱让月儿好好培养汪诗，不管将来女儿认不认她这个妈妈，她都会一如既往。也该给爸妈也寄些钱去，他们只她一个女儿，不能在身边侍候他们已很愧疚了。汇钱不能留地址她不想让任何人知道她在哪。

今天休息，汇完钱她又来到书店买了本《李清照词集》，一本《人间四月天》。

许世：你又在买书啊。

英子：你好，许经理，我来买两本书。

许世：很好的，多读些书充实一下自己，我车里给你带来好几本呢，你一定喜欢。

英子：谢谢你，许经理。

许世：现在回去吗？

英子：回去。

许世：我送你好吗？

英子：这样不好吧，许经理。

许世：没什么，你别多想，走吧。

一会就到了英子住的地方。

英子（下了车）：许经理，到了，就不请你去坐了。

许世：等一下，这几本书给你。

英子：谢谢你，许经理（《倾城之恋》《带血的金达莱》《红楼梦》《未穿的红嫁衣》《苍天有泪》《戴望舒诗集》都是她喜欢的书），再见。

许世：再见。（望着英子消失在巷子的拐角处）

月儿收到汇款知道是英子寄的，她知道英子在外不容易，也知道她不留地址的原因。看到小汪诗一天天长大，听着孩子甜甜地喊着爸爸妈妈，月儿两口子很幸福，这些都是小汪诗带来的。他们很感激英子给了他们这个可爱的孩子，孩子是他们的希望，他们的快乐。

小汪诗：妈妈，妈妈，哈哈，妈妈。

月儿：汪诗，给妈妈唱首歌啊，宝宝乖，唱。

小汪诗：小……白兔……白又白，耳朵……

月儿：宝贝太棒了，宝贝，再唱，再唱，爸爸来了，唱给爸爸听。

小汪诗（唱着向爸爸汪东怀里扑去）：小……白……兔……白，白又白。

汪东：我的宝贝女儿，你太棒了，让爸爸亲亲（搂着小汪诗亲不够）。看看爸爸给你买的饼干，喜欢吗？

小汪诗（看到爸爸从包里掏出饼干）：爸，爸，好，爸，爸，好。

汪东：宝贝的嘴巴真甜，是的，爸爸好，爸爸最疼我的小汪诗，我的小宝贝。

英子爸爸妈妈收到女儿寄来的钱心里很不是滋味。

英子妈：他爸，你对女儿太狠心了，不知道她现在在哪儿，一走就是一年多了，也没有写过一封信，是不是恨我们？（抹着眼泪）

英子爸（不停地抽着旱烟）：我们就她一个孩子能不疼她吗？我实在恼极了，所以下手就重了点，你知道吗我的心在疼啊。

英子妈：她在外一定很苦，可是她还省吃俭用把钱省下来给我们。每次想到女儿心里就好难过，多希望今年春节她能回来看看我们。

英子爸：你别担心，女儿不是娇气的孩子，什么苦她都不会怕的，我也希望她春节能回来。

英子妈：就是不回来寄张照片也行啊，昨天我又梦到女儿了，梦到她被你打晕过去，我拼命地呼唤，她就是不醒，后来我哭醒了……

英子爸：都怪我，以前她是多乖的孩子，就做错了这一件事……不说了，睡吧，她在外会没事，你也别担心了，我想她不久会回来的。

英子在外拼命读书，只有读书才能让她忘记过去，才能有一丝快乐，才感觉生活有希望她积劳成疾，营养又不良，这天上着班突然晕倒。

同事：快来人啊，英子晕倒了，快来人啊。

很多同事都跑来。许世抱起英子就往外跑，把她放在车里直奔医院。

英子被送进急救室，许世焦急地在外面走来走去，为英子默默祈祷。

急救室门开了，医生走出来，许世急忙迎上去。

许世：医生，英子怎么样了？

医生：没事，她太累了，营养不良，你是她男朋友吧？太不会照顾她了。

许世：不好意思，以后我会注意的，一定好好照顾她。

医生：你太粗心了，她要好好休息，饮食方面需要好好补补，让她住两天打打吊瓶，其他没问题。

许世：谢谢你，医生。

病房，英子在打吊瓶，许世紧紧握住英子的手，等着英子醒来。

英子（慢慢醒来看到许世眼睛一眨不眨地盯着她，她慢慢抽回手）：我这是在哪儿？

许世：你醒了，在医院，刚才你晕过去了。

英子：我怎么啦？

许世：没什么，你呀，太不知道爱惜自己了，营养不足又太累，这样身体能受得了吗？

英子：许经理，谢谢你。一会我可以回去吗？

许世：后天吧，我在这陪着你，我已请假了，还给你请了假。你就安心休息两天吧。

英子：我不累的，真的，许经理。回去睡一觉就好了。在这不是浪费钱吗？

许世：别说这些，好吗？闭上眼，安安静静的。

英子很听话，闭上眼，安安静静的。许世又拉起她的手轻轻吻着，她默默抽回手仍闭着眼，这些不真实的幻觉她不想看到，因为她太累太累，一颗心已经伤痕累累。

天黑了，许世一直默默陪着英子，有好多话想说，看到英子疲惫不堪的样子，他不忍心打扰她，希望她好好睡一觉，他就这么望着她……

英子（睁开眼一看窗外天黑了）：不好意思，许经理，耽搁了你一天什么正事也没干，你回去吧。

许世：你说的什么话，我陪你就是正事，其他都安排好了，就让我这样陪着你好吗？

英子：不要，我喜欢一个人，你在这我睡不着，你也很累了，回去吧，这样不好。

许世：有什么不好，我只是想陪你说说话。

英子：以后有的是时间说话，算我求你了，许经理，回去吧。

许世：英子，你别这样好吗？平时上班大家都在忙碌，而你总是在躲着我，你现在生病了，就让我陪你一会儿吧。英子，你看不出来我对你的感情吗？

英子（避开他火辣辣的眼神，望着窗外）：不，许经理，我是个农村女孩，又没受到过什么教育，不配你，决不能。

许世（紧紧抓住英子的手，无论英子如何也挣脱不掉）：英子，我爱你，爱你的朴实，爱你的真诚，爱你的积极上进，爱你不服输的精神，爱你的一切。

英子：不，决不能，我不会接受你的感情，你是个大学生，家境又好，而我一无所有。

许世：我就爱你的一无所有，有你这个人一切都有了。

英子：不可能，不可能的，许经理，你如果这样，明天出院我就走了。

许世：你走吧，你到哪我也会到哪，不信你就走。

英子：为什么，为什么你要这样，别逼我好吗？

许世：我问你，你对我没一丝感情吗？

英子：我……不是……我……（泪水此时像泉水一样涌出来）

许世：英子，你怎么啦，是我让你伤心了吗？对不起，对不起，可是我爱你是真心的，今天我无法控制就这么说出来了，我知道，你还不太了解我，也不可能现在就接受我，我会努力会让你爱上我的，英子，就原谅我今天的冲动吧

英子：你没有错，而是你爱错了我，我不是个好女孩，不值得你这样。

许世：不，我爱你就值得，不管你爱不爱我，而我自从见到你就爱上你了，也许你不知道，每天我都在默默注视着你，你很美，美得让我不敢靠近，所以只是在远远地望着你。那天去海边不是巧合，而是我见你去才去的，那天我大胆去和你打招呼，以前只是在远处陪着你。英子，你感觉不到吗？

英子的心都碎了，眼前的许世才是自己真正爱的那个人，可是自己的一切已经毁了，她已是个不干净的女孩，不配他的爱，她决不能，不能……

第九集

英子自从知道许世对她的感情，她很怕，所以一直在躲避，她知道虽然许世对她很体贴很好，那是他不知道她的过去，她不想再受到伤害，只有辞去工作。英子租了两间门面做起了服装生意，生意开门还不错，红红火火的，每天她忙忙碌碌的，晚上看看书，不再去想什么，她也不敢想，因为那些都不会再属于她。只有让自己像机器一样转个不停，她才不会痛苦。

其实许世每天都会来看她，远远的，他怕打扰她，虽然不能说一句话，看一眼心里很踏实很满足。他知道英子辞职是因为他，因为英子很自卑感觉自己配不上他，他从来没这么想过，就知道每天都想见到英子，一天见不到心里就会空空的，就会坐卧不安，他知道自己深深爱上了英子，爱得不能自拔。爱她身上那种真诚淳朴，爱她眉宇间的沉默，爱她深沉的眼神，爱她飘飘的长发，爱她忧郁的背影，这一切的一切都让他爱，爱得揪心，爱得伤感。因为英子不让他走近半步，就像一只受惊的小鸟随时都会飞走。所以他只是远远地看着。

这天晚上十点下了班，许世又来看英子，街上的行人渐渐稀少，英子就要收生意了，他不由自主地来到英子的店前，慢慢走了进去。

服务员：欢迎光临，请看看有没有你喜欢的。

英子（一抬头她傻了）：你，许经理，你怎么来了？

许世（微微一笑）：为什么我不可以来？我也是顾客啊。

英子：因为你是个大忙人不会有时间。

许世：其他没时间，来看你还是有时间的，并且每天都有。

英子：你坐，我给你泡杯茶。

许世：可能你还没吃饭吧，给我一个机会，我请你吃饭。

英子：你的心意我领了，改天吧，今天我已很累了。

许世：那好吧，你今晚回去好好休息，那就后天晚上吧。

英子（不敢看许世，怕他火辣辣的眼神会穿透她的内心）：好吧，你等我电话。

许世：我后天等你电话，一定。

两天的时间对于一般的人会觉得很短，短得眨眼就会过去，对于许世来说太漫长，因为他是在一分一秒数着过的，每过一个小时他都感觉很兴奋，因为离他们约定的时间又靠近了一个小时，他一会看看手表，一会看看天，太阳升起得慢，落下得也慢了，慢得让他焦躁。

英子，盼望着见他，又怕。她想告诉许世自己的过去，又怕会彻底毁了她在许世心里的一切，她没这个勇气，其实也不必，因为他们根本就不可能处下去，将来更不可能走到一起。所以没必要让别人了解自己，许世只不过是她的一个知己的朋友。不必要让自己的痛苦让别人知道，她不是祥林嫂，也很讨厌别人同情的目光，那是一道道无形的利剑会直插她的心脏。她英子就是英子，会面对世上的一切，会一笑而过。

两天漫长的等待终于结束了，他们终于可以面对面这么真实的相对，彼此本来都有很多的话要说，可是都不知道从何说起，沉默，时间在沉默中一秒一秒地过去。

许世（终于先开口了）：英子，你告诉我为什么辞职？

英子（淡淡一笑）：不为什么，只是自己想尝试一下做老板的滋味。虽然辛苦，但是这样很好的。

许世：不是，你在撒谎，是因为我，你想逃避我，不是吗？

英子（看着墙上的一张山水画）：不，我是想走一条自己的路，也是想做一个真正的自我。

许世：你看着我，英子，你爱我吗？

英子（和他目光碰撞一下，迅速躲开）：许世，你冷静点，我们是不可能的，你是个大学生，家境一定也很好，我是个打工的，父母都是农民，配不上你，你父母也会反对的。所以我们不必浪费时间。

许世：那些都是借口，我爱你，爱得心疼，爱得不能自拔，自从见你第一眼你身上的东西一下就深深地吸引着我，在你面前我假装不在乎，可是每天晚上你都会出现在我梦里，你好像总是远远对着我微笑，我走不近，抓不到。每次梦里醒来，搂着枕头当作是你……英子，你爱我吗？（突然抓住英子的手，紧紧的，不容挣脱）

英子：不，不，不要这样，许世，我还没想过，不敢，真的不敢接受你的感情。

许世感觉英子的手冰冷，还在发抖。

许世：英子，我知道你爱我，只是不敢说，不敢承认。
英子：你冷静冷静，许世，我去一下洗手间。

许世松开英子的手，英子假装去洗手间含着泪偷偷逃开，把手机也关了。
许世等了十来分钟，感觉不对。

许世：服务员，请你去洗手间看看刚才那个女孩在不在那儿。
服务员：好的，稍等。（一分钟时间）先生，对不起，刚才那位女孩不在那儿。

许世像泄了气的皮球，无精打采地开车慢慢离开。
第二天一大早，许世又来到英子的店前，她的店门已开，没见英子。

许世：请问你老板呢？
店员：老板安排好就回去了，她说今天不舒服。
许世：怎么她生病了？
店员：眼睛红红的，气色很差。
许世：你把她家的住址告诉我好吗？
店员：这条街往北拐右边第一个巷子最高的那个楼504号就是。
许世：谢谢你。

许世来到英子住的楼下，下车匆匆往五楼奔，在504号停下累得直喘粗气。按一下门铃。

英子（开门见是许世，大吃一惊）：怎么是你？
许世：到你店里你不在，服务员说你病了，所以，所以我就匆匆赶来了，你怎么啦？你气色这么差，我带你去看医生。
英子：请进来坐，我没什么，不需要看医生，休息一下就好了。
许世：不行，我们去医院看看，没什么我就放心了。
英子：我真的没什么，许经理，昨晚没休息好，今天躺会儿就好了。
许世：是不是因为我？英子，都是我不好，请你原谅，英子。

英子：因为我自己，我想了好多好多，所以就失眠了。

许世：绝对是因为我，我知道，你怕我不是真心，你担心我会在乎你的学历和家庭。你真的多想了，我们相处好几年了，我爱你是发自内心的，从没嫌弃过什么，爱你就爱你的一切，你还不了解我。

英子：对不起，我昨晚不告而别。

许世：我懂，也理解，你爱我，却有很多担心，我会做给你看的，英子，我会让你真正爱上我的。

英子（把话题岔开）：我给你泡杯茶。

许世：你休息吧，你没事我就放心了，我走了。

时间一晃又三年过去了，许世还是一如既往地爱着英子，而英子依然和他保持着距离，就像好朋友一样。星期六的傍晚，许世又来到英子的店里。

店员：许经理好。

许世：你好。

英子（微微一笑）：你来了，今天好像有喜事，呵呵。

许世（把装订的厚厚的一摞稿纸递给英子）：送给你的，这三年给你写的诗。我还去那家咖啡馆那个房间等你……（说完就走了）

英子很犹豫，她一页一页翻看着许世给他写的诗。

那　些

一

记得第一天的相识
淡淡的就像一阵风
从我身边而过
我却感觉你的存在，你的沉默

我收藏你一袭的惆怅
和回首的一个眼神
让我停在原地，那一个夜的深处
找到梦的去向，还有你丢下的一小片身影
很淡，很凉，在你每次的抬头
轻轻推开我那扇虚掩的心窗

这一天的开始，我知道了你的名字

这一天的结束，及那些抹不去的记忆
找一个春天把它放下
或许是一枝垂柳，一朵春花
不是，不是，只是一个雨滴
轻轻落进一片土里，无法找到

有些心语一直没说
我不知如何倾诉，有一句话
一直藏在心里
多少年，多少年
今天，站在你离去的地方
还是没说出口
因为你听不见

听风吹过身边
那却不是我
不是你向我走来
一次次写下你的名字
在呼唤的间隙坠进夜的黑

二

第二天你已在我的远方
也许梦会到那里
每一步的轻盈如裙角摆动
牵着淡淡的游丝
然后无限遐想

也许你会走出梦境
还会来，还会来
哪怕一分一秒的再次
我都会留住你风里的余香
在一句诗的韵脚

没有原因
只有一朵花开在我的春天
清纯淡雅，不容触碰
我会是那阳光轻轻地、温暖地拥抱你

任你在我怀里摇摆如娇恬的挣扎
我的心随之感动而又幸福
怕破坏初始的飘然
很近，很远，很远，很近
在你给我的距离中那么微妙
牵挂，温馨

我的等待没有期许
在一炷香里轻燃弥漫
一个愿许下
在等待中……
终于，终于你走来了
依然微笑着，淡淡的
可是一句话未出口，你又如风一样远去

留不住的身影
我只想让你听到我心里的呼唤
只想触碰你的眼神
而你怕灼伤了，无法修复

一切都很平淡
随着时间的消逝
花谢了春天的幻觉
风吹枯了草色
你我在季节与季节的相隔中
沉默
……

二十八

风摇落枝头的翘首
一地的枯叶，一地的过去
那是我，是我给你的一切
时间老去，在脚下
岁月的尘埃掩去了回首的憔悴

我望残的月，望冷的星辰
也离我越来越远

嘴边竹笛发不出一点声音
那些流畅的音律
都让你带走，远远的

丢下竹笛在你来过的地方
我走了，也许不会再回来
人生太多的错过，太多的伤感
都在路上慢慢被风化
就像我们那些足迹

没有了你，没有了诗
苍白的文字中还有一滴泪
落不下来
在冬天的日子，冻结在我心里
它是你的名字
最后只是一朵冰花，在夜窗

你像寒风一样掠走了我的痴情
而又把我丢进冰窟的意象
透视着这个冬天
你的歌飘过来
却深深触伤了我，
那颗心沉沉落在地上
……

泪水模糊了英子的眼睛，她不敢再往下看，一首首，一句句，一字字都是许世发自内心的呼唤，她没想到是许世会爱得那么深，那么痴，那么心痛。她把店里安排好就往咖啡馆赶。当英子出现在许世面前，他们两个都含着眼泪相互望着，他们有千言万语，有太多的思念，太多的折磨，太多的虚幻，太多的太多……此时只是紧紧拥抱在一起很久很久，感受着彼此的呼吸彼此的心跳，彼此无声的呼唤……

第十集

中秋，晚上有点凉，吃过晚饭，强子习惯性地一个人又来到老井边静静坐着，望着天上的月亮，心里有种说不出的滋味，虽然他和英子的事已过去十多年，儿子已上考上大学了，自己已老了，在儿子身上可以看出自己当年的影子。每次回忆心里都是酸酸的，他对不起英子，当初不该放弃他们之间的感情，更不该去伤害她，他知道英子恨他，恨他的无情和残忍。以至于英子还没走时他不敢去面对她，他怕看到英子眼底的忧伤，自己是个罪人，所以每天晚上他都会来到老井边忏悔自己的过去。村里很多男人都外出打工挣钱而他不愿出去，他不想离开这口古井，因为只有这口井才懂他内心的痛苦。他在默默想着折磨着自己……

云子（轻轻地走到强子身边紧靠着他坐下）：强子，可以把你内心的苦和我说说吗?

强子：哦，没什么，就是想一个人静静。

云子：我们结婚这么多年虽然孩子今年已考大学了，可是我从没走进过你的内心。说吧，其实你的过去，杏子嫂早就和我说了。是我破坏了你们的幸福，这也不是我的错，当初我根本就不知道，假如我知道绝不会嫁给你。

强子：你没有错，错的是我，是我太懦弱了，我对不起英子也对不起你。我很喜欢英子一直到现在都无法忘记。她是个好女孩。我背叛了她的爱，和你结婚后又强暴了她，我知道她恨我才离开这个村子的，她回来过一次我顾及闲言碎语竟然连一句话也不愿和她说。我真他妈的不是人。我不是个敢作敢为的男人，也不值得她爱。离开这是她最好的选择，离开了也许就会忘记，她应该有个好的开始，有好的生活。

云子：对与错都是过去的事了，这么多年即使和我在床上你也在想着她，我明白，我也很难过，现在不知英子过得如何。

强子：听说她现在开了个服装店，搞得不错，她没嫁给我也好，我是个没本事的人。她是个很有志气很坚强的女孩，到现在还没嫁人。是我对她的伤害太深了。

云子：我很佩服英子，她真了不起。她努力拼搏，她是个真正的强者。

强子：看看我现在仅仅只能养家糊口，孩子上学都成问题，听说中秋节她要回来，想见她一面，说声对不起，可是我没这个勇气，真的没有脸见她。

云子：也许她早已经原谅你了，顺其自然，你不想见就不见，别想那么多。
强子：我恨自己的无能，懦弱和卑鄙。
云子：谁都有谁的生活方式，我们虽然很穷，但是我感觉在你身边很幸福。
强子（把云子紧紧搂在怀里，这么多年他还没有这样搂过她，没有真正爱过她，关心过她，此时因为她的理解，他才感觉到她的好她的温柔）：云子，对不起，对不起，这么多年让你受苦了。
云子（依偎在强子怀里泪水像泉水一样涌出来）：你不要太自责了，我也不好，知道你内心的苦从不愿和你沟通，不愿去化解，总和你保持着距离。
强子：不怪你，是我拒你千里之外，不想要你走近，原谅我的过错。
云子：我们虽然是半辈子夫妻，但从今天起，我们的生活好像刚开始。
强子：是的，刚开始，刚开始。
云子：强子，天不早了，我们回家吧。

他们第一次牵着手走在月光下，第一次走进彼此，第一次感觉有月的夜晚这么美。

英子农历八月十四下午才到家。进村时村里人都认不出她了，长发飘飘，淡紫色长连衣裙，淡紫色高跟皮鞋，挎着一个和衣服很相衬的淡紫色小包。手里拉着一个行李箱走在村中间的小路上。二信三步并作两步赶到杏子嫂家，杏子嫂正在门口好奇地盯着英子看。

二信：喂，杏子嫂，你在看谁，你认识她吗？
杏子嫂：瞅你那德行，看到女人就手忙脚乱的，我不认识，你认识吗？
二信：嘿嘿，我也不认识，你瞅瞅她长发披肩，紫色的连衣裙，白嫩的皮肤，一看就是城里的女人，真好看。
杏子嫂：吻吻，吻吻，你也知道什么样的女人美啊，癞蛤蟆想吃天鹅肉，你只饱饱眼福得了，人家眼角都不会搭拉你一下。呵呵，也许今晚你可以做个美梦。
二信：嘿嘿，能做个梦也不错，嘿嘿。
杏子嫂：那你就赶紧回去做你的美梦去吧，就你那德性！（把大门一关白了他一眼，就跟着去看看这是谁家里的客）

路过强子家门口，云子恰好出来。

云子：杏子嫂，你干吗去，来坐一会儿。
杏子嫂：不了，云子，你看那是谁家来的客？（用手指着英子的背影）
云子：不知道，她像城里女人，好漂亮。
杏子嫂：你忙，大妹子，我去看看，呵呵。

英子到自己家的大门口，大门敞开着，她就进去了，妈妈从屋里走出来。

英子妈（疑惑地望着陌生人）：你找谁？

英子：妈，我是英子，你连我都不认识了吗？

英子妈（眼泪唰的就下来了）：英子！英子！我的女儿！你可算回来了，他爸，快出来！英子回来了！英子回来了！

爸爸有点踉跄地出来。

英子：爸爸，我回来了。

英子爸：你可回来了，英子，快进屋。（爸爸也用手抹着眼泪）

英子（放下行李）：爸，妈，对不起，我这一走就是十七年。

英子爸：孩子，我知道你恨爸爸当初太狠心了，后来我也很后悔，孩子，你不回来，爸爸也不怪你！爸爸不怪你！但是我知道你迟早会回来的。

英子：不是的，爸，我不是不想回来也不是恨你们，你们有你们的道理，后来我理解了。而是我想混出个样子给你们争点气再回来，因为我不想让别人看不起。

英子爸：我知道你是个心高气傲的孩子，可是你可知道我们就你一个孩子啊。

英子妈：我和你爸爸天天念叨你，特别是逢年过节，见到别人家外出的孩子都回来了，而你爸爸总是在村外的路上一直望着远方，他多希望你能出现在路上……（妈妈再也说不下去了）

英子（控制不住自己，泪水一下迸出）：爸，妈，我知道你们很想我，我何尝不想啊……

英子妈：英子，你和你爸好好说会儿话，我去做饭去，你走后我们每年都会养鸡，中秋节你不在，我们从来没有杀过鸡，早晨你爸好像知道你要回来，要我把鸡早早杀好了。

杏子嫂（惊讶地闯进来，左一眼右一眼看着英子）：英子妹妹啊，你简直就像个仙女似的，嫂子我都认不出来了，刚才以为是谁家来的城里客人呢，没想到，没想到啊，英子妹妹。

英子（赶紧让座）：看杏子嫂子说的，我还是英子，只不过老了。

杏子嫂：哎哟，我的妹子，你还像女孩子呢，你看看嫂子我都成老太婆喽。

英子：哪有啊，嫂子还是依然年轻漂亮，还是当年心直口快的嫂子。

杏子嫂：见过世面的人就不一样，妹子多会说话。我就不坐了，有时间到俺家坐坐。

英子：好的，杏子嫂，我一定会去看望嫂子的，中午就在这儿吃吧。

英子妈，英子爸：杏子，你就在这吃中午饭吧。

杏子嫂：不了，我家那口子还等我做饭呢，你们忙吧，我回了。

英子一家人把杏子送出大门。杏子到强子家又停留了一会儿。强子和爸妈在院子里槐树下坐着，云子在厨房做饭。

杏子嫂：大叔，大婶，强子你们都在啊？
强子：杏子嫂，坐。
杏子嫂：你们猜我刚才去哪儿了？
强子爸妈（不解地望着杏子）：杏子，你去哪儿啦？
杏子嫂：刚才我去英子家了，英子回来啦。

他们你望着我，我望着你。

杏子嫂：你们不知道，英子现在可能成了什么大老板了，那穿戴，那样子，比原来还漂亮，就像个城里的娇小姐。
强子妈：看你说的，麻雀到哪都是麻雀。
杏子嫂：婶子啊，你认为我骗你啊，你见到就知道了。

强子一句话也没说起身进屋里了。

杏子嫂：你们忙，我得回家做饭了。

英子很久没有闻到妈妈做的菜香了，终于又闻到了，久远的记忆又浮现在眼前……她此时很想念自己的女儿汪诗，汪诗是个很优秀的女孩，今年考进了复旦大学中文系，她默默地祝福着女儿，这些年她虽然没在女儿身边，却一直关注着女儿的学习，她的学费和一切都是她给的，虽然做了这么多，女儿还不知道她这个妈妈，也不认她，她也不会去强求孩子，听说女儿回来过节，所以她也匆匆赶回来想见见她，更想看看多年不见的父母。

妈妈把香喷喷的鸡肉端了上来，还有鱼汤，番茄炒蛋，土豆丝，都是英子喜欢吃的。

英子：妈，你坐下来吃吧，看一中午把你忙的。
英子妈：我女儿回来了，我当然要做些你爱吃的菜喽，不累的。
英子爸：看把你乐的，英子陪爸喝一杯吧。
英子：好的，爸，妈也喝一杯（英子把带回的五粮液打开一瓶），你们尝尝这酒如何。
英子爸（抿一小口吧嗒了一下嘴）：好酒，好酒，英子啊，你爸活这么大年纪从没喝过这样的好酒呢，真香！嘿嘿，多少钱一瓶啊？
英子：爸，你喜欢就行，别问多少钱一瓶，以后我会让你常喝的，爸。
英子爸：如果太贵就不用了，我就喝几元钱一斤的米酒就行了，贵的话纯是浪费。

英子：没事，爸，你辛苦一辈子，就让女儿孝敬孝敬你。

英子妈：呵呵，再好的酒也不能让你爸多喝，多了伤身体，他还想多享几年女儿的福呢。

英子：爸爸身体很硬朗的，少喝点对身体好。

英子妈：英子，你告诉妈，你这么多年结婚了没有？

英子：没有，一个人很好的，爸，妈，真的很好的。

英子妈：傻孩子，哪有女孩子不嫁人的，你今年已经三十八岁了，已是老姑娘了。

英子：我现在还没想到这个问题，等等再说吧。

英子爸：你还要等多久啊，你个人的事解决了我们也就放心了。

英子：知道了，爸，我会考虑的。哦，这些年你们见过月儿吗？

英子妈：怎么会没见过，每年春节前月儿都会买些东西带着她的女儿汪诗来。她的女儿非常可爱又很聪明，可是怎么看怎么像你，非常像！太有意思了，孩子不像她妈像别人。今年又考上了大学。

英子：哦，多好的女孩，爸妈，我明天去看看月儿，后天我要走了。

英子妈：好吧，回来就不能多过几天吗？

英子：我也想啊，可是那边事很忙，以后我会常回来的，或者把你们接去。

英子爸：我们在城里不习惯，还是等你常回来吧。城里不是你的家，妈在哪家在哪。

英子：我知道了，爸爸。

晚上英子来到古井边，除了父母这个村子里还能让她怀念的只有这口老井了，因为她是喝这个井里水长大的，她提水很困难，在这强子给她提了无数次水。当她绝望时曾想死在这井里，但还是走过来了，时间过得真快，一晃已经十五六年没有喝过这井里的水了，今晚她又来到这里，圆圆的月亮映在井水中却是那么陌生。

强子（声音有点沙哑，那飘飘的身影他知道英子，虽然看不清她的脸）：英子，你好吗？

英子（英子一惊，听到一个陌生的声音，她看到不远处一个黑影，看不清他的脸）：你是谁？

强子：强子，我的声音你都听不出来了。

英子（淡淡的）：哦，是你，我没想到会遇到你。

强子：知道你会来，我来就是想对你说声对不起，请你原谅我。你不原谅我也能理解。

英子：都是过去的事，原不原谅有什么意义，当初我太幼稚根本就不该爱你。

强子：我知道你恨我，对你的爱依然，我没后悔过，我知道自己太懦弱了，不值得你爱。

英子：梦一场，我不想再提过去，不过我还是很感激你，如果不是你的残忍我就不会有今天。

强子：对不起！英子，对不起！

英子：明天我就走了，回去我就结婚了，一个人走得真的好累，想找个可以扛得起爱的肩膀歇歇了。

强子：祝福你，英子，我真心的希望你能找到真正爱你的人能给你幸福。

英子：谢谢你，我找到了，他已经风风雨雨陪我走过十几年，我不能再让他等下去了。他是个大学生很懂得感情，又一心一意地对我，他真诚细腻而又有内涵。这么多年他从没强求过我什么，他是我心里想要的那种男人，也是最懂我的人。

强子（不知道为什么心里阵阵疼痛）：我很开心，替你高兴，……（心痛得不知道还能说什么，他突然感觉英子是个很陌生的人）

英子：祝你一家人幸福，我回去了，晚安。

强子：晚安。

英子走了，强子一个人坐在井边心一下空了，一直想的，一直牵挂的人突然模糊了、没了，此时他特别孤独，就像井里的这轮月亮一直守着这个夜和夜里的老井。泪水不知不觉流了出来了，这泪为过去，为英子，为自己，为今天丢失的一切。他想大喊已没一点力气，想再喊那个名字，可是那个让自己呼唤千次万次的名字却丢在这老井里再也没有了。

第十一集

第二天一大早英子就赶到月儿家，汪诗昨天下午也才到家。

月儿：英子，你可算回来了，一走就是十几年，汪诗过来见见你英子阿姨。

汪诗：阿姨好，我妈妈经常提到你，没想到阿姨这么年轻漂亮。

英子：呵呵，傻丫头，就你嘴甜，阿姨比你妈妈只小两岁，老了。

汪诗：不会吧，看上去你只有二十来岁。

英子：呵呵，你都快二十岁了，没想到你已长成大姑娘了。

汪诗（皱了皱眉头）：阿姨，我感觉自己长得非常像你。

月儿：呵呵，可不是，非常像。

英子（苦笑了笑）：不会吧，也许像吧。

汪诗：我妈妈都说非常像了。呵呵……

英子：汪诗，将来你打算干什么？（岔开话题）

汪诗：阿姨，我将来想成为一个作家，因为我特别喜欢文学，也是我的专业。

英子：好样的，汪诗，阿姨真希望你能成为一个真正的作家，不过文学这条路没有止境也很辛苦。

汪诗：我会努力的，为了这个梦想我不怕苦。阿姨，听说你现在也是喜欢文学，可以拜读你的作品吗？你最擅长什么？

英子：诗歌。

汪诗：难怪阿姨你人就是一首很美的诗。

英子：呵呵，你更像一首清纯的诗，好孩子。有男朋友了吗？

汪诗（有点不好意思，沉默了一会）：还不算有吧。

英子：什么叫还不算？

汪诗（脸有点红了）：阿姨，就是你那个村的王笑天在追我。

月儿：王笑天是谁？他爸爸叫什么？

汪诗：他爸爸叫王强子。

月儿，英子（吃惊地相互望着）：啊？啊？不行！绝对不行！（她们俩说出同样的话）

汪诗（惊讶地望着她们）：怎么啦？他很好的，你们为什么同时反对？

月儿：我觉得你们不合适，真的不合适。

汪诗：你们都不认识他怎么就觉得不合适？

英子：孩子，相信我们是为了你好，他真的不合适。

汪诗：我真的糊涂了。我们是高中同学，就因为我报了复旦中文系他才报的，现在我们又在一个班，彼此都很了解，他对我非常好，所以我也很喜欢他。

月儿：绝对不可以！汪诗，听妈妈的。

英子：好孩子，你是个有志气有抱负的孩子，年龄还小不适合恋爱。我赞成你妈妈的意见。

汪诗：我不明白，你们为什么这么反对。其他我可以听你们的，而唯独这事不可以！

月儿：汪诗，你，你就听妈妈这一件事好不好，其他任何事妈都尊重你。

英子：孩子，就听你妈妈的吧，阿姨知道你是个听话的好孩子。

汪诗（很委屈）：妈妈，我一直很听话，就这件事请妈妈原谅，我不能听你的。

月儿和英子不知道如何向孩子解释，她们都沉默了很久，还是月儿先说话了。

月儿：汪诗，妈妈告诉你实话吧，我……

英子（打断她的话）：不要，月儿。汪诗，我们都是为你好，都是在爱你。

月儿：英子，你别打断我，本来我想等她毕业对和她说实话的，看来等不到了。汪诗，英子阿姨才是你的亲妈妈。这么多年的学费及一切生活费用都是你妈妈给的。而王笑天是你同父异母的哥哥，你是你妈妈和王强子生的，你说你们怎么能恋爱？

英子低着头，不敢看女儿。汪诗含着眼泪不敢相信地望着英子。

汪诗：不是的！不是的！你们都在骗我！我不相信！绝不相信！

英子（流下了眼泪）：是的，孩子，你妈妈说的都是真的，不然我们怎么会反对你自由恋爱。都是妈妈不好，妈妈造的孽。

汪诗：不是的！这不是真的！你是阿姨！是阿姨。

英子：孩子，我们没有骗你，这么多年我欠你的太多，没有照顾你一天，可是我常常做梦梦到你哭着要妈妈……梦中醒来我就会再也睡不着。都是我不好给你造成了伤害，我不奢望你叫我一声妈妈，只要你能原谅妈妈就行了。

汪诗跑进自己的房间把自己关在屋里。

英子（把一万元钱放在桌子上）：这是给汪诗买电脑和手机的钱，这么多年难为你了，月儿，我不知道怎么感激你。我走了，你好好劝劝汪诗，我想她会想明白的。

月儿：是我不好，对孩子关心太少，不然就不会……你放心，会没事的，她是个很懂事的孩子。你吃完饭再走吧。

英子：不了，这是我的地址和电话。汪诗，她如果认我就去找我。不要难为孩子，我很对不起孩子。

月儿：你别这么说，她用的每一分钱都是你给的，你也是没办法的。

英子：你好好和汪诗说说，我走了。

晚上，天天和甜甜来了。

甜甜：听说姐姐你回来了，我们好想见见你，时间真快，这一晃十多年了，我们大学毕业和天天的孩子都五岁了，难得再次见到你。

英子：谢谢你们还记得姐姐，你们是幸福的一对，祝福你们，能见到你们我也非常高兴。

天天：没想到姐姐你现在还是这么年轻漂亮，并且还是一个诗人，我们真的很佩服你，我和甜甜是科班出身也做不到，姐姐你太了不起了。

英子：你过奖了，天天，姐姐就是个苦命人，一直在外漂泊，身边没有一个亲人，从孤独寂寞中选择了文字，只有它一直陪伴着我，把我对家乡的思念和曾经的忧伤留在了纸上。没什么了不起的。仅仅是内心的一种倾诉。

甜甜：姐姐真是了不起，是我小时的偶像，又是现在崇拜的人。

英子：很羡慕你们的幸福，写作是个痛苦的事，我是个连父母都不能容忍的人，这能值得崇拜吗？

甜甜：我不管别人怎么想怎么看，反正姐姐是我唯一崇拜的人。姐姐结婚了吗？

英子：谁能喜欢姐姐我这样一个傻乎乎的老姑娘。

甜甜：肯定是你看不上人家，一定是。

英子：说实话，有个男朋友相处十多年了，虽然他很好，但是我感觉还没到结婚的地步。

甜甜：姐姐啊，你还不想结婚啊，你事业心太强了。

英子：也不是，因为我不想要一个家。明天我就回去了，还有很多事，希望你有时间去姐姐那玩。

甜甜：会的，姐姐，我们回去了，晚安。

第十二集

汪诗回到学校，她没有和王笑天一道，她不敢相信这个事实，就像做梦一样但是她很怕，怕这一切都是真的，他们已相爱四年了，可是这时突然说是亲兄妹谁也接受不了。如果王笑天知道也会和她一样。她下午刚到王笑天就到了，他在食堂外拦住汪诗。

王笑天：汪诗，你怎么不等我就自己回来了？不是说好一起走的吗？

汪诗（头扭到一边）：没什么，我去吃饭了。

王笑天：不对，你一定有事，是不是我惹你生气了？告诉我好吗？

汪诗低着头进食堂打饭，不想回答王笑天的问题，她感觉自己没有勇气回答。她打好饭菜心不在焉地吃着，王笑天也端着饭菜就在她身边坐下。

王笑天：到底怎么啦？你这个样子让我好难受。

汪诗好像根本无视他的存在，毫无胃口地一点点吃着，望着碗里的饭菜发呆。王笑天也不敢再说话怕会让她更难受，他们吃了很长时间，可是汪诗的饭菜只动了一点点，最后只有倒掉。她慢慢往寝室走，王笑天陪在她身边。

王笑天：汪诗，你到底怎么啦？别折磨自己，别不理我。好吗？
汪诗（停下脚步，一眼不眨地盯着王笑天）：我们分手吧。
王笑天（像被雷击了一下，晃了晃）：你说什么，汪诗，是不是你生病了？
汪诗：分手吧，我们不能相爱的。
王笑天：为什么？告诉我为什么？
汪诗：因为，因为我们是亲兄妹。
王笑天：别说笑话好吗？我们怎么可能是亲兄妹？是不是你不爱我了？
汪诗：我妈昨天告诉我的。
王笑天：绝对不可能，你是说我爸和你妈生的你？这怎么可能。
汪诗：月儿是我的养母，英子是我的亲妈妈。你如果不信可以去问你爸爸。
王笑天：好，我这就打电话问。

王笑天一路小跑到校园公用电话亭，拨通他家附近杂货店里的电话，让他爸爸来接电话。

强子（接过话筒）：喂，我是王强子，你是谁？
王笑天：爸，我是笑天。
强子：儿子，你才回校怎么就打电话啊，有事吗？
王笑天：爸，我问你，你是不是和有个叫英子的女人有个私生女？
强子：你，你，你这孩子说什么呢？
王笑天：胡扯，我挂了。

强子傻啦，他不知道自己是不是听错了，但也不敢听清楚就挂电话了。

王笑天：你告诉我是不是？告诉我？喂，喂……

周六王笑天回来，把爸爸叫到一边一再追问。

王笑天：爸爸，你说实话有没有这事？你知道吗？这关系到我的幸福。
强子（望着儿子痛苦的表情，只好说实话）：孩子，都是爸爸太混，伤害了英子，爸爸太爱她，她也非常爱我，是我背叛了她的感情，在结过婚之后都有你了我又强暴了她，可是我真的不知道她怀孕了，更不知道她生下一个女孩，这都是爸爸造的孽。
王笑天：我和汪诗真的是亲兄妹啊。爸爸，你毁了我的爱情毁了我的幸福！（他非常崩溃，说完头也不回地回学校了）

英子回到店里，心里很乱。做了两份生意，顺手翻了一下桌子上的书想让自己静静，这时许世来了。

许世：英子，你昨天很晚才回来吧，五点多我来店里你还没回来呢。

英子：呵呵，七点多我才到家。

许世：你为什么不说一声我去接你。

英子：你事很多，不想麻烦你。

许世：英子，你还把我当外人啊，这么多年我对你如何你还不明白吗？为你做任何事都是我义不容辞的事。

英子：我明白，也懂。

许世：你走这四天，我像丢了魂似的，没一点着落，每天都会来看看，即使知道你不在但还是要来。

英子：我能感觉到，所以仅仅四天我就回来了。

许世（看看手表）：到下班时间了，走我们出去吃饭。

他们来到一个很高档的酒店找了间优雅的房间坐下。

许世（拿出一个精致的红盒子拉过英子的手）：英子，这枚戒指喜欢吗？嫁给我好吗？

英子：好漂亮，许世，你还不太了解我。

许世：我们认识已经十六年了，你的每一个眼神，每一个低头我都知道你心里想的什么，还要怎么了解？我们都将是四十来岁的人了，人生有几个十六年，英子，你如果让我等我就还会等。

英子：许世，你听我说，有件事一直在我心里压着，不敢告诉你，今天我就不瞒你了。

许世目不转睛地注视着英子。

英子：我原来爱过同村的一个小伙子，在父母的干涉下他背叛了我结婚了。在一场大雨中，我躲瓜棚里避雨时被他强暴了，后来我怀孕了就离家出走到一家被子厂工作。几个月后生下了一个女儿，这个孩子给了我的好朋友。后来我回家被爸妈知道了，被让爸爸打了个半死，绝望之极我就离开了他们来到这里，后来就认识了你。对不起，我应该早告诉你这一切。

许世专注的眼神慢慢变淡，淡得茫然，茫然的眼里空空的，眼前的英子慢慢化作一片落叶轻轻飘落。

英子看着许世表情慢慢的变化，最后在他脸上只有一种呆滞停留下来。英子的眼泪下来了，她慢慢站起来抽回自己的手走开。

英子的心好痛，痛得让她分不清东西南北，离家其实并不远，她拦了一辆出租车回家。到家一头倒在床上，她太累了，此时她的身体和精神轰然坍塌。

许世不知道英子啥时走的，服务员上来要他点菜，他才反应过来，也匆匆离去，他把车开到海边，迎着海风他想大哭想大喊，他无法接受英子的过去，无法把英子和她说的事联系在一起。这么多年精心呵护的一切一下没了，他倒在沙滩上望着天上的云听着海浪声声，而自己却不知道去了哪里。

不久，英子爸妈在一次事故中都去世了，她想自己在外多挣点钱把他们接过来好好地孝敬他们，可是这一切都不是等待的东西，非常愧疚对不起爸妈，他们辛辛苦苦把她养大，除了让他们伤心没有给过他们什么，更不用说陪他们了，她心里突然空了，不知道这个世界还有什么属于她。

英子没想到许世会反映那么强烈，这十几年的感情一下被击垮了，爱这个字像一把利剑深深刺在她心里，让她窒息而彻底绝望。她拿起笔一页页写下流泪的文字。她告诫自己不能被爱打倒，给自己一个生活下去的理由，寻一条自己的路走下去。于是她每天除了工作就是在书房进行文学创作。偶尔她还会到海边吹吹风，因为面对大海才会忘记曾经给她带来的痛苦。时间一晃又一年过去了，今天上午她的小说《蝴蝶飞舞》已出版发行，想出去透透气，下午她一个人又来到海边，望着天边望着海上来来往往的帆船，抚摸着手里这一年的心血她真的想哭，可是已没有了眼泪。

她在沙滩上写下一首自己的歌：

情深缘浅

路途漫漫，有过多少亏欠
红尘中，你我无力炒作世事变幻
那份情深几多心酸，几多甜
留不住你的身影，化作云烟
多少等待在路口
陷进了这爱的深渊

人海茫茫，你我已看不见
风雨里，小船被无情瞬间打翻
那些爱恋几多辗转，几多召唤
守不住你的永远，飘到天边
多少徘徊谁知道
遥望却是天上人间

情深缘浅，寒霜一路落满

往事依依梦里还是出现
哭着笑，笑着哭
为何我只拥有一番空幻

在这一片云天，情深缘浅。

她把书轻轻放在沙滩上，转身默默离开。

英子把房产证和服装店转卖出去的三十万元钱存到银行卡里全寄给了女儿。她累了该回家了，回到村子已将近九点了。

这一年许世在煎熬中度过，海边是他常来的地方，在这他一千次一万次问过自己，既然这么爱英子为什么那么在乎她的过去，那也不是她的错，这难道是爱吗？爱的是她这个人，爱的是她的今天她的淳朴善良。他感觉自己太自私和专横，这样深深伤害了英子，毁了他们美好的一切。这一年拉开了他们的距离，他不敢面对自己更不敢面对英子。他一边想一边走突然发现沙滩上一本书，他捡起来一看作者是英子，他不敢相信，书里的照片告诉他一点不假，他又发现沙滩上的文字，他拿出笔在一个小本子上记下。然后东张西望寻找英子在哪里，英子应该今天也来过。他开车匆匆赶到英子的店里，没找到，又赶到英子住的地方没找到，转回头又去英子的店里问问。

许世（问她店里的服务员）：小张，请问你们的老板呢？

店员：哦，许老板啊，好久不见你了，我们老板今天下午六点的火车回老家了。现在五点半，可能她不会再回来了，因为这个店她已转卖给别人了。

许世：什么时候的事？

张怡：十天前。

许世（有种很不好的感觉，心一下像被揪住了）：谢谢你小张。（开车直奔火车站）

英子等天很晚才敢进村子，她因为已没有家可回，一切都没有了，只是很累很累，她这一生非常失败，女儿不认自己，父母也不在了，爱情上她失败得一塌糊涂，这么多年的打拼只留给女儿一套房子和一个三十万元的存折。到老井边她欲哭无泪，她不再想许世，也不再恨强子，一切都结束了，望着老井里的月亮她不认为月亮很美，感觉很冷很远很远。

英子（心里）：别了，生我养我的村庄，别了女儿，别了，我好累好累，喝着这个老井水长大的我最后又回归在你怀里……（她把自己的行李放在井边转身跳进井里……）

强子老远就看到一个白色的影子在井沿，他加快脚步想看看是谁，那个影子却跳进井里，他知道有人寻短见了。

强子（大声喊）：有人投井了，快来人啊，有人投井了，快救命啊，来人啊。

村里人有的都已睡了，被强子这么一喊全起来了，大家手忙脚乱地救人，天亮时才把英子打捞上来，可惜她已走了。强子见投井的人是英子，他不相信，所有的人都不敢相信英子会这样离开人世。大家都不住地叹息，都不解英子现在既是个作家又很有钱已是大城市的人了，为什么会寻短见。乡亲们在惋惜中把她送下了地。

月儿带着汪诗来了。

汪诗：妈妈，我来了，我早已承认你是我妈妈了，对不起，妈妈，对不起。你为什么这么傻，你难道不要我这个女儿吗？我还没来得及喊你一声妈妈，你又不要我了。妈妈，我是你的汪诗，你给了我生命，给我这个名字。供我上学，可是我连一声妈妈都没叫，妈妈，你听到我喊你了吗？

月儿：英子啊，我和你的女儿来看你了，为什么你那么狠心不要我们了，就这样走了（月儿泣不成声）。

汪诗：妈妈，我知道我不认你让你很绝望，你知道吗？每天我都数次向着你在的城市喊你，可是却没有勇气去见你。妈妈，对不起，我很爱你，我知道你更爱我，也知道你一直在为我活着，可是为什么不给我点时间就这样狠心离去……抱抱我吧，妈妈，长这么大你还没抱过我一次呢，妈妈……

月儿：孩子，别哭了，你妈妈听到你喊她了，她一定很开心，她因为太累太苦又太绝望了，别难过了，孩子，你这样她会很心疼很难过的，你好好上学不辜负她对你的期望她就很开心了。孩子，别再喊你妈妈了，她已听到，让她好好歇歇吧。

她们来到老井边，默默站了很久……强子在远处望着他们，他知道那个女孩就是他和英子的孩子，可是他没勇气走上前一步，只有这么远远地望着，望着，直到她们在他的视线中渐渐远去。

许世赶到时只见到一座新坟，他坐在坟前呆呆地望着这堆新土，一切变得那么虚无，他和英子相处的十几年转瞬已不再有，这土堆埋葬了一切，他们已是阴阳两世，许世拿出葫芦丝，轻轻地吹着，一颗破碎的心在旋律中静静流淌就像他脸上的泪……